KB021744

장강대하 따라 삼황오제 7대고도를 찾아서

중국문화기행

# 삼황오제

장강대하 따라 7대고도를 찾아서

김봉래 지음

문지사

## 나의 청룡언월도

　내로라 하는 한국 고전은 중국 문화에 대한 지식 없이는 이해할 수 없는 것이 대부분입니다. 36년 동안 교직에 있으면서 내가 갖고 있는 작은 중국 자료로는 그것을 충족시키기 역부족이었습니다.

　오랫동안 소망을 품고 있으면 이루어지는 것인지, 퇴직 후 중국 산동성 옌타이烟臺 대학에서 한국어를 가르칠 기회가 있었습니다. "이제 많이 늙었으니, 미리 이별 연습이나 해두자"고 아내에게 양해를 구하고 6년간 혼자 중국 생활을 했습니다. 강단에서 중국 학생들에게 한국어와 한국문화를 가르치며 즐기는 틈틈이 관운장도 만나고, 요·순 임금의 사당도 찾을 수 있었던 것은 제 말년의 축복이었습니다.

　2007년부터 2012년까지 옌타이대학에 재직했던 6년 동안 따져보니 37회의 나들이를 하였습니다. 여행을 떠나기 전 이리저리 자료를 찾는 것도 여행 못지 않은 즐거움이었습니다. 중국을 떠나온 지 10여 년이 흐른 지금, 그 당시의 메모를 들추어 보니 버리고 떠나온 옛 고향의 추억처럼 모두가 아득하기만 합니다. 이렇게 기억을 더듬는 일이 저에게는 꽤 큰 기쁨이지만, 이 글이 제멋대로의 사적私的인 내용이라서 읽는 분들에게 객관적인 신뢰감을 얼마나 드릴 수 있을까 염려되는 점도 없지 않습니다. 특히 현장에서 놓친 사진을 중국 백과사전을 참고해야 했고, 현장감을 살리기 위해 지도를 그려 올렸는데, 워낙 서툰 솜씨라 인쇄 효과가 좋지 않아 아쉽습니다. 그래도 이 책 속에 제가 한평생 품고 살았던 이야기를 풀어놓았으니 잔이 넘치는 듯 기쁘기만 합니다.

관우의 고향, 산서성 운성시 역전 광장에는 적토마에 올라 청룡언월도를 들고 있는 관운장이 있었습니다. 그때 문득 나도 저런 청룡언월도 하나쯤 갖고 싶다고 생각했었습니다.

문지사 홍철부 사장님께서 늙은이의 잡담에 지나지 않을 이런 내용을 책으로 내어 주시니, 이야말로 '나의 청룡언월도'가 아닌가 생각이 듭니다. 참으로 고맙습니다.

2021. 12. 3
봉천奉天 우거寓居에서
김붕래金鵬來

## 제3장 장강대하

## 제4장 산동대한

# 제1장

# 삼황오제 三皇五帝

## 삼황오제<sup>三皇五帝</sup>

　중국은 땅도 넓고 인구도 많지만 이야깃거리도 다양해. 중국의 상고 시대를 장식하는 삼황오제에 대해서도 여러 설이 있습니다. 그러나 삼황의 개념을 각각 인류 문명에 필요한 획기적인 발명을 통해 후세에 큰 모범이 된 분을 기준으로 할 때 불을 발견했다는 수인<sup>燧人</sup>씨, 수렵의 시대를 연 복희<sup>伏羲</sup>씨, 그리고 농업의 신<sup>神</sup> 신농<sup>神農</sup>씨를 삼황으로 보는 견해가 문명의 발전 단계로 볼 때도 순리일 것이라 하여 이 세분을 삼황으로 모시는 경우가 많습니다. 불의 신 축융<sup>祝融</sup>이나 물의 신 공공<sup>共工</sup>을 삼황에 넣기도 하고, 복희의 여동생이면서 아내도 된다는 여와<sup>女媧</sup>가 삼황에 속한다고 하기도 합니다. 제 개인적인 생각으로는 여와는 반고<sup>盤古</sup>와 더불어 천지창조의 신으로 보는 것이 더 타당한 것 같습니다.

　과거의 모든 학문을 집대성했다는 공자<sup>BC 551~479</sup>는 삼황오제의 막내격인 요순<sup>堯舜</sup> 시절부터 역사책《서경<sup>書經</sup>》을 시작했습니다. 서경보다 약 500년 이후에 나온, 전한의 사마천<sup>BC145~85</sup>이 쓴《사기<sup>史記</sup>》에도 오제 이야기부터 시작하고 삼황 이야기는 아직 없었습니다. 그러다가《풍속통의<sup>風俗通義</sup>》나《백호통의<sup>白虎通義</sup>》 같은 책에서 삼황을 이야기하다가 당나라에 와서《사기》를 보충한《사기색은<sup>史記索隱</sup>》에 〈삼황본기〉가 〈오제본기〉 앞에 나타납니다.

　그러니까 역사의 기록은 역순으로 연구 발전되는 것 같습니다. 1299년 원나라에 오면 나라에서 삼황의 사당을 정비할 것을 지시했

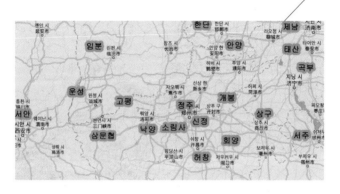

| 구 분 | | 명 칭 | 장 소 | 비 고 |
|---|---|---|---|---|
| 삼황 | 1 | 수인燧人 | 하남성河南省 상구시商丘市 睢陽區 | 수인취화燧人取火 |
| | 2 | 복희伏羲 | 하남성河南省 회양현周口市 淮陽縣 | 복희팔괘伏羲八卦 |
| | 3 | 신농神農 | 산서성山西省 고평시晉城市 神農鎮 | 신농상초神農嘗草 |
| 오제 | 4 | 황제黄帝 | 하남성河南省 신정시鄭州市 新鄭市 | 헌원씨軒轅氏 |
| | 5 | 전욱顓頊 | 하남성河南省 안양시安陽市 內黃縣 | 고양씨高陽氏 |
| | 6 | 제곡帝嚳 | 하남성河南省 안양시安陽市 內黃縣 | 고신씨高辛氏 |
| | 7 | 제요帝堯 | 산서성山西省 임분시臨汾市 堯都區 | 도당씨陶唐氏 |
| | 8 | 제순帝舜 | 산서성山西省 운성시運城市 北相鎮 | 유우씨有虞氏 |

다는 기록도 나타납니다.

　이런 이치는 우리나라도 다르지 않습니다. 현존하는 가장 오랜 역사서는 김부식1075-1151의 《삼국사기三國史記》인데 거기에는 단군조선도 빠지고 발해도 빠져 있습니다. 제목 그대로 삼국의 이야기입니다. 150년 쯤 후 일연1206-1286의 《삼국유사三國遺事》에 와서야 환웅과 단군이 이야기 됩니다. 비슷한 시대 이승휴도 《제왕운기帝王韻紀》에 단군과 함께 발해 이야기를 보탭니다. 그리고 1911년에 오면 강단사학에서는 아직 인정하지 않는 《환단고기桓檀古紀》가 등장하는데, 여기에 비로소 환인, 환웅, 단군 세 왕조의 역사를 기술하고 있습니다. 이렇게 역사는 후대로 가면서 조금 더 선대의 역사를 연구 확립하는 모순된 기록임을 또한 간과할 수 없게 됩니다.

　삼황처럼 오제에 대해서도 이설이 많지만 《사기》가 원래 다른 책을 압도하는 권위 있는 책이라서인지 사마천이 〈오제본기〉에 소개한 대로 황제, 전욱, 제곡, 요, 순으로 보는 것이 일반적입니다. 진시황이 이 삼황의 황과 오제의 제를 따서 스스로 황제皇帝라 칭하며 최고의 지존으로 등극한 사실로 보아도 중국 태고의 이야기는 삼황오제로부터 시작된다고 유추할 수 있겠습니다. 그래서 나의 중국을 찾는 여행도 수인씨燧人氏의 고향 하남성 상구商丘로부터 출발합니다. 삼황오제 여덟 분의 능이나 사당을 직접 눈으로 보고 발로 디뎠다는 기쁨으로 이 기행문은 시작됩니다.

## 수인씨燧人氏

수인릉燧皇陵은 하남성 상구시에 있습니다. 기원 전 2333년 전 우리의 단군왕검 시대보다도 더 까마득한 옛날 사람인데 그런 인물에게도 무덤이 실재한다는 사실이 중국답게 역사의 포용력이 대단하다는 것을 느끼게 합니다. 종교를 거부하는 사회주의 국가이지만 역사라기에는 애매한 신화나 전설에 나오는 인물에 대한 추모도 놀랍도록 지극해서 사당 하나의 규모가 한국의 덕수궁 규모보다 더 넓고, 모시는 사당의 종류도 다양합니다. 하남성 남양시 비양현에는 천지를 창조했다는 반고사당이 있고 신강성 우루무치에는 신선 중의 신선 서왕모西王母의 사당도 모셔져 있습니다. 무덤이나 사당은 유불선儒佛仙을 초월하여 중국의 오래된 전통인 듯 사방에서 우뚝합니다.

모든 신화에도 계보가 존재하는 것처럼 수인씨는 유소씨有巢氏의 아들이라 하는데 처음에는 이름도 없이 그냥 '현인賢人'이라고만 등장합니다. 소巢는 '둥주리'란 뜻이니 당시에는 원숭이처럼 나무 위에서 살았다는 의미가 되겠습니다. 수인씨는 화서씨의 딸과 혼인하여 복희와 여와를 낳고 자신은 서쪽으로 가서 서방상제가 되었다는 기록도 있습니다. 소호少昊 금천金天을 서방상제라고도 하고 수인씨를 서방상제라고도 하는데, 《한비자韓非子》에는 수인이 태어난 곳은 감숙성 천수天水로 나오는 등 전해오는 기록마다 뒤섞여서 무엇이 옳다고 확

수인릉 정문(위)과 앞 광장

인할 수는 없습니다. 세월과 더불어 내용도 바래버렸습니다.

인천 국제공항에서 하남성의 성도인 정주까지는 비행기 편을 이용할 수 있습니다. 정주에서 기차로 한 3시간 거리의 동쪽에 상구시가 있습니다. 상구는 글자 그대로 옛 상商나라의 언덕이라는 의미로 주周나라 진의 왕조, 은이라고도 하는 나라의 영토였고, 그 이후 춘추 시대에는 송宋나라의 도읍지였습니다. 송나라는 망한 은殷나라 왕조의 제사를 이어가라고 주 무왕이 세워준 나라인 만큼 은나라의 유적이 상구에는 많이 있습니다. 뒤에서 언급될 은나라 시절의 천문대인 알백대閼伯臺가 이곳에 있고, 탕湯 임금을 도와 은나라를 세웠던 명재상 이윤伊尹 무덤도 근처에 있습니다.

상구역에서 기차를 내리니 아직도 남아 있는 '송도고성宋都古城'이라 현판을 단 문루는 세월의 이끼를 감싸안은 고색창연한 자태로 춘추전국시대의 전설을 이야기하는 듯했습니다. 성문을 지나 시가지를 가로지르니 전동차가 있었습니다. 문화유적지마다 전동차로 운행하고 있는 것은 문화재 보호에도 한발 앞서가는 선구적인 혜안 같습니다. 그것을 타고 10여 분을 달리니 '火文化景區화문화경구(불꽃문화풍경구)'라는 표지가 보이는 넓은 광장이 나타났습니다. 광장 한 모서리에는 채화된 성화를 높이 들어 선수단에 전달하는 2005년의 기록 사진이 커다랗게 걸려 있었습니다. 우리가 전국 체육대회 때 강화도 마니산 참성단에서 성화를 채화하듯 중국의 전국 체전 때는 이곳 상구의 수인릉 광장에서 성화의 불씨를 채화하는가 봅니다. 상구시는 아직도 수인씨가 숨을 쉬고 있는 불의 도시라고 말하는 듯했습니다.

수인 사당 앞 광장에는 건장한 원시인이 돌을 마찰해 불을 일으키는 조각상이 있는데, 원래 중국 신화 《습유기拾遺記》에는 나무를 마찰해 불을 얻는다는 의미의 찬목취화鑽木取火로 나와 있습니다. 어떤 현명한 분이 세상의 끝을 찾아 나섰다가 해도 달도 미치지 못하는 수명국燧明國에 도착했습니다. 그곳은 사방이 암흑 천지여서 낮과 밤의 구별도 없고 계절의 변화도 없는 혼돈의 천지였습니다. 다만 수목燧木이라는 커다란 나무가 일만 이랑의 땅을 덮고 있었는데 그 나무의 가지 여기저기에서 전기 스파이크 일듯 작은 불꽃이 튀고 있었습니다. 자세히 보니 딱따구리가 나무속의 벌레를 쫄 때 그 마찰의 영향으로 불꽃이 튀는 것이었습니다. 희미한 불꽃 사이로 이것을 보고 그 현인이 세상에 돌아와 나무를 비벼 불을 만들었다고 중국인들은 불의 기원을 이야기합니다.

당시 사람들은 그를 '불을 얻어온 사람' 즉 수인燧人이라 불렀는데, 수인씨가 최초로 이 불을 시험한 곳이 바로 하남성 상구시라 하여 그의 사당이 이곳에 세워졌습니다. 《한비자》에는 불은 만든 수인씨는 하늘의 별을 28수로 나누고 4계절을 각각 90일로 정했다는 기록도 있습니다. 구약성경에는 창세기 첫째 날 하느님이 '빛이 있으라!' 해서 광명이 생겼습니다. 이데아의 세계입니다. 희랍신화에서는 프로메테우스가 천상의 불을 훔쳐 인류에게 전해줍니다. 신의 선물입니다. 이런 서양 쪽의 신화보다는 조금 더 사실적이고 구체적인 것이 수인씨의 찬목취화입니다. 인간이 직접 불을 생산한 것입니다.

이런 채화 방식은 동양 문화에 오랫동안 전승되어 왔습니다. 불을 때지 않고 찬밥을 먹는다는 한식寒食의 유래에서도 찬목취화의 전통을 찾을 수 있습니다. 한식은 동지로부터 105일이 지난 양력 4월 6일경인데, 이 날이 되면 나라에서는 묵은 불을 다 꺼버리게 했습니다. 실한 버드나무를 비벼 새 불을 만들어 각 가정에 나누어 주어서 그것을 불씨로 하여 꺼뜨리지 않고 일 년을 사용하게 하였습니다. 우리가 연탄을 땔감으로 쓰던 1980년대까지만 해도 이사 갈 때 화덕에 불붙은 19공탄을 담아 가지고 새 집으로 옮기기도 했습니다. 불씨는 그렇게 소중한 것이었습니다. 그러니 묵은 불과 새 불이 교체되는 한식 날 당일은 찬밥을 먹을 수밖에 없었을 것입니다.

　　한식의 또 하나의 유래는 춘추시대 진문공晉文公 중이重耳의 충신 개자추介子推가 면산에서 타 죽은데서 유래했다고도 합니다. 문공은 왕이 되기 전 19년이나 망명 생활을 했는데 그 곤궁한 시절에 개자추는 자신의 허벅지 살을 베어 임금의 시장기를 면하게 한 적이 있었습니다. 그러나 문공이 왕위에 오르자 개자추는 어머니를 모시고 지금의 산서성 진중 개휴시의 면산에 숨어버립니다. 산에 불을 놓으면 효자인 그가 어머니를 들춰 업고 나올 줄 알았지만 모자가 부둥켜안고 타 죽은 시체가 되었습니다. 진 문공이 죽은 개자추의 넋을 기리기 위해 그날은 불을 피우지 못하게 한데서 한식의 유래를 설명하기도 합니다.


　　우리나라에서는 1950년대 초까지 시골 할아버지 담배쌈지 속에는 부시와 부싯돌이 들어 있었습니다. 초등학생들의 지우개보다 얇은 크기의 부시 쇠는 대장간에서 벼르고, 부싯돌로 쓰일 차돌은 개울에 지천으로 깔려 있으니 구태여 돈 주고 성냥을 살 필요가 없었습니다. 말린 쑥을 곱게 빻아 차돌에 대고 부시로 치면 바로 불꽃이 튀어 쑥 뭉치에 옮겨 붙는 것을 어린 눈으로 신기하게 본 기억이 아직도 새롭습니다.

　　수인씨의 무덤을 찾아 '수황릉燧皇陵'이라 씌어진 정문으로 들어서

면 신도神道 좌우로 용, 봉, 기린 등 영물의 석상이 능을 수호하고 있
는데, 조금 더 걸으니 앞에 커다란 석패방石牌坊(패루牌樓)이 나타났습니
다. 석패방은 궁전이나 능, 도시의 십자로 따위에 장식이나 기념으
로 세우는 중국 전통 양식입니다. 우리식으로 해석하면 사찰의 일주
문이거나 열녀문, 충렬사 등지에 세워진 홍살문 같은 것입니다. 그
석패방 기둥 사이로 멀리 수인씨의 무덤이 보입니다.

　산같이 웅장합니다. 그러나 같은 유교 문화권인데 조선 왕조 능
이나 신라 왕릉처럼 참기름 바른 듯 윤기 흐르는 잔디로 다듬어진 것
이 아니라 야산을 옮겨 놓은 듯 잡초와 잡목이 우거져 있습니다. 사
천성 성도의 유비 묘, 산동성 임치의 강태공 의관총, 심지어 곡부의
공자 묘 같은 곳도 우리 기준으로 볼 때는 자손 없이 버려진 듯한, 황
폐하기 이를 데 없는 황량한 묘지입니다. 원래 중국인들은 무덤에 손
을 대는 것을 불경하게 생각하는 듯합니다. 그래서 잡초는 물론 나무
가 우거진 능도 비일비재합니다. 그래도 내가 본 능 중에서 수인릉은
꽤 양호한 편인데도 중간쯤 움푹 패여 있는 것을 그대로 놔두고 잡초
투성이인 것을 보면 중국 사람들의 무덤에 대한 관념이 한국적인 기
준과 많이 다른 것은 분명합니다.

## 상인商人

　불꽃문화풍경구가 삼황오제의 으뜸인 수인씨의 영역이라면 그 대
각선으로 연장선상에 있는 화상문화광장華商文化廣場은 은나라商나라 역사
와 밀접한 관계가 있는 곳입니다. 광장 북쪽 언덕에는 천문을 관장하
는 알백대閼伯臺가 우뚝하고 그 맞은편에는 상조사商祖祠(최초의 장사꾼 할아버지)
란 현판 옆으로는 화상시조華商始祖(중국 상인의 시조) 왕해王亥의 조각상이 서
있습니다. 이곳에서 천문 관찰을 주관했던 알백의 다른 이름은 '상토
相土'라고도 하는데 순 임금 때 사도의 벼슬을 하던 설의 손자로 이 마
을에서 불을 관리하고 천문을 관찰하던 은나라의 선대 조상입니다.

　그 알백의 6대손 왕해는 우마차를 발명하여 물건을 싣고 여러 곳

을 다니며 팔았는데 사람들이 물건을 팔러온 왕해를 가리켜 '상나라에서 온 사람'이라 한데서 상인商人이란 말이 생겨났습니다. 이 왕해로부터 7대가 지나 탕왕이 은나라를 건국하여 중국의 정통 역사를 열게 됩니다. 현재 중국 역사 교과서에서는 이 은나라에서부터 역사가 시작하는 것으로 기술되어 있습니다.

전설처럼 전해오는 기록에는 황제 다다음의 제왕인 제곡 고신씨에게 두 아들이 있었는데 사이가 나빠서 만나기만 하면 싸웠다고 합니다. 그래서 큰아들은 동쪽 상구로 보내 28수 별자리 중의 하나인 심성心星(商星)에 제사를 지내게 하고, 아우는 서쪽 대하大夏로 보내 삼성參星에 제사하도록 해서 다시는 만나지 못하게 했다고 합니다. 이런 연유로 상구에 별을 관찰하는 천문대가 생겼는데, 그 천문대의 명칭이 앞에서 말한 알백대입니다.

상구시는 삼황지수三皇之首인 수인씨가 불을 일으킨 곳이고, 그 불로 백성들을 익혀 먹이면서 질병에서 해방시키고 불빛으로 어둠의 공포와 맹수를 쫓기도 한 곳입니다.

상거래를 처음 열고 주판을 최초로 사용했다는 은나라의 역사가 시작된 곳이 또한 상구입니다. 이 상구시의 북쪽에는 한국 고대사에 애매하게 등장하는 기자箕子의 묘가 있다고도 합니다.

화상의 시조 왕해 동상

지나는 길에 택시로 한 시간쯤 달려, 남장을 하고 흉노를 물리친 여장부 화무란花木蘭(뮬란)의 생가도 한번 들러볼만합니다. 개봉도 지척입니다. 포청천도 있고, 노지심이 통째로 나무를 뽑아 휘두르던 대상국사大相國寺가 있는 송나라의 수도 개봉도 중국 여행에서는 빼놓을 수 없는 곳입니다.

## 복희사당

중국 여행을 하다보면 어디까지가 허구이고, 신화이고, 역사인지 애매합니다.

태호<sup>太昊</sup> 복희씨<sup>伏羲氏</sup>의 경우도 다르지 않습니다. 까마득한 옛날 삼황오제의 한 분이니, 요란을 떨며 찾아 나서는 것이 정상인가 망설여지기도 하지만, 복희씨는 수렵을 가르쳤으며 팔괘를 제작한 문명의 할아버지로 중국 사람들이 인식하는 것은 분명합니다.

생존 연대를 따진다는 것도 무의미합니다. 삼황오제의 막내격인 요 임금이, 우리나라 단군할아버지 건국 연대와 맞먹는 4천 년 전 태고의 일이니 그저 까마득한 옛적의 일이라고나 할까요. 약 8천년 내지 6천년 전, 신석기 중기쯤 태어났다고 소개한 책도 있습니다.

복희의 성은 풍<sup>風</sup>씨인데 중국 최초의 성으로 수인씨도 풍씨라는 기록도 있습니다. 그러나 번성하지 못하여 신농씨로부터 출발한 강씨를 성씨의 효시로 보는 견해도 있습니다. 산서성 임분시 길현에 풍산이라는 산에서 풍씨가 나왔다고도 합니다. 지도에도 그곳이 인조산<sup>人祖山</sup>으로 나와 있습니다.

복희씨는 위수<sup>渭水</sup> 유역의 성기<sup>成紀</sup>(지금의 감숙성 천수시 진안현)에서 태어나 진<sup>陳</sup>(하남성 회양현)에서 나라를 다스렸다고 합니다. 사람의 머리에 뱀(용)의 몸을 하고 있었으니, 그가 다스린 부족은 뱀이나 용을 토템으로 삼았을 것입니다. 모친은 화서국 딸인데 뇌택 지방을 지나다 거인의 발자국에 자신의 발자국을 대보고 나서 복희를 잉태했는데 12년 후에 출산했다고 합니다. 만득<sup>晩得</sup>은 영웅 신화에 종종 등장하는 단골 스토리

팔괘를 들고 있는
태호 복흐씨(위)
복희 릉(가운데)
복희 사당 통천전(아래)

입니다. 복희를 대표로 한 집단 부락은 위수 유역에서 황하 중류로 이주하는 고달픈 여정에서 승리하여 중원을 제패한 것으로 기록은 정리되어 있습니다.

복희 사당은 강택민 주석이 다녀갔을 만큼 규모가 큰 감숙성 천수시의 복희묘廟를 비롯하여 곳곳에서 최고最古의 사당임을 주장하고 있습니다. 《제왕세기帝王世紀》에는 복희씨가 어대현산동성 제녕시 미산현에 묻혔다고도 하고, 하북성 석가장 신락시에도 능이 있는데 이 능은 제곡 고신 때의 무덤으로 가장 오래된 것이라는 설도 있습니다. 우리나라의 《환단고기》〈신시본기〉에 복희묘로 언급된 산동 미산현의 '복희사당'은 한창 보수 중이고 신락시에 있는 능에서는 대대적인 능제를 지냈다는 신문 기사도 있었습니다.

내가 찾은 곳은 하남성 주구시 회양현에 있는, 능과 사당을 겸한 태호 복희묘사당입니다. 이곳은 하남성의 남쪽에 위치해 있는데, 하남성 성도인 정주에서 버스를 타면 3시간 남짓 걸리는 거리입니다. 버스로 정주를 벗어나면 바로 신정시, 황제黃帝의 사당이 있습니다. 정주에서 황하유람구를 돌아보고 신정에서 오제의 으뜸인 황제사당을 답사하고 가까이 있는 회양의 복희사당을 찾으면 어느 정도 중국 고대 역사는 감이 잡힙니다.

태호 복희씨의 사당이 있는 회양시는 춘추시대에 진陳나라 땅이었습니다. 공자가 16년간 천하를 주유할 때 이곳에서도 3년여를 보냈는데, 이때 홍수가 범람해 강바닥이 뒤집힌 곳에서 뿔이 달린 커다란 해골이 발견되었는데 공자에게 묻자 그 두개골의 주인을 복희씨라고증해낸 데서부터 하남성 회양에 복희씨의 사당을 모셨다는 기록이 있습니다. 그러니까 복희 무덤은 춘추시대에 이미 이곳에 모셔졌고, 한나라 때 사당이 건립되어 당송 때 여러 번 개수된 것으로 이해되는데, 특히 주원장이 명나라를 건국할 때 이곳에 숨어서 생명을 구했다하여 명나라 연간에 크게 확장됐습니다.

사당 앞에는 용호라는 호수가 사방 30리 넓이로 질펀하게 펼쳐져 있었습니다. 복희는 용의 몸에 사람의 얼굴人頭龍身(인두용신)-人面蛇身(인면사신)을 했다고 했으니 그와 잘 어울리는 이름입니다. 대개 궁궐이나 사당의 정문은 남향하고 있다고 하여 오문午門이라고 합니다. 그리고 정문을 지나면 실개천이 흐릅니다. 잡스러운 것을 금한다 하여 금천禁川이란 말을 씁니다. 복희사당의 정문에는 '午朝門오조문'이라는 현판이 붙어 있고, 그 뒤편에는 '中華始祖중화시조'라는 편액이 걸려 있어 복희씨가 중국의 시조임을 증거하고 있습니다. 사당의 규모는 오조문에서 다섯 개의 문루를 지나야 태호복희 무덤이 나오는데, 남북으로 750m나 됩니다.

오조문을 나서면 궁궐의 양식을 따라 옥대하라는 금천禁川 위로는 돌로 잘 다듬어진 다리가 놓여 있습니다. 좌우로 정원을 끼고 통도(신도)를 따라 한참을 걸으면 도의문이 나옵니다. 여기부터가 제왕의 영역, 의관을 정제하는 곳입니다. 복희 선천팔괘를 상징하는 선천문을 지나면 사당의 중심 건물인 통천전이 나옵니다. 세상을 창조하고 천하를 통일했다는 의미에서 통천統天이라 합니다. 주용기 총리의 '羲皇古都희황고도', 이붕 총리의 '萬姓同根만성동근'이란 친필 휘호가 현판으로 붙어 있어 전각의 무게를 더해주고 있었습니다. 정전 안에는 8괘를 그린 틀을 들고 있는 복희씨의 황금상이 화려합니다.

그 뒤로 태시문太始門을 지나면 잡목 우거진 복희 무덤이 나옵니다. 몇 백 년 묵은 측백나무가 천하대장군, 지하여장군을 써 붙인 장승처럼 온갖 풍상을 견디며 무덤 앞에 휘어져 있습니다. 비문은 '太昊伏羲氏之墓태호복희씨지묘'가 정상인데 마지막 글씨가 墓묘인지 莫막인지 불분명합니다. 이 글씨는 송나라 소동파의 여동생 소소매의 필체라는 설이 있습니다. 일부러 莫막 밑에 土토를 쓰지 않았다고 합니다. 이유는 그 비석 밑이 바로 흙(土)이기 때문이라는 우스개 이야기도 여담처럼 전해집니다. 능 뒤편에는 보통 화원이 꾸며져 있는데 복희사당에는 시초원蓍草園이 화단을 대신합니다. 복희가 팔괘를 연구하며 산算가지를 놓을 때 사용했다는 풀이 잡초처럼 자라고 있었습니다.

사당 회랑에 조각된 '복희성적도伏羲聖跡圖'에 의하면 복희씨의 어머니는 화서씨의 딸인데 뇌택의 늪 가에서 거인의 발자국을 보고 발을 대자 감응되어 복희씨를 잉태했다고 했는데, 뇌택雷澤이란 지명을 참조하면 그 발자국의 주인은 천둥신일 것입니다.

또 복희씨는 지상에서 하늘까지 9만 리가 되는 거리를 사다리(산이나, 거목)를 타고 오르내렸는데, 그는 봄을 주재하는 동방상제로 생명을 주관하며 목신木神의 보좌를 받았습니다. 슬瑟이란 악기를 만들어 민심을 순화시켰다고 합니다. 음악은 중국 고대의 통치수단이었습니다. 요 임금은 격양가를 듣고 민심을 파악했으며 순 임금은 오현금으로 남풍가를 연주했습니다. 공자는 예와 악을 치국의 근본으로 삼았습니다.

복희씨는 거미가 줄을 치는 것을 보고 그물을 만들어 백성들에게 고기 잡는 법을 가르쳤다고 했으니 문명화되는 순서로 보면 신농씨가 개척한 농업 사회 이전, 수렵 시대의 이야기입니다. 또한 황하에서 나타난 용마의 등에 그려진 그림 하도河圖를 보고 8괘를 만들어 자연 현상천지(天地), 산수(山川), 수화(水火), 풍뢰(風雷)의 이치를 쉽게 풀어 설명한 중국 문명의 시조이기도 합니다.

이 하도에는 목, 화, 토, 금, 수 오행의 원리와 《음양 팔괘》의 기본이 그려졌습니다. 팔괘가 무엇입니까? 간단히 말하면 막대 문자입니다. 긴 막대 세 개를 나란히 놓은 것이 건乾(하늘)입니다. 짧은 막대 여섯 개를 두 개씩 세 줄에 놓은 것이 곤坤(땅)입니다 하늘은 양이고 땅은 음입니다. 우리 태극기에 나오는 사괘 즉 건乾, 곤坤, 이離, 감坎과 나머지 태兌, 진震, 손巽, 간艮을 합치면 팔괘가 됩니다. 이 복희 팔괘를 주나라 문왕이 계승 발전시키고 공자가 완성해서 주역周(易經)이 탄생합니다. 공자가 얼마나 열심히 연구했는지 죽간의 가죽 끈이 세 번이나 끊어졌다는 '위편삼절韋編三絕'의 고사까지 생겨났습니다. 우리가 점을 치는 책인 줄 아는 이 '주역'은 사실은 중국의 우주관이 담겨 있는 최초의 과학 교과서입니다.

## 여와조인女媧造人

여와 사당 또한 중국 여러 곳에 모셔져 있는데 가까이는 회양의 복희 사당 서쪽 하남성 주구시 서화현에도 있고 멀리는 신장 위그르의 투르판 오아시스 한가운데도 있습니다. 역사나 규모로 볼 때 하북성 한단시 섭현의 와황궁이라는 사당이 여와 사당으로 가장 유명합니다.

회양의 복희 사당에도 통천전을 지나면 현인전顯仁殿이 나오는데 바로 여와를 모신 전각입니다. 중국 사람들은 친밀하게 여와를 '조상할머니'란 뜻인 '인조내내人祖奶奶'라 부릅니다. 현인전의 여와는 한 손에는 아기를, 다른 한 손에는 흙덩이를 들고 있습니다. 현인전 우측 하단에는 자손요子孫窯라는 작은 구멍이 하나 있습니다. 거기에 손을 넣고 빌면 아기가 점지된다고 합니다. 반질반질 수 없는 손의 흔적에 여와가 인류의 어머니임을 증명하는 듯합니다. 《산해경山海經》에도 복희씨와 여와씨는 남매이면서 결혼한 것을 부끄러워했다는 이야기가 나옵니다.

〈복희여와도〉 중 가장 오랜 것은 신장 위구르에 있는 고창고성高昌古城의 아스티나 고분군에서 발견된 6세기에 그려진 그림입니다. 복희와 여와의 하체는 함께 붙어 있는 것으로 나옵니다. 뱀(蛇)의 형상인 하체는 함께 붙어 있고 상체만 두 몸으로 분리되어 있습니다. 그들의 머리 위로는 해가 그려져 있고 발밑으로는 달이, 좌우로는 별이 그려져 있습니다. 바로 우주의 형상입니다. 여와는 컴퍼스를, 복희는 직각으로 된 자를 들고 있는데 이는 하늘은 둥글고 땅은 네모졌다는 천원지방의 상징으로 이해됩니다.

《풍속통의》 같은 책에서는 여와를 삼황에 넣기도 하나, 여와는 진흙을 빚어 인류를 창조하고—여와조인女媧造人, 신들의 전쟁으로 하늘이 무너져 홍수가 온 세상을 덮자 오색 돌을 반죽하여 하늘의 구멍을 메우고 — 여와보천女媧補天, 거북의 네 다리를 잘라 하늘을 받쳐 세상을 보존하였다고 하니 그녀의 이러한 고마운 행적으로 보면 제왕의 반열보다는 천지를 창조한 반고와 함께 신화의 세계에서 노니는 것이 더 어울릴 것

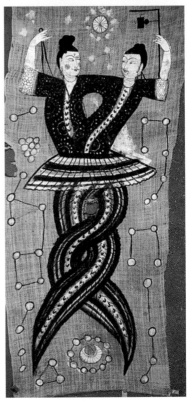

하북 한단시 섭현의 여와 사당(위)
신장 위그르 아스티나 고분에서 발견된
여화 복희도(아래)

같다는 것이 제 생각입니다.

세상에 아무도 없을 때 혼자 너무 심심하여 여와는 자신과 비슷한 존재를 만들어 보았습니다. 진흙으로 자신과 같은 모습을 빚어 내 생명을 주고 인간이라는 이름을 붙였습니다. 하지만 드넓은 천지에 인간을 하나하나 빚어 채우는 것은 어려운 일이었습니다. 그래서 여와는 흙탕물에 새끼줄<sub>칡넝쿨</sub>을 담갔다가 휘두르는 방식으로 많은 인간들을 만들어 내었는데, 손으로 빚은 인간들은 고귀한 신분이 되었고, 새끼줄을 휘둘러 만든 인간들은 보통 사람이 되었다고 합니다. 그리고 인간이 계속 뒤를 잇게 하기 위해 남녀라는 성별을 주고 결혼하여 후손을 잇게 하는 능력을 부여했습니다. 이는 제우스가 일으킨 홍수에 살아남은 데우카리온과 아내 퓨라가 머리 뒤로 돌을 던져 사람을 만들어 냈다는 희랍 신화와 흡사합니다.

여와가 진흙물을 뿌려 인간을 만든 것은 20세기 유행했던 실존철학의 내용과도 상통하니 재미있습니다. "인간은 우연히 던져진 존재다." 이것이 사르트르의 명제입니다.

하느님이 인간을 만들었다면 인간의 본질은 하느님에게 있겠으나, 인간이 뿌려진 진흙물에서 우연히 창조되었다면 사람들은 자신의 본질은 자신이 찾아내야 합니다. 그래서 수인<sub>燧人</sub>씨는 스스로 불을 창조했는지도 모를 일입니다. 서양의 불은 프로메테우스가 제우스로부터 훔쳐다 준 피동적인 결과입니다. 그에 반해 수인이나 여와는 다 능동적으로 자신의 임무에 대처한 것 같습니다.

여와를 모신 현인전 한 구석에 뚫려 있는 작은 구멍을 자손요<sub>子孫窯</sub>라 합니다. 그곳에 손을 넣고 빌면 임신할 수 있다고 합니다. 여와는 번식의 신이기도 합니다.

통천전 우측에는 악비전<sub>岳飛殿</sub>도 있습니다. 송나라 때의 영웅 악비보다 지금은 광장에 무릎을 꿇고 앉은, 악비를 모함한 진회를 비롯한 다섯 간신이 더 인기가 있습니다. 두통이 있는 사람은 그 오적<sub>五賊</sub>의 머리를 때리면 통증이 가라앉는다 합니다. 사람들은 빙 둘러서서 자신의 아픈 곳에 해당하는 부분을 열심히 때리고 있었습니다. 진회라는 간신은 지금 매 맞느라 하루 종일, 일 년 열두 달 영일이 없습니다.

## 와치회양臥治淮陽

복희 사당이 있는 회양을 꼭 한 번 가보고 싶었던 것은 삼황오제를 찾는 여행 말고도 〈관동별곡〉에서 '급장유汲長儒'의 고사를 읽던 시절로 거슬러 올라갑니다.

"회양 녜 일흠이 마초아 가탈시고. 급장유 풍채를 고텨 아니 볼게이고."

한국 최고의 문인 송강 정철이 쓴 〈관동별곡〉의 한 구절입니다. 지금은 이북 땅이 되었지만 우리나라 강원도에도 회양이 있습니다. 송강이 강원도 관찰사로 도정을 순시하며 회양을 지나다가 중국 회양 태수 급장유의 선정을 생각하고 목민관으로서 자신의 의지를 천명한 구절입니다. 그런데 당시 내가 가지고 있었던 간략한 중국 지도에서는 회양을 찾을 수가 없었습니다. 지금 회양의 주소는 하남성, 주구시 회양현이니 우리나라로 따지면 면 소재지 정도 되는 작은 마을이니 간단한 지도로는 확인하기 어려웠던 것입니다.

누워서 다스렸다는 것은 인위적이 아닌 물 흐르듯 순리대로 백성을 다스렸다는 뜻입니다. 급암汲黯(급장유의 이름)은 무위無爲의 정치를 실현해 한나라 무제 때에 구경九卿의 반열에 올랐던 현인입니다. 사마천의 《사기》〈열전〉에도 그의 서슴없이 직간하는 모습이 잘 묘사되어 있었습니다. 강원도 관찰사인 송강은 자신도 급장유처럼 멋있는 정치를 해보고 싶었을 것입니다.

역사는 무상한 것인지 복희 사당 휴게실에서 옆에 있는 중국 학생들에게 급암의 발자취를 물어도 아는 이가 없었습니다. 21세기 현재에도 누워서순리대로 세상을 다스릴 수 있는 급장유 같은 목민관의 출현은 또한 목마르게 기다려지기도 하는 일입니다.

## 염제신농<sup>炎帝神農</sup>

### 신농상초<sup>神農嘗草</sup>

　지루한 석기 시대가 끝날 때쯤 혜성같이 신농씨<sup>神農氏</sup>가 나타나 수렵시대를 마감하고 농경사회의 막을 엽니다. 파종을 해서 싹을 키우는 농사 기술의 확보는 20세기에 원자탄을 발명한 것보다 몇 십 배 더 획기적인 신기술의 발명입니다.

　신농씨는 나무를 구부려 보습과 쟁기를 만들었고 소에게 멍에를 씌워 밭 가는 방법을 개발했습니다. 이름 그대로 농업의 신인데 그의 머리에 난 뿔은 농경 사회에서 큰 역할을 하는 소의 상징입니다. 그는 인신우두<sup>人身牛頭</sup>의 형상을 했는데 내가 다녀온 염제고리 신농광장에 꾸며진 조각품에도 농경시대를 연 임금답게 왼 손에는 벼 이삭을 들고 머리에는 뿔이 나 있습니다.

　그는 의약의 신이기도 합니다. 두 개의 커다란 자루를 가지고 다니며 한쪽에는 식용 가능한 풀을, 다른 쪽에는 약용으로 쓰일 약초를 담아, 신농상백초<sup>神農嘗百草</sup>라는 말 그대로 매일 100가지 잎새를 씹어 약효를 시험하다가 72가지 독에 중독되기도 하였다고 합니다. 자편<sup>赭鞭</sup>이라는 회초리로 약초를 때려 그 효능을 시험했다는 이야기가 《회남자<sup>淮南子</sup>》에 나오기도 합니다. 이런 신농의 약초는 《신농본초경》 《황제내경》 같은 의학 고서의 명약으로 활용되고 편작이나 화타 같은 명의를 탄생시키기도 합니다.

　또 그는 차의 신이기도 합니다. 어느 날 독초에 중독되어 신음하다가 우연히 차나무 잎을 씹어 목숨을 구한 데서 차를 개발하였다는 말도 있습니다. 그의 차는 당나라 시인 육유<sup>陸游</sup>의 《다경<sup>茶經</sup>》이라는 책

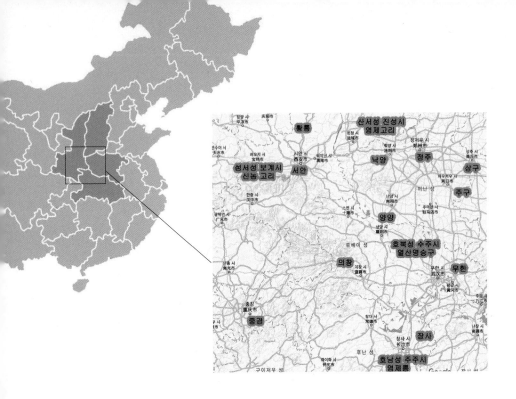

을 탄생시킵니다. 일설에는 달마대사가 9년 면벽面壁을 하면서 잠을
쫓기 위해 눈썹을 뽑아 던졌는데 거기서 싹이 난 것이 차가 되었다
는 이야기도 있습니다만, 달마는 6세기 남북조 시대의 인물로 신농
의 연대와 비교가 안 됩니다. 달마 이전에도 차 이야기는 많이 나옵
니다. 소설《삼국지三國志》는 유비가 어머니께 드릴 차를 구하러 강가
에 나왔다가 황건적과 조우하는 장면에서 시작되기도 합니다. 이렇
게 차는 한漢나라 시절에도 일반화되고 있었습니다. 달마의 신비함이
차의 묘한 맛과 결부된 하나의 미담일 것입니다.

　"술 천 잔을 마셔도 친해지기 어렵지만, 차 한 잔으로 능히 사람
을 감동시킨다."
　"술은 백마 탄 기사이고 차는 숨어 사는 은자와 같다. 좋은 술은
친구를 위해 있고 향기로운 차는 덕이 있는 사람을 위해 있다."
　이렇게 술과 차를 비교하며 차를 한 수 위로 치고 있는 차 문화
깊숙이 신농씨가 자리 잡고 있습니다. 임어당은 차를 혼자 마시면 속

세를 떠난 기분이고, 둘이 마시면 한가하고 서넛이 마시면 유쾌하나 대여섯이 마시면 저속하다고 그의 명저 《생활의 발견》에 적기도 했는데 이만큼 중국 사람들에게는 일상이 된 차 문화의 조상이 신농씨입니다.

명나라 학자 장치는 〈염릉炎陵〉이라는 시에서

형산 남쪽 산맥은 푸른 봉오리를 굽이굽이 돌고
상강은 천리를 흘러 냇가에 이르렀네
어두운 궁궐 산목山木을 가리고
솔솔 부는 가을바람 들밭에 부는구나
아무것도 하지 않아도 온 천하가 임금의 법칙에 따르고
오랜 세월 쌀밥을 먹게 해 백성의 날들을 열었도다

라고 호남성 염제능을 지나며 신농을 예찬합니다.

"대사는 보고 싶지 않습니다. 편지도 필요 없습니다. 오직 차만 보내면 됩니다. 바로 보내지 않으면 마조馬祖의 할喝과 덕산 스님의 몽둥이를 피할 수 없을 것입니다."

무던히도 차에 매료되었던 추사 김정희 선생이 유배지 제주도에서 초의선사에게 보낸 편지에 있는 내용입니다.

## 염제 신농

전설 같은 이야기겠으나 약 5000여 년 전 신농씨는 섬서성 보계시 기산현 강수에서 태어났는데 그 강의 이름을 쫓아 성이 강姜씨가 되었습니다. 이 보계란 곳은 《삼국지》에서는 진창陳創이란 지명으로 나오는데, 읍참마속泣斬馬謖의 고사가 탄생한 곳이고, 공명이 죽은 오장원五丈原에서도 가깝습니다.

신농의 부친은 소전少典이고 모친은 유교씨有蟜氏의 딸 여등女登인데 용의 정기를 받고 신농을 잉태했다고 합니다. 태어난 지 3일 만에 말

1. 염제대전(산서성 고평시)
2. 산서성 고평시 염제 고리 앞
3. 호남성 주주시 염제릉
4. 하북성 신농산의 염제 동상

을 하고 5일째 되는 날은 걷고 7일이 되자 치아가 났다는 기록도 있습니다.

신농씨의 성 강씨는 후일 중화 성씨의 기원이 됩니다. 신농 이전 복희의 '풍씨'가 있었지만 이상하게 후손이 적고 강씨가 번성합니다. 내가 다녀온 산서성 진성시의 염제고리에 있는 신농 기념관에는 주나라의 개국공신이자 제나라를 봉지로 받은 강태공이 신농씨의 54대 자손으로 기록되어 있고, 춘추오패春秋五覇의 으뜸인 제 환공은 강태공의 12세손으로 소개되어 있었습니다.

강태공 이후 이 강씨는 정丁, 구丘, 고高, 노盧, 최崔, 허許 씨등 93개의 성으로 분화됩니다. 우리나라의 '진주 강씨'도 강태공이 선대 조상이라고 종친회에서는 성묘도 다녀간답니다. 강태공의 의관총이 있는 산동성 치박시 임치에는 '세계강씨종친회'라는 어마어마한(?) 현판이 걸려 있기도 했습니다.

신농씨 다음의 임금인 황제 헌원의 성 희熙 씨 역시 그리 번창한 편은 못됩니다. 《사기》에는 황제의 아들은 25명이고 그 중 성씨를 세운 자가 14명이라 했지만, 강씨에게는 미치지 못합니다. 주나라의 조상인 후직의 부계는 황제의 혈연 희씨이고, 모계는 신농씨의 후손입니다. - 후직의 모친 강원은 제곡의 정실부인으로 염제의 후손, 강씨입니다. 이렇게 제1세력과의 결혼 동맹을 하며 신농의 계보는 꾸준히 이어집니다. 강姜씨나 희姬씨에 다 女여 자가 있는 것을 보아 당시는 아직 모계사회의 흔적을 볼 수 있다는 연구 결과도 있습니다.

하남성 정주 황하유람구에는 산같이 거대한 두상頭像 두 개가 나란히 서 있습니다. 염제 신농과 황제 헌원의 모습입니다. 그 두상의 높이만 106m, 뉴욕의 자유 여신상보다도 더 큽니다. 중국인의 시작은 염제 신농과 황제 헌원이라는 깃발을 크게 내 건 셈입니다.

《사기》〈오제본기〉에는 이 신농씨와 황제에 대한 기록이 비교적 소상하게 나옵니다. 기록에 의하면 신농씨는 쇠약해가는 기성 정권이었고, 황제는 막강한 신흥 실력자입니다. 여기에 구리 머리에 철의 이마를 가졌다는 전쟁의 신 치우까지 등장합니다. 이들이 서로 크게 싸우던 장소가 하북성 장가구시 탁록현입니다. 1990년대 들어 탁록현에는 중화삼조당中華三祖堂이 들어섭니다. 염제, 황제와 함께 치우도 그들의 조상으로 모시기 시작한 것입니다. 그 사당 명칭이 '귀근당歸根堂'이니 그들이 돌아갈 뿌리 중 가장 연장의 할아버지가 '염제 신농'인 셈입니다.

신농의 유적지 중 중요한 곳은 네 곳으로 압축되는데 장소는 다르나 그에 대한 설명은 동일합니다. 첫 번째 유적지는 내가 다녀온 곳으로 아래에서 이야기 할 산서성 염제고리입니다. 둘째는 그의 무덤이 있는 염릉현입니다. 그는 140년을 제위에 올라 나라를 다스렸는데 호남성 주주시 차릉현에서 단장초斷腸草의 약효를 실험하다가 중독되어 묻힌 곳이 염릉현입니다. 세 번째는 앞에서 그의 출생지로 소개한 섬서성 보계시 강수입니다. 네 번째는 호북성 수주시 여산진인데 이곳에도 '염제신농열산명승구炎帝神農烈山名勝區'라하여 신농씨가 태어난 곳이라고 주장하기도 합니다. 열산은 이곳 수주의 다른 이름이기도 합니다. 장강 삼협 유람이 거의의 끝날 무렵 삼협댐에 이르기 전에 굴원사가 있고 여기서 물길을 거슬러 가면 왕소군 고리가 나옵니다. 계속 북으로 오르면 깊은 삼림의 신농가가 나옵니다. 이곳에서 신농이 백초의 약효를 시험했다고 하여 수주시 여산진에 신농사당이 있습니다.

신농씨를 남방상제로 모시는데, 그래서 그의 능을 남방인 호남성에 모셨는지 모르겠으나 그렇다면 섬서성 북쪽 황릉현에 묻힌 황제가 북방상제가 되었어야 하는데 북방상제는 제곡 고신이니 그것도 아닌 것 같습니다.

신농씨는 산을 태워 짐승을 몰아내고 농지를 개척했다고 해서 열산烈山씨라고도 하고, 태양의 신으로 모셔지기 때문에 염제炎帝라고 불려집니다. 오행에서 불은 남쪽입니다. 그래서 남방상제라 불려지는지도 모르겠습니다.

《예기禮記》에는 입하가 되면 임금은 남쪽 언덕에 올라 염제와 축융에게 제사지낸다는 기록이 있습니다. 불의 신 축융은 염제 신농의 으뜸가는 신하입니다. 축융이나 물의 신 공공共工은 그의 자손이라는 설도 있습니다.

## 염제고리

내가 찾아간 곳은 산서성 진성 고평시 신농현에 있는 양두산 양지바른 마을이었습니다. 버스에서 내리니 동서남북을 분간할 수 없었습니다. 교통순경에게 지도를 보여주며 신농사당을 물으니, 지나가던 오토바이를 세우고 뭐라 합니다. 나를 태우고 거기까지 안내해 주라는 이야기였습니다. 이곳도 신농씨의 도읍지가 아니었나 하는 생각이 들만큼 사당의 규모나 전시물이 예사롭지 않게 잘 갖춰져 있었습니다.

진성시 가까이 하남성 초작시에는 신농산이 있습니다. 이곳에는 산 이름 그대로 신농씨의 상징물을 많이 찾아볼 수 있는데 이는 이 일대가 다 신농씨의 영역인 까닭이겠습니다. 가까운 산서성의 성도 태원시 근처에는 그가 약초를 굽던 솥이 있고, 그가 관리했다는 신농원 약초산이 있습니다. 이렇게 보면 신농씨의 영역은 이곳 산서성인 것 같습니다. 〈삼황본기〉 같은 데서는 하남성 회양이나, 산동성 곡부가 그의 도읍지였다는 이야기도 있습니다.

옛날에 진陳이라 불리던 현재의 회양에는 9개의 우물이 있는데 그가 태어날 때 9개의 구멍에서 동시에 샘이 솟아올라 신농의 우물이 되었다고 《사기색은史記索隱》은 소개합니다. 이 책에 의하면 이 강씨 성의 신농 왕조는 8대 530년을 누리다가 황제 헌원과 교체됩니다.

차 이야기 못지않게 '신농의 딸' 이야기가 장강 삼협을 지나는 길손의 귀를 즐겁게 합니다. 신농씨에게는 아름다운 딸이 셋이 있었는데, 그 막내딸 요희의 이야기가 전설이 되어 인구에 회자됩니다. 그녀는 이성의 사랑을 받는 기쁨도 모른 채 처녀의 몸으로 죽고 말았습니다. 요절한 요희의 운명을 가련하게 여긴 옥황상제는 그녀를 장강 삼협이 있는 무산巫山으로 보내 구름과 비를 다스리는 신을 삼았습니다.

무산무협을 떠돌던 그녀는 한 남자를 만납니다. 춘추전국시대 초나라의 회왕이 고당의 대臺에서 쉴 때 그녀는 임금의 꿈에 나타나 황홀한 하룻밤을 보냅니다. 감동한 임금은 다시 만날 것을 간청하나 그녀는 '저는 무산의 신녀이온바 아침이면 구름이 되고, 저녁이면 비가 되어 항상 폐하 곁에 있겠나이다.'라는 말을 남기고 사라집니다. 그 이후 남녀가 나누는 육체의 즐거움을 '운우의 정'이라 하게 되었습니다. 이 내용의 전말은 초나라의 궁정시인 송옥宋玉의 〈고당부高唐賦〉에 전해지는데, 혹은 신농의 딸이 아니라 서왕모의 딸이라고도 합니다.

신농 사당이 있는 산서성 진성시는 낙양에서 버스로 5시간 거리입니다. 낙양에서 진성으로 직접 가는 도로는 태항산맥이 가로막고 있어서 아흔아홉 구비 아슬아슬한 곡예 운전에 숨을 몰아쉬게 하는데 이것도 지나고 나면 좋은 추억이 될 것입니다. 이 태항산맥을 경계로 산서성과 하북성이 나뉘고, 그 서쪽이라 해서 산서성, 동쪽이라 해서 산동성이란 이름이 생겼습니다. 산서성의 성도인 태원에서 진성으로 가는 길을 택한다면 오대산의 문수보살의 성지 현통사 구경을 하며 남행하여 '신농사당'을 보아도 좋을 것입니다.

산서싱 버스 번호판은 冀기 자로 시작합니다. 기주의 옛 땅, 즉 춘추시대 진秦나라 땅이라는 뜻입니다. 고대 중국은 이곳 산서성에서 시작했다고 해도 과언이 아니 듯 요, 순 임금의 자취도 이곳에서 찾을 수 있습니다. 천년 고도 하남성 낙양에서 황하를 건너면 지척에 나타나는 산서성 남부 운성시에는 순 임금과 관우 사당이 있습니다. 이스라엘의 사해같이 넓은 염호가 있는데 산등성이 높은 곳에 관운장이 청룡언월도를 들고 서 있습니다. 운성시 북쪽은 임분입니다. 임분시에는 요 임금 사당이 있고, 그의 유적이 발견된 도사촌도 있습니다. 그 북쪽에는 평요고성과 면산에 개자추 사당도 있습니다. 세상은 넓고 역사는 유구한데 길 떠난 나그네의 하루는 너무 짧기만 했습니다.

## 선농단

신농씨가 진주 강氏와 관계가 있는 것처럼 서울 동대문 밖 제기동의 선농단先農壇과도 깊은 관계가 있습니다. 나라와 나라 사이에 국경은 존재해도 문명은 공유하는 것 같습니다. 희랍신화와 로마신화의 접근성이 그 좋은 예가 될 것입니다.

조선 역대 제왕은 선농단에 와서 제사 지내고 풍년을 빌었는데 이때 모시는 주신이 신농이고 차석에 모신 신이 후직后稷입니다. 후직은 순 임금 때 농수산부장관격의 벼슬 명칭이고 원래의 이름은 기棄

입니다. 왕이 친경했던 논을 적전籍田이라 하고 여기서 수확된 곡식으로 제를 올렸습니다. 이날 점심은 소를 잡아 국을 끓였는데 이것이 바로 지금 설렁탕의 전신입니다.

지금도 이 전통을 이어 서울 동대문구에서는 곡우가 지난 매월 4월 30일 옛날의 선농제를 재연하고 있습니다.

황제헌원 黃帝軒轅

## 黃帝황제와 皇帝황제

　삼황오제의 한 분인 황제는 '黃帝'라고 쓰는 고유명사입니다. 최고 존엄을 뜻하는 황제는 진시황이 삼황오제의 황과 제를 따다 붙인 보통명사입니다.

　황제는 수구산동성 곡부에서 태어났지만 희수姬水(하남성 정주 신정시)에서 자랐으므로 성이 희姬(公孫) 씨가 되고 헌원의 언덕하남성 신정시에서 살아 이름을 헌원軒轅이라 했습니다. 일설에는 수레를 발명하여 헌원수레 軒(헌). 끌채 轅(원)이라 했다고도 합니다. 황제는 4개의 얼굴을 하고 중앙에 앉아 동서남북을 다 살피고 춘하추동 4계절을 관장했다고도 합니다. 오행으로 볼 때 중앙은 토덕土德이고 색깔은 황색이기 때문에 사람들은 그를 황제라 칭했다고도 하고, 황룡이 나타나 상서로운 조짐을 보여서 황제라 칭한다는 말도 있습니다. 토지신 후토后土가 늘 그를 보좌합니다.

　부친은 유웅국의 추장 소전이고 어머니 유교씨 부보는 큰 번개가 북두칠성을 에워싸는 것을 보고 감응을 받아 잉태하여 24개월 만에 황제를 출산했습니다. 그래서 황제는 천둥과 번개를 관장하는 신이기도 합니다. 이 모든 이야기들이 올림프스산 상의 그리스 신화나 다르지 않은 허황된(?) 이야기 같기도 합니다.

　《사기》〈오제본기〉에는 '황제에게는 아들 25명이 있었는데 스스로 성씨를 세운 자가 14 명이었다. 큰아들은 현효 즉 청양으로서 그는 강수하남성 안양시의 제후가 되었다. 둘째는 창의인데, 그의 아들이 황제의 제위를 이은 전욱이다.'라고 기록되어 있습니다.

또한 황제는 판천의 들에서 염제 신농과 싸워 승리하여 중원의 패자로 군림하고, 다시 동이족의 수령인 치우와의 탁록대전에서 승리하여 -《환단고기》에는 치우의 승리로 기록되어 있음- 진정한 중화민족의 조종祖宗으로 추앙받게 됩니다.

## 황제고리

하남성의 성도인 정주에서 버스를 타고 남쪽으로 1시간 거리에 신정 마을이 있습니다. 한국에서 간다면 정주국제공항에서는 택시로 30분 거리입니다. 시외버스 운전기사가 신정시 황제릉 입구라 해서 내리기는 했는데 아무리 육감을 총 동원해도 근처에는 헌원지구軒轅之도라 부를만한 산도 언덕도 없는 허허벌판 평지였습니다.

오월 말인데도 한낮의 열기는 그대로 삼복인 신작로 길을 땀 흘리며 한참 걸으니 길이 구부러지면서 육중한 사당의 입구가 보였습니다. 원래 명당이란 입구에 다다를 때까지 그 형상이 쉽게 보이지 않는 법이라는 말이 사실인 것 같습니다.

황제 사당은 온 천지가 황금빛으로 꾸며져 있었습니다. 청명절기 제사를 끝낸 조형물들이 아직 치워지지 않고 그대로 있어서 더욱 그들의 지극한 조상 숭배사상을 느낄 수 있었습니다. 들어서는 입구부터 다른 능과는 구조가 달라 정문을 없애고 단지 좌우로 고루鼓樓와 종루鐘樓가 서 있는 중앙에 통도가 시원히 뚫려 있었는데 시조 할아버지(?)의 능답게 입장료도 받지 않았습니다.

황제 사당 앞에는 '중화 성씨 광장'이 있는데 여기에는 3천여 개의 성씨가 빼곡히 기록되어 있었습니다. 그 옆으로는 성씨 나무라 하여 가지가 여럿으로 뻗어 나가고 잎이 무성한 나무가 조각된 동판銅版이 있는데 그 중심 줄기에 '黃帝황제 姬희'라 쓰여 있고 옆 가지로 神農신농 姜강 蚩尤치우, 少昊소호, 己기 등의 이름을 쓴 가지가 있었습니다. 모든 성씨의 기원이 황제라는 뜻입니다. 염황炎黃의 자손이라 하나 큰 줄기는 황제이고, 혹은 화하족이라 하니, 하夏나라를 세운 우왕禹王도 황제의 자손입니다. 염황 이전의 복희의 성씨는 풍風씨입니다.

그 옆에 있는 황제 보정寶鼎은 24톤이나 되는 매머드 급이었습니다. 보정에 조각된 9마리 용은 중국 구주九州를 뜻하고 받침다리 역할을 하는 세 마리 곰은 황제가 유웅국 출신이라는 상징입니다. 황제는 우리의 단군과 동일한 곰 토템입니다. 황금 보정의 다리인 곰 한 마리는 성인의 두 배나 되는 키와 풍채였습니다.

수백 개의 황제 깃발이 펄럭이는 사당의 신도神道가 끝나는 지점에 다리 셋이 경사를 이루고 나란히 나타납니다. 헌원교 혹은 중화제일교라고도 하고 아래 흐르는 물을 희수姬水라 부릅니다. 궁궐 앞을 흐르는 금천禁川인 셈입니다. 이 헌원교를 지나면 '황제고리'란 현판을 단 황제사당의 본전이 나타납니다. 그 안에는 비단 휘장에 둘러싸인 검소한 황제상이 모셔져 있습니다. 그 머리 위에는 '인문초조人文初祖'라는 현판이 달려 있습니다.

하남성 정주 황하 유람구의 염황 이제상

섬서성 연안시 황제릉

하남성 신정시 배조대전

그 뒤로 황제의 두 부인, 선잠先蠶 누조嫘祖와 선직先織 막모嫫母가 모셔져 있습니다. 제1부인 누조는 최초로 누에를 길렀기 때문에 '선잠낭랑'이라고도 하고, 제2부인 막모는 직조기를 만들어서 선직낭랑이라고도 합니다. 신농씨가 먹거리를 해결했다면 황제 때에는 입을 것이 해결될 차례입니다. 이것이 역사의 진화 단계겠지요. 우리나라에도 서울 성북구 성북동에 선잠원이 있습니다. 임금이 신설동 선농당에서 친경을 했던 것처럼 왕비는 이곳 성북동에 와서 누에에게 뽕을 주며 풍년을 기원했습니다.

이 황제 본전을 지나면 다시 넓은 광장이 나타나는데 황금색 천을 감싸다시피 가지에 늘어뜨린 500년 묵었다는 대추나무도 보입니다. 이 대추는 이곳 신정시의 대표 과실이기도 한데 원래 대추란 것이 동양 문명권에서는 종족의 근원을 나타냅니다. 우리의 제사상에도 조율이시棗栗梨柿라 하여 대추를 첫 번째로 올리고 있습니다. 씨가 하나라 하여 제왕의 상징으로 쓰이기도 합니다. 이곳 대추는 우리나라 살구만큼 크고 답니다.

광장 북단에 산같이 세워진 황제의 좌상이 주변을 압도합니다. 그 뒤로는 압축된 시조산始祖山이 조성되어 있습니다. 배조대전拜祖大殿이라 하여 해마다 음력 3월 3일 날 큰 제례를 올리는데 제상에는 커다란 제기에 오곡이 가지런히 담겨 있었습니다. 황제黃帝는 오곡을 수확한 임금이기도 합니다.

황제 좌상의 뒤에는 황제고리 기념관이 있습니다. 황제 헌원은 중원에 진출한 뒤, 염제 신농씨와 연합하여 강대한 치우구려족(九黎族)의 수령를 황하지역에서 장강 남쪽까지 물리쳤고, 다시 세력이 약해진 염제와 판천의 싸움에서 이겨 최초로 중화민족을 통일하는 과정이 그림으로 그려져 있고, 그때 사용하던 무기류도 전시되어 있습니다. 염제와는 판천에서 3회, 지우와는 탁록하북성 장가구시 닥록현에서 74회 싸웠다고 하는데 이때 사용한 칼과 지남차도 유물로 전시되어 있습니다. 하기야 황제로부터 많은 세월이 흘러 은나라에 와서야 청동기가 열리지만 사마천의 사기 이래 많은 책에는 치우가 철의 이마를 했고 황제가 지남차를 발명했다고 사실처럼 이야기합니다.

중국 백과사전 바이두百度에는 황제의 생몰연대가 기원 전 2717-2599로 나와 있습니다. 진위서 논란이 있는 《죽서기년竹書紀年》이나 《제왕연대력帝王年代曆》에 의하면 황제는 기원전 2699-2598년까지 100년 동안 재위에 올라 있었고, 〈중국도유中國導游〉라는 중국 여행가 이드북에는 황제가 갑자 원년BC 2697에 탄생한 것으로 되어 있기도 합니다. 그러나 1911년 신해혁명 때 기록된 한 문서의 연대 표기에 황제기년 4609년이란 표현이 보이는 것으로 보면 황제라는 임금은 우리의 단군왕검처럼 그들의 가슴속에 살아 있음이 분명합니다.

황제와 싸운 치우에 대해 우리나라 《환단고기》 같은 책에서는 단군 왕조인 고조선 이전의 배달국신시의 임금으로 묘사하고 있습니다. 사실 여부를 떠나서 단군보다 400년 이전의 황제와 동시대 인물인 치우는 한국인에게는 수호신으로 확실하게 자리 잡아가고 있습니다. 경주 안압지에서 출토된 귀면鬼面 기와에서부터 조선 왕궁에 보이는 치우상에 이르기까지 21세기 와서는 축구 응원단의 붉은 악마 또한 치우 상징인 것은 분명합니다.

## 황제보정黃帝寶鼎

　　황제의 유적지는 중국 곳곳에 많이 흩어져 있지만 그 중에 다음 네 곳이 유명합니다. 앞서 이야기 한 하남성 신정시의 황제고리, 무덤이 있는 섬서성 연안시 황릉현 교산, 그리고 하남성 영보시 형산의 황제주정원, 마지막으로 황제의 도읍지로도 손꼽히는 탁록현의 중화삼조당입니다. 물론 정주의 황하유람구에는 100m가 넘는 염황상炎黃像도 새로운 눈길을 끌기 시작했습니다.

　　형산의 주정원은 황제가 보정寶鼎을 완성한 곳입니다. 《사기史記》〈봉선서封禪書〉에 의하면 황제는 수양산의 구리를 캐다가 하남성 영보시 형산에서 보정을 주조하였는데 보정이 완성되자 하늘에서 긴 턱수염이 달린 한 마리 용이 내려왔다고 합니다. 그는 70여 명의 후궁, 신하와 함께 그 용을 타고 하늘로 올라갔는데 여러 신하들은 그와 함께 승천하려고 필사적으로 용의 수염을 잡아당기는 바람에 수염과 황제의 활이 떨어져 호수가 생겼습니다. 이 지역 사람들은 이를 '정호鼎湖'라 했다고 합니다. 그러니까 교산에 있는 황제능은 황제의 시신이 없는 의관총인 셈입니다.

　　역대 제왕들은 권력의 상징으로 보정을 주조했는데, 복희씨는 천하를 통일하고 신정神鼎을 하나 만들었습니다. 하나란 통일의 의미이고 신정은 천지만물의 귀결이라는 뜻입니다. 이를 이어받아 황제는 보정을 세 개 만들어 천지인을 형상화 했는데 형산 황제의 무덤 앞에 나란히 놓여 있습니다. 크기는 한길 석자 로 쌀 열섬들이 넓이며 둘레에는 응룡鷹龍을 조각하였습니다. 그 이후에도 하 우왕은 구주의 금속을 모아 9개의 정을 만들었고 진시황은 천하의 병기를 모아 녹여 큰 보정 아홉을 만들었다는 기록도 있습니다.

　　이 황제 보정이 있는 하남성 삼문협시는 황하를 끼고 그 유명한 천혜의 요지 함곡관이 있는 곳입니다. 만리장성의 동단은 하북성의 진황도시 산해관이고, 서쪽 끝은 감숙성 주천시에 있는 가욕관입니

다. 그 만리장성 내부에 위치한 천혜의 요새가 하남성 함곡관입니다.

함곡관에 얽힌 고사는 수많은 전쟁의 기록 말고도 맹상군의 계명구도鷄鳴狗盜가 있

하남성 영보시 황제보정

는가 하면, 노자老子가 이곳을 지나다 문지기의 간절한 소망을 받아 《도덕경道德經》 5천자를 써 준 장소이기도 합니다. 그래서 그런지 지금은 관문으로서의 위용보다는 도교 성지의 모습이 더욱 지나는 사람의 마음을 휘어잡습니다. 모셔진 노자의 모습도 인상적입니다. 호호백발 노인인데 입술과 혀는 선홍색으로 선명하여 강한 인상을 주었습니다.

함곡관에서 황제보정이 있는 영보시까지 거리가 지도에는 가깝게 나와 있는데 중국 시외버스라는 것이 이리 저리 빙글 빙글 돌아 세 시간 가깝게 걸렸습니다. 영보시에서 황제 보정이 있는 황제 사당까지는 택시를 탔습니다. 택시 기사가 재미있는 사람이었습니다. 이곳 지명이 잉바오靈寶이고 한국 대통령 이름이 밍바오明博이니 둘이 비슷

하다고 하는 것 같았습니다. 동행 없이 혼자 가는 길이라 모든 것이 낯설었지만 듣고 보니 그럴듯해서 마주 웃어 주었습니다. 이럴 때마다 내가 중국말을 조금만 할 수 있다면 꽤 재미있는 여행을 할 수 있었겠다는 아쉬움을 금하지 못했습니다.

중화삼조당中華三祖堂은 하북성 장가구시 탁록현에 있습니다. 황제를 중앙에 모시고 좌우에 염제 신농과 치우를 모셨는데 그 명칭 '중화삼조당'이 의미하는 바는 많은 상징성이 있습니다. 애당초 화하족華夏族의 개념에는 '황제'의 자손이란 뜻이었는데 거기에 염제炎帝가 첨가되며 '염황의 자손'이었다가 1997년 중화삼조당을 꾸미면서 중국인의 선조는 황제, 신농, 치우로 다원화된 것입니다. 실로 56개 민족의 다민족 국가다운 발상입니다. 치우는 우리 한민족의 제왕으로 야기되기도 하지만 중국 남방민족인 묘족의 추앙을 받기도 하는 우리 할아버지입니다.

내가 대학시절 노계 박인로의 〈선상탄船上嘆〉을 읽으며 혼란스러웠던 부분이 있었습니다. '배를 만든 헌원씨를 원망한다고 하면서 황제가 배를 만들었다'는 게 도대체 무슨 말인가? 그때만해도 참고할만한 책이 쉽지 않았고 인터넷 검색도 없던 시절이라 참으로 답답했습니다. 그러다가 황제와 헌원씨가 같은 사람이고, 염제와 신농씨 또한 같은 이름인 줄 알고 혼자 쓸쓸히 웃었던 젊은 시절도 있어서, 70의 나이가 돼서 그 '황제'를 찾아 나섰던 감회는 남달랐습니다.

오래 소망하며 기다리면 기회는 자연스럽게 찾아오는 것이 삶의 순리인지도 모르겠습니다. 황제 고리 사진을 몇 장 인터넷 카페에 올리며 '제 잔이 넘치나이다.'라는 패러디를 써보기도 했습니다. 문득 젊어서 여행하지 않은 사람은 늙어서 얘깃거리가 없다는 명구를 기억합니다.

전욱<sup>顓頊</sup>과 제곡<sup>帝嚳</sup>

### 이제릉<sup>二帝陵</sup>

《사기》의 기록에 따르면 황제 헌원씨 다음의 제왕은 전욱이고 그 다음이 제곡입니다. 이 두 임금은 부자 관계도 아니고 형제 사이도 아닌데 이상하게 같은 곳에 능을 모시고 '이제릉<sup>二帝陵</sup>'이라 부릅니다. 두 분의 능은 하남성의 상구시에도 있고 안양시에도 모셔졌는데, 나는 하남성 안양시의 능을 보고 왔습니다.

5천년도 더 되는 옛 이야기지만 그래도 최초의 역사서로 꼽히는 사마천《사기》의 〈오제본기〉에는 역대 제왕의 연대기가 자세히 나와 있습니다. 황제는 현효와 창의 등 25명의 아들을 낳았는데 황제 다음의 임금 전욱은, 차남 창의의 아들입니다.

황제의 장남 현효는 아들 교극을 낳았는데 세 번째 임금 제곡은 바로 이 교극의 아들입니다. 즉 전욱은 황제의 손자이고, 제곡은 황제의 증손으로 전욱과 제곡은 5촌 숙질 간입니다.

하남성 안양시를 여행하는 사람들이 가장 많이 찾는 곳이 갑골문자로 유명한 은허 유적지이겠지만 그 밖에도 살펴볼 역사 유산이 꽤 많습니다. 안양 시가지 남쪽 탕양현에는 주 문왕이 연금되어 팔괘를 연구했다는 유리성이 있습니다. 그 근처 멀지 않은 곳에는 남송의 애국자 악비 장군 사당도 있습니다. 악비는 우리나라 이순신 장군 같이 중국 사람들의 추앙을 받는 만고 충신인데, 이곳이 그의 고향입니다. 출정하는 아들의 등에 '盡忠報國<sup>진충보국</sup>'이란 글자를 새기는 모성은 역시 영웅의 어머니입니다. 안양의 이제릉은 시가지의 남동쪽 내황현에 있습니다. 안양에서 버스로 1시간 넘게 걸리는 거리입니다.

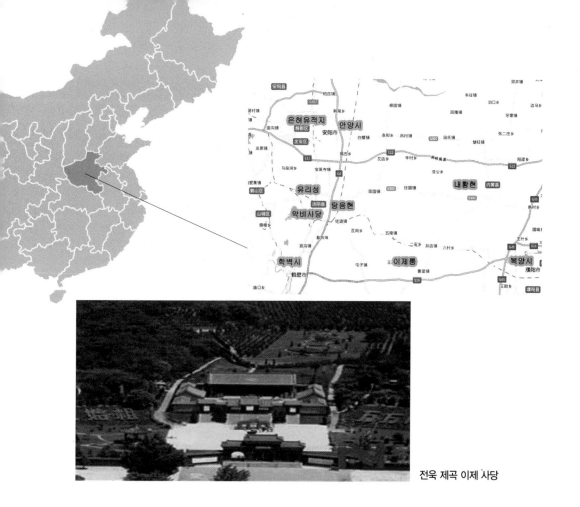

전욱 제곡 이제 사당

복양시에 있는 것으로 소개되기도 하는데, 아마도 내황현과 복양시의 경계가 붙어 있어서 과거 행정구역이 복양에 속했던데 기인한 것 같습니다.

### 전욱<sup>顓頊</sup> 고양<sup>高陽</sup>

전욱이 다스렸던 곳은 하남성 제구<sup>지금의 복양</sup>라고 하는데, 초기에는 고양 지방을 다스렸다 해서 고양씨라고 불렸습니다. 이 고양은 현재의 하남성 상구시 근처라고 하고, 하북성 보정시 고양현이라고도 하지만 모두 안양에서 멀리 떨어져있지 않습니다. 지도책을 뒤적이며 과거 역사의 행적을 더듬는 것도 재미있고, 20시간씩 기차에 실려 현장을 찾는 감격도 여행의 재미를 더해 줍니다.

전욱에 대한 유명한 일화는 그가 하늘과 땅을 오르내리는 길을 차단했다는 것입니다. 천지창조신화에 나오는 반고가 땅과 하늘의 사이를 9만리로 충분히 늘려 놓았지만 전욱이 다스리던 당시까지만 해도 인간이 쉽게 하늘에 오르고 신이

이제상(전욱, 고양씨, 제곡 고신씨)

쉽게 땅에 내려와 전욱의 통치를 방해했다고 합니다. 전욱은 염황연맹炎黃聯盟의 대표로 치우나 공공 같은 이민족과 수없는 전투를 했는데 이들이 신과 내통을 하는 바람에 여러 번 낭패를 보고나서 하늘의 길을 차단했다고 합니다. 그 후부터는 이 막힌 통로를 연결하는 유일한 인간이 바로 무당밖에 없었습니다. 巫무라는 글자는 하늘과 땅이 있고 그 사이에 사람인이 있는데 이런 사정을 설명하는 글자입니다.

중국의 지형을 보면 서북쪽이 높고 모든 강은 동남쪽으로 흐르는데 이도 전욱과 관계있는 일이라 합니다. 물의 신인 공공共工과 전욱이 왕의 자리를 놓고 싸웠는데, 전설에 의하면 그들은 하늘에서 인간세상으로, 동방에서 서방으로 오가며 싸우다가 서북쪽의 부주산不周山에까지 가서 싸웠다고 합니다.

부주산은 적황갈색 암석층의 험준하고 높은 산으로 당시에 하늘을 받치고 있는 거대한 기둥이었는데 싸움에 진 공공이 분을 이기지 못하고 이 산을 들이받았다고 합니다. 이 거대한 기둥이 두 동강이 나자 하늘은 버팀목이 없어져 서쪽으로 기울어졌기 때문에 해와 달과 별들이 모두 서쪽으로 운행하게 되었습니다. 동남쪽의 대지는 부딪힐 때의 충격으로 깊은 구덩이가 생겼는데, 이로부터 크고 작은 강물들의 흐름도 모두 동남쪽으로 기울어진 채 바다로 흘러갔다는 이

야기가 전해집니다. 구멍 난 하늘은 인류의 어머니 여와가 오색 돌로 때우고, 커다란 거북의 발을 잘라 하늘을 떠 받쳤다는 후일담도 전합니다.

전욱은 음악을 좋아해 바람에 불리는 각종 소리를 본따서 〈승운지가承雲之歌〉를 만들어 연주하기도 했는데 78년간 재위하고 98세까지 살았습니다. 그의 자손으로는 800년을 살았다는 팽조彭祖가 유명합니다. 안양의 이제릉 기념관에는 〈중국고제혈통개략표〉가 전시되어 있었는데 전욱의 후손으로는 순 임금과 하나라 우 임금이 표시되어 있고 제곡의 후손으로는 요 임금, 은 탕왕, 주 문왕의 이름이 보입니다.

## 제곡 고신

삼황오제 중 세 번째 임금은 제곡帝嚳 고신씨高辛입니다. 15세 때 전욱을 보좌하여 신辛이란 곳에 봉해져 고신씨가 되고, 30세에 박亳에서 부락장이 되었다고 합니다. 고대 지명을 검색하니 박亳은 3곳이 있는데 하남성 낙양시 언사현과 상구시 북쪽도 박이라는 지명으로 불린 것 같습니다. 아마 이런 까닭으로 이제릉이 안양에도 있고 상구에서도 이제를 모셨던 것 같습니다. 상구는 제곡이 태어난 곳이라고도 합니다.

《사기》에 의하면 그는 나면서부터 신령스러워 스스로 자신의 이름을 말했다고 합니다. 널리 은덕을 베풀기를 대지에 물을 대주는 것처럼 하여 해와 달이 비치는 곳 어디나, 비, 바람 부는 온 세상이 다 그에게 복종했습니다. 봄 여름에는 용을, 가을 겨울에는 말을 타고 다니며 나라를 다스렸는데 그때마다 봉조鳳鳥와 천적天翟이 날아와 춤을 추었다고 합니다.

제곡의 아내들은 모두 태양을 먹을 때일설에는 태양을 삼키는 꿈을 꿀 때마다 아들을 한 명씩 낳았다는 신기한 이야기도 있습니다. 그는 많은 자식을 두었는데 모두 훌륭한 일가를 일으켰습니다. 첫째 아내 강원은 주족周族의 시조가 된 기后稷를 낳았고, 둘째 아내 간적은 상족商族의 시조가 된 설을 낳았으며, 셋째 아내 경도는 요를 낳고, 넷째 아내 상의는 지를 낳았습니다. 처음에는 큰 아들 지가 왕위를 이었으나 불초하여 쫓겨나고 그 아우 방훈이 왕위를 이었으니 이가 바로 요 임금입니다. 특히 후직의 출생담은 우리 주몽신화와 같은 계열의 기아棄兒 유형을 취하고 있습니다.

또 제곡에게는 불화가 심한 두 아들이 있었는데 큰 아들 알백閼伯은 동쪽 상구로 보내 상성商星을 모시게 했고 작은 아들 실침實沈은 서쪽 대하로 보내 삼성參星을 모시게 하여 다시는 서로 만나지 못하게 했습니다. 그 이후로 이 두 별은 이별의 대명사로 쓰입니다. 두보의 시에 '살면서 서로 만나기 쉽지 않으니 삼성과 상성이 따로 노니는 것 같네人生不相見(인생불상견) 動如參與商(동여참여상)'라는 구절은 이별을 노래한 백미라 합니다. 지금도 하남성 상구시에는 천문대라 하여 알백대가 남아 있습니다.

## 소호 금천씨

산동성 곡부시에 가서 삼공三孔(공묘, 공부, 공림)만 보고 말면 여행이 너무 단출해집니다. '논어 비림'이나 '공자육예지성' 같은 곳을 보고 시가지 동북쪽 십리쯤에 자리 잡은 소호릉을 찾으면 삼황오제에서 잊혀진 또 한 분의 임금을 만날 수 있습니다. 삼황오제를 이야기 할 때 조금 애매한 임금이 바로 소호少昊 금천씨金天氏입니다. 소호라는 이름은《사기》에는 안 나오지만,《십팔사략十八史略》이나《제왕세기》같은 기록에는 오제의 으뜸으로 나옵니다.

태양의 신혹은 태백의 정령인 백제의 아들 백제白帝와 항아가 궁상의 뜰에서 사랑을 속삭이다가 소호를 잉태했는데, 그가 태어날 때 오색 봉황이 사방에서 날아들었다고 합니다. 소호의 나라는 새 토템인 셈입니다. 사당 전각에 모셔진 소호 위패 위로는 청 건륭제의 친필 '金德始祥금

산동성 곡부의 소호릉 석패방

**소호릉(위)**
**소호릉 앞 만석산(아래)**

덕이상'이라는 현판이 걸려 있었습니다.

기념관에 기록된 제왕 연대표에는 황제를 복희 신농과 함께 삼황으로 올리고, 소호 금천씨를 오제의 첫머리에 놓았습니다. 소호 금천은 황제의 아들또는 현효의 아들입니다. 그는 전욱의 숙부로 어린 조카 전욱을 무척 사랑해 금과 슬을 만들어 주었다고 《산해경山海經》는 전해집니다. 전욱이 그것을 가지고 놀다 바다에 빠뜨려 지금도 바다 속에서는 거문고 소리가 들린다고 합니다.

소호릉은 특이한 장묘 문화를 보여줍니다. 전각이나 석패방, 무덤 등은 대동소이한데 그 앞에 만석산萬石山이란 2662개의 바위로 된 30여m의 돌무덤은 꼭 피라미드처럼 우뚝했습

니다. 송나라 때 지었는데 중수한지는 얼마 되지 않는 듯 상태는 양
호했습니다.

정상에는 작은 사당이 있고 그 안에는 옥으로 조각한 소호상이
모셔져 있습니다. 내가 갔을 때<sup>2007년 10월</sup>는 능 주변 사방이 목화밭이
어서 하얀 목화송이가 주렁주렁했던 것이 아직도 신선한 기억으로
남습니다. 《삼국사기》〈열전〉에 김유신이 소호 금천씨의 후예라는
기록을 보고 말하기 좋아하는 사람들은 소호는 우리나라 김씨의 시
조라는 말도 합니다. 믿거나 말거나 같은 이야기입니다. 다음은 요
순 임금을 찾아 산서성으로 갈 차례입니다.

# 요 임금과 격양가<sup>擊壤歌</sup>

## 버스<sup>巴士</sup>, 공공기차

산서성 운성시에서 임분시<sup>臨汾市</sup>로 가는 버스 삯은 중국 인민폐 37 원입니다. 마침 점심 때여서 터미널 근처 식당에서 쌀국수 한 그릇을 5원주고 사먹었습니다.<sup>2007년 당시 맥도날드 커피 한 잔 7원</sup> 한 3시간 정도의 거리였는데, 12시에 출발한 버스는 오후 5시가 되어서 임분에 도착했습니다. 당초 예정은 도착하는 대로 요 임금 사당을 참관하고 다음날 일찍 능을 보고 싶었는데, 5시면 이미 문을 닫을 시간, 지도로 본 거리와 현실은 늘 이렇게 커다란 간격이 벌어집니다.

"뭘 그리 서두르나, 노구를 끌고 예까지 왔으니 우선 따뜻한 물로 몸이나 추스르게. 나는 예서 4천 년이나 자네를 기다렸다네. 빠르고 늦다는 것은 성급한 문명인들의 조바심일 뿐일세……."

요 임금님의 인자한 가르침대로 우선 호텔을 찾아 여장을 풀었습니다. 외국 투숙객을 별로 보지 못한 프런트 여직원은 내 여권을 유심히 보다가 저희들끼리 킥킥 웃습니다. 1박에 180원인데 야진<sup>押金</sup>이라 하여 360원을 받습니다. 야진은 일종의 보증금입니다. 기물을 파손하거나 별다른 사고가 없으면 다음날 퇴실 시 180원을 돌려받습니다.

중국 장거리 버스의 운행 방식은 우리와 좀 다릅니다. 아직 버스는 단순한 통행 수단만이 아니라 화물의 운송도 겸하고 있습니다. 쉽게 말하면 남서울 터미널에서 출발한 대전행 버스는 바로 고속도로로 들어서는 것이 아니라, 가락 농수산센터에 들러 짐칸에 수박을 잔

광운전의 요 임금

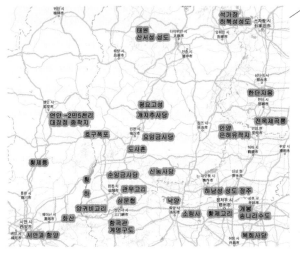

순 임금 – 운성(관우)
요 임금 – 임분(도사촌)
개자추 – 개휴(면산)
태원 – 선서성 성도
양귀비 고리 – 운성
화산 – 섬서성 위남시
황제릉 – 섬서성 황릉현
신농사당 – 진성시 고평
낙양 – 동주(춘추전국)
정주 – 하남성 성도
개봉 – 북송 수도
안양 – 은나라 수도
한단 – 한단지몽(한단지보)
석가장 – 하북성 성도
함곡관 – 하남성 영보시

뜩 싣고 지방 도로를 달립니다. 수원쯤 오면 고속도로 진입로 입구에서 몇몇 승객을 태우고 고속도로에 진입합니다. 다시 청주 진입로로 빠져서 한 가계에 그 수박들을 내려놓고는 역회전해서 고속도로로, 신탄진 인터체인지쯤 와서 또 몇 명의 승객을 내려줍니다.

이런 운행 방식이 처음에는 불합리한 듯 보였는데 차츰 이해가 되어가는 중입니다. 자기 차나 배달해 주는 차가 있어야 수박을 도매로 사올 터인데 그런 시스템이 없으니 고육지책이지요. 우리 집이 신탄진인데 서울에서 신탄진 가는 버스가 없습니다. 대전에 가서 다시 신탄진에 오는 버스를 타려면 그만큼 돈이 더 듭니다.

이런 저런 이유로 승객들은 중국 버스의 그런 과외 활동(?)을 묵인하기도 하고 이용합니다. 아직 이들은 시간이 중요하기보다는 10

원이라도 돈이 더 소중한, 1인당 국민생산 3천불 시대<sup>2007년 현재</sup>에 살고 있으니까요.

## 요 임금 사당

사당 정문에 들기 전, 광장에는 '중국제일화표<sup>中國第一華表</sup>'가 하늘 높이 솟아 있는데, 그 10m를 넘는 화표를 중심점으로 중국 모형 지도가 입체로 조성되어 있습니다. 서고동저<sup>西高東低</sup>. 꿈틀대는 산악 사이로 가녀리게 빠져 나와 흐르는 황하. 동쪽 산해관에서 서쪽 사막 가욕관으로 연결된, 장강<sup>양자강</sup> 길이와 맞먹는다는 만리장성. 묘하게 이곳 화표의 위치는 중국 지도의 한가운데 있었습니다.

광장 서쪽 벽에는 대문짝보다 크게 쓴 '華夏子孫<sup>화하자손</sup> 同根共祖<sup>동근공조</sup>'라는 여덟 글자를 빼곡하게 에워싸고 1200여 성씨들이 새겨져 있었습니다. 그것만 읽어도 반나절은 보낼 수 있을 것입니다. 글자마다 정자, 상형문자, 발음을 토를 달아 놓았는데, 종교라는 개념을 이들은 이런 민족적 자부심으로 대치하는 것 같다는 생각이 들기도 했습니다.

정문을 들어서니 긴 신도<sup>神道</sup>가 펼쳐지고 한참을 걸으니 일주문 형태의 의문<sup>儀門</sup>이 세워져 있습니다. 방문객은 여기서 의관을 정제하고 속세의 때를 씻어내라는 그런 장소입니다. 그리고 그 좌우 대칭되는 지점에 종루와 고루가 우뚝합니다. 보아서 오른쪽이 종루, 왼쪽이 고루입니다. 종을 쳐 아침을 알리고 북을 쳐 저녁을 알렸습니다<sup>暮鼓晨鐘(모고신종)</sup>. 요 임금 사당의 북은 세계에서 제일 크다는 안내판이 붙어 있었습니다. 종도 크기로는 우리의 것과 비교가 안 되었지만, 그러나 종소리는 우리나라 사찰의 범종같이 은은하지는 못했습니다.

의문을 지나면 오봉루가 나옵니다. 봉황 다섯 마리가 노니는 궁궐. 큰 봉황은 요 임금이고 나머지 네 봉황은 사악<sup>四嶽</sup>으로 지칭되던 네 명의 대신이 정사를 살피던 곳. 우리 식으로 하면 광화문 오른쪽

광운전

의 정부 종합청사쯤 되겠죠. 그 양 옆 보도 사이로 임분시 남쪽 양분현 도사촌에서 발굴되었다는 요 임금 당시의 생활 용품들의 모형이 전시되어 있었습니다. 오봉루 바로 앞에는 두 덩어리 바윗돌이 놓여 있습니다. 강구요康衢謠와 격양가擊壤歌가 새겨진 아담한 바위입니다. 이 오봉루 다음 건물이 요 임금께 제사를 올리는 공간인 광운전廣運殿 입니다.

그 앞에는 요정堯井이라는 우물이 있습니다. 요 임금이 판 우물, 세상에서 가장 단 물이라는 안내서가 보이네요. 중국은 물 사정이 한국처럼 아무데나 판다고 해결되는 곳이 아닙니다. 덕이 있는 자만이 우물을 팔 수 있었나 봅니다. 그래서인지 내가 찾은 궁궐이나 사당마다 우물은 아주 정갈하고 성스럽게 모셔져 있습니다.

광운전 안에는 온통 금빛으로 번쩍이는 적당한 크기의 요 임금 상이 모셔져 있습니다. 임금의 색상은 주황색이고 숫자는 9자입니다. 억새풀로 엉성하게 엮은 석자밖에 안 되는 토방에서 태평성대의 문을 열었다는 그분이 지금은 번쩍이는 황금 소상으로 모셔졌으니 생전에 검소하고 소박했던 요 임금의 삶이 사후에 충분히 보상받는 호사를 하고 있다고나 할까요. 해마다 정월이면 이곳에 제사 지내

광운전 앞 고백(古栢)

오봉루

는 것이 산서성의 큰 행사의 하나라 합니다. 광운전은 요묘堯廟의 중심 건물로 춘추전국시대 진晉나라 때부터 모셔졌는데 현재의 광운전 3층 누각은 당나라 때 건립되어 지금까지 16차례 개수와 중건했다고 적혀있었습니다.

요정堯井 뒤로 있는 좌우 건물은 순 임금과 우 임금의 사당으로 양 옆에서 요 임금을 보좌합니다. 순 임금은 요 임금의 사위이고 우 임금은 순을 받들어 황하를 다스린 명군입니다. 거기를 지나면 화원과 침전이 나옵니다. 천년 묵은 아름드리나무들이 세월의 무게를 용케 버티고 있었습니다. 나무는 세월이 흐를수록 더 장대해지는데, 왜 사람은 늙어가며 점점 초라하고 왜소해질까요?

광운전 추녀 사이로 가지를 뻗은 고백古栢, 그 너머로 새파란 하늘. 이것은 천 년 전의 하늘 그대로일지도 모르겠습니다. 격양가가 울려 퍼지던 요 임금 시절은 매일매일 진화하지 않고는 살아남지 못하는 고단한 21세기를 살아가는 우리들에게 고향의 유년시절과 같은 매력을 지니고 있었습니다. 고향의 시계는 멈춰서 있는지도 모르겠습니다.

사실 동·서양을 막론하고 모든 파라다이스는 과거의 일이었습니다. 에덴동산, 유토피아, 무릉도원 이런 낙원에서 지금의 우리는 너무 멀리 떨어져 살아야 하는 실낙원의 백성입니다. 공자님이 말씀하신 요순시대의 태평성대 또한 과거로의 회귀입니다. 가장 행복한 시절은 어머니의 태내에서 쪼그리고 앉았던 그 열 달이었듯이. 그래서 내가 그렇게 요 임금의 사당을 꼭 한번 보고 싶어했는지도 모르겠습니다.

## 역사

요 임금은 13세에 도陶라는 땅을 영지로 받고, 15세에 딩唐이란 곳을 다스려 도당씨陶唐氏라고도 했습니다. 그 후 황제로 등극하여 이곳, 임분시에 터 잡으니, 곧 평양이었습니다. 까마득한 옛날, 우리 단군 할아버지가 고조선을 세웠을 때가 요 임금 25년이라 《동국통감》에 적혀 있으니, 기원전 2400여 년, 지금부터 4500년 전 이야깁니다. 중국 학자들은 임분시 남쪽 양분현 도사촌이란 마을에서 요 임금의 성터를 발견했다고 흥분한 적도 있습니다. 서양의 종교가 하느님으로 도배했듯 중국 사람들이 역사에 열광하는 것도 일종의 신앙 같았습니다. 이 요순시절의 이야기는 우리 고전에도 회자됩니다.

조선시대 소리꾼들이 부르던 유산가의 한 구절에 나오는, '소부 허유 문답하던 기산영수箕山穎水 예 아니냐?' 부분이 바로 요 임금 시절의 이야기입니다.

《장자莊子》〈소요유逍遙遊〉편에 요 임금이 천하의 현인 허유許由를 찾아가 대신 나라를 맡아 달라 청하는 장면이 나옵니다.

"일월이 환한 대낮에 횃불을 밝힌들 그 빛이 얼마나 밝겠습니까? 내 능력의 한계를 잘 아니 나 대신 나라를 다스려 주십시오."라는 요 임금의 말에 허유는 "명예는 실존의 그림자이니 어찌 그림자 때문에 내 몸을 번거롭게 할 것인가."라고 거절합니다.

황보밀皇甫謐이라는 이가 엮은 《고사전高士傳》에는 그 후일담도 나옵니다. 영수潁水에 가서 귀를 씻는 허유를 보고 마침 송아지 물 먹이려던 소부巢父가 까닭을 묻습니다. '요 임금한테 속세의 때 묻은 소리를 들어 귀를 씻는 중'이란 말을 듣고 소부는 송아지를 상류로 끌고 가며 소리칩니다. "공연히 허명만 세상에 떠내려 보내는 자네의 더러운 귀 씻은 물을 우리 송아지에게 먹일 수는 없다네."

기산과 영수는 하남성 정주시 등봉현에 있습니다. 임금 자리를 선뜻 양보하려는 요 임금이나 그것을 완강하게 거절하는 허유나 그런 허유에게 '허명' 운운하며 통렬한 야유를 퍼붓는 소부, 모두 공자님이 태평성대로 예찬한 바로 요순 시절의 자유인이었습니다.

중국 최초의 역사책은 공자가 저술한 《서경書經(尙書)》일 것입니다. 여기에는 요, 순과 하, 은, 주 삼대의 이야기밖에 없습니다. 그 후 5백년이 지나 사마천의 《사기》에는 더욱 상대上代로 거슬러 올라가 〈오제본기〉황제, 전욱, 제곡, 요, 순를 적었는데, 한나라 말부터 수인, 복희, 신농 같은 삼황도 등장해서 중국인들은 스스로를 염황炎黃의 자손이라 하게 되었습니다.

하남성 정주 황하 유람구에 가보면 산봉우리를 깎아 만든 어마어마한 큰 바위 얼굴 두 개가 있는데 그것이 바로 염제 신농씨와 황제 헌원씨의 얼굴입니다. 지금 중국 사람들은 자신의 역사를 시공을 초월하여 이렇게 요란하게 장식하고 있습니다.

우리의 단군 할아버지도 《삼국유사》에서 현실로 끌어 내렸으면 좋겠습니다. 실증사학자들이 주장하는 인문학적 증거야 어떻든 우리들은 단군의 자손, 배달민족인 것을 자랑으로 알고 있지 않습니까? 서해안 간척지나 김제 만경 넓은 벌 어디쯤, 향 바른 따스한 곳에 아주 괜찮은 테마공원 하나 만들어 널찍하게 단군도 모시고, 수로부인도 예쁘게 단장시키고, '공무도하가'의 노래도 흘러나온다면 그 또한 아름답지 않을까요?

믿음은 바라는 것들의 실상이라 했던가요? 지금으로부터 4500여

년 전이라 한다면 기독교식으로 하면 창세기에 나오는 노아의 홍수 시절과 연대가 비슷한가요? 온 천지가 물바다이고 파충류가 극성을 부렸다니, 중국에는 곤이나 우 임금 같은 치수의 달인도 당연히 있었을 거라면, 그곳보다 생활환경이 좋았을 만주 벌판이나, 한반도에도 빛나는 인물이 있었던 것은 당연하겠지요. 환인 환웅, 치우 같은 분들은 우리 역사 속에서 좀 더 친근해야 하겠습니다.

## 노래

이야기가 빗나갔습니다만 공자가 춘추시대라는 약육강식의 혼란기를 살면서 최초의 역사책 《서경》에 최고의 이상형으로 요 임금을 꼽은 것은 아마도 그 분의 무위이치無爲而治에 있었을 것 같습니다. 다음 두 노래가 그것을 증명합니다. 요 임금은 나라를 다스린 지 50년. 자신의 정치가 어땠는지 궁금해 거리로 나갔다가 아이들의 노래를 듣습니다.

> 우리가 이처럼 잘 사는 것은 모두 임금의 지극한 덕이라네
> 우리는 아무것도 모르지만 임금이 정하신 대로 살아가네
> 立我烝民입아증민 莫匪爾極막비이극 不識不知불식부지 順帝之則순제지칙
> —康衢謠(강구요)

> 해 뜨면 농사짓고 해가 지면 쉬네
> 우물 파서 물 마시고 밭 갈아 밥 먹으니
> 임금의 힘이 내게 무슨 상관이 있으리오
> 日出而作일출이작 日入而息일입이식 鑿井而飮착정이가 耕田而食경전이식
> 帝力于我何有哉제력우아하유재
> —擊壤歌(격양가)

요 임금은 30세 된 순舜을 발탁하여 30년간 후계자 교육을 시켜

**격양가**

자신의 제위를 물려줍니다. 아황, 여영이란 두 딸을 그의 아내로 줍니다. 아황 여영은 문왕의 모친과 아내 태임 태사太妊太似와 함께 천하의 현숙한 여인으로 이름을 남긴 분입니다.

"요는 바로 방훈이다. 그는 하늘처럼 인자하고 신처럼 지혜로웠으며 사람들은 마치 태양에 의지하는 것처럼 그에게 가까이 다가갔고, 만물을 촉촉이 적셔주는 비구름을 보듯이 그를 우러러보았다. 그는 부유하였으나 교만하지 않고 존귀했으나 오만하지 않았다."

4500여 년 전 요 임금의 사람됨을, 2000여 년 전 사람인 사마천이 《사기》에 써 놓은 명문입니다.

요 임금은 석자 마루와 삼단 흙 계단의 집에서 지붕은 띠풀로 엮어 거처를 마련했습니다. 거친 잡곡밥에 명아주나 콩잎 국을 먹었으며 여름에는 칡 베옷 겨울에는 사슴 가죽을 입는 근검한 생활을 하면서 사해에 인자한 덕을 베푼 분이 요 임금입니다.

요 임금 사당 관람 시간은 5시까지였습니다. 이곳에서 3시간 동안, 중국말을 할 줄도 들을 줄도 모르는 내가 예서 기웃 제서 기웃 혼자 상상의 안테나를 곤두세운들 뭐 크게 대수로운 공부를 할 수 있었겠습니까? 다만 일상에서 벗어나 영혼이 자유로워지면 시공을 넘나

들며 천리 밖의 5천 년 전 일을 '지금 이곳' 현장에서 조금은 실감할 수 있는 것이 여행이 주는 보너스이겠지요.

요 임금 사당을 나오자 광장에는 일상을 살아가는 인파가 시장같이 분주했습니다. 넓은 광장을 가로지르자 알록달록 자동차의 긴 행렬이 눈에 들어왔습니다. 중국의 상술은 상식을 거부합니다. 요묘堯廟 앞에 조성된 넓은 광장에선 승용차를 전시 판매하고 있었습니다. 과거와 현재가 묘하게 공존한다고 할까요. 가까이 가보니 반갑게도 '기아자동차'도 위풍당당하게 손님을 기다리고 있었습니다.

그러고 보니 내가 이곳에서 타고 다녔던 택시도 기아차였습니다. 저 같은 백면서생이 중국 대학에서 강의도 하고 대륙을 휘젓고 다닐 수 있는 것도 우리나라 기업들의 활발한 진취성 때문이기도 하겠지요. 대한민국 만세입니다.

진열된 자동차가 보이는 사진의 북쪽에 희미하게 보이는 웅장한 관문은 중국 사람들이 파리의 개선문보다 높다고 자랑하는 천하제일문天下第一門입니다. 문루가 세 개인 것은 중국 역사의 최고 성인 요, 순, 우 임금을 상징한다고 합니다.


여정의 끝을 알리듯 서녘에 저녁놀이 곱게 깔리고 있었습니다. 이 글이 답사 보고서거나 격식 갖춘 기행문이라면 쓰기 참 힘들었겠지요. 그냥 나이 들어 혼자 노는 일이니, 한적 속에 자적自適이 깃듭니다. 아무 것도 스스로 찾아오지는 않습니다. 그러나 슬쩍 스쳐주기만 해도 스스로 베일을 벗는 아름다운 것들이 우리 주변에는 많이 있습니다. 떠나보면 아무것도 예사로운 것이 없다는 것을 알게 됩니다. 요 임금을 만난 것은 내 노년의 축복입니다.

## 산서성

만절필동萬折必東이란 말이 있습니다. 청해성에서 발원한 황하는 동 서남북을 제멋대로 종횡합니다. 그 큰 흐름은 감숙성의 성도인 난주 에 이르러 북상해서 내몽고 중부를 관통하고는 동쪽으로 방향을 틉 니다. 그러다 포두包頭를 지나 이번에는 급히 남하합니다. 계속 급류 를 이루며 남으로 달리다가 오악五嶽의 서쪽 산인 화산을 저만큼 남겨 두고 다시 동쪽으로 물줄기를 바꿉니다. 그리고는 낙양, 정주, 제남 을 거쳐 황해를 온통 흙탕물로 만들며 5천여 km의 대장정을 마칩니 다. 백번 천번 만번 그 흐름이 바뀌어도 마지막에는 동쪽 바다로 빠 지는 황하의 흐름을 선비의 지조를 비유해 공자가 '기만절야필동사 지其萬折也必東似志'라 했습니다. 이 말은 속세를 헤치며 살아가야 하는 사 람들의 기구한 한 평생 같기도 하고, 목표 세운 삶이란 역경이 많지 만 결국은 이루어진다는 집념의 표상이기도 합니다. 이 황하 중류의 동쪽 그리고, 태항산의 서쪽에 산서성이 있습니다.

산동과 산서라는 명칭은 그 사이에 태항산이 세로로 놓여져 붙여 진 이름입니다. 산서성은 황하가 북에서 남으로 흐르는 그 긴 흐름을 서쪽 경계로 하고, 하남성과의 동쪽 경계가 태항산입니다. 그러니까 산서성은 산과 강으로 둘러싸인 쌓인 천혜의 요새인 셈입니다.

이곳은 춘추시대에 진晋나라였던 곳, 춘추 5패의 한 분인 진문공 중이의 족적이 빛나는 곳입니다. 개자추라는 충신이 자신의 허벅지 살을 베어 굶은 임금의 시장기를 달랜 곳이기도 하고, 관운장의 생가

도 이곳에 있습니다. 태평성대의 표적이었던 요, 순 임금이 부지런히 백성들을 돌보던 땅이 바로 이곳 산서성 남부입니다. 순 임금의 능은 산서성의 동남 끝 운성시에 있고, 요릉<sup>堯陵</sup>과 요묘<sup>堯廟</sup>는 그 바로 윗동네 임분시에 있습니다.

### 순제릉<sup>舜帝陵</sup>

2010년 5월 2일 오전 8시. 산서성 운성시 서장하에 있는 순제릉을 찾았습니다. 운성시 기차역에서 택시로 30여 분 걸립니다. 10차선도 넘는 넉넉한 도로 양 편으로는 밀밭이 끝없이 펼쳐져 있었는데, 순제릉에 도착해 보니 정문 앞에 펼쳐진 광장만도 서울의 시청 앞 광장보다 넓게 꾸며져 있었습니다.

위 사진에 보이는 무지개 아치가 순제릉에 이르는 정문입니다. 아마도 순의 모친 악등<sup>握登</sup>이 무지개를 보고 그를 잉태했기 때문에 아치에 무지개를 새긴 것 같습니다. 그 옆에 보이는 돌 조각품들은 '우순성

순 임금 사당 앞 광장(위 왼쪽)
우순성세도(위 오른쪽)
순 임금 남풍가 연주상(가운데)
우 임금릉(아래)

세도廣舜盛世圖'라 하여 열두 폭의 조각품들이 순 임금의 치세 모습을 보여주고 있습니다.

정문을 들어서니 앞이 가물가물 멀리 보일만큼 신도神道가 끝없이 펼쳐집니다. 좌우로는 우거진 나무 말고는 아무 장식이 없는 것이 오히려 신비감을 줍니다. 걷다보니 스피커에서 들릴 듯 말 듯 〈엘리제를 위하여〉가 울려 퍼지고 있었습니다.

여기는 4천 년 전 순 임금의 궁궐터. 시공을 초월해 이런 곳에서 베토벤의 소품을 듣다니. 이렇게 해서 동양과 서양은 서로 만나고, 현재와 과거는 함께 있을 수 있는 거구나. 갑자기 주변 공기가 더 달콤해집니다. 아침이 풍선처럼 가벼워집니다.


음악에 취해 걸으며 귀와 눈의 차이점을 생각합니다. 눈은 즉시 모든 것을 받아들입니다. 단테는 첫눈에 베아트리체에게 함몰된 채 사랑의 열병을 어쩌지 못했습니다. 한눈에 알아차리지 못하면 열 번 보아도 그 비밀은 풀리지 않습니다. 그런데 나에게 있어 귀는 무척 보수적입니다. 한두 번 들어서는 그 내부의 묘미가 이해되지 않아요. 사실 나에게는 아직도 〈엘리제…〉와 〈소녀의 기도〉가 그저 비슷한 피아노 소품입니다. 오늘 아침, 베토벤 대신 순 임금이 즐겨 연주했다는 그 〈남풍가南風歌〉가 흘러 나왔다면, 나는 그게 뭔지 모른 채 원래 중국 음악은 좀 우중충하니까 – 그 정도로 넘어갔을 것입니다.

긴 신도가 끝 날 즈음 날아갈 듯한 무지개 다리가 나왔습니다. 오른쪽이 아황교, 왼쪽이 여영교, 순 임금의 두 아내이자 요 임금의 현숙한 두 딸의 이름을 따서 세운 다리입니다. 가운데 다리는 중화교重華橋인데 중화는 순 임금의 이름이기도 합니다. 이 다리 아래 흐르는 금수하는 성聖과 속俗의 경계입니다. 돌문을 나서면 정면에 흰 대리석으로 잘 다듬어진, 오현금을 타는 순 임금의 석상이 나타납니다. 뒤로 천년 고백古柏의 위용에 비겨 하나도 손색이 없을 집채만 한 순 임금의 좌상입니다. 그 우편에 세워진 화표華表 몇 주가 순 임금의 석상에 비하면 왜소할 정도로 오직 순 임금 홀로 우뚝합니다. 주변에는 아무 것도 배치되어 있지 않습니다. 아주 깔끔한 여백의 미에 주존主尊인 순 임금의 모습이 혼자 산 같이 침묵합니다.

순 임금의 머리 위를 하얀 비둘기들이 날고 있었습니다. 카메라를 꺼냈을 때 그들은 이미 하늘 높이 날아가 버렸습니다. 하기는 비둘기 같은 새들은 멀리 볼 때 더 사랑스럽습니다. 가까이 보면 사람의 손때가 너무 묻어서 안쓰럽기도 하지요. 한 여름날의 신선한 아침이, 보고 듣는 것이 경이로웠습니다. 순 임금이 나를 위해 '엘리제'를 늘려주고, 하늘에는 하얀 꽃들을 띄워 환영하는 것 같았습니다.

순은 기주(현 산서성)사람이다. 황제의 둘째 아들이 창의이고, 창의는 전욱을 낳고, 전욱은 궁선을 낳고 궁선은 경강을 낳고…… 고수는 순을 낳았다. 순은 황제의 8세손쯤 되는데, 아버지는 장님이고 어려서 어머니를 여의었다. 계모에게서 낳은 아들을 편애하여 순을 죽이려 했으나 오로지 효성으로 순은 부모를 섬겨 자식의 도리를 다했다.

지붕을 고치게 하고는 사다리를 치워 불을 질렀고, 우물을 파게 하고는 위에서 흙을 부어 메웠지만, 그때마다 순은 슬기롭게 살아나서 더욱 효성으로 부모를 모시고, 동생을 사랑하였다.

그가 역산에서 농사를 짓자 주민들은 밭의 경계를 서로 양보하였다. 뇌택에서 물고기를 잡았는데 마을 사람들은 서로 좋은 장소를 양보하였다. 또 하빈이라는 마을에서 질그릇을 구웠는데마음에 사심이 없기 때문에 일그러진 그릇이 없었다. 순이 사는 곳은 늘 사람이 모여들어 1년이 지나면 취락이 되었고, 2년이 지나면 읍이 되었고, 3년이 지나자 도시가 되었다. 이에 요 임금은 순에게 갈포 옷과 거문고를 하사하였고 소와 양을 상으로 주었다.

순은 이렇게 20세에 이미 효자로 명성이 자자하였고, 30세 되던 해에 요 임금에게 등용되었다. 50세에는 천자의 일을 대행하다가 58세에 요 임금이 붕어하자 3년 상을 마치고 61세에 제위에 올랐다. 순 임금은 제위에 오른 지 39년 만에 남쪽을 순수하다가 창오호남성 남부의 들에서 붕어, 구의산 영릉호남성 영주시 영원현에 묻혔다.

요 임금은 그를 등용할 때, 아황과 여영 두 딸을 순에게 아내로 시집보냈는데 이 두 딸은 남편이 죽은 소식을 듣고 동정호 군산에 이르러 애통하여 피눈물을 흘리다 죽었다. 이 피가 댓잎에 묻어 얼룩져, 소상반죽이라 일컬어지고 두 부인은 동정호의 여신이 된다.

　이런 자료가 《사기》〈오제본기〉 여기저기 기록되어 있는 순 임금의 내력입니다. 《산해경》에는 장님인 그의 아버지가 자애로운 요 임금의 얼굴을 보지 못해 하염없이 눈물짓자 효자인 순이 아버지의 눈물을 혀로 핥았는데 눈이 시원해지면서 못 보던 눈이 뜨였다는 야담도 있습니다. 《맹자孟子》에는 이런 우문현답도 있습니다. "만약 순의 아비가 살인죄로 잡혀왔다면, 임금인 순은 당연히 아비에게 사형을 선고했을 것이다. 그리고는 그날 밤 몰래 아비를 들쳐 없고는 절해고도로 달아나 이름 없는 촌부가 살았을 것이다."

　이곳 운성의 순 임금 능묘는 당 현종 때 개축하여 여러 번 중수한 것입니다. 정면에 사방을 압도하는 순제舜帝의 석상은 최근에 제작한 듯 별로 연륜의 흔적을 느낄 수 없었습니다.

## 노래

　순 임금 석상을 지나면 일주문이 나옵니다. '道貫古今도관고금'이란 현판이 참 좋았습니다. 효도라는 만고의 진리는 예나 지금이나 시대를 초월하여 관통하고 있겠지요. 그 뒤에 순제릉이 있습니다. 우리 경주의 왕릉과는 양식이 다릅니다. 무덤 위로는 잡초는 물론 커다란 측백나무까지 자라고 있습니다. 무덤 앞에는 《맹자》〈이루장〉의 장구章句가 소개되어 있습니다.

　순은 저풍에서 태어나 부하에 천도하였다가 명조에서 돌아가셨으니 동쪽 변방 사람이다. 문왕은 기주에서 태어나서 필영에서 돌아가셨으니 서쪽 변두리 사람이다. 孟子曰 舜生於諸馮 遷於負夏 卒於鳴條 東夷之人也. 文王生於岐周 卒於畢郢 西夷之人也
　땅이 서로 떨어져 있음이 천 리가 넘었고 세월의 선후가 천 년이 넘었지만 뜻을 얻어서 나라 가운데에서 행하신 것은 부절이 합쳐진 것과 같았다. 앞의 성인과 뒤의 성인은 그 성품이 하나이셨다. 地之相去也 千有餘里 世之相後也

千有餘歲 得志行乎中國 若合符節 先聖後聖 其揆一也

　나는 여기서 '동이東夷'라는 글자를 가지고 순 임금이 '우리 할아버지' 운운할 자신은 없습니다. '동이'란 개념이 역사에 따라 산동성이었다가, 요동쪽을 지칭하기도 했으니까요. 다만 천 년이라는 시간, 천 리라는 공간을 격해 있으면서도 두 성인이 똑 같이 추앙받는 이유는 아마도 서러운 사람들의 눈물을 잘 닦아 주셨던 그 빛나는 마음이라고 해석하고 싶습니다. 그래서 공자는 요순시절로의 회귀를 가장 열망하였고, 주나라 문물제도를 본받고자 했던 것일 겁니다.

　마지막 볼거리는 능 옆에 모셔진 석벽입니다. 순 임금이 남풍가南風歌를 탄주하는 모습과 함께 그 가사가 적혀 있었습니다.

　남풍이 훈훈함이여, 백성들의 원망을 풀어주리로다
　남풍이 때맞추어 불어음이여, 백성의 재물이 풍족함이로다
　南風之薰兮남풍지훈혜　可以解吾民之慍兮가이해오민지온혜
　南風之時兮남풍지시혜　可以阜吾民之財兮가이부오민지재혜

　공자님이 순 임금의 소韶를 듣고 너무 좋아 석 달 동안 고기 맛을 몰랐다고 하는데, 하여간 노래란 천사들의 언어임이 틀림없을 것 같습니다.

　능원을 나올 때 스피커에선 중국 노래가 흘러나왔습니다. 물론 귀에 설은 노래였습니다. 그러니 벌써 고도에 오른 햇볕은 따가울 수밖에. 어찌 거룩한 천사들의 속삭임을 한두 번 듣는다고 즐길 수 있겠습니까? 〈현弦 위의 인생〉이란 오래 전 중국 영화가 있었습니다. 주인공이 장님 악사였는데, 줄이 천 번 끊어지면 눈을 뜰 수 있다는 스승의 말을 믿고. 한평생 음악과 사는, 결국 그는 육체의 눈은 못 뜨지만 마음의 눈이 활짝 열리는. 음악을 통하여 그는 이미 성聖을 이루었다는 이야기입니다. 예와 악은 고래로부터 내려온 인격의 수련이자 치국 이념이기도 했습니다. 요·순 시절은 법에 의한 통치가 아

니라, 예와 악이 순수하게 발현됐던 태평성대였습니다. 그래서 공자님이 그 시절을 인간의 낙원으로 설정했던 것이려니 생각하니 삼황오제 시절이란 우리가 회귀하고자 하는 잃어버린 신천지인지도 모르겠다는 생각을 하게 됩니다.

---

**삼황오제 자료**

1. 《사기》〈오제본기〉
사마천은 섬서성 한성현에서 출생. 38세에 아버지의 직책을 계승하여 태사령太史令이 되었다. 48세 때 '이릉 사건'에 연루되어 궁형을 당했으며 그 이듬해 한무제의 비서실장 중서령中書令에 발탁되어 대략 60세를 일기로 작고할 때까지 부친의 유고를 기초로 《사기》를 완성했다고 전함.

2. 《사기색은史記索隱》〈삼황본기〉
당唐 사마정司馬貞(618-907)이 《사기》〈오제본기〉 앞에 〈삼황본기〉를 추가

3. 《풍속통의風俗通義》
후한後漢 말 응소가 편찬. 〈황패皇覇〉〈괴신怪神〉〈산택山澤〉 등 10편이 전함. 〈황패〉편에서는 삼황오제三皇五帝 등 5항목을 해설함.

4. 《제왕세기帝王世紀》
진晉 황보밀皇甫謐이 찬撰한 역사서. 원전은 망실되고, 다른 책에 인용되어 전함

5. 《습유기拾遺記》
후진後晉 왕가王嘉가 저술. 삼황오제三皇五帝부터 서진西晉 말까지 줍고 싶은 일화를 마음대로 주워 모은 책. 소실되었으나 후에 양梁의 소기가 10권으로 복원

6. 삼황으로 호칭 되었던 제왕
천황天皇, 지황地皇, 인황人皇, 태황泰皇 수인燧人, 복희伏羲, 여와女媧, 신농神農, 황제黃帝, 축융祝融, 공공共工

7. 오제로 호칭 되었던 제왕
복희伏羲, 신농神農, 염제炎帝, 황제黃帝, 제요帝堯, 우순虞舜, 전욱顓頊, 제곡帝嚳 고신高辛, 태고太皐, 소고少皐, 소호少昊, 제지帝摯

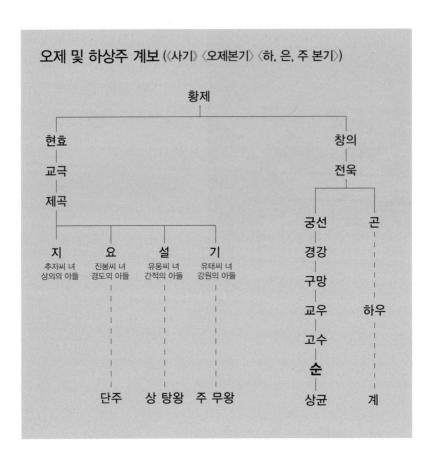

오제 및 하상주 계보 (《사기》〈오제본기〉〈하, 은, 주 본기〉)

황제

현효 — 교극 — 제곡

지
추자씨 녀
상의의 아들

요
진봉씨 녀
경도의 아들

설
유웅씨 녀
간적의 아들

기
유태씨 녀
강원의 아들

단주

상 탕왕

주 무왕

창의 — 전욱

궁선 — 경강 — 구망 — 교우 — 고수 — 순

곤 — 하우

상균

계

# 제2장

# 7대七大 고도古都

삼과불입三過不入

## 기차 이야기

  떠나는 마음은 늘 설렙니다. 2012년 5월 1일, 노동절 연휴동안 그렇게 가보고 싶었던 절강성 소흥 지방 여행 계획을 세우면서 우 임금을 만나고, 절세미녀 서시를 보게 된다는 그 설렘이 떠나기 전부터 마음을 들뜨게 했습니다.

  나라마다 문화가 다르지만 연휴를 즐기는 방법에서는 단연 중국이 압권입니다. 우선 연휴를 늘이기 위해 토, 일요일에 대체 근무를 합니다. 한국 같으면 생각도 못할 발상입니다. 노동절 3일 휴일과 합치면 5일 연휴가 됩니다. 거기다 4월 20일경 청명 휴일을 이때 사용할 수도 있고, 다시 토 일을 합치고 하면 9일 연휴의 황금 휴가가 가능합니다. 누구나 이런 연휴를 놓칠 수 없으니 기차 예약부터 쉬운 일이 아닙니다.

  내가 학생들을 가르치던 산동성 연대에서 소흥 근처 절강성 항주까지는 25시간이 걸립니다. 기차에서 하루가 넘는 시간을 버티자면 우선 아래 침대칸을 확보해야 하는데 이게 생각보다 어렵습니다. 중국 기차는 장거리 여행자를 위한 상·중·하 3단으로 된 침대칸이 제일 많습니다. 이 경와硬臥라는 침대차가 보통 10량 정도는 되는데, 예약을 하려면 그 많은 침대차가 다 어디 갔는지 매진되기가 일쑤입니다. 잘못 예약을 하여 3층에 있는 침대가 걸리면 시체처럼 누워서 그 긴 시간을 버텨야 되는 고역을 치러야 합니다. 출발 10일 전부터 예약을 해보지만 표를 못 사면 아까운 연휴를 교수 아파트에서 책이나

중국 열차 3층 침대칸의 모습

보면서 무료한 시간을 달래게 됩니다. 하층 침대표를 확보하고 나서야 정말 떠나나 보다 하는 실감이 나서, 이것저것 자료도 뒤적이고 인터넷 검색도 다시 하면서 가슴이 설레게 됩니다.

4월 29일 아침 9시 40분에 연대를 출발한 항주杭州 행 기차는 오후 6시가 되어도 산동성을 벗어나지 못합니다. 중국 땅이 넓기도 하지만 여기저기 들르는 곳이 많기 때문입니다. 차표에는 'K1182次차 新空調硬臥신공조경와'라 쓰여 있습니다. K는 특쾌特快라는 표시입니다. 중소도시를 연결하여 달리는 고속열차라는 뜻입니다. 공조는 에어컨을 달았다는 뜻이고 경와는 딱딱한 침대 즉 3층 침대차란 뜻입니다. 우리나라로 치면 무궁화호 정도인 것 같습니다.

끼니는 열차에서 끓여 주는 뜨거운 물을 받아 컵라면으로 해결하거나 차내 상인들이 수레에 싣고 다니며 파는 10원짜리 고기덮밥으로 한 끼를 때웁니다. 식당 칸 메뉴는 싼 것도 30원이 넘으니 주머니가 얇은 사람들에게는 부담스럽습니다.

밤 10시쯤이면 《삼국지》에 많이 등장하는 전쟁터인 강소성 서주를 지납니다. 이 시각부터는 차내 소등이 되니 누워 잠을 청하는 것 말고 달리 할 일은 없습니다. 시가지를 벗어나 인가 없는 허허벌판 암흑세계를 깜깜한 기차가 덜컹거리며 내 닫는 소리만 요란합니다. 여기 어디쯤 여포가 120 걸음 밖에서 활로 자신의 방천화극을 쏘아 맞추어 유비와 원술의 싸움을 말리던 소패성이 있겠거니, 한고조 유

방이 흰 뱀을 베던 망탕산도 이 근처
어디쯤이겠거니 그런 생각을 하다
스르르 잠이 듭니다.

새벽 5시가 되면 차내가 두런두런
잠에서 깨어납니다. 기차는 강소성
소주 역으로 들어서고 있습니다. '하
늘에는 천당이 있고 땅에는 소주 항
주가 있다'는 그 소주를 그냥 지나치
기는 아까워 뭐가 보이나 차창을 내
다봅니다. 차창으로는 희뿌연 새벽
안개가 희미하게 깔려 있을 뿐 어디
졸정원도 호구탑도 가늠할 수 없습
니다.

소흥의 사당 입구 석패방(왼쪽)과 대우릉 비각

부지런한 승객은 내복 차림 그대
로 화장실 세면대로 갑니다. 기차 여
행을 하다보면 그들은 내복 차림으로 나다니는 것을 결례가 아니라
고 생각하는 것 같습니다. 늦으면 세수할 물이 바닥이 나버리니 나도
주섬주섬 칫솔을 들고 세면장으로 나섭니다. 중국 사람들은 얼굴을
씻는 방식도 우리와 조금 다릅니다. 수건에 물을 적셔 그것으로 얼굴
을 닦고 다시 수건을 빱니다. 아침 7시가 되니 많은 사람들이 내리고
탑니다. 중국 제2의 도시 상해에 도착한 것입니다. 지도를 보면 소주
항주 상해 세 도시는 삼각의 형태로 가까이 놓여 있습니다. 그러나
아직도 항주에 도착하려면 3시간 30분을 더 가야 합니다. 식당차에
가서 간단한 아침을 주문하고 차창으로 무엇이 보이나 열심히 내다
봅니다. 이미 지나친 소주는 오나라의 부차夫差가 다스리던 곳이고 내
가 찾아가는 항주소흥는 월나라 구천의 땅입니다. 그러니 지금 기차가
달리는 이곳은 오나라와 월나라가 피터지게 싸웠던 격전의 현장이었
는지도 모르겠습니다.

10시 30분 드디어 절강성 항주 남역에 도착했습니다. 차장이 수거해 갔던 열차표를 돌려주며 내리라고 알려줍니다. 중국 열차는 차 한 량마다 한 사람의 승무원이 있습니다. 승차하는 승객의 차표를 수거해 갔다가 내리기 한 역 전에 돌려줍니다. 내릴 역을 놓칠 염려 없이 여행을 즐길 수 있습니다.

25시간의 기차 여행이 끝났습니다. 오래 차를 타고 온 탓인지 역 구내를 지나는 걸음이 구름 위를 걷는 느낌입니다. 항주는 서호와 용정차가 있어 더욱 아름다운 도시, 임안이라 해서 남송의 수도이기도 했던 곳. 몇 번 들른 곳이기에 미련 없이 시외버스로 갈아타고 2시간 여를 달려 소흥에 도착했습니다.

터미널에는 숙녀 셋이 마중 나와 있었습니다. 옌타이대학교를 졸업하고 소흥 월수외국어대학에서 한국어를 가르치고 있는 제자들입니다. 내가 중국 옌타이대학에 와 한국어를 강의한 지 6년밖에 안 됐는데, 벌써 대학 강단에 선 제자가 생겼다니. 인연이란 참으로 묘한 것입니다. 점심 대접을 받으며 3박6일 여정을 정리해 봅니다. 우 임금 사당은 제자들이 근무하는 절강 월수외국어대학 길 건너 있으니 걱정 안 해도 될 것 같습니다. 왕희지의 난정蘭亭, 남송의 애국 시인 육유와 당완의 슬픈 사랑 이야기가 깃든 심원沈園. 문호 노신이 공부하던 삼미서실三味書室이나 그의 소설에 등장하는 함형주점 그리고 서시西施의 고향까지 찾아보자면 3박6일 여정이 빠듯합니다.

## 우 임금 사당禹廟

우 임금 사당은 '會稽山大禹陵風景區회계산대우릉풍경구'라 쓰인 정문에서부터 시작됩니다. 우리가 잘 아는 '와신상담'이란 고사가 생긴 장소가 바로 이 회계산입니다. 월왕 구천이 오왕 부차에게 치욕적인 포로가 된 곳입니다. 정문에 들어서면 멀리 산 정상에 풍경구를 굽어보는 대우석상大禹石像이 점처럼 희미하게 보이지만 실제로는 20m 거대한 모형입니다.

산 밑으로 호수가 끝을 모르게 깔려 있습니다. 배산임수背山臨水가 조화롭습니다. 호수의 이름은 우지禹池라 하고 그 호수를 건너 사당으로 향하는 다리를 우공대교라 합니다. 모든 이름이 우禹 자 돌림입니다. 광장이 넓어 전동차가 운행하나 그림 같은 이런저런 풍경을 눈여겨보며 혼자 걷기로 하였습니다. 걸으면 마음이 편안해지는 곳이 있는데 우 임금 사당이 그런 곳입니다. 태고적 인정이 깃든 훈훈한 곳이었습니다.

호수를 끼고 10여 분을 걸어야 사당 입구에 해당하는 석패방이 나타납니다. 우리나라 사찰로 치면 일주문인 셈입니다. '大禹陵대우릉'이란 강택민 주석의 글씨가 붉은 색을 입혀 가로로 새겨 있습니다. 12m 높이에 14m 폭인 거대한 석패방 앞의, 말에서 내려야 한다는 하마비下馬碑 역할을 하는 청동 조각물은 다른 곳에서는 못 보던 이곳에서 처음 보는 장식물이었습니다. '宿禹之域숙우지역, 礼禹之區예우지구'라는 명문銘文이 보입니다. 우 임금 계신 곳이니 예절을 제대로 갖추라는 뜻이겠습니다.

그 광장 남쪽에 웅장한 석벽 구정

호수 위에 조성된 대우릉 제전(위)
대우릉 비정(가운데)
하남성 우주시의 대우산 풍경구(아래)

대九鼎臺가 조성되어 있는데 그 위로는 우 임금이 구주九州의 쇠를 녹여 조성했다는 9정이 놓여 있습니다. 고대 정권에 있어 청동 정鼎은 권력의 상징입니다. 일반적인 솥은 과鍋라 합니다. 샤브샤브 요리를 중국에서는 화과火鍋라 부릅니다.

구정대 아래 벽에는 우 임금이 치수하던 모습을 조각해 놓았습니다. 13년 치수를 하면서 세 번씩이나 집 앞을 지나게 되었지만 들르지 않고 노신초사勞身焦思했다는 삼과불입도三過不入圖도 한쪽에 그려져 있었습니다. 여기에 이르면 산 정상의 우 임금 석상이 조금 크게 보이지만, 아직도 실물 크기를 느끼기에는 거리감이 있습니다. 호수 난간 위로 제단이 마련되어 있습니다. 마치 회계산 전체가 우 임금의 능인 듯한 공간 배치입니다.

다시 다리 하나를 더 건너면 비로소 익숙하게 보아왔던 역대 제왕들의 사당과 닮은 우묘禹廟가 나타납니다. 대우릉이라 붉은 글씨로 쓴 비석을 보존하는 비각이 서 있고, 배청拜廳 대전大殿 같은 의식을 위한 공간이 차례로 위용을 자랑합니다. 6m 높이라는 대우 초상화도 눈에 뜨입니다. '地平天成지평천성'이라 쓴 건륭제의 글씨가 아담합니다. 그 반대편 길로 가면 우왕 조각상을 볼 수 있는 산 정상입니다.

회계산은 소흥 남쪽을 가로지르는, 우리나라 서울로 치면 관악산 같은 역할을 합니다. 우 임금 상이 조각되어 있는 정상은 서울의 남산 격이라 할 수 있는데, 이곳 사람들은 이 산을 대우산禹王山이라 부르고 있습니다.

왼손에 들고 있는 중간이 두 갈래로 갈라진 도구는 우 임금을 형상화한 작품마다 나타나는데, 아직 그게 뭔지 확인을 못했습니다. 책자에 보면 오른손에는 수준기와 먹줄, 왼손에는 그림쇠와 곱자 ─ 규구規矩를 들고 황하를 다스렸다고 했는데 실제 조각된 모습에서는 삼지창에서 가운데 부분이 없는 것 같은 도구를 잡고 있는 형상이었습니다. 거센 바람에 그의 도포자락은 펄럭이는 듯 휘날리고 있는 뒷모습은 소흥 시가지를 배경으로 더욱 장관입니다.

이곳 소흥의 옛 이름은 회계會稽입니다. 재위 10년이 되던 해 우 임금이 이곳에서 구주의 제후들을 모아놓고 각각의 공과를 따지고 상벌을 시행했다하여 회계란 이름이 생겼습니다. 會稽회계와 會計회계는 같은 뜻으로 쓰입니다. 몸을 돌보지 않고 오직 구주九州를 개척하느라 허리는 굽고 정강이 털은 다 달아 없어졌던 그는 이 회계 땅에서 고단한 생을 마감합니다. 그가 남긴 것은 옷 세 벌, 세 치 얇은 관에 담겨 회계산에 묻혔다고 합니다.

그 후 천년이 지나 BC 5세기 초 월나라 구천은 이곳 회계산에서 오왕 부차에게 치욕적인 항복을 하고서 섶 위에서 자고, 짐승의 쓸개를 핥았던 것입니다. 천하를 통일한 진시황은 이곳에 들려 우 임금께 제사하고 각석刻石을 세우기도 했습니다. 한때는 회계산 북쪽이라 해서 '산음山陰'이라 불린 적도 있었습니다. 이곳에서 버스로 한 시간 남서쪽 거리에 제기시가 있습니다. 희대의 미녀 서시가 빨래하던 저라수가 흐르는 곳입니다.

## 우 임금과 치수

황하를 다스리는 자 천하를 다스린다는 말이 있습니다. 이 황하를 잘 다스려 왕이 된 사람이 바로 하우씨夏禹氏라 일컬어지는 우왕입니다. 공자는《서경》에서 요, 순 두 임금을 이어받아 하, 은, 주 삼대의 으뜸통승이제(統承二帝) 수삼왕(首三王)이 된 왕이 우 임금이라 했습니다. 요, 순 시대는 선양으로 이루어진 대동大同 사회이고 우 임금부터 세습제로 바뀐 소강小康사회로 보아 요순은 '제'로 표기했고 우왕 탕왕 문왕은 '왕'이라 불러 이제二帝와 삼왕三王을 구별하기도 합니다. 제帝라는 명칭은 상나라 말기부터 썼다는 말도 있습니다. 그렇다면 제요, '제순'하는 명칭은 그 후대에 붙여진 것 같습니다. 우 임금 때 쓴 왕이란 글자는 도끼를 들고 지배자가 바로 서 있는 모습의 상형입니다.

20세기 들어서서 중국은 '하은주단대공정시대구분 프로젝트'을 통해 하나라의 연대를 기원전 2070년에 건국하며 기원전 1600년에 상商나

우 임금 치수도

라에 의해 망한 것으로 공식화하였습니다. 이 시대는 구약의 아브라함BC 2166?-1991(?)이나, 바빌론의 함무라비 법전BC 1750이 나올 때와 비슷한 연대입니다.

《사기》〈하본기〉에 의하면 우 임금의 이름은 문명文命이고 성은 사似씨입니다. 하夏는 그가 봉해진 땅의 이름입니다. 그래서 하백夏伯이라는 표현도 보입니다. 요 순 임금을 그들이 다스렸던 땅 이름을 따라 도당씨陶唐氏, 유우씨有虞氏 하고 부르는 식으로 우 임금도 하우씨라 합니다. 현재 하夏씨 증繒씨 기杞씨 포褒씨 하후夏候씨 등이 우 임금의 자손이라 합니다. 《삼국지》의 조조도 그 부친이 양자로 가기 전에는 하후씨였습니다.

우 임금이 봉지로 받은 하夏라는 곳은 한나라 때는 양책陽翟, 현재는 하남성 허창 우주시로 《사기》 주註에 나와 있습니다. 하남성 신정시에 있는 황제고리에서 멀지 않은 곳에 있어 찾아 가기 어려운 곳은 아닙니다. 우주는 우 임금 말고도 여불위나 장량 같이 역사상 유명한 인사들의 고향이기도 합니다. 시가지 한복판, 우리 식으로 하면 광화문 이순신 장군 동상 자리에 우 임금의 동상이 커다랗게 서 있어

우 임금의 땅이었음을 증언하고 있습니다. 그 근처에는 우 임금이 황하를 다스리며 백성을 괴롭히던 교룡을 잡아 가두었다는 우물, 우왕소교정禹王鎖蛟井이 아직 남아 있기도 했습니다. 시내에서 동남쪽으로 30리쯤 떨어진 방강향 황화산에는 고색창연한 '대우산 우왕묘'라는 우 임금 사당이 있었습니다. 거기서 읽은 대련이 앞에서 소개한 '통승이제 수삼왕'이었습니다.

또 다른 설명에 의하면 우 임금이 받은 영지는 산서성 운성시 하현이라고도 합니다. 지도책에 '하현'이란 지명도 '우왕향'이란 도시 이름도 그대로 나와 있기에 운성시에서 순 임금 사당을 찾는 길에 어렵게 물어물어 찾아 갔는데 황토층을 파내고 굴 속에 우 임금 소상을 모신 것이 전부인 퇴락한 사당이 하나 있었습니다. 방명록에 이름을 적으라 하더니 사당 건립 찬조기금을 내 달라 하여 200원을 보태기도 하였습니다.


《사기》에 의하면 우 임금은 황제의 현손玄孫, 전욱의 손자로 부친은 곤입니다. 요 임금 시절을 우리가 태평성대로 알고 있었지만 홍수에 사방이 물난리를 어쩌지 못하던 어려운 시절도 있었습니다. 이때 구년홍수란 말이 생겼다고 합니다. 기상학 관계 문헌들에 의하면 5천 년 전 당시는 해수면이 지금과는 같지 않았다는 기록도 보입니다. 구약舊約 '노아의 홍수' 때와 비슷한 환경이 아닐까 추측도 해 봅니다.

곤은 요 임금의 명을 받아 9년 동안 홍수를 다스렸지만 성공하지 못했습니다. 매일 범람하는 홍수를 막다가 종래는 하늘에서 식양息壤을 훔쳐 천리에 걸친 제방을 만들었다고 《산해경》에는 적혀 있습니다. 식양이란, 이스트 넣은 빵이 부풀 듯해서 한줌의 식양으로 높은 산도 쌓을 수 있는, 하늘의 신령스런 보물입니다. 프로메테우스가 하늘의 불을 훔쳐 인간에게 준 죄로 코카서스 산상에서 매일 독수리에게 간을 뜯기듯 후일 곤은 이로 인하여 큰 벌을 받게 됩니다.

물은 흐르다 장애물을 만나면 멈추지만 가득 고이면 더 큰 힘으로 그 둑을 무너뜨리는 속성을 가지고 있습니다. 거기다 식양을 도둑 맞은 것을 안 천제가 그것을 거둬들이는 바람에 중국 천지는 물바다가 되었습니다. 물길을 잡지 못한 죄를 물어 곤을 우산羽山에 유폐시켰다고도 하고 불의 신 축융을 시켜 죽였다고도 합니다. 그런데 그의 시체가 삼년이 지나도 썩지 않아 배를 갈라보니 그 속에서 우 임금이 태어났다는 이야기가 전설처럼 전해집니다. 우 임금의 탄생이 이와 같이 비극적이고 그가 황하의 수로를 개척하는 13년간은 더욱 고난과 고통의 시간을 겪었지만 오늘날 그의 이름은 빛납니다. 유방백세流芳百世, 자기 희생을 통해 아름다운 이름을 길이 남긴 것입니다.

요 임금이 죽자 3년 상을 끝내고 순 임금은 61세에 임금이 되어, 곤의 아들 우에게 사공司空의 벼슬을 내리고 치수를 명합니다. 이 날은 그가 혼인한 지 4일째 되던 날이었는데 그 후 13년간 한 번도 집에 들르지 못하고 오직 물을 다스리는데 노신초사勞身焦思하였습니다. 이 사실을 《사기》에서 '삼과가문이불입三過家門而不入'이라 적었는데 현재도 지도자의 덕목으로 회자되는 말입니다. 제방 쌓기에 골몰했던 아버지 곤과는 다르게 그는 13년 동안 호구산 등 구산九山에 물길을 내고 아홉 개의 호수를 축조하고 범람한 물이 잘 빠지도록 하여 구주九州를 개척하였습니다.

그러나 산을 뚫고 물길을 낸다는 것은 보통 어려운 일이 아니었습니다. 하남성 언사현의 환원산에 물길을 낼 때 때로는 지형이 너무 험해 스스로 곰으로 변하여모습이 곰 같았다는 설도 있음 하루 종일 산을 오르내리며 힘든 노역을 하기도 했습니다. 그의 아내 여교가 점심밥을 가져오다가 이 모습을 보고 놀라 도망쳤는데 앞에 숭산嵩山이 가로막혀 더이상 나아가지 못하고 그 자리에서 돌이 되었다고 합니다. 그때는 아내가 임신 중이었기 때문에 우 임금이 그 돌을 향해 내 아이를 돌려달라고 외칩니다. 그러자 바위가 갈라지며 아기가 튀어 나왔는데, 바로 이 아이가 우 임금을 이어 하나라 2대 임금이 된 계啓입니다. 돌을 열고 나왔다고 해서 '계'란 이름을 붙였다고 합니다.

지금도 숭산 중턱에 하후계모라는 바위가 있다고 합니다. 한 무제가 숭산에 제사하려 왔다가 발견하고 사당을 지어 보존했다는 전설도 있습니다. 죽은 아버지의 뱃속에서 3년을 묵었던 아버지 우 임금이나 돌이 된 어머니 뱃속에서 뛰쳐나온 아들 계나 모두 영웅신화의 공식인 기인한 출생담을 지니고 있습니다. 또한 우 임금이 곰으로 변한 이야기나 황제고리의 30톤짜리 보정을 떠받치고 있는 세 마리 곰 등 우리 단군 탄생과 비슷한 곰토템을 지니고 있는 것도 신기합니다.

사실 내 여행은 역사적 고증이나 사실의 확인보다는 이런 만화 같은 야담 유에 더욱 관심이 있습니다. 아버지 곤을 숭백이라 하였으니 그의 영지가 숭산 근처였을 거고, 아들 계의 이야기가 또한 숭산을 배경으로 이루어졌다는 이야기를 토대로 하나라의 영역이 하남성 등봉현에서 우주시로, 산서성 운성시로 확대되었다는 상상도 해봄직합니다.

사마천의 《사기》에 의하면 우왕의 치수 작업은 기주에서 시작되었습니다. 그곳은 아마도 현재의 산서성과 섬서성 사이를 흐르는 황하의 중류일 것입니다. 섬서성 한성시와 산서성 하진시 사이에 용문이 있습니다. 등용문登龍門으로 유명한 그 용문입니다.

잉어가 거슬러 올라가면 용이 된다는 절벽 사이에 난 좁은 수로입니다. 이 용문을 달리 우문구禹門口라고도 합니다. 용문산과 양산 사이에 가로놓인 석도石島를 뚫어 물을 흘러내리게 하는 어려운 공사를 우 임금이 했다고 해서 붙여진 이름입니다. 300m 넓이로 흐르던 물이 이곳에 막혀서 강이 범람했는데 우 임금은 여기에 80보 넓이의 수구를 뚫어 놓은 것입니다. 바위 사이에는 작업했던 흔적이 아직도 남아 있노라는 《수경주水經注》의 기록이 있습니다.

하남성의 삼문협三門峽이란 이름도 우 임금에서 연원합니다. 세차게 쏟아지는 물줄기를 신문神門 귀문鬼門 인문人門 세 줄기 물길을 내어 소통을 원활하게 하였습니다. 이곳에서 물길을 방해하던 돌이 그 유명한 지주석입니다. 함곡관과 황제가 보정을 굽던 터를 찾아 삼문협시에 갔을 때는 이미 댐을 막아 지주석은 앙상한 바위 모습으로 물에 잠겨 있었습니다.

## 우 임금의 발자취

중국인들은 자신을 염황炎黃의 자손이라고 합니다. 염제 신농과 황제 헌원이 그들의 조상이란 말입니다. 달리 화하민족華夏民族이라고도 합니다. 황제로 대표되는 중화민족과 우 임금의 하족이 결합했다는 뜻입니다. 또는 동이 서융 남만 북적 등 사방에는 오랑캐가 살고 자신들은 한가운데 사는 문화민족이라 하여 중화中華라 했는데, '중화'와 '화하'는 같은 뜻이란 말도 있습니다.

하남성 정주 황하유람구를 가 보면 중국인들이 누구를 조상으로 모시고 있는지 일목요연하게 보입니다. 광장에 들어서면 두개의 산 봉우리를 깎아 신농과 황제의 두상頭像을 만들어 세웠습니다. 두 사람의 얼굴만 새겨놓은 것인데도 100m가 넘어 뉴욕 자유의 여신상보다 더 높다고 자랑을 합니다. 그 밑에는 '염황부'라는 장시長詩가 적혀 있습니다. 산 중턱에는 모친포육상이 있습니다. 백옥으로 깎은 어머니가 아기를 안고 있는 형상입니다. 어머니는 중국을 감싸 흐르는 황하이고, 아기는 13억 중화민족입니다. 정상에 오르면 우 임금 석상이 절벽처럼 버티고 서서 멀리 황하를 응시하고 있습니다. 너무 가파르게 서 있어 저 같은 아마추어 솜씨로는 그 동상의 전신을 다 렌즈에 담아낼 수 없었습니다. 황하는 자애로운 어머니이기도 하지만 우 임금 같은 치수의 명인이 있어야 그 흐름이 일탈하지 않는다는 뜻을 읽을 수 있는 곳입니다. 염황의 자손이며 화하족인 상징물이 일목요연하게 배치되어 있습니다.

정주에서 버스로 1시간 정도 동쪽으로 가면 개봉시가 있습니다. 북송의 도읍지입니다. 《수호전》이 시작되는 곳이고, 포청천이 시장(부윤)을 하던 중국 7대 고도의 한 곳입니다. 그곳에는 우왕대 공원이 있습니다. 지금 이 개봉을 흐르는 황하의 하상河床은 시가지보다 10m나 높습니다. 그래 현하기관懸河奇觀이란 말이 생겼습니다. 물이 하늘에 매달려 있다는 기이한 풍경

하남성 우주시 대우산 우왕사당

이란 뜻입니다. 거침없이 잘 하는 말을 현하지변이라 합니다.

황하박물관의 기록에 따르면 960년 송의 수도가 된 이래 청 말까지 64차례나 제방이 붕괴되고 8차례나 범람한 황하의 물이 시가지를 뒤덮었다 합니다. 지금 건설된 개봉 땅 밑에는 송, 원, 명대의 유적이 차례로 차곡차곡 시루떡처럼 켜켜이 매몰되어 있는 역사적 도시입니다. 그만큼 수몰의 위기에 처해 있으니 개봉에 사는 사람들에게는 우 임금이란 치수의 달인을 수호신으로 모시는 것은 무엇보다 중요한 일이었을 것입니다. 우 임금을 모신 대전大殿에는 청나라 강희제康熙帝가 쓴 '功存河洛공존하락'이라는 현판이 붙어 있고, 역대 치수의 달인 37위의 공신을 모신 수덕사가 있어 우 임금 치수의 덕을 더욱 돋보이게 했습니다.

원래 이곳은 고취대古吹臺라 하여 금琴을 타 비 바람을 일으키던 진나라 맹인악사 사광을 모시던 사당이었는데 홍수를 이겨내고자 우왕대로 이름을 바꿨습니다. 이 수덕사 옆으로 '삼현사'라하여 이백, 두

보, 고적 세 시인을 모신 사당도 있는 등 이래저래 많은 전설과 볼거리를 간직한 곳입니다.

 황하 중류에 해당하는 낙양 근처 하남성 언사현에서 발견된 이리두二里頭 문화 유적은 하나라의 실존을 증명해 준다고 합니다. 언사현은 당나라 시인 두보가 태어난 곳이기도 합니다. 두보 생가를 찾았을 때 이곳을 지나치며 어디쯤 '이리두문화박물관'이라도 있겠거니 생각하면서 일정에 쫓겨 찾아보지는 못했습니다. 살다보면 소중한 줄 알면서도 스쳐 지나치게 되는 경우가 참 많습니다. 또 그것을 본다 해서 그것과 만난다 해서 아마도 내 좁은 가슴에 그것을 다 담을 수 없게끔 사람이나, 자연이나 역사는 불가사의하다는 생각이 나서 짧은 일정 동안 두보의 발자취나 제대로 챙기자고 박물관은 포기했는데 이리 기행문을 적노라니 아쉬움으로 남습니다.

 황하는 낙양 정주 개봉을 지나 산동성 성도인 제남을 거쳐 서서히 발해로 빠져 듭니다. 이 제남 서북쪽에는 우 임금이 치수 공사를 벌일 때 흙으로 토성을 쌓고 그 위에 작업장 전체를 조망하는 정자를 세웠다 하여 그 지명을 우성시禹城市라 한 곳이 있습니다. 제남시 남쪽 장구시에 있는 용산문화박물관 답사를 하는 길에 북경 가는 기차를 타고 우성시를 찾았습니다. 우 임금의 치수를 기념하는 우왕정禹王亭 치수박물관이 퍽 큰 규모로 버티고 있었는데 고고학에 문외한인 나는 그저 개 머루 먹듯 그런가보다 지니칠 수밖에 없었습니다. 그러면서 희미하게 깨달을 수 있었던 것은 섬서성 호구 폭포로부터 발해로 빠져드는 제남에 이르기까지 황하가 흐르는 곳 어디에건 우왕의 신화와 전설이 빼곡하게 자리 잡고 있다는 것이었습니다.

 이런 우 임금의 공적은 '도삼천소구하導三川疏九河(삼천을 이끌고 구하를 통하게 하다)'라는 그의 비명에 잘 응축되어 있습니다.

# 7대 고도❶ ──── 안양<sup>安陽</sup> 은허유적<sup>殷墟遺蹟</sup>

## 7대 고도<sup>古都</sup>

　서안 낙양 북경 남경 개봉 항주 안양을 중국 7대고도라고 합니다. 주<sup>周</sup>나라부터 한나라, 당나라에 이르기까시의 도읍지가 서안과 낙양입니다. 주원장이 명나라를 건국하며 남경에 도읍했지만 그의 아들 영락제가 북경으로 천도하여 명·청의 도읍지가 된 곳이 북경입니다. 원래 개봉에 도읍지를 세웠던 송나라<sup>北宋</sup>는 금나라를 피해 절강성 항주로 도읍지를 옮겨 남송이라 합니다.

　이보다 훨씬 오래된 하남성 북쪽의 안양은 4천년 전 상나라 도읍지였으니 7대 고도 중 가장 오래된 도시임에 틀림없습니다. 그러나 폐허 속에 묻혀있었던 관계로 우리에게 알려진 역사는 일천합니다.

　1920년대 은허 유적지에서 갑골문자가 쏟아지면서 그 존재가 알려지기 시작했으니 저 같이 중국 역사소설이나 읽은 문외한에게는 마땅한 정보도 가질 수 없는 한없이 낯선 곳이라 선뜻 발걸음을 할 수 없었습니다. 그러다 마침. 정주대학에 있는 중국인 교수가 안내를 자청하는 바람에 용기를 내어 2008년 4월 18일로 여행 일정을 짜 놓았는데 갑자기 그 교수가 불참하게 되어 연대대학 한국어 교수 세 분 -저까지 아마추어 네 사람이 어렵게 안양 은허 유적지를 찾을 수 밖에 없었습니다.

　그래도 늘 혼자 다니던 여정에 비해 중국어를 유창하게 하는 이상구 교수와 동행을 할 수 있어 마음은 든든했으나 준비가 허술했으니 눈으로 보는 것이 제대로 이해되지 않았습니다. 다행히 그 이듬해 서울서 온 대학 친구들과 다시 한 번 안양 은허 유적지를 둘러 볼 수

갑골문자 발원지
은허박물관 앞에서

있어 희미하게나마 상나라 마지막 도읍지의 그림을 그려볼 수 있게 되었습니다.

이로써 6년간 중국에 있는 동안 7대 고도를 수박 겉핥기식이나마 모두 섭렵할 수 있게 되었습니다. 안양에는 은허 유적 말고도 전욱 제곡의 이제묘二帝廟가 있고, 주나라 문왕이 한때 유폐되었던 유리성이 있습니다. 그리고 남송의 충신 악비岳飛 장군의 고향이기도 하여 볼거리도 풍부하고 공부할 것도 많았습니다.

## 은허유적

이곳 안양安陽은 기원전 1300년 상나라 20대 반경왕盤庚王이 엄곡부?에서 천도하여 BC 1046년 주 무왕에 의해 나라를 잃을 때까지 12왕 255년의 역사를 간직하고 있는 고도답게 80여 채의 궁전, 종묘, 제단 해자 등 다양한 유적이 발굴되어 있습니다. 상나라를 은殷나라라고도 하는데 은은 도읍지 안양의 옛 이름이고 나라 이름은 상이 맞다고 합니다. 갑골문자에도 '大邑商대읍상'이란 글자가 보입니다. 위대한 상나란 뜻입니다. 상나라의 마지막 수도였던 안양의 당시 이름이 '은'이었기 때문에 주나라 사람들이 망한 상나라를 폄하해서 은이라 불렀다는 말도 있고, 《사기》의 〈은본기〉라는 기록물 때문에 은이라 불렀던 것이 아닌가 추측해 보기도 합니다.

상나라 사람들이 우마차를 끌고 다니며 처음 장시를 시작했다 해서 상인, 상업 같은 말이 생겨났습니다. '저기 상나라 사람이 온다'는 말은 '저기 장사꾼이 온다'는 말과 같은 뜻인 셈입니다.


안양 은허 유적은 두 군데로 나눠 감상할 수 있습니다. 안양 북쪽을 원하洹河라는 강이 흐르는데 그 강 남쪽 소둔촌小屯村에는 은허 박물원은허궁전 종묘 유적지이 있고 강북 무관촌에는 왕릉유지가 있습니다. 이 두 유적지는 셔틀버스로 왕래할 수 있는데 15분 거리입니다. 한국에서는 박물관이라고 하는데 중국에서는 정원이나 야외에도 유물이 설치된 경우 이를 박물원이라 하여 박물관과 구별합니다.

안양 시외버스 터미널에서 박물원까지는 5km, 택시를 타면 지척입니다. 2008년 현재 택시 기본요금은 5원이었던 것으로 기억합니다. 정문은 門문 자의 형상을 본떠 설계한 것으로 북경대학 건축학과 최고 교수의 작품이라 합니다. 문틀 위에 붉은 글씨로 '은허박물원'이라 쓰여져 있고 청동문양이 고풍스럽게 새겨져 있었습니다. 그 앞에는 커다란 자연석 위에 '갑골문자발현지'라 쓰여 있습니다. 발견이란 단어를 중국 사람들은 발현이라 합니다.

문을 들어서면 우선 어마어마한 사모무정司母武鼎의 위용에 그 뒤로 보이는 겹 지붕의 기념관 건물이 초라해지는 느낌입니다. 한참을 걸어야 '殷墟博物館은허박물관'이란 표지석이 보입니다. 전시품은 다 지하에 있기 때문에 지상은 그냥 펑퍼짐한 잔디밭입니다.

박물관을 나오면 갑골비랑과 갑골비림 같은 볼거리가 참 많습니다. 퍼질러 앉아 옥편을 뒤적이며 한자 한자 뜯어보고 싶어집니다. 그러나 여행이란 그 모든 것을 지나치는 길에 봐야 하기 때문에 늘 그 아쉬움이 오래 남을 수밖에 없습니다. 사람들이 첫사랑의 연인을 죽을 때까지 잊지 못하는 이치도 이와 같이 스쳐 지나갈 수밖에 없는 운명 때문이 아니겠는가 하는 생각을 여행할 때마다 하게 됩니다.

## 갑골문자

은허 유적지의 이야기는 1899년을 기점으로 시작됩니다, 북경에 금석문 연구가 왕의영이란 사람이 있었는데 국자감제주<sup>국립대학총장</sup>도 세 차례나 역임한 박식한 학자였습니다.

그가 학질에 걸려 치료약 처방을 받았는데 거기에 용골<sup>龍骨</sup>이 포함되어 있었습니다. 거북껍질을 귀한 약재라 하여 용골이라 불렀는데 왕의영이 그 거북 껍질을 받아 놓고 보니 거기에 쓰인 이상한 글자가 있어 의아하게 생각하여 연구한 것이 갑골문자 발견의 시발점이 되었습니다.

1903년에는 유악이라는 학자가 4천여 점의 갑골을 정리 분류하여 1058개의 탁본을 찍어《철운장귀<sup>鐵雲藏龜</sup>》6권을 출간하여 갑골문자가 세상에 알려지게 되었습니다. 철운은 유악의 호이니 유악이 소장한 갑골문자란 뜻이 됩니다.

1908년이 되면서 그 귀갑이 출토된 지점이 하남성 안양시 소둔촌<sup>小屯村</sup>임이〈은상정복문자고<sup>殷商貞卜文字考</sup>〉를 쓴 나진옥에 의해 밝혀져, 잊혀졌던 상나라의 역사가 전국적인 관심사가 되었습니다.

1911년 일어난 신해혁명의 소용돌이가 어느 정도 안정된 1928년에야 군인이 주둔하여 그 일대 유적지를 보호하고 국립중앙연구원에서 본격적인 발굴 작업에 임했는데, 1936년 6월 12일 13차 발굴 작업에서는 17,056편의 복사<sup>卜辭</sup>가 새겨진 갑골이 쏟아지기도 했습니다.

지금까지 발굴된 갑골문은 약 15만점이며 글자 형태가 뚜렷한 것이 4500자, 그 중 1000자 정도가 해독되고 그 결과 상나라 문물제도 연구도 활기를 띠기 시작했습니다.

갑골<sup>甲骨</sup>은 귀갑수골<sup>龜甲獸骨</sup>의 줄인 말입니다. 즉 거북의 껍질과 소나 양 같은 짐승의 대퇴골을 의미합니다. 상나라는 전쟁이나 수렵 군사 질병 등 대소사를 결정할 때 신의 뜻을 묻는 점술이 크게 유행했는데 주로 귀갑이나 수골獸骨을 불에 쪼일 때 나타나는 갈라진 모습을 보고 길흉을 점쳤습니다. 즉 귀판龜甲 위에 묻는 말을 새겨 불을 쪼이면 균열이 생기는데 이를 조兆라고 합니다. 지금 징조, 조짐 같은 단어는 이에 기인합니다. 갈라진 상태를 해석하여 길흉화복을 알아내는 사람을 정인貞人이라 하며 그 내용을 갑골에 칼로 새긴 것을 복사卜辭라 합니다. 갑골문의 내용을 소개하면 '정묘일에 점치기를 밤에 비가 올까요?' '정인점술관이 저녁에 비가 오기 시작해서 다음날에 그친다는 점괘를 얻었다' 이런 식입니다.

이런 갑골문서는 반경이 은으로 천도한 이후 마지막 임금 제신帝辛이 망할 때까지 12대 왕조 255년간의 왕실 점복 기록이 사방에 깔려 있었던 것입니다. 제신은 우리가 잘 아는 달기의 남편 주왕紂王입니다. 제신이란 명칭은 상나라 시절의 정상적인 기록이고 주紂는 정복자 주周나라에서 붙인 명칭으로 '의로움과 신선함을 해친다'라는 뜻으로 승자의 기록입니다.

왕릉 터에서는 13기의 거대한 능묘, 3천 여기의 평민 무덤도 발굴되었는데 특히, 부호묘婦好墓는 완벽한 형태로 발굴되었습니다. 7층으로 된 이 무덤에서 청동기 옥기 골기 등 1900여점의 부장품과 순장했던 인골도 발견되었습니다.

22대 왕 무정武丁에게는 세 명의 왕비가 있었는데 부호는 그 중 한 명의 왕비이면서 13,000명 군사를 통솔하여 전장에 나갔던 여장군이기도 합니다.

'司母戊사모무'라 각인된 청동 대방정大方鼎도 발견되어 당시의 제련 기술을 짐작케 하기도 했습니다.'사모무'란 어머니 무에게 제사지낸다는 뜻입니다. 29대왕 문정文丁이 어머니에게 제사지내기 위해 만든 직사각형 형태의 솥으로 875kg의 무게, 133m 높이의 중국 제1의 청동제기입니다.

## 성탕成湯 — 일신우일신日新又日新

《삼국사기》〈신라본기〉에 조선의 유민이 산과 들에 분거하여 여섯 마을육촌(六村)을 이루었다는 기록이 있습니다.《삼국유사》〈왕력〉 편에는 고주몽이 단군의 아들이라고 적혀 있습니다. 이 두 줄의 기록물에 의해 고구려 백제 신라는 단군왕검의 혈통이라는 역사적 근거를 찾게 됐습니다. 중국의 사마천은 3천 년 전에 이미 황제 전욱 제곡 요순의 5제를 비롯하여 하 상 주 3대의 제왕이 한결같이 황제의 후손이라《사기》에 기록해 놓았으니 참으로 놀라운 혜안입니다.

《사기》〈은본기〉는 상나라를 세운 탕왕부터 시작하는 것이 아니라 14대를 거슬러, 삼황오제의 한 분인 제곡으로부터 시작됩니다. 제곡은 황제의 증손이고 전욱의 조카뻘입니다. 제곡의 둘째부인 간적이 제비 알을 삼키고 잉태하여 태어난 아들이 상나라 선대 시조가 되는 설입니다. 첫째 왕비 강원이 거인의 발자취를 밟고 잉태하여 태어난 아들이 주나라 선대 조상 후직. 진봉씨의 딸 경도가 낳은 아들 방훈이 요 임금

상나라 선대 시조인 설은 순 임금 때 백성들의 교화를 담당하는 사도의 벼슬을 했는데 상 지방을 봉지로 받았습니다. 지금의 하남성 상구로 추측됩니다. 이곳은 수인능을 찾아 한 번 들려본 곳입니다. 삼황오제의 으뜸인 수인능은 불꽃문화풍경구에 있는데 그 대각으로 연장선상에 화상문화광장이 있었습니다. 중국 상업의 시초가 되는 광장이란 뜻입니다. 상나라의 유적이 남아 있는 곳입니다.

화상문화광장 북쪽 언덕에는 천문을 관찰하는 알백대가 있습니다. 이를 주관했던 알백은《사기》에는 상토相土로 나오는데 설의 손자입니다. 그 아래 상조사商祖祠(최초의 장사꾼 할아버지)라 하여 화상시조華商始祖(중국 상인의 시조) 왕해의 조각상이 서 있습니다. 왕해는《사기》에는 진振이란 이름으로 나오는데 우마차를 발명하여 물건을 싣고 여러 곳을 다

안휘성 박주시 탕왕릉 공원(위)
기우제를 올리는 탕왕상(아래)

니며 물물교환을 했습니다. 특히 양이나 소를 잘 키웠고 이를 가지고 식량과 바꾸었습니다. 이런 저런 사정을 감안하여 상나라는 농경보다는 유목민이었다는 설이 우세합니다. 사람들이 이 왕해의 일행을 가리켜 '상나라에서 온 사람'이라 한데서 '상인商人'이란 말이 생겨났습니다.

왕해로부터 7대가 지나 탕왕湯王이 상나라BC 1600~BC 1046를 건국하여 중국의 정통 역사를 열게 됩니다. 현재 중국 역사 교과서에서는 이 상나라殷나라에서부터 역사가 시작하는 것으로 기술되어 있습니다.

최초의 도읍지는 박亳입니다. 박이 어딘가에 대해서는 이견이 많습니다. 하남성의 상구, 정주, 언사 등지를 꼽는데 상구商丘라는 지명이 '상나라의 언덕'이라는 뜻과 함께 상업의 기초가 이곳에서 이루어졌다거나 탕왕을 도와 상나라를 일으킨 명재상 이윤伊尹의 묘가 있는 것 등을 보아 내가 상구에 갔을 때 이곳이 상나라의 첫 도읍지겠거니 하는 생각을 했습니다.

상구에서 가까운 안휘성 박주시에는 탕왕릉공원이 있고 탕왕의 의관총으로 불리는 무덤도 조성되어 있습니다. 첫도읍지 박과 박주의 박은 둘 다 毫$^{박}$ 자로 같습니다.

탕왕은 상나라를 세우고 역법을 바꾸어 한 해의 시작을 12월로 고치고 복색을 백색으로 통일하였습니다. 흰색은 오행으로는 금$^{金}$, 방위로는 서$^{西}$를 나타냅니다. 사서삼경의 하나인 《대학》에도 탕 임금의 이야기가 나옵니다.

'날로 새로워지려거든 새롭게 하고 또 매일매일을 새롭게 하라$^{苟日}$ $^{新(구일신)}$ 日日新$^{(일일신)}$ 又日新$^{(우일신)}$'. 이 말은 탕 임금이 세숫대야에 새겨놓고 아침마다 읊었다는 《대학》의 한 구절로, 오늘날에도 회자됩니다.

이와 같이 탕 임금은 어제와 다른 새로운 자신을 만들고 낡은 것을 버리고 새로운 것을 창조하려 노력하는 임금으로 "맑은 물에 비추면 자신의 모습을 볼 수 있는 것처럼 백성들을 살펴보면 그 나라가 제대로 다스려지는지 알 수 있다"고 할 만큼 백성들을 돌보는 어진 임금이기도 했습니다.

요 임금 때 9년 홍수가 있었던 것처럼, 탕 임금 때는 7년 대한$^{大旱}$이 있었습니다. 점을 치니 인신공희를 해야 하늘이 응한다는 점괘가 나왔습니다. 탕왕은 자신이 바로 하늘에 제물로 바칠 죄인이라 하여 스스로 머리털을 자르고 흰 옷을 입고 장작더미 위에 올라 그 유명한 육사문죄$^{六事問罪}$의 고천문$^{告天文}$을 하늘에 올립니다.

"제가 정치에 절제가 없었습니까? 백성들이 생업을 잃었습니까? 궁실이 너무 화려합니까? 여인이 정치에 극성을 부렸습니까? 뇌물이 성행했습니까? 참소하는 자들이 발호하기 때문입니까?"

모든 것이 자신의 부족한 소치라 하여 장작더미에 불을 붙이게 하자 먹구름이 일고 폭우가 내려 한발이 거두어졌다는 고사가 《십팔사략》에 전합니다. '7년 대한 가문 날에 성탕 비 기다리듯'이라는 속담이 여기서 생겼습니다.

이 탕왕으로부터 30대를 지나 기원 전 1046년 주<sup>紂</sup>왕에게는 은말 삼인<sup>殷末三人</sup>이라 하여 세 충신 미자·기자·비간이 있었는데도 임금은 향락에 눈이 어두워 나라를 잃고 맙니다. 목야 전투에서 주 무왕에게 패하자 그는 궁궐로 돌아와 온갖 패물로 장식된 옷을 입고 녹대의 불 속에 뛰어들어 생을 마감합니다. 당시 주왕이 죽은 곳이 조가<sup>朝歌</sup>, 지금의 하남성 학벽시 기현입니다. 안양 은허유지에서 아주 가깝습니다. 주 무왕의 아들 성왕<sup>成王</sup>은 상나라의 충신이었던 미자 계에게 상 구지방을 다스리며 상나라의 제사를 받들게 하였으니 이 니라가 춘 추시대 유명한 송나라입니다.

## 갑골비랑<sup>甲骨碑廊</sup>과 갑골비림<sup>甲骨碑林</sup>

갑골문비랑에 전시된 상형문자의 모습입니다. 3천 년 전 문화유 적이 주는 중압감에 억눌리던 가슴이 이곳에 오니 채플린의 무성영 화를 보듯 폭소가 터져버렸습니다.

한자 屎<sup>시</sup>에서 尸는 '주검 시'라는 부수입니다. 그 아래 쌀 米<sup>미</sup> 자 가 있으니 쌀이 죽은 것<sup>썩은 젓</sup>이 대변이란 소리입니다. 소변은 뇨<sup>尿</sup>입 니다. 물이 죽은 것이 되겠습니다. 다음 글자는 좋을 好<sup>호</sup>인데 어미가 아기를 안고 있는 모습이 상형화 된 글자입니다. 엄마가 아들을 낳았 으니 얼마나 기쁘겠습니까? 아들을 낳지 못하면 칠거지악에 속해 쫓 겨나기도 합니다. 물론 이런 기준은 상나라를 훨씬 지난 후의 성리학 적 해석이기는 합니다.

다음은 눈동자가 아름다운 사슴이고, 네 번째 글자는 '무리 與<sup>여</sup>', 깃발 아래 여러 사람이 따라 나서는 모습입니다. 관광을 중국말로 여 유<sup>旅遊</sup>라 합니다. 다음은 사람이 하늘을 떠 바치고 있는 천<sup>天</sup>이고 계속 해서 두 발로 강을 건너고 있는 섭<sup>涉</sup>, 나무 아래 사람이 쉬고 있는 휴 <sup>休</sup>로 이어집니다. 마지막은 '붕새 봉' 자입니다. 내 이름자입니다. 이 붕새는 《장자<sup>莊子</sup>》에 나오는 영물인데, 날개를 툭 한 번 치면 3만9천

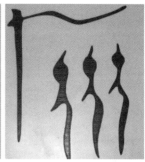

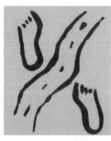

갑골비랑에 전시된 상형문자.
왼쪽부터 屎<sup>(똥 시)</sup>, 好<sup>(좋을 호)</sup>,
鹿<sup>(사슴 록)</sup>, 旅<sup>(무리 여)</sup> 天<sup>(하늘 천)</sup>,
涉<sup>(건널 섭)</sup>, 休<sup>(쉴 휴)</sup>, 鵬<sup>(붕새 붕)</sup>

갑골비림.

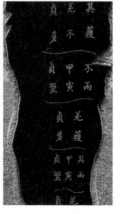

탕왕 시대의 상형문자(왼쪽)
오른쪽은 오늘날의 한자로
풀어놓은 것.

리를 난다는 우주선보다 더 빠른 새입니다.

갑골비림은 글자 그대로 갑골문자를 기록한 비석의 숲입니다. 앞 페이지 사진에서 보는 것처럼 전면에는 옛 갑골문을 새기고 후면에는 학자들이 해석해놓은 내용을 현재의 한자로 써 놓았는데, 갑골문의 해독례로 자주 인용되는 것 같습니다.

이로 볼 때 상나라 시대 사용되었던 갑골문은 단순히 길흉화복을 점치는 것를 넘어서 우주 운행의 원리까지 접근하는 고등문화의 결실이 아닐까라는 생각을 하게 됩니다.

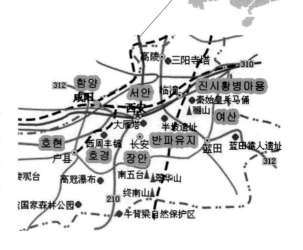

## 7대 고도 ❷ ── 천년왕도 千年王都

### 서안西安 장안長安

여행 또한 끝없는 선택입니다. 앞으로 한 발 내딛다보면 더 많은 이야기를 뒤에 남겨 두고 떠난다는 아쉬움이 생기고, 머물러 챙기다보면 더 만날 수 있는 많은 것을 포기해야 한다는 그런 진퇴양난에 처하게 됩니다.

이런 기분을 가장 강하게 느꼈던 곳이 서안이었습니다. 1100여년 동안 13개 제국의 수도였으니 그 역사의 흔적이며, 살아온 이야기들이 오죽 많았겠습니까.

30년 전 첫 번째 서안 여행에서는 비행기에서 내려 서안으로 들어가는 버스 속에서 굽이굽이 흐르는 위수渭水를 보면서 저기 상류 어디쯤 강태공이 곧은 낚시로 세월을 낚았다는 조어대釣魚臺가 있겠거니 생각하면서도 그 위수의 물에 손 한번 담가보지 못했습니다.

두 번째 여행에서는 시성詩聖이라 일컬어지는 두보가 '조정에서 퇴궐을 하면 봄옷을 전당 잡혀 곡강에서 술을 마시는데, 술 빚이야 예사스러운 것, 가는 데마다 널렸지만 자고로 인생 70까지 살기는 어렵다'고 노래했던 곡강曲江을 꼭 확인하고 싶었는데 단체여행이라 여의치 못했습니다. 지난 해2017년 서안에 갔을 때는 관광지도에 아주 가까운 곳으로 나와 있기에 가이드에게 진시황의 아방궁을 한 번 가보자고 했더니, 가고 오고 한나절은 걸려 일정을 다 소화할 수 없다고 거절을 당했습니다.

조어대가, 곡강이, 아방궁이 그렇게 보고 싶으면 혼자 다시 한 번 더 가면 되지 않느냐고 묻겠지만 여행이란 것이 또 그렇지는 못합니다. 한 번 더 갈 바에야 북경에서 티베트의 라사까지 달리는 청장고속열차를 탄다든지, 소동파가 귀양 갔던 하이난 섬을 찾아 겨울 추위를 녹이는 여행이라면 모를까, 이미 한 번 다녀간 곳을 다시 간다는 것은 가히 즐거운 일이 아니기 때문입니다.

13개 왕조라고도 하고 11개 왕조라고도 하는 서안에 도읍했던 국가는 주周나라부터 시작됩니다. 같은 땅에 도읍을 정했지만 이름도 여러 번 바뀌었습니다. 주 문왕이 위수 상류에서 현재의 서안에 수도를 정했을 때의 이름은 '풍'이었습니다. 지금도 서안 서쪽으로 풍하라는 강이 흐르고 있습니다. 주 무왕이 상나라를 정벌하고 천하의 패권을 잡은 후 풍에서 조금 더 동쪽으로 도읍을 정한 곳이 호경鎬京입니다. 그러니까 중국 최초의 통일왕조의 도읍지 명칭은 호경인 셈입니다. 현재의 행정구역으로는 서안시 장안구 호현입니다.

우리가 주나라라고 할 때는 보통 서주西周를 가리킵니다. 낙양으로 천도한 주나라를 동주東周라 하는데, 이때는 주나라의 왕권보다는 제후국의 세력이 강했던 춘추전국시대로 열국이 분립합니다. 이 열국을 통일한 진시황은 다시 서안에 도읍을 정합니다. 위수 북쪽입니다. 이름을 함양이라 했습니다. 현재 행정 구역은 서안 북쪽의 함양시입니다. 한국에서 서안으로 가려면 함양에 있는 국제공항을 이용하게 됩니다.

한 고조 유방은 한나라를 세우고 이곳에 장락궁을 지었습니다. 이때부터 장안長安이란 이름이 생깁니다. 수나라도 이곳에 도읍을 정하고 대흥大興이라 이름 했지만 반세기도 못 견디고 당나라로 넘어

갑니다. 당 태종은 이곳에 화려한 대명궁大明宮을 짓습니다. 현재의 서안과 가장 비슷한 위치입니다. 당나라가 망하면서 폐허가 된 장안은 명나라 때에 복구되고 장안 대신 서안西安이란 이름을 새로 얻습니다. 그러니까 지금 우리가 보는 서안의 유적은 대부분 명나라 때의 것입니다. 조선 건국 당시 세워진 우리나라 남대문과 비슷한 나이입니다.

## 문왕文王과 유리성羑裏城

사마천은 《사기》 〈주본기〉에서 후직으로부터 주나라가 출발하는 것으로 기술하고 있습니다. 후직의 어머니 강원은 삼황오제의 한 분인 제곡의 아내입니다. 들판을 걷다가 거인의 발자국을 보고 거기에 자신의 발자국을 대 보았는데 이에 감응되어 아들을 낳았습니다. 강원은 임신 과정이 꺼림칙하여 아이를 벌판에 버렸으나 짐승이 보호하고… 우리나라 주몽 설화와 비슷합니다. 그래서 그 아이 이름을 기棄라 했습니다. '버릴 기' 자입니다.

그런데 그의 손재주가 뛰어나 키우는 곡식이 남달리 실한 열매를 맺습니다. 요 임금이 이 소문을 듣고 그를 등용하여 농사農師에 임명합니다. 현재로 치면 농수산부장관입니다. 당시 기준으로 볼 때 농업은 현재의 정보통신 분야처럼 최신 기술혁명 분야의 요직이었습니다. 후직은 벼슬 이름이고, 기棄가 정식 이름입니다. 순 임금은 그에게 희姬씨 성을 하사하고, 봉지로 태邰라는 땅을 내렸습니다. 현재의 서안 근방인 함양시 무공현입니다.

그리고 13대가 흘러 문왕이 등장하는데, 상나라의 서쪽 지역을 총괄하는 권력자라 하여 서백西伯이라 불렸습니다. 이름을 붙여 서백창昌이라고도 했고, 성을 붙여 희창姬昌이라고도 했습니다. 황제 헌원과 같은 성씨입니다.

당시 천하의 주인은 상나라 마지막 임금 주왕이었습니다. 그는 달기妲己라는 여인의 미색에 혹하여 주지육림 속에서 학정을 일삼던

폭군이었습니다. 이런 가혹한 정사를 정비正妃가 말리자 죽여 포를 떴다고 합니다. 숙부가 되는 비간比干이 간하자 '성인의 심장에는 구멍이 일곱 개가 있다고 하는데, 한 번 보고 싶다'며 그의 심장을 도려낼만큼 잔인합니다.

이런 폭정에 대해 문왕이 탄식했다는 소문을 듣고 주왕은 그를 잡아 연금하였는데, 그곳이 바로 하남성 안양시 탕음현 유리성입니다. 이를 고증하여 탕음현에는 문왕의 사당을 모시게 됐고, 7년 동안 유폐 생활을 하면서 주역을 연구했던 연역대演易臺, 그리고 팔괘비 같은 것을 세워 문왕을 기념하고 있습니다. 탕음현은 안양에서 시내버스로 30분 거리의 시 외곽에 있습니다.

나는 전욱 제곡의 이제사당二帝祠堂과 은허유적지를 보러 안양에 간

**유리성(문왕이 유폐되었던 곳) 정문**

주문왕 연역처(문왕이 8괘를 연구했다는
유적지)

김에 잠시 유리성을 둘러봤는데, 서안에 있는 문왕릉은 들르지 못했으니 내가 확인한 문왕의 유적지로 유일한 곳이기도 합니다.

문왕이 연구한 후천팔괘에 대해서 장황하게 말할 만큼 나는 주역에 대해 아는 것이 없습니다. 다만 오늘날 전해오는 《주역》이란 책의 기본 틀이 문왕에서 시작되었다는 사실만 집고 넘어갑니다.

태고에 복희씨가 황하에서 하도河圖를 얻어 8괘를 만들었고선천팔괘, 그 뒤에 우 임금이 낙수에서 낙서洛書를 얻었는데 이를 종합하여 역을 만든 분이 문왕입니다.

오늘날 도서관의 도서圖書라는 말이 이 하도 낙서의 줄인 말입니다. 일반적으로 복희가 괘를 만들고 문왕이 괘사卦辭(64괘 의미)를 했으며, 주공이 효사爻辭(384개 효의 의미)를 했고, 공자가 십익十翼을 편했다고 그 발달 과정을 이야기하고 있습니다.

내 나름대로 팔괘를 설명하면 남자건(乾)와 여자곤(坤)가 혼인을 해서 세 딸 손巽, 이離, 태兌와 세 아들 진震, 감坎, 간艮을 낳은 것이 팔괘입니다. 우리 태극기는 이를 사괘로 줄였으니 아버지 건(하늘), 어머니 곤(땅), 둘째아들 이離(물), 둘째딸 감坎(불, 태양)이라 풀이할 수 있습니다.

공자가 죽간에 쓰여진 주역을 연구하면서 너무 많이 읽어 죽간을 연결한 가죽 끈이 세 번이나 끊어졌다는 고사에서 '위편삼절韋編三絶'이란 말이 생겼습니다. 《주역》은 중국 최고 권위서인 사서삼경四書三經의 한 편일만큼 중요한 책입니다.

실질적으로 상나라를 멸하고 천하를 통일한 임금은 문왕의 아들 무왕입니다. 아버지가 죽자 무왕은 문왕의 위패를 모시고 상나라를 정벌하려 할 때, 황하를 건너는 나루터 맹진에 모인 제후들이 800이나 되었습니다. 무왕의 군대가 강 중류에 이르자 흰 물고기 한 마리가 배에 뛰어오릅니다. 강을 다 건너자 하늘에서 불덩이가 떨어졌는데 바로 붉은 새로 변했습니다. 물고기의 흰 색 금金은 상나라를 상징합니다. 새의 붉은 색 화火는 주나라의 색입니다. 오행의 상극도에 의하면 화극금火克金, 불이 쇠를 이기는 것처럼 주나라가 상나라를 이긴다는 상징입니다.

그러나 무왕은 아직 천명을 알지 못하겠노라며 다시 회군했다가 2년 후에 5만 병사를 동원하여 70만 병사의 상나라 군사를 이깁니다. 이때 상나라 병사들은 왜 이렇게 늦게 오시느냐고 창을 거꾸로 들고 무왕의 길을 열어주었다는 고사가 전합니다.

이 싸움이 고사에 많이 나오는 목야지전牧野之戰입니다. 목야는 상의 수도 조가朝歌의 교외에 있는 벌판이라는 뜻입니다. 읍의 외곽을 교라 하고, 교의 외각을 목이라 하고 그 바깥은 야라 합니다. 오늘날 교외란 말은 이에 기인합니다. 야인이란 변방의 무지몽매한 족속이란 뜻입니다.

천하를 통일한 무왕은 풍에서 호경으로 도읍을 옮기고, 삼황오제를 모실 땅을 그 후손에게 하사합니다. 즉 신농씨를 위하여 현재의 하남성 섬현, 황제를 위하여는 산동성 내무현, 요 임금을 위해서는 현재의 북경 일대, 순 임금을 위해서는 하남성 회양, 우 임금을 위해서는 하남성 기현을 주어 사당을 세우고 제사를 지내게 합니다.

상나라를 위해서는 현재 하남성 상구 일대에 송나라를 하사합니다. 기우杞憂라는 말이 있습니다. 기나라 사람들이 하늘이 무너지고 땅이 꺼질 것을 걱정했다는 이야기인데 이 기나라는 바로 무왕이 하나라 우왕을 받들기 위해 세워준 나라로 개봉시 근처 기현杞縣에 있었습니다.

정복자로서의 승리의 노래를 부르기 이전에 그 선대 왕조에 대한 배려 역시 천하를 통일한 무왕의 미덕입니다. 그러나 천하를 통일하

고 2년 만에 무왕은 타계하고 어린 성왕이 주나라를 계승합니다.

### 주공周公 단旦

　　주나라의 기틀을 세운 문왕을 서안에서 만나지 못하고 안양 유리성에서 만난 것처럼 공자님의 영원한 이상형이었던 주공周公 단旦의 이야기 또한 그가 성왕을 도와 나라를 다스렸던 서안이 아닌 노나라의 서울인 곡부에서 만났습니다. 하긴 주공이 무왕으로부터 받은 영지가 노나라이니 그의 사당이 곡부에 있는 것이 당연하기도 합니다. 주공이 죽자 성왕은 곡부에 그의 사당을 세우고 성대히 제사지낼 것을 명했습니다.

　　'단旦'은 주공의 이름입니다. 희姬라는 성을 붙여 희단姬旦이라고도 합니다. 곡부에는 공자와 연관된 공묘孔廟, 공부孔府, 공림孔林의 삼공三孔 말고도 주공 사당, 안회 사당이 있고. 소호 금천의 사당 또한 곡부에 있습니다. 소호 사당 앞에는 황제黃帝가 태어난 곳이라는 커다란 비석이 세월의 무게를 감당 못하고 늙어가고 있었습니다. 대영제국은 해 지는 법이 없다는 말처럼, 당시 어느 땅인들 주나라의 영지가 아니었 겠습니까.

주나라 건국의 주역은 문왕과 그의 아들 무왕, 무왕의 아우 주공, 문왕과 무왕이 스승으로 모신 강태공, 이 네 분입니다. 강태공은 제 나라를 영지로 받고 주공은 노나라를 영지로 받았지만, 주공은 대신 아들 백금伯禽을 노나라 곡부로 보내면서 당부합니다.

"나는 (천하의 현인) 문왕文王의 아들이고, (주나라를 건국한) 무왕 의 동생이고, 지금 왕3대 성왕의 삼촌이다. (이렇게 삼한갑족인 나인데 도) 선비가 찾아오면 입에 든 밥을 세 번 뱉고 달려 나가고, 머리 감 다가는 세 번 머리털을 움켜쥐고 문 앞에 서서 선비를 맞이하면서도 오히려 어진 이를 잃을까 두려워했다. 너는 노나라에 가거든 행여 군 주라는 직책을 내세워 사람들에게 오만해서는 안 된다."

《십팔사략》에 기재된 주공의 이 말은 대대로 무릇 군주들이 행해 야 할 도리를 묵시적으로 상징하고 있습니다. 그는 아침에는 100편 의 글을 쓰고, 저녁에는 70명의 인재를 만나면서 《주례周禮》를 완성했 다고 합니다. 낙양의 주왕성박물관 앞에는 말 여섯 필이 끄는 수레 모형이 있습니다. 주천자가육周天子駕六, 주공의 《주례》에 의하면 천자 의 수레는 여섯 필의 말이 끕니다. 제후는 4필, 사대부는 2필, 이런 문물제도를 다 완성한 이가 주공 단입니다.

그의 어진 마음은 형인 무왕과 조카인 성왕이 병으로 신음할 때 조상에 고하는 고천문에 잘 나타납니다.

"우리 집안의 장손 발武王이 병마에 지쳐 죽을 지경에 있습니다. 자 손을 하늘에 바쳐야 한다면 발보다는 제가 적격자입니다. 귀신을 모 시는 능력과 재능은 발보다 제가 뛰어납니다. 발은 모든 백성들의 사랑을 받고 있으니, 나라의 백년대계를 위하여 발 대신 제가 죽어 귀신을 섬기게 해 주십시오."

이런 고천문을 올리자 무왕의 병이 완쾌했다고 합니다. 주공은 아무도 몰래 이 고천문을 등나무 관에 보관하게 했습니다. 훗날 무왕 독살설에 연루되어 주공이 초나라로 몸을 피했던 때가 있었는데, 성왕이 이 고천문을 보고 주공의 진심을 알게 되어 서둘러 모셔왔다고 합니다. 금등지사金藤之詞라 하여 전해오는 이야기입니다. 우리나라에서도 사도세자의 죽음에 대한 영조의 기록을 금등지사라 하여 당시 상황을 묘사한 드라마가 생겨나기도 했습니다.

또한 주공은 자신이 섭정하던 어린 성왕이 병이 깊었을 때 손톱과 머리털을 깎아 황하의 신에게 바치며 기도하기도 했습니다.

"왕은 아직 어려서 식견이 없습니다. 천지신명을 성나게 한 자는 이 단旦이니 저를 벌하여 주십시오." 이런 기도에 성왕의 병이 완쾌되었다고 합니다.

모두가 살신성인하는 신하의 자세입니다. 이런 주공을 평생 스승으로 삼아 그를 닮고자 했던 분이 공자입니다.

"내가 늙었구나, 꿈에 주공을 뵐 수가 없구나."

이러한 말년에 이른 공자의 독백이 《논어》〈술이述而〉 편에 나옵니다.

주공이 9세또는 12세의 성왕을 보좌하여 7년 동안 섭정을 하면서 봉건제도의 틀을 확립, 예와 악의 완성 등 주나라 문물제도의 기초를 닦은 것 외에도 '성주成周'라 하여 낙양을 주나라의 제2도시로 개척한 데서 그의 정치적인 안목을 엿볼 수 있습니다. 그 후 낙양 또한 아홉 나라의 도읍지가 되는 등 역사의 한 폭을 담당하는데 다 주공의 끼친 바 그 덕입니다.

당시 종주宗周라 불리던 호경은 상나라와 비교할 때 너무 서쪽에 치우쳐 있었습니다. 주공이 낙양을 개척하고 이곳에 상나라 부호 귀족들을 유치하여 그들의 민심을 도닥이며 신생 주나라 정국의 안정을 잡았던 것입니다. 그가 7년 섭정을 끝내고 낙양에 거주하며 동쪽을 관장하고, 연나라를 봉지로 받은 소공김公은 성왕을 보좌하며 서쪽을 경영했는데 그 동서의 기준점이 오늘날 삼문협시 섬현입니다. 유명한 함곡관 근처입니다. 섬서성陝西省이란 명칭은 이로부터 생겼습니다. 섬현의 서쪽이란 뜻입니다.

산동성과 산서성이라 할 때 그 기준은 태항산입니다. 황하의 남북에 있는 땅이 하북성, 하남성, 동정호의 남북에 있는 땅이 호북성 호남성입니다. 속설에 네 개의 큰 강이 흐른다 하여 사천성四川省, 야채와 물고기와 쌀이 풍부하다하여 강소성江蘇省, 강소성의 蘇소는 풀 草초, 고기 魚어, 벼 禾화로 이루어진 글자라는 주장도 있습니다. 신강 위구르는 '새로운 영토'라는 의미입니다. 우리나라 경기도京畿道는 임금 계시는 강역 밖의 땅이란 뜻입니다. 기畿는 왕성을 중심으로 주변 500리를 뜻합니다. 조선시대 사대문 밖 10리성저십리까지는 한성부에 속했고, 그 밖의 지역이 경기도였습니다.

### 일소천금一笑千金

그러고 보니 정작 서안에서는 주나라의 역사 현장을 한 번도 확인할 수 없었던 것 같습니다. 다만 당 현종과 양귀비의 사랑이 얽혀 있는 화청지에 갔을 때 그곳의 앞산 여산驪山을 보면서, 이쯤이 유왕幽王이 포사褒姒를 웃기던 봉화대가 있었으리라 어렴풋이 짐작했을 뿐입니다.

봉화대는 봉수대烽燧臺라고도 하는데 옛 왕조 시절의 주요한 통신 수단이었습니다. 주나라 시절 모든 봉수는 호경 근처의 이 여산으로 연결돼 있었습니다.

우리나라의 경우 전국의 봉수는 남산으로 집결됩니다. 남산 팔각정 아래 지금 그 봉화대 5기를 재현해 놓았습니다. 낮에는 이리 똥을 태워 연기를 피웠으며 밤에는 불꽃으로 신호를 알렸습니다. 평상시에는 한 기를 사용하여 한 줄 연기를 올리고 적군이 출몰했을 때는 두 줄, 국경 가까이 접근했을 때는 세 줄, 쳐들어오면 4줄, 적과 접전 중이면 5줄을 올려 그 위급함을 서울로 전하게 됩니다.

내가 6년 동안 학생들을 가르치던 산동성 연대시烟臺市의 지명도 이 봉화대에서 유래합니다. 연대시는 바닷가 마을인데 자주 왜구가 침몰하여 이곳에 연기를 피우는 봉화대를 설치하고 지명을 연대라 했던 것입니다.

　　서주의 마지막 왕이었던 유왕은 포사라는 미녀에 반해 정비正妃를 물리치고 그녀를 왕비로 앉혔지만, 그녀가 웃는 것을 한 번도 못 봅니다. 그래 천금매소千金買笑라는 말이 생겼습니다. 그녀를 웃기면 천금을 준다는 말입니다. 한 번은 비단 찢는 것을 보고 웃자 매일 비단을 찢어 보이기도 했지만 그것도 곧 싫증을 냈습니다.
　　괵석보라는 간신이 봉화를 올려 군사들이 몰려드는 것을 보면 포사가 좋아할 것이란 의견을 올립니다. 과연 봉화를 올리자 제후들이 급히 몰려왔다가 허탕을 치고 물러가는 것을 보고 포사가 깔깔대며 좋아했습니다. 포사를 웃겼다 하여 괵석보는 천금의 상금을 받았다고 《열국지》는 기술하고 있습니다.
　　그 이후 유왕은 심심하면 봉화를 올려 그녀를 즐겁게 했지만 병사들의 신망을 잃어갔습니다. 그러다가 정작 흉노가 침입했을 때는 아무의 도움도 받을 수가 없어 왕은 무참히 죽임을 당하고 서주는 막을 내립니다. 망명해 숨어 살던 태자를 찾아 왕으로 모시니 이 분이 평왕입니다. 평왕이 폐허가 된 장안을 떠나 낙양으로 천도하여 동주의 시대가 열리게 됩니다.
　　이렇게 나라를 망치는 공식으로, 임금이 악녀에게 현혹되어 황음무도하게 된다는 스토리가 하상주 3대에 반복 소개됩니다. 하나라의 말희, 상나라의 달기, 주나라의 포사 이런 악녀들에 의해서 포락지형炮烙之刑이라는 형벌과 주지육림이라는 방탕한 연회를 즐기는 걸왕, 주왕이라는 폭군이 생겨나 나라가 망하는 것으로 역사를 해석하고 있습니다. 그래서 미인을 경국지색傾國之色이라 하는 것 같습니다. '나라를 망하게 하는 아름다움'이란 뜻입니다. 한 번 웃으면 성이 무너지고 두 번 웃으면 나라가 망한다는 시도 있습니다.

중국 5천년 동안 주옥같은 문학작품이 즐비하지만, 《로미오와 줄리엣》 같은 사랑이야기는 찾아보기 어렵습니다. 중국의 산문은 남자들 사이의 의리가 극대화되는 대신, 남녀 간의 만남은 아름다운 장면으로 그려지는 경우가 별로 없습니다.

《금병매》나 《수호전》에서 반금련과 서문경의 만남은 유행가 가사처럼 잘못된 만남이었고 《삼국지》의 초선은 동탁과 여포 사이에서 그 태도가 애매한 '미인계'의 주인공으로 등장합니다. 당나라 안복산의 난에 대한 책임은 양귀비의 잘못인양 처리되고, 청나라 말기 온갖 비리의 온상으로 서태후가 지목되는 것 또한 얼마나 정확한 역사의 증언인지 알 수 없습니다.

물론 중국인들의 가슴속에 남아 있는 영원한 여성도 많이 있습니다. 대표적으로 아황娥皇과 여영女英이 있습니다. 요 임금의 딸이고 순 임금의 아내가 되었던 현숙한 자매입니다. 《춘향전》 《심청전》에 빠짐없이 등장하는 이상적인 여성상의 아이콘입니다. 두 자매는 남편 순 임금이 남쪽 순시를 나갔다가 죽자 소상강까지 달려가 애달피 피눈물을 흘렸는데, 그 피가 대나무에 묻어 혈죽血竹이 되었다는 전설이 전해집니다. 이를 소상반죽이라 합니다. 두 자매는 죽어서 동정호의 수호신이 되기도 합니다. 호수 속의 섬 군산도에는 아황 여영의 이비 사당이 모셔져 있습니다.

현모양처의 대명사는 주문왕의 어머니 태임太任과 무왕의 어머니 태사太姒 두 부인입니다. 임신했을 때 '눈으로는 나쁜 것을 보지 않고, 귀로는 음란한 말을 듣지 않고, 입으로는 거만한 소리를 하지 않아야 된다'는 태교는 태임에서부터 시작됩니다.

조선시대 율곡 모친의 당호 사임당師任堂은 바로 이 태임을 사모한다는, 태임처럼 훌륭한 어머니가 되겠다는 소망을 지닌 이름입니다.

주나라 800년의 출발 시기이니 여기저기 기라성 같은 인재가 쏟아져 나왔던 것이 당연했는지도 모르겠습니다. 《시경》〈대아〉 편에 이 주나라를 예찬하여 '주수구방周雖舊邦'이나 '기명유신其命維新'이란 아름다운 말은 오늘도 글읽는 이들의 입에서 입으로 전해집니다.

7대 고도❸ ───── 낙양洛陽 황하黃河

## 밤기차

　북경에서 낙양까지는 몇 편 안 되는 비행기 운항 시간에 얽매이기 보다는 기차를 타고 하룻밤을 보내는 것도 새미있다는 가이드의 말도 일리가 있었습니다.

　1997년 여름, 두 번째 중국 여행에서도 가이드의 한마디 한마디가 모두 소중한 정보원이니, 기차에 타서도 이것저것 궁금한 것을 많이 물었습니다. 새벽에 정주에 내리면 '황하유람구' 같은 곳에서 굽이굽이 유장한 물줄기를 한눈에 조망할 수도 있고, 다시 버스로 숭산 소림사를 구경하고 낙양을 찾으면 여행 경비도 절감된다고 가이드가 친절히 설명해 줍니다.

　북경에서는 다리가 아프고,만리장성을 걸어야 하니까 서안, 낙양에서는 귀가 아프고,유구한 역사 이야기를 다 들어야 하니까 상해에서는 눈이 부시다패션의 도시이니까고 가이드는 천연스레 너스레를 떨었습니다.

　밤기차는 아련한 향수를 불러일으킵니다. 차창 밖으로 스치는 사소한 것도 동화 속의 이야기가 되어 추억에 잠기게 합니다. 식당 칸에 앉아서 맥주 한 잔을 권하면서 나누는 정담은 사람과 사람 사이의 거리를 좁혀주고 속세의 일을 잊게도 합니다. 가도 가도 지평선인데 푸릇푸릇 알록달록한 차창 밖으로 번지는 풍경은 밀밭 같기도 한데 조금 지나다 보면 배꽃 핀 과수원 같은 것들이 끝없이 펼쳐져 이국정서와 더불어 향토적인 감각이 코끝을 간질입니다.

　중국의 모든 기차는 밤 10시가 되면 불이 나갑니다. 침대에 누워

서 가만히 밖을 응시하면 진짜 어둠을 볼 수 있습니다. 어둠은 이미 문명이란 것에 정복당해 그 진면목을 잃은 지 오랜데 중국을 여행하며 기차에서 만났던 어둠은 정말 칠흑 같은 보배입니다.

잡티가 하나도 섞이지 않은 태고의 어둠 사이로 동화처럼 별이 반짝입니다. 그 진한 어둠을 배경으로 한 별빛은 내 열여덟에 만났던 소녀의 눈동자가 주던 경이로움 같기도 합니다. 흔들리는 침대칸에서 졸다보면 예쁜 양 한 마리 그려달라는 어린왕자와 만날 수도 있을 것 같습니다.

침대칸에 누워 밖을 응시하면 차창 밖에선 태고적 암흑이 아프도록 눈에 와 박히는데, 아주 멀리서 반딧불처럼 명멸하는 한 두 가닥 불빛은 그곳에도 사람이 산다고 속삭이는 것 같기도 했습니다. 그 공간을 무인지경이듯 텅 빈 공간을 특쾌열차特快列車는 달리고 또 달렸습니다.

중국은 속도별로 열차 이름이 다릅니다. 동차조는 시속 240km,

모친포육상 앞에서

직달열차는 160km, 내가 타고 가는 특쾌열차는 130km로 달립니다. 그 보다 못한 것으로 쾌속열차, 중소 도시를 연결하는 내부열차, 보통열차 등 꽤 많은 종류의 기차가 있습니다.

화해호라는 초고속 열차도 등장했습니다. 호북성 무한에서 광동성 광주까지 1100km를 3시간에 주파했습니다. 12시간에 달리던 거리를 시속 350km로 3시간에 완주한 것입니다. 백두산에서 한라산까지의 940km 보다도 더 먼 거리입니다. 2010년 12월 26일 첫 출발한 우광<sup>무한에서 광주까지</sup>고속철은 영상 21도의 광주에서 출발하여 3시간 후 10cm의 폭설이 싸인 영하 2도의 호북성 무한에 도착하였다는 신문 기사를 읽은 기억이 있습니다.

내가 누워 있는 침대는 잉워硬臥라는 딱딱한 3층 침대입니다. 그 보다 편한 것이 루안워軟臥라는 푹신한 2단 침대인데 값도 비싸지만 표 구하기도 힘듭니다. 그리고 좌석용으로 입석이 금지된 주안쭤軟座라는 푹신한 의자와 당일 매표가 가능한 잉쭤硬座라는 딱딱한 의자가 있습니다. 주머니 사정이 궁한 사람들은 잉쭤 의자에 앉아 열 시간 스무 시간 시달려야 하지만 찾아갈 고향, 그리운 가족이 있다는 것은 우리 모두의 최후의 희망이기도 합니다.

내가 탄 기차는 중국을 남북으로 관통하는 경광선京廣線입니다. 북경에서 광주시까지, 우리나라의 경부선과 같이 남북을 횡단합니다. 내릴 하남성 정주는 이 경광선과 농해선隴海線이 교차하는 교통의 요지입니다. 농해선은 대륙을 동서로 횡단합니다. 동쪽 끝 항구도시 강소성 연운항에서 내륙 서쪽 섬서성 서안을 지나 감숙성 난주까지 이어집니다. 농해선의 농은 감숙성의 옛 이름이고 해는 연운항이 바닷가에 있어서 붙여진 이름입니다.

기차는 어둠을 뚫고 달려 하북성 성도인 석가장을 지나, 춘추전국시대 조나라 서울이었던 한단을 거쳐 은허 유적지 - 갑골문자로 유명한 안양을 지나 아침 식사 시간에 맞춰 정주에 도착했습니다.

## 정주 – 황하유람구

　길게 이어지는 기적 소리에 잠이 깨었을 때 차창 밖으로 여명이 걷히고 있었습니다. 북경을 밤 10시 35분에 출발한 기차가 아침 7시에 정주에 도착했습니다. 다른 곳에서는 육대 고도<sup>서안 낙양 북경 개봉 항주 남경</sup>를 이야기하지만, 이곳 가이드는 유독 하남성의 안양을 포함하여 7대 고도를 고집합니다.

　하남성 정주역은 북으로는 북경을 거쳐 하얼빈까지, 남으로는 무한 장사를 거쳐 광주까지, 서로는 낙양 서안을 거쳐 실크로드로 접어들고, 동으로는 개봉, 상구 연운항으로 사통팔달하는 교통의 요지라 하루에 이곳을 통과하는 인파는 70만이 넘는다고 합니다.

　역사로 볼 때 같은 하남성 안에는 낙양이라는 천년 고도가 있고, 송나라의 도읍지였던 개봉이 있는데 이 둘을 젖히고 정주가 성도<sup>省都</sup>의 위용을 자랑하게 된 것은 바로 이 교통의 요지라는 점에서일 것입니다.


　잠결에 지나친 안양의 은허 유적지는 갑골문자로 유명하고, 어디쯤 맥수지탄<sup>麥秀之嘆</sup>의 쓰라린 노래를 부르던 은나라 말기 삼인<sup>殷末三仁</sup>의 한 사람인 기자<sup>箕子</sup>의 발자취도 거기에 있겠거니 생각하며 기차역을 빠져 나왔습니다. 정주는 교통의 편리할 뿐더러 중국인의 젖줄이라는 황하를 잘 이해할 수 있는 곳입니다.

　황하박물관에 들르면 황하에 대해 많은 것을 배울 수 있습니다. 5400km를 흐르는 황하는 상류 중류 하류로 나뉘는데, 정주는 황하의 중류가 끝나면서 하류가 시작되는 곳<sup>정확히는 낙양 북쪽 맹진</sup>입니다. 상류는 청해성 발원지부터 내몽고까지인데 황하라는 이름답지 않게 물줄기가 맑고 투명합니다. 그러나 섬서성과 산서성 사이를 관통하면서 물줄기는 하늘에서 내리 쏟는 듯 급해지고 강은 물 반 황토 반이 됩니다. 그러다 섬서성 동관 근처에서 동쪽으로 흘러 정주에 이릅니다. 동관 근처에는 무협소설에 많이 등장하는 화산<sup>華山</sup>이 있는데 이에 가로막혀 남하하던 물줄기는 동쪽으로 방향을 틀어 정주에 이릅니다. 공자는 이런 황하를 만절필동萬折必東이라 했습니다. 아무리 굽이가 많아도 황하는 동으로 흘러 바다로 간다는 이야기를 통해 선비의 자세를 말한 것입니다.

정주시의 황하유람구에 오르면 먼저 모친포육상母親哺育像을 만나게 됩니다. 아름다운 부인이 분수 호수 한가운데 아기에게 젖을 먹이고 있습니다. 그 어머니가 황하이고 품속의 아기는 13억 중국인입니다. 다시 여기서 케이블카를 타고 정상으로 오르면 육중한 대우大禹 석상이 나타납니다. 우 임금은 황하의 수호신입니다. 황하가 흐르는 곳이면 어디나 우 임금의 자취가 남겨져 있습니다. 제남시 서북쪽 황하의 하류에는 도시의 이름까지 우성시禹城市라 지었습니다. 하남성에도 그가 다스렸다는 곳에 우주시禹州市가 있습니다. 그러나 이 모든 것을 대표하는 대형 조각상이 황하유람구의 우 임금 석상이라고 나는 생각합니다.

아버지 곤鯀은 황하가 범람하자 터진 곳을 막느라 고생만 하다 실패했지만 아들 우禹는 물이 잘 빠지도록 물길을 터 주어 9년 홍수를 다스리고 왕이 되어 하나라를 세웠다는 것은, 순리롭게 살아가는 삶의 형태에 대한 암시일 것입니다. 황하를 다스리는 자는 천하를 다스린다는 황하를 황하유람구 꼭대기에서 우 임금과 함께 굽어보았다는 것은 축복입니다.

산 정상의 우 임금은 오늘도 개봉을 지나 산동성 제남시를 향해 유장하게 흐르는 황하를 굽어보고 섰습니다. 그러나 이 황하는 언제 또 둑을 허물고 범람할지 모릅니다. 이 황하의 하상河床은 개봉시보다 높으니 변덕스러운 그 물줄기는 언제 또 도시를 휩쓸고 물길을 다른 곳으로 틀지도 의문입니다. 이런 황하를 예전에는 다스렸고, 지금은 지켜주는 분이 우 임금입니다.

황하를 노래한 시인도 많습니다.

황하 수 아홉 굽이 모래사장
거센 바람 큰 물결은 하늘에 잇닿았네
이 물결 따라 가노라면 은하수에 올라
견우직녀도 만나겠네

　백거이 유종원과 비슷한 연대를 산 중당中唐 시인　유우석劉禹錫의
〈낭도사浪淘沙〉입니다.

해는 산을 의지하여 사라지고
황하는 하염없이 바다로 흘러가네
멀리 천리가 다 하는 곳을 보려
다시 누각 한 층을 또 올라서네

　이 시는 성당盛唐 시인 왕지환王之渙의 〈등관작루登鸛雀樓〉입니다. 관
작루는 황토고원을 꿰뚫고 하늘에서 떨어지듯 흘러내리는 도도한 황
하를 가장 장 볼 수 있는 산서성 서남단 영제시에 있습니다. 그 상류
로는 하늘 다리天橋를 지나 용문폭포로 이어지는 진섬계곡도 관작루
와 함께 황하의 풍광을 대표합니다.
　이백李白은 그 유장한 황하의 흐름도 되돌릴 수 없는 단명함을 인
간과 비교하는 명시를 남깁니다.

그대는 보지 못하는가? 하늘로부터 흘러내린 황하의 물이
급히 흘러 바다에 이르면 다시 돌아오지 못하는 것을
또 보지 못하는가? 거울 앞에서 백발을 한탄하는 저 여인을
아침 푸른 풀 같았던 미모 위에 저녁 흰 눈이 내렸구나

　이백의 시 〈장진주將進酒〉 첫 구절입니다. 중국 사람들은 그 성스
러운 황하의 강물이 하늘에서부터 흘러온다고 생각했습니다. 황하의

그 도도한 물줄기도 결국은 인생의 짧은 순간에 차이나지 않는다는 이백다운 풍류입니다.

'장진주'는 술을 권한다는 뜻입니다. 정철의 '장진주사'와 같은 권주가입니다. 황하유람구는 한 병 술을 앞에 하고 만고의 시름을 달래기 참 좋은 장소입니다. 문득 물은 흐르기도 하지만 고여 있다가 땅으로 스며서 샘으로 새롭게 솟기도 한다는 생각을 합니다.

## 소림사 – 안심법문

정주에서 소림사까지는 버스로 2시간 거리인데, 자창 밖으로는 황토층을 뚫고 집을 만든 랴오똥의 흔적이 드문드문 보이고 끝없이 펼쳐진 밭에는 옥수수가 무성했습니다.

황토고원은 황하가 수천 년을 흐르며 실어 나른 황토가 쌓여서 형성된 천혜의 보고입니다. 그곳을 파서 집을 짓기도 하고 주변에 비옥한 밭을 일구기도 합니다. 밭에서 밀을 수확한 후 옥수수를 심고 다시 그 옥수수를 베어 내고 가을밀을 심는 형태의 1년 2모작을 하고 있다고 가이드는 설명했습니다.

달리는 버스는 중앙선의 기준이 없었습니다. 우리는 농담 삼아 중앙선은 추월선이라고도 했습니다. 중앙선을 무시하는 그들의 대륙적인 감각에 놀라버렸습니다. 자전거는 차를 피하지 않았고 사람은 자전거를 피하지 않았습니다. 피장부彼丈夫면 아장부我丈夫(그가 남자면, 나 또한 남자)라는 뚝심이랄까, 클랙슨 소리에 눈 하나 깜짝 않고 차도로 파고드는 자전거도 흔히 눈에 띄었습니다.

소림사가 있는 숭산은 중국 오악五嶽의 한 중간에 있다고 해서 중악이라고도 합니다. 지나는 과객으로 보기에는 돌산이었는데 기록에는 오악 중 아름다운 계곡이 많기로는 으뜸이라 했습니다. 요 임금이 허유를 찾아와 선양의 뜻을 밝힌 곳도 이곳이고, 소부와 허유가 문답했다던 기산 영수가 바로 여기 어느 골짜기일 것입니다.

소림사

　한 무제가 숭산에 봉선 왔다가 실한 고백古栢 한 그루에 장군의 벼슬을 내렸다는 숭양서원嵩陽書院도 이곳에 있습니다. 그러나 짧은 일정에 소림사 하나 다 보기도 벅찬 것이 패키지여행의 실상이기도 합니다. 그래도, 스치고 지나가는 미녀의 뒤태 하나로도 그녀의 모든 것을 추측해 낼 수 있듯, 시시콜콜 곳간 문까지 열어보지 않아도 그 속에 얼마나 많은 감격이 담겨 있었나를 반추해 낼 수 있는 마력을 지닌 것이 여행의 속성임은 분명합니다.

　소림사는 1500년 전 남북조시대에 지어진 정진도량입니다. 이곳은 달마대사의 구년면벽九年面壁으로 유명해지고, 당나라 이후에는 소림권법으로 더 많이 알려진 사찰입니다. 걸려 있는 소림사라는 편액은 청나라 강희제의 친필입니다. 입설정立雪亭의 '雪印心珠설인심주(눈 위에 붉게 찍은 마음의 구슬)라는 글은 건륭제가 썼다고 합니다. '혜가가 달마의 마음을 얻고자 스스로 자신의 팔을 베어 흰 눈 위에 붉은 피를 뿌렸다'는 전설을 지니고 있는 곳입니다.

　소림사는 숭산의 얼굴인양, 관광객이 넘치고 무술을 가르치는 무술학교가 많이 생겨나고 있습니다. 절간 수양의 첫걸음이 나무해 오고 마당 쓰는 일인데, 종종 소림사 영화에서는 입산한 동자들의 첫 수행으로 물을 길어 나르는 장면이 코믹했었습니다. 그런데 소림사에 도착해보니 옛날처럼 지금도 물이 부족한지 화장실의 수돗물은 죽어 가는 아이 숨결처럼 찔끔거리다가 그쳐 버려 주체하는 땀을 견디지 못하게 했습니다.

아무리 소림사가 선종禪宗의 으뜸 도량이고, 달마선사 같은 고승을 배출한 정신의 산실일지라도 사찰 분위기는 우리의 대흥사나 선운사가 주는 그 한적한 여운의 맛에 미치지 못한다는 아쉬움은 또 다른 문화적 편견은 아닐지 조심스러웠습니다.

소림사는 권선일치拳禪一致 도량답게 무예 수련의 흔적도 여러 군데 보였습니다. 절 입구의 위용을 자랑하는 은행나무를 보자 박람강기博覽强記 중에도 영화에 더욱 뛰어난 이광호 선생이 거기에 난 손가락 자국을 가리켜, 이연걸이 주인공으로 나오는 〈소림사〉 3편에서 그가 무공 훈련을 쌓을 때 생긴 흔적이라고 설명해 우리는 와 웃었습니다. 거기서 우리는 소림 권법을 흉내 내어 멋진 스냅을 남기기도 했습니다.

오유봉에 모셔진 거대한 달마상을 못 본 아쉬움을 품고 입설정에서 멀리 달마 동굴을 바라보며 달마와 혜가의 선문답을 다시 한 번 되뇌었습니다. 초조부터 사조四祖까지 이어지는 안심법문安心法門은 우리들의 마음을 얼마나 편하게 해 주었는지 모르겠습니다. 아는 것과 느끼는 것은 차원이 한참 다른 것인지도 모르겠습니다.

스승이시여, 제 마음을 편케 해 주소서
그 마음을 가져오너라
마음을 찾아도 찾을 수 없습니다
이미 네 마음을 편케 해 주었느니라
− 초조 달마가 2조 혜가에게


소승은 죄 들었으니 제 죄를 뉘우치게 하여 주소서
그 죄를 가지고 오너라 뉘우치게 해 주마

죄를 찾아도 찾을 수가 없습니다

그대의 죄는 다 끝났다 다 뉘우쳐졌다

앞으로 불법승에 의지해 함께 머물지어다

- 2조 혜가가 3조 승찬에게


자비를 베푸시어 해탈에 이르는 법문을 해 주옵소서

누가 너를 속박했느냐

아무도 저를 속박하지 않았습니다.

그렇다면 무슨 해탈을 구하는가?

속박이 없다면 이미 해탈한 것이다

- 3조 승찬이 4조 도신에게


## 낙양 –북망산

낙양洛陽에는 낙하洛河와 이하伊河 두 물줄기가 황하를 향하여 동쪽으로 흐릅니다. 낙양은 이 낙수의 북쪽에 있어서 붙여진 이름입니다. '양陽'은 물의 북쪽이란 뜻입니다. 서울의 옛 이름 한양도 한강의 북쪽이란 뜻입니다.

이하를 경계로 북쪽에는 용문석굴로 유명한 용문산이 있고 남쪽에는 백원이라는 백거이백낙천 사당이 있습니다. 그리고 낙하의 북쪽으로는 북망산이라는 거대한 공동묘지가 있습니다. 현재는 '고묘박물관古墓博物館'이란 이름이 붙어있습니다. 그 동쪽 수양산진에는 두보의 무덤도 있습니다.

북위北魏 효문제가 산서성 대동大同에서 낙양으로 천도하는 494년부터 당나라 초기에 이르기까지 용문산의 석회암 암벽에 1300여개의 석굴을 파 1만이 넘는 불상을 모시고 40개의 탑을 만들었는데 이것을 통칭 '용문석굴'이라고 합니다. 이렇게 수없이 많은 숫자의 크고 작은 불상이 400여 년 동안에 조성될 수 있었던 것은 그 만큼 당시의 풍운이 거칠었기 때문일 것입니다. 우리의 8만 대장경이 조성되었던 경위를 생각해 보아도 종교의 발흥은 불안한 사회상에 영향을 크게 받는 것 같습니다.

　용문석굴의 하이라이트는 단연 봉선대불奉先大佛입니다. 봉선대불은 인도와 중국의 정신이 어떻게 만났는가를 잘 보여줍니다. 주존主尊 노사나불盧舍那佛은 가섭과 아난, 관음과 대세지大勢至의 협시脇侍를 받고 있는데 이 주불主佛의 모델이 바로 당나라 여황제 측천무후라고 합니다. 황제즉여래皇帝卽如來 사상의 발로입니다. 당나라 수도는 장안서안이었으나 측천무후 집권 15년간은 황제의 거소가 낙양에 있었습니다. 제비집 같은 인상을 주는 빈양동 석굴의 8m짜리 여래 좌상은 북위 효문제의 얼굴을 새긴 것이라 합니다. 효문제는 선비족의 풍습을 청산하고 선진 한족 문화를 본받으려 애썼던 제왕입니다.

　용문석굴에서 이수를 건너면 바로 백거이 유적지입니다. 이백 두보와 함께 당나라를 대표하는 3대 시인으로 꼽히는 분의 묘역입니다. '하늘을 날면 비익조가 되고 땅에 솟으면 연리지가 되리라. 하늘과 땅은 끝이 있고 세월은 다함이 있을지나 이 사랑 이야기는 영원하

**용문 석굴의 봉선대불**

리라'고 끝을 맺는 〈장한가長恨歌〉가 그의 대표작으로 회자됩니다.

'백원白園'이라 이름 붙인 백거이 묘는 태자太子의 스승이었기 때문일까, 선비의 격에 맞지 않게 중후한 석물로 왕릉처럼 조성되어 있었습니다. 공원으로 꾸며진 곳에는 '백락천白樂天 만고유방萬古流芳'이라 제한 시비를 비롯하여 그의 문학 혼을 기리는 비석들이 즐비하게 서있었는데 '한국 백씨 전국종친회'의 기념비도 있어서 반가웠습니다. 소림사에서는 한국 불교 종단에서 소림사 주지를 기리는 비를 세워놓은 것을 보기도 했는데, 이제는 자동차나 전자 제품 같은 외형적인 물품만이 아닌 문화면에서도 해외시장을 개척해야 할 시기라는 것을 절실히 깨달았습니다.

백거이에 대한 에피소드는 많지만 가장 유명한 것이 조과선사鳥窠禪師와의 대화입니다. 51세의 원숙한 백거이가 항주자사가 되어 80세의 조과선사를 찾아갑니다. 스님은 기인답게 나무 위에 앉아 참선을 하고 있었습니다.

"스님 위험합니다. 어서 내려오세요."

"이곳만큼 편하고 안전한 곳은 없습니다. 오히려 자사가 계시는 속세가 더 위험합니다."

첫 만남부터 백거이는 기가 눌립니다.

"스님, 무엇이 지혜입니까?"

"선을 행하고 악을 그치는 것이 참 지혜입니다."

"스님, 그거야 세 살 먹은 아이도 아는 것 아닙니까?"

"네, 세 살 먹은 아이도 알지만, 100살 먹은 늙은이도 실천하지 못하는 것이 그것입니다."

이런 내용의 복사판이 한국의 누구 누구라고 떠돌기도 하지만 내가 아는 오리지널은 백거이의 것입니다.

그는 말년에 벼슬을 내놓고 이곳 용문산 향산사에 자리 잡고 스스로 향산거사라 칭하면서 18년을 유유자적했습니다. 그의 묘비명도 재미있습니다.

"밖으로는 유가를 따라 몸을 닦았고, 안으로는 불가의 가르침에 따라 마음을 다스렸다. 옆으로는 산수와 풍월과 음주로서 그 뜻을 즐겼다."

낙양을 안내한 가이드는 한족 청년이었는데, 낙양 외국어대학원에서 한국 문학을 전공한다고 했습니다. 땀으로 T셔츠를 다 적시면서 아주 열심히 백낙천의 문학 세계를 이야기해 주었습니다. 설명이 예사롭지 않아 구체적으로 무엇을 전공했느냐 물었더니 고려 시대의 문학자 이규보를 연구하노라고 했습니다. 고맙고 반갑지만 서둘러 말머리를 돌렸습니다. 내가 알고 있는 이백 시의 반만큼도 우리 할아버지 이규보 선생의 작품은 모르고 있다는 것이 당황하도록 부끄러웠습니다.

서안 행 기차 시간에 맞추다 보니 낙양 구경도 미진한 부분이 많았습니다. 서둘러 관림關林을 찾았습니다. 공자의 묘를 공림孔林이라고 하듯 林은 성현의 무덤에 붙이는 칭호입니다. 황제의 陵보다 상위 개념입니다. 중국에서는 관우를 공자와 같은 대열에 놓고, 문성文聖 무성武聖이라 하여 민간 신앙의 대상으로 떠받드는 열기가 대단합니다.

서울 숭인동에도 '동묘東廟'라 해서 그를 모신 사당이 있고, 우리나라 '무속'에도 절륜한 무용을 지닌 의리의 사나이로 그의 이름은 심심찮게 오르내립니다. 중국에 와서 보니 한 걸음 더 나가 관우는 재물의 신이라든가 병을 치료하는데 영험을 발휘하는 능력을 지닌 신으로까지 비약해 있었습니다.

낙양에 있는 그의 무덤은 수총首塚이고 몸체는 호북성 당양當陽시에 묻혔습니다. 조조는 스스로를 자칭하였듯 난세의 간웅입니다. 누구에게 신의를 지키기보다는 이해득실을 따라 사람을 대했습니다. 그런데 관우만큼은 처음부터 끝까지 진정으로 대했던 것 같습니다. 포로로 잡혀온 그를 위해 삼일소연三日小宴, 오일대연五日大宴을 열어 그의 마음을 얻으려 했고, 오관 참장五關斬將을 하며 떠나버린 그를 진심으로 아쉬워했습니다. 그래서 그 보상으로 아마 적벽대전에서 관우에게 생명을 구원받게 되는지도 모르겠습니다.

조조가 오나라 손권이 베어 바친 관우 목에 향나무로 정성껏 몸체를 깎아 장사지낸 곳이 바로 이곳 낙양의 관림입니다. 아직도 도로변 어디쯤 필마단기로 주군 유비를 찾아 조조의 막사를 떠나던 관우의 의기가 남아 있는 듯도 했습니다. 그가 그렸다는 '관제시죽關帝詩竹' 탁본 한 폭을 기념으로 샀습니다.

기차 시간에 맞춰 서둘러 역으로 향하며 다시 한 번 오게 되면 복희씨가 하도河圖를 얻었다는 맹진의 용마부도사도 한 번 가 봐야겠다는 생각을 했습니다.

낙양은 우리나라 민요《성주풀이》에도 등장할 만큼 우리에게도 낯익은 곳이기도 합니다.

'낙양성 십리허에 높고 낮은 저 무덤에 영웅호걸이 몇몇이며 절대가인이 그 뉘기며……'

낙양 북쪽 어디쯤 그 유명한 귀족들의 공동묘지 '북망산'이 있겠다는 생각을 하니 인생이 허망해지기도 했습니다. 그곳에는 백제의 마지막 임금 의자왕도 잠들어 있다고 합니다. 언젠가 혼자 다시 한 번 오고 싶은 곳입니다.

### 낙양 삼절洛陽三絶 ― 모란

낙양洛陽은 참으로 영욕이 교차했던 중국의 고도古都입니다. 원래이곳은, 주공周公 단旦이 은殷나라의 영지였던 동방을 감시 감독하기 위하여 개척한 곳인데 제2의 도시라 하여 부도副都, 수도인 서안(호경)의 동쪽에 있다하여 동도東都로도 불렸습니다. 주周 무왕武王의 아들 성왕成王 시절에 세워졌다 하여 성주成周라고도 하고, 낙수 가에 세워졌다 하여 낙읍으로 불리다가 후한 광무제가 이곳을 수도로 삼으면서 낙양으로 굳어졌습니다. 낙양은 '낙수의 북쪽'이란 뜻입니다.

서안호경에 도읍한 주나라<sup>BC 1046</sup>는 400여 년이 흐르면서 왕권이 쇠약해지고 흉노의 침략으로 인해 주 평왕이 낙양으로 천도하여 동주시대<sup>BC 771-BC 256</sup>가 열립니다. 그러나 이 동주 400년 동안은 춘추전국시대라 하여 주 왕실은 허울뿐이고 춘추오패春秋五覇니 전국칠웅戰國七雄이니 하여 낙양에 자리한 주 왕실은 제대로 구실을 못한 채 진秦나라에 멸망하고 맙니다.

진나라를 계승한 한 고조 역시 서안장안에 도읍을 정하지만<sup>AD 221</sup>200년을 못 견디고 나라의 운수가 다합니다. 광무제 유수가 왕망王莽의 신新나라를 멸하고 낙양에 새로운 나라를후한AD 25-220 세워 다시 200년을 버티지만 이 후한 말기는 위, 오, 촉 삼국의 각축장이 되고 왕권은 미미하여 소설《삼국지》에서 보듯 하극상이 예사 일이 됩니다.

즉 서기 189년한반도에서는 수로왕이 가락국을 다스리고 있었음 동탁은 멋대로 소제를 폐하고 헌제를 황제로 바꿉니다. 220년 조조의 아들 조비는 헌제로부터 천하를 선양받는 형식으로 한을 멸하여 위나라를 세우고, 몇대를 못가서 265년 사마의의 손자 사마염이 위나라를 빼앗아 진晋나라를 세우는256년 등 낙양에 위치한 왕실의 영욕은 그칠 줄 모르고 이어졌습니다.

당나라 측천무후는 이 낙양에 주라는 나라를 세우고 여황제가 되기도 합니다. 역사에서는 주 무왕이 세운 주나라와 구별하기 위하여 그녀의 성을 따서 무주武周라고도 하는데 권력을 다지기 위해 그녀는 혈육을 죽이는데 망설임이 없었습니다. 후궁 시절에 자신이 낳은 딸을 죽이고 황후의 짓인 양 꾸미는데서 비롯하여, 아들 손자 23인의 친족을 죽였다 하니, 풍수상으로 낙양이 불길한 곳이 아닌가 하는 의구심마저 들기도 합니다.

그러나 이러한 영욕의 현장이었기 때문에 문화란 것은 더욱 융성하게 빛났는지도 모릅니다. 바람이 불어 풍차를 돌리듯 시국이 어수

선할수록 나라의 문물은 더욱 다양하게 발전하는 모양입니다.

낙양 동쪽에는 공자가 노자를 찾아 예와 악을 물었다는 '孔子入周 問禮樂至此<sup>문예악지차</sup>'라는 표지석이 있습니다. 노자를 만나고 돌아온 공자는 제자들에게 말합니다.

"나는 곰과 같은 짐승을 어떻게 잡는지는 안다. 들에 그물을 쳐놓으면 짐승들이 걸려들게 마련이다. 바다에 사는 물고기를 잡으려면 낚시를 드리우면 된다. 하늘을 나는 새는 활을 쏴서 잡을 수 있다. 그러나 용은 그물로도, 낚시로도, 활을 쏴서도 잡을 수 없다. 그는 용과 같은 존재다."

이렇게 중국 문화의 양대축인 공자와 노자가 처음 만난 곳이 바로 낙양 한복판입니다. 이백과 두보가 만난 곳도 낙양입니다. 이백이 한림학사의 벼슬에서 물러나 자유인이 되었을 때, 10년 연하의 두보는 매년 과거에 낙방하고 시름하던 시절입니다.

진<sup>晉</sup>나라 시인 좌사가 〈삼도부三都賦〉라는 명작을 지어 '낙양의 지가'를 올린 곳도 낙양. 복희가 하도를 얻은 곳이 낙양 북쪽의 맹진이고, 우 임금이 낙서를 얻었다는 낙수가 바로 낙양을 관통하는 강입니다. 하도낙서<sup>河圖洛書</sup>를 두 자로 줄이면 도서圖書가 됩니다. 도서관 할 때의 도서는 여기서 따온 말이기도 합니다.

이 맹진이란 곳은 하남에서 하북으로 황하를 건너는 길목입니다. 주 무왕이 아버지 문왕의 위패를 모시고 강북의 상나라로 쳐들어갔던 곳입니다. 이때 총사령관격인 강태공은 맹진 벽두에 서서 한 걸음이라도 늦는 제후가 있으면 목을 베겠다고 호령하기도 했습니다.

낙양을 찾는 과객은 종종 '낙양삼절洛陽三絶'이란 말을 듣게 됩니다. 그 중 하나가 앞서 이야기했던 용문석굴이고, 두 번째가 낙양수석이란 먹거리고, 셋째가 모란입니다.

낙양수석<sup>洛陽水席</sup>이란 그 이름처럼 다양한 종류<sup>24</sup>종의 요리가 탕과 함께 나오는데서 연유했습니다. 요리가 물 흐르듯 계속해서 나오는데서 기인했다고도 합니다. 북경의 만한전석<sup>滿漢全席</sup>처럼 석席 자가 붙으면 세트요리란 뜻입니다.

먼저 전팔품이라 하여 주인과 손님이 인사를 나누며 술을 권할 때 먹는 전채요리가 나옵니다. 술이 세 순배쯤 돌 무렵, 분위기가 무르익으면 16종의 따뜻한 메인 요리가 2~3시간 계속 나옵니다. 술을 곁들인 이 흥겨운 연회의 마지막 코스에는 계란탕 비슷한 국이 나오는데 송객탕送客湯이라 부르기도 합니다. 귀빈을 전송한다는 뜻입니다. 북경에서 오리구이를 먹으려면 전취덕全聚德을 찾듯 낙양에서 낙양수석을 맛보려 사람들은 진부동반점을 찾습니다. 100년 이상의 역사를 지닌 곳으로 주은래 총리가 캐나다 총리를 이곳에서 대접하여 그 명성이 더욱 알려진 곳입니다.

낙양 삼절의 세 번째는 모란입니다. '낙양 모란이 천하제일洛陽牡丹甲天下(낙양목단갑천하)'이라는 말처럼 낙양은 모란의 도시입니다. 낙양의 모란은 4월 중순이 절정입니다. 노동절 연휴가 있는 5월 초에 낙양을 찾을 때면 모란은 이미 그 화려한 모습이 시들어갑니다. 김영랑이 '모란이 지고 말면 그뿐, 내 한 해는 다 가고 말아'라는 구절을 생각하게 합니다. 당나라 중당 시인 백거이는 '아름답고 붉은 꽃 100송이를 사려면 비단 25필 값을 치러야 하고, 한 무더기 모란꽃 값이 여염집 10가구에서 내는 세금과 맞먹는다'고 〈매화買花〉라는 시에 적었습니다.

모란은 국색천향國色天香이라 하여 부귀를 상징합니다. 웬만한 가정집 벽에 한두 폭 모란 그림이 없는 집이 없습니다. 이 모란에는 나비가 따릅니다. 나비 蝶접 자와 70~80세 노인을 뜻하는 耋질 자의 중국 발음이 같아, 수명장수를 뜻하기 때문입니다. 이것도 모자라 거기에 고양이 그림을 곁들이기도 합니다. 고양이 猫묘 자는 80~90세 노인을 뜻하는 耄모와 발음이 같습니다.

나는 2007년 연말과 2008년 새해 일주일간을 북경에서 보냈던 감격을 잊을 수가 없습니다. 천안문 광장이 내다보이는 빈관賓館 창으로 섣달그믐 저무는 해가 희망처럼 황혼 속에 붉게 물들어 갔습니다. 저녁에는 그 유명한 전취덕에서 오리구이도 먹고, 우리나라 인사동과 비슷한 유리창의 골동품 거리를 누벼보기도 했습니다.

거기서 큰마음 먹고 부귀영화를 뜻하는 모란 그림 한 점을 샀습니다. 그때 교수 월급이 5천 위안이었는데 한 폭에 천 위안하는 그림이었으니 최상급은 못되지만 원두막에서 참외 한 입을 달게 깨무는 기분 같은 감칠맛이 드는 그림이었습니다. 동행한 조 교수님에게 한 해 동안 돌봐주셔서 감사하다는 마음을 담아 신년 선물로 드렸습니다.

## 황하구黃河口

황하는 곤륜산에서부터 시작됩니다. 곤륜산하면 막연한 대로 요지연에서 잔치를 벌이던 서왕모西王母가 생각날 겁니다. 화전옥和田玉이라는 가장 좋은 옥의 산지이기도 합니다. 그래서 천자문에도 '금생여수金生麗水요 옥출곤강玉出崑岡'이란 말이 있습니다. 그런데 그 곤륜산이란 것이 신강 위구르부터 티베트, 청해성까지 천지사방에 펼쳐졌는데 황하의 발원지는 그 중에서 청해성 옥수현옥수 장족 자치주입니다. 그곳에서 서남쪽 티베트 근방에는 양자강의 발원지도 있습니다. 그러니까 청해성은 장강대하, 중국 제1 제2 강의 젖줄이 되는 셈입니다.

지도에 보면 황하의 발원지 근방에 성수해星宿海란 지명이 있습니다. 밤하늘에 별이 빛나듯 수많은 샘에서 물줄기가 솟아 흐른다는 뜻입니다. 이 물줄기는 청해성의 성도 서녕을 거쳐 감숙성 난주를 관통합니다.

황하의 물줄기가 이렇게 시작된다면, 황하의 마지막 여정은 산동성에서 끝납니다. 하남성 정주 개봉을 지나며 서서히 북상하기 시작한 황하는 산동성 성도 제남을 지나 동영시에 와서 황하삼각주를 형성하고 허무하게 바다로 빠져듭니다. 이곳을 황하구黃河口라 합니다.

산동성 봉래시 합해정의 발해(왼쪽)와 황해(오른쪽)

　　산동성은 내가 6년 동안 학생을 가르치던 곳이라 제남 근처 유적지도 꽤 여러 군데 찾아다녔습니다. 제남 서북쪽에 빈주시가 있습니다. 손자의 고향을 기념하여 손자병법성을 세운 곳입니다. 손자병법 13편과 36계를 주제로 한 테마 파크인데 규모가 웅장하면서도 문외한인 저 같은 사람도 쉽게 이해하게 시설물도 다양했습니다. 빈주시에서 다시 서북방으로 가면 바닷가에 동영시가 있습니다. 중국 3대 유전의 하나인 승리유전이 있는 곳입니다. 끝없이 펼쳐진 광야를 차로 곧장 달리노라면 여기저기 석유 시추기가 보입니다.

　　젊은 시절 영화로 보았던 〈자이언트〉의 한 장면처럼 메뚜기 같이 생긴 그 석유 시추기에서는 금세 시커먼 석유가 펑펑 솟아오르는 것 같은 착각이 들기도 했습니다. 땅이 끝나는 곳에 누런 황하수가 파란 바닷물과 경계를 이룹니다. 땅도 끝이 없고 바다도 끝이 없습니다.

　　'가을 강은 긴 하늘과 맞닿아 한빛秋水共長天一色(추수공장천일색)'이라던 왕발의 '등왕각서滕王閣序' 한 구절이 이 황하의 끝자락에 와서 명창임을 다시 한 번 실감하게 됩니다.

이 황하가 빠져드는 바다를 중국 사람들은 발해渤海라고 합니다. 고구려 유민 대조영이 세운 나라 발해와 똑같은 글자입니다. 산동반도와 요동반도 사이의 바다를 발해라 부르고 그 남쪽을 황해라 구별하여 부릅니다.

여덟 신선이 맨몸으로 바다를 건넜다八仙過海(팔선과해)는 연대시 봉래 수성에 가면 합해정이란 정자가 있습니다. 그 앞에 두 마리 용이 여의주를 희롱하는 조각물이 있는데 왼쪽 용의 몸통에는 발해, 오른쪽 용의 몸통에는 황해란 이름이 쓰여 있습니다. 발해와 황해가 합쳐지는 광경을 바라보는 정자란 뜻입니다. 누런 강물이 푸른 바닷물과 섞이어 합해정까지 오면 5400km 황하의 긴 여정은 마감이 되고 나의 황하 이야기도 끝이 납니다.

## 무박 3일 역사문화 탐방

행복이 별건가, 철 따라 옷이나 갈아입고 주말여행이나 떠날 수 있으면 그게 행복이라고 어느 시인은 아주 겸손한 듯 말했지만, 살다 보면 삶의 울타리를 벗어나는 게 보통 쉽지 않은 일임을 알 수 있게 됩니다. 그래도 일상의 권태를 활활 털어버리고 미지의 땅으로 고인의 흔적을 더듬어 차에 오를 수 있다면 그게 공자님이 말한 온고지신의 자세인지도 모를 일입니다.

오늘은 무박 3일 역사 문화 탐방에 여러분을 초대합니다.이 글은 2007년 중국 산동성 연대시 연대대학에서 학생들을 가르칠 때 쓴 글에 약간의 가필을 한 것임

새삼스레 가방을 꾸릴 필요는 없습니다. 하루 이틀쯤 양말을 갈아 신지 않는다고 큰일 나는 것도 아닙니다. 이제는 휴대폰이 훌륭하니 굳이 카메라도 챙길 필요가 없겠습니다. 여행을 하다보면 손가방 하나도 번거로울 때가 있으니까요. 생수 한 병 들고, 반 일차 휴가를 내서 금요일 오후 옌타이시 출발 3시 30분 서안행 기차를 타면 토요일 아침 7시 45분에 하남성 개봉시에 도착합니다.

역에서 내리면서 개봉 지도 한 장 사 가지고 역전 식당에서 요기를 하며 행선지를 골라봅니다. 우왕대 공원, 포공사, 대상국사같은 곳이 구미를 당깁니다. 천년 전 북송 당시의 풍물을 재현해 놓은 청명상하원이나 송도어가도 봄직하고 송나라 수도의 위용을 재현해 놓은 개봉부 건물도 좋은 볼거리가 될 것 같습니다.

개봉은 송宋나라의 수도였던 당시는, 변하汴河가 흐른다 해서 변경汴京이라고도 불렀습니다. 수나라 때 개통한 경항 운하가 이곳을 지나

면서 개봉은 교통의 요지가 되었습니다. 청명상하원도에는 이 변하 강가에서 청명절을 맞아 사람들이 들놀이하던 풍경이 자세히 묘사되어 있는데 배가 20여 척이나 등장합니다.

1500년 전 춘추전국시대에는 위나라 수도이기도 했습니다. 사서 삼경의 한 편인 《맹자孟子》에서 양나라 혜왕惠王이 맹자에게 "선생께서 불원천리를 마다 않고 오셨으니, 무엇으로 우리나라를 이롭게 해 주시겠습니까?"라고 묻자, 이에 맹자가 "임금께서 어찌 사사로운 이익을 말하십니까? 임금이 이익을 따지면 신하가 따라서 이익을 챙기고, 그러면 백성도 이익만 찾게 되니 나라는 날로 황폐해져 갑니다. 오직 인의仁義가 있을 뿐입니다."라는 답을 했던 곳이 바로 이 개봉입니다.

위나라 당시의 지명은 대량大梁이었습니다. 그래서 위 혜왕을 달리 '양혜왕梁惠王'이라고도 불렀던 것입니다. 이곳 개봉에서 맹자는 패도 정치를 묻는 임금에게 왕도정치를 권했던 것입니다. 이 양혜왕 때 병법가 손빈이 동문수학한 방연의 음모로 다리를 잃게 되는 장소 또한 대량으로 불리던 이곳 개봉입니다.

사대기서의 하나인 《수호전》도 이야기의 실마리가 개봉에서 시작됩니다. 80만 금군교두 임충이 모함을 받아 개봉을 떠나 하북성 창주로 귀양을 가고, 오직 공이나 차는 재주 하나뿐인 막나니 고구가 태자훗날의 휘종의 눈에 들어 승승장구하면서 국정을 어지럽히던 곳이 북송이 망해가던 무렵의 개봉이었습니다. 이 책에는 개봉 대신 '동경'이란 이름으로 불렸습니다. 아마도 《수호전》을 쓴 시내암施耐菴이 원말 명초의 문사이니, 명나라 당시는 북경의 동쪽에 있다 하여 동경이라 불렸던 것은 아닌가 추측해 봅니다.

송나라는 고려918년 건국보다 약간 늦게 960년에 건국합니다. 송 태조 조광윤이 황제가 된 것은 정말 영화의 한 장면 같이 신기한 이야

청명상하원 입구(위)
청명상하원 관광 마차(아래)

기입니다. 당시는 주전충이 당나라를 무너뜨리고 후량 후당 후한 후주 같은 5대 10국의 나라들이 겨우 10년, 20년 정권을 유지하던 혼란기였습니다.

송 태조 조광윤은 후주의 병권을 잡은 절도사였는데, 거란의 침입을 막으려 개봉 근처 진교역이란 곳에 주둔해 있었습니다.

어느 날 군의 사기를 올린다고 몇 순배 술을 돌리다가 취하여 잠들었는데 깨어보니 부하들이 그에게 황제의 옷을 입혀놓고 황제 만세를 부르는 것이었습니다. 여세를 몰아 이들은 개봉으로 회군하여 일곱 살짜리 후주의 임금으로부터 선양을 받아내어 조광윤을 황제로 추대합니다. 피 한 방울 흘리지 않고 평화롭게 새 왕조를 얻어 300여 년을 지탱하는 기틀을 쌓았던 것입니다.

그러나 그 또한 보통 전략가가 아니었습니다. 황제가 된 조광윤은 현대식으로 말하면 육해공군 참모총장, 육군 제1사령관, 제2사령관 등 군벌을 불러 거대한 연회를 엽니다. 주흥이 무르익을 무렵, 자신은 절도사 시절에는 무서울 게 하나도 없더니 황제가 되고 보니 너무나 겁이 나서 잠도 잘 못자겠다고 고충을 호소합니다.

충성스런 최고 지휘관들이 이구동성으로 "저희들이 있는데 무엇을 걱정하십니까?" 하며 충성을 맹세합니다. 그 말이 끝나자 다시 조광윤이 천천히 말을 이어갑니다. "나야 여러분들을 믿지만, 부하 중 누가 또 영달을 위해 여러분 중 한 사람에게 황제 옷을 입히지 않는다고 장담할 수도 없는 일이 아니오?" 하고 능청을 부립니다. 혼비

백산한 최고 지휘관들은 다음날 몸이 불편해 고향으로 돌아가 여생을 보내겠다고 사직원을 냅니다.

이로써 50여 년 간 군벌에 의해서 싸움이 가시지 않았던 5대 10국 시절의 혼란은 종식됩니다. 고사에서 이를 '배주석병권杯酒釋兵權'이라 합니다. 술잔을 돌리며 병권을 박탈했다는 뜻입니다. 이 조광윤의 손자 조지린이 우리나라로 망명해서 일가를 이룬 성씨가 배천조씨白川趙氏입니다.


기차역에서 가까운 곳에 우왕대공원이 있습니다. 지도책을 보면 지척인데 걸을 수 있는 거리는 아닙니다. 역전에서 손님을 부르는 삼륜 인력거를 타고 10여분 달리면 공원이 나타납니다.

넓고 한적하여 산책 코스로도 좋지만, 중국 최고의 시인 이백과 두보가 만나 의기투합했던 장소라는 점에 각별한 의미가 있습니다. 이들이 술 마시던 장면을 조각품으로 꾸며놓은 삼현사에 들어서면 벌써 이백은 얼큰히 취해 도도하게 고개를 곧추세우고 있는데, 두보杜甫는 선배 앞에서 다소곳이 고개를 숙이고 서 있습니다. 1300년의 시간을 거슬러 그들을 만난다는 것은 예사 축복이 아닙니다.

그럼 왜 이름이 '우왕대'냐고요?

이곳이 원래는 진나라 맹인 악사 사광이 거문고를 연주하던 곳이었습니다. 거문고를 타면 구름이 피어오르고 학이 찾아들 만큼 솜씨가 좋은 악사이면서 명재상이었던 그를 기려 고취대古吹臺를 지었습니다. '백아절현伯牙絶絃'의 고사가 있는 호북성 무한시의 고금대古琴臺와 함께 중국인들의 음악을 사랑하는 모습을 볼 수 있는 곳입니다.

그런데 황하가 범람하여 몇 차례 도시가 완전히 덮혀 버리자 홍수를 예방하는 차원에서, 명나라 때 우 임금을 비롯한 역대 물을 다스리던 재상들의 위패를 모시고 명칭도 아주 우왕대라 하게 되었습니다. 내가 갔을 때는 '水德祠수덕사'라는 현판도 보였습니다. 개봉은 지금도 황하의 하상河床이 천정천天井川이라 하여 도시보다 높아 홍수에 노출되었으니 물을 다스리는 우 임금을 도시 수호신으로 모셔놓은 것은 당연한 이치입니다.

우왕대공원에서 멀지 않은 거리에 대상국사大相國寺가 있습니다. 여행이란 새로운 것을 찾아 나서는 유람이지만, 때로는 우리가 알고 있던 것에 대한 확인이기도 합니다. 이 절은 《열국지》 같은 역사 소설에 등장하는 의리의 사나이 신능군이 살던 집터에 지은 방대한 규모의 사찰입니다. 당나라 예종이 '大相國寺대상국사'란 편액을 내렸다고 합니다. 신릉군은 맹상군 춘신군 등과 함께 전국사군戰國四君으로 유명한 위나라 공자입니다. 이백도 〈양원음梁園吟〉이란 시에서 신능군을 이야기했습니다. "백이와 숙제 고결한 옛 일을 배우지 마라. 그 옛날 신릉군은 부와 권세 누렸지만, 지금 사람들 신릉군 무덤에 농사를 짓네. 푸른 산 달빛은 무너진 성 비추고. 고목은 모두가 구름 속으로 들어갔네." 부귀영화의 무상함을 이백은 시에 담고 있습니다.

절이란 것이 다 그렇고 그렇지만 이 절의 볼거리는 팔각전의 500

장택단 청명상하도 석상.
오른쪽이 필자

나한상이 둘러싸고 있는 사면천수천안관음상입니다. 우리나라 향가 〈천수대비가〉에서도 이야기 하는 것처럼 관음보살님은 손이 천 개이고 눈이 천 개로 사방을 두루 살펴 우리를 구제해주는 고마운 부처입니다. 동서남북 사방으로 현신現身한 7m 높이의 부처님 몸에선 부챗살처럼 펼쳐진 천 개의 팔이 봉황의 날개 짓인 듯 장엄하게 느껴졌습니다.

그러나 이 보다 더 관람객의 시선을 끄는 것은 《수호전》에 나오는 108 호걸의 한 사람인 노지심이 광장에서 맨 손으로 버드나무를 뽑고 있는 장면일 것입니다.

《수호전》이 우리 머릿속에 남아 있는 것은 노지심 같은 정의롭고 호탕한 사나이가 물불 안 가리고 정의의 주먹을 내지르기 때문입니다. 소설의 말미에 보면 108 괴한들이 말로가 별로 좋지 못한데, 노지심은 절강성 항주 육화사에서 불도를 닦다가 전당강이 역류하는 대보름 사리 소리를 듣고는 자신의 죽음을 예지하고는 가부좌를 튼 채 앉아서 평화로운 임종을 맞이합니다.

대충 대상국사의 분위기를 익혔으면 서둘러 삼륜 인력거를 타고 포공사包公司로 가도 좋습니다. 2007년 현재 개봉에는 아직 택시보다는 이륜, 삼륜차가 많습니다. 포공사는 한국 TV에서도 꽤 여러 번 상연했던 포청천의 집무실입니다. 그의 명 판결은 모두 그가 개봉 부윤開封市長으로 있을 적 이야기입니다.

죄인의 목을 자르던 서슬 퍼런 용작두, 호작두, 개작두가 관람객의 눈길을 끕니다. 개작두는 평민의 목을 잘랐고, 호작두는 관리들의 목을 잘랐고, 용작두는 황실 종친의 목을 잘랐는데 특히, 용작두를 사용할 때는 부정한 입김을 막기 위하여 먼저 처벌하고 나중에 황제에게 보고하는 특권도 주어졌다는 일화도 전해집니다. 그만큼 그의 재판은 공평무사하여 황제의 신임을 얻었다는 뜻이겠습니다.

포공사에서 내려다보는 호수의 풍광은 나그네의 여수를 씻어 주기에 족합니다. 어차피 모든 것은 지나는 길에 보고 느낄 수밖에 없습니다. 자신의 발길이 닿았던 모든 장면은 가슴속에 오래 오래 추억으로 남아 있을 것입니다.

　포청천과의 만남이 끝나면 점심을 먹을 시간이 됩니다. 시내 한복판에 있는 제일루의 빠오즈包子가 이곳 최고의 명품입니다. 천진시의 '구불리狗不理'처럼 먹는 사람의 입에 착 달라붙는 개봉 최고의 먹거리입니다. 한 통에 10개가 들어 있고 가격은 7원 정도로 기억납니다. 유리컵을 하나 깼는데 그것까지 계산서에 포함되어 참으로 야박하다는 생각을 했습니다. 이 빠오즈를 중국 사람들은 꺼면 식초에 찍어 먹는데 나는 만두 속에 들어 있는 육즙이 맛있어 맨입으로 먹는 것이 더 좋았습니다. 중국 음식점에는 이 빠진 접시가 많습니다. 우리와 달리 접시에 이가 빠진 것은 그만큼 연륜이 붙어 있는 식당이란 자랑이어서 우리처럼 구태여 새것으로 교체하지 않는다고 합니다.

　점심을 먹고는 느긋하게 청명상하원淸明上河園을 걸어보아도 좋은 일입니다. 중국을 여행할 때마다 느끼는 것인데 입장료가 턱없이 비싸다는 겁니다. 80원이나 하는 문표는 깎을 수 없으니 제대로 구석구석 찾아다니며 본전을 뽑는 수밖에 없습니다.

　청명상하원은 북송 때 한림학사를 지낸 화가 장택단의 두루마리 그림 '청명상하도'를 바탕으로 송나라 개봉부 시절의 풍물을 그대로 재현한 곳입니다. 그는 휘종 연간에 궁정화가로도 활약했습니다. 이 두루마리 그림의 길이가 530cm, 폭이 25cm인 초대형 화첩인데 그림에 등장하는 인물만 장장 500여명, 변하 강변에 청명절을 즐기는 인파를 태운 선박도 20여척이 넘습니다. 내가 소장한 그림첩 앞부분에는 조맹부의 예서체로 '淸明上河圖청명상하도'라 쓰여 있습니다. 공원 안 시설물이나 인물 복식 모두 북송 당시 그대로이고 도심을 가로지르는 강변하(卞河) 가에는 짙은 안개가 끼어 있습니다. 차분하게 걸으며 '반금련'의 찻집에서 '무대'가 만든 빵 한 조각을 맛보아도 운치가 있고, 자수나 연화年畵를 직접 그려 파는 공방에서 민속화 한 폭쯤 골라 봐도 좋을 것입니다. 걷다 지치면 송나라 떠꺼머리 총각이 말을 모는 마차를 타고 호기롭게 공원 일주를 해도 좋습니다. 이렇게 시간을 거슬러 역사적인 배경에 빠져들 때 희미해져가던 일상은 잠시 제 빛을 찾는 것인지도 모르겠습니다.

개봉에서 연대행 기차는 토요일 밤 9시 11분에 떠납니다. 아직 시간이 남았으니 개봉부나 용정공원을 볼 수 있는데 모두 5시면 문을 닫으니 아쉽습니다. 특히 용정공원은 청나라 강희제가 이곳에 만수정을 짓고 거하게 생일잔치를 벌여서 용정이란 영광스러운 이름을 얻은 것으로 전해집니다. 용정공원의 대부분은 호수로 이루어졌는데 이 호수는 과거 범람했던 황하의 물이 빠지지 못하고 잠겨서 호수가 됐다고 합니다. 호수 아래는 송나라 당시의 궁궐터로 짐작되는 여러 유물들이 발견되었다고 하니 이곳은 물에 덮인 폼페이라 할 수 있겠습니다.


어두워진 송도어가宋都御街를 걸어보는 것도 좋을 것입니다. 서울의 인사동 같은 분위기를 풍기는 곳입니다. 지나다보면 '고려 약포'란 이름의 약방도 보입니다. 고려와 송나라는 활발한 교역이 있었으니 이런 이름이 개봉에 한두 개 있다는 것은 이상할 것이 없습니다. 야시장 한쪽에서 간단히 저녁을 먹고 어디 누추하지 않은 곳에서 발 안마를 받으면 기차 시간이 됩니다.

침대에 누워 맥주 한 잔에 흔들리노라면, 짧았지만 풍성했던 하루의 일정이 파노라마처럼 뇌리를 스칠 겁니다. 개봉에서 14시간의 관광을 위해 왕복 34시간을 기차에서 허비하는 것, 산술적 계산은 주객이 전도된 느낌도 들지만, 이렇게 한 번 맺은 인연 때문에 송나라에 대한 기억은 조금은 추상적인 것에서 벗어날 수 있을 것이니 이 또한 남는 장사일 것입니다. 바닷가 백사장이 부드럽다는 것은 알지만 내 발로 직접 그것을 밟고 싶다고 앙드레 지드는 여행의 변을 이야기한 적이 있습니다.

문약文弱하여 돈 주고 평화를 사려다가 결국은 금나라에 도읍지 개봉조차 내주고 절강성 항주로 천도하여 남송을 세우는 등 우여곡절이 많았던 나라이지만 성리학을 탄생시킨 주자가 있고, 지금도 동파육을 씹을 때마다 소동파가 거닐던 서호가 떠오르니 그런 것 또한 개봉의 추억을 보탤 것입니다.

'장가를 가야겠는데 좋은 매파가 없음을 한탄하지 말라. 책 속에 여인이 있으니 얼굴이 옥 같구나. 사나이 한평생 뜻을 이루려면 창 앞에 육경을 펼쳐놓고 부지런히 읽어라' 이런 권학문을 쓴 진종 황제도 송나라 임금입니다.

일요일 오후 1시 11분에 기차는 옌타이 시에 도착합니다. 역에서 가까운 '이조곰탕집'에 가서 늦은 점심 한 그릇 하고, 기차에서 이틀간 꿉꿉해진 몸을 간단하게 샤워라도 해 주면 무박 3일 여행은 월요일을 준비하는 새로운 활력소가 될 것입니다.

금강대 꼭대기에 선학<sup>仙鶴</sup>이 새끼를 품고 있다가 옥피리 소리처럼 불어오는 봄바람 소리에 첫잠을 깨었는가,

흰 저고리에 검은 치마<sup>호의현상(縞衣玄裳)</sup>로 단장한 학이 공중에 솟아 떠서 서호의 옛 주인인 듯 나를 반겨 넘나드네. −정철《관동별곡》

## 매처학자<sup>梅妻鶴子</sup>

금강대는 강원도 내금강 만폭동 표훈사 맞은편에 솟은 아름다운 봉우리입니다. 금강산 1만 2천봉을 거느린 법기<sup>法紀</sup>보살의 웅크린 모습이라고도 합니다. 호의현상은 소동파의 〈적벽부〉에 나오는 말로 흰 몸에 검은 날개를 가진 학을 의인화한 표현입니다.

서호는 양자강 남쪽 절강성 항주에 있는 아름다운 호수입니다. 중국에는 서호라 불리는 호수가 200여 곳은 되는데 일반적으로 서호라 하면 모두 이곳 항주의 서호를 생각합니다. 서호를 달리 서자호<sup>西子湖</sup>라고도 합니다. 미녀 중의 미녀가 서시<sup>西施</sup>이 듯 호수 중에 가장 아름다운 호수가 서호라는 뜻으로 서시의 호칭을 따온 것입니다.

서호는 둘레가 15km가 되는 서울 여의도만 한 작지 않은 호수입니다. 이 호수 속에는 몇 개의 섬도 있습니다. 호수 남쪽에 있는 섬은 소영주인데 그 섬 속에는 다시 호수가 있어 뱃놀이의 흥겨움을 더해줍니다. 이 소영주 남쪽으로 호수 속에 아름다운 탑이 세 개 솟아 있습니다. 추석 같은 명절 저녁에 이 석등에 불을 밝히면 호수 위에 달이 둥글게 걸려 있는 착각을 불러일으킵니다. 이런 풍광을 일컬어 '삼담인월<sup>三潭印月</sup>'이라 하여 서호십경의 하나로 즐깁니다. 이 절경은

중국 1원짜리 지폐에 찍혀 있을 만큼 중국인의 심금을 울리는 예술
품입니다. 강릉 경포대에 달이 뜨면 다섯 개가 된다는 이치와 같겠습
니다. 하늘에 하나, 바다에 하나, 호수에 하나, 술잔에 하나, 그리고
임의 눈동자에 하나라고 합니다.

북송 초 임포라는 선비가 서호 북쪽 고산孤山 변두리에 방학정을
짓고 혼인도 하지 않은 채 20년 동안 외지에 나가는 일 없이 혼자 호
수를 의지해 살았다고 합니다. 뜰에는 매화 300그루를 심고 두 마리
학을 기르며 살아서 매처학자란 말이 생겼습니다. 그의 유별난 매화
사랑을 담은 시 〈산원소매山園小梅〉 중 '암향부동월황혼暗香浮動月黃昏'은
절창 중 절창으로 꼽히어 많은 사람들의 사랑을 받습니다. 그리하여
이제는 '암향' 하면 매화 향기를 뜻하게 되었습니다. 두 마리 학은 때
로 높이 날아 구름 위에 앉아 한참을 놀다 돌아오곤 했습니다. 손님
이 찾아오면 학이 스스로 날아 호수에서 유유히 뱃놀이하는 임포에
게 알렸다고 합니다. 한 폭의 선경이 펼쳐진 듯합니다.

이런 맥락으로 볼 때 〈관동별곡〉의 '서호 옛 주인'은 바로 임포를
가리키면서 송강 자신도 임포와 같은 신선으로 동일시하고 있다는
것을 알 수 있습니다. 나는 젊은 국어 교사 시절 〈관동별곡〉을 가르
치다 이 부분에 이르면 금강산도 못 가보고, 서호 구경도 못한 주제
에 거짓말도 참 잘한다고 속으로 부끄러워하면서도 매처학자를 꽤
아는 척 했습니다.

원나라 승상 백안의 군사가 송나라를 치려고 전당강 가에 진을 치고 자는데
밀물이 사흘이나 이르지 않다가 떠난 뒤에야 그 자리가 물속에 잠기었습니다.
이 태조가 위화도에서 묵을 때에, 큰 비가 사흘이나 계속되었는데, 섬을 빠져
나온 뒤에야 온 섬이 물속에 잠기었습니다.

〈용비어천가〉 67장을 읽기 쉽게 풀어쓴 것입니다. 원나라 건국이
나 이태조의 조선 건국은 천우신조로 이루어졌다는 이야기입니다.
항주 전당강錢塘江은 《수호지》끝부분에도 잠시 나옵니다. 사나이 중

에도 가장 사심 없는 사나이 노지심
은 방랍의 난을 평정한 후 전당강 가
육화사에 몸을 의탁했는데 전당강이
역류하며 벼락 치는 소리를 내자 자
신의 죽음을 예감하고 가부좌를 튼 채 임종을 맞습니다. 음력 8월 중
순이 되면 바닷물이 4m 높이로 전당강을 덥쳐 일대가 물바다가 되
는데, 이 재난을 부처님의 힘으로 막겠다고 지은 탑이 바다와 전당
강과 서호를 굽어보는 육화탑六和塔입니다. 동서남북 상하가 두루 평
온하라는 소망을 품은 명명입니다. 도대체 강과 바다가 어떻게 만나
기에 그런 변괴가 생기나? 전당강도 육화탑도 참으로 궁금했습니다.
내가 국어 교사를 하던 그 시절은 인터넷 검색도 불가능하던 정보 부
재의 시절이었습니다.

마침 1995년 중국 여행의 기회가 생겼는데 강력히 주장하여 항주
도 여정에 포함시켰습니다. 1992년에야 한중국교정상화가 이루어졌
으니 1995년의 여행은 중국이 아직 현대문명의 세례를 받기 전의 민
낯을 만나는 것이기도 해서 서호의 고전미를 유감없이 감상할 수 있

방학정

었습니다.

당연히 서호에 와서 일차적 호기심의 대상은 매처학자의 고향 방학정이었고, 육화탑이었습니다. 그런데 서호를 안내하는 지도에서 방학정이 있는 고산孤山을 찾다가 백거이가 만든 백제白堤란 둑과 소동파가 쌓은 '소제'라는 제방이 호수 가운데를 가로지른 것을 발견하고는 우선 순위가 바뀌었습니다. 임포라는 이름이야 〈관동별곡〉을 읽다가 처음 알게 된 송나라 때 선비지만, 소동파와 백거이는 한국 고전에도 얼마나 많이 오르내리는 이름인가? 백거이 소동파 같은 낯익은 이름 때문에 오래된 친구인 양 서호가 구면인 듯 더 반가워 달려가 그 둑길을 걸어보고 싶어졌습니다.

## 서호삼절西湖三絶

당나라 시인을 이야기할 때 '이두한백李杜韓白'이란 말을 많이 합니다. 이백과 두보는 성당盛唐시절의 대 시인이고, 이들이 죽을 때쯤 태어난 한유와 백거이는 중당中唐을 대표하는 시인입니다. 백거이는 섬서성 주지현 현령으로 재임하면서 양귀비와 현종의 사랑을 노래한 〈장한가〉를 지어 글재주를 뽐냅니다. 백거이가 현령으로 있던 주지

현 가까이 양귀비가 죽은 마외파 언덕이 있었기 때문에 민간에 떠도는 다양한 이야기들을 수집할 수 있었습니다.

〈장한가〉는 '천지는 영원하나 어느 땐가 끝남이 있겠으나 이 슬픈 사랑의 한이야 어찌 다할 날이 있으랴'는 유명한 결사로 끝을 맺습니다. 〈천장지구天長地久〉라는 홍콩 영화 제목도 여기서 만들어진 것입니다.

882년 백거이가 항주 자사도지사로 부임해 민생을 보살피며 범람하는 서호의 물길을 바로잡아 공사한 둑을 백제白堤라 부릅니다. 이 백제는 임포의 방학정과 연결됩니다. 백거이가 백제 둑을 쌓을 때는 신라 말기쯤에 해당됩니다. 최치원이 당나라에 벼슬하며 〈토황소격문討黃巢檄文〉을 쓰던 시기와 비슷합니다.

백제는 혹처럼 튀어나온 고산孤山과 서호 북쪽을 관통하는 든든한 제방인데 그 동쪽으로 아름다운 아치형 다리가 있습니다. 항주는 남쪽이라 겨울에도 별로 눈 내릴 일이 없는데, 어쩌다 백제에 눈이 내리면 온 세상이 은빛으로 환상적인 풍광이 연출됩니다. 그러다 해가 비치면 다리에 쌓인 눈이 중앙부터 녹아 내려 멀리서 보면 다리가 끊어진 듯 보여 '단교斷橋'라는 이름을 얻게 되었습니다. 이 아름다운 풍광을 단교잔설斷橋殘雪이라 하여 서호 십경의 하나로 꼽습니다.

이 단교 버드나무 아래 선남선녀가 만나는 이야기로부터 유명한 '백사전白蛇傳'이란 전설은 시작됩니다. 아미산에서 2천년 도를 닦던 뱀이 인간 세계를 동경한 끝에 아름다운 여인이 되어 서호를 찾습니다. 단교 버드나무 아래서 비를 피하는 그 여인백소정과 한식 성묘를 마치고 귀가하던 청년허선은 한눈에 반하게 되는 데서부터 죽음도 초월하는 사랑 이야기는 계속됩니다. 〈항주 송성가무쇼〉나, 장예모 감독의 〈인상서호印象西湖〉에 이 주제가 등장합니다.

그로부터 250년 후 송나라 소동파는 두 차례에 걸쳐 항주에서 관리 생활을 하며 서호와도 많은 인연을 쌓습니다. 원래 서호는 전당강의 한 물줄기였는데 토사가 쌓여 강이 막히고 호수가 되었기 때문에 작은 홍수에도 피해가 컸습니다. 소동파가 인부를 동원하여 서호의 바닥을 깊게 파내면서 그 흙으로 서쪽에 둑을 만들고 길을 낸 것이 약 3km 길이의 작은 제방이 되었습니다. 이때 고생하는 인부들에게 소동파가 손수 돼지고기를 맛있게 요리해 준 것이 오늘날의 동파육이 되었습니다. 비계는 느끼하지 않고 도토리묵처럼 상큼하고, 살코기는 푸석푸석하지 않아 입에 들어가자 녹아내리는 소동파 특유의 요리 비법으로 인부들의 입맛을 돋우었다 합니다.

이 소제가 끝나는 동남쪽에 '장교長橋'라는 다리가 있는데 중국판 '로미오와 줄리엣'이라 칭해지는 〈양축설화梁祝說話〉의 무대가 되는 곳입니다. 남장미인 축영대와 비운의 양산백이란 청년의 사랑 이야기입니다. 축영대가 부모의 부름을 받고 항주를 떠나 고향으로 가기 전날 밤 이 두 젊은이는 이별이 아쉬워 이 장교를 18번이나 오가며 서로 배웅하며 차마 보내지 못하였습니다.

다리의 길이는 고작 9m인데 '장교長橋'란 이름이 붙은 연유가 바로 이들이 새벽 이슥할 때까지 서로 보내지 못하고 걷고 또 걸었던 긴 여정이었다는데서 생긴 이름입니다. 그래서 서호의 단교는 끊어진 다리가 아니고, 장교는 긴 다리가 아니고, 임포의 방학정이 있는 고산은 외로운 땅이 아니라 하여매처학자를 지낸 유유자적한 삶을 산 곳이니까 이 셋을 《서호삼절》이라 합니다.

## 용정차

항주에 오자 가이드의 첫마디가 "하늘에는 천당이 있고 지상에는 소주와 항주가 있다(天上有天堂천상유천지 地上有蘇抗지상유소항)"는 말이었습니다. 《동방견문록》을 쓴 마르크폴로도 이곳에 와 그 아름다움에 감탄했다는 말도 덧붙입니다. 역사상으로는 남송의 수도였으며, 수 양제가 북경까지 경항운하를 파놓은 시발점이 이곳 항주이기도 합니다. 가이드는 서호와 더불어 용정차가 있어 항주가 더욱 빛난다는 말을 몇 번이나 강조하면서 서호의 북쪽 용정 차밭으로 우리를 안내했습니다.

우리가 안내받아 들른 사자봉 용정차 단지의 현판은 聞茶樓<sup>문다루</sup>라 쓰어 있었습니다. ─차의 향기를 듣는다. 표의문자 특유의 조어법입니다. 관세음보살을 직역하자면 세상의 모든 고통스런 소리를 다 본다는 말이 되겠습니다. 용정은 원래 샘 이름이었는데 여기에 절이 들어서며 용정사가 됐고 절에서 차를 재배하며 용정차가 되어 후일 일반화되었습니다.

정갈하게 꾸민 소녀들이 차를 끓이며 시음법을 설명했습니다. 먼저 투명한 그라스에 적당량의 찻잎을 넣고 약간 식힌 물(80도 정도)을 1/4쯤 부은 다음 잔을 돌리며 물에 녹아드는 차의 향기를 맡습니다. 맑고 상큼합니다. 나머지 물을 붓고 차 잎이 퍼져 가라앉을 때까지 기다립니다. 연한 녹색 물이 우러날 때 마시면서 그 부드러운 맛을 즐기고 그 연한 잎이 펼쳐지는 모습을 볼 수 있습니다.

그 모양을 일아일엽<sup>一芽一葉</sup>, 혹은 일창일기<sup>一槍一旗</sup>라고도 합니다. 여린 차 싹이 마치 창과 같이 뾰족하고 그 밑에 차 잎 하나가 피어나서 깃대에 나부끼는 깃발의 형상을 한데서 생긴 말입니다. 이 차가 바로 용정차 중에서도 으뜸으로 치는 명전차<sup>明前茶</sup>입니다. 양력 4월 6일 청명 절기가 되기 전에 딴 여린 잎이라 하여 명전차라 합니다. 우리나라는 항주보다 북쪽에 있으므로 명전차는 얻기 어렵고 우전차가 생산됩니다. 양력 4월 20일 곡우 무렵에 딴 것으로 그 잎이 참새 혀처럼 생겼다 하여 작설차라고도 합니다.

이 용정차는 청나라 건륭제가 특히 좋아했다고 합니다. 그가 손수 18주를 심은 차나무가 아직도 있다고 하니 중국 사람들은 역사적 문물을 모으고 보존하는데 남다른 능력이 있는 것 같습니다. 1995년 처음 갔을 때 한 봉지<sup>125g</sup>에 미화 십 불을 주고 몇 봉지 사다가 호사가들에게 자랑삼아 나눠 주기도 하면서 짐짓 용정 녹차를 즐기기도 했습니다.

그런데, 2007년 중국에 가서 6년간 살면서는 막상 중국차에 대한 믿음이 흔들렸습니다. 내 눈에는 별로 다른 것 같지 않은 용정차인데 어떤 것은 한 근500g에 중국 돈으로 1300원한화 약 20만원 정도을 하는데, 어떤 것은 100원짜리도 있었습니다. 가격이 이리 중구난방이니 차 맛을 제대로 모르는 내 입장에서 싼 것을 사자니 예사 풀잎을 우려 마시는 기분이 들고, 비싼 것을 사 마시려니 이게 가짜인데 그냥 값만 올려 받는 것 같아서 역시 나는 소인小人이고나 하는 반성을 하면서도 선뜻 녹차에 손이 가지 않았습니다. 그래 값도 적당하고 한국 있을 때 중국집에서 길들여진 자스민차를 마시기도 하고, 한국에서 별로 즐기지 않던 커피를 새로 시작하기도 했습니다.

중국 음식이 대체로 기름진데 사람들의 비만율이 적은 것은 이 차 덕분이라 합니다. 우리를 태우고 다니던 운전기사도 찻잎 둥둥 띄운 물병을 들고 다니며 틈틈이 마시는 것을 자주

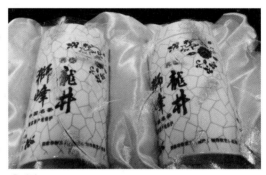

용정차

볼 수 있었습니다. 아침에 차를 마시고, 식후에 담배를 즐기고 저녁에 함께 술을 마시니 만사가 즐거운 사람들이 바로 중국 사람입니다.

술은 백마 탄 기사이고 차는 숨어 사는 은자와 같다. 좋은 술은 친구를 위해 있고 향기로운 차는 덕이 있는 사람을 위해 있다 ─이렇게 술과 차를 비교하며 차를 한 수 위로 치고 있는 차 문화가 아직까지 중국인들의 뇌리에 깊숙이 자리 잡고 있습니다. 그런데 대학생들은 이 차보다는 콜라를 더 선호하기도 하는데 나이 들어가며 다시 차를 마실 것이라고 중국인 교수는 말했습니다.

임어당은 차를 혼자 마시면 속세를 떠난 기분이고, 둘이 마시면 한가하고, 서넛이 마시면 유쾌하나 대여섯이 마시면 저속하다고 그

의 명저《생활의 발견》에 적기도 했습니다. 차는 떠들썩한 광장의 문화가 아닌 자신의 내면을 응시하는 고적한 시간의 음료인지도 모르겠습니다.

## 아름다운 것에 대하여

이 글을 쓰다 보니 나는 아직 장가계나 구채구 같이 아름답다고 소문난 곳을 가보지 못했다는 생각이 떠오릅니다. 중국에서 6년을 살면서 40여회 여행길을 나섰으니 적은 회수는 아닌데, 그렇게 유명한 곳을 가보지 못한 까닭이 내게도 궁금하여 그 이유를 생각해 봅니다.

제일감으로 떠오르는 것은 내가 그곳에 대한 배경 지식이 없어서 그만큼 호기심도 반감됐으리라 생각이 듭니다. 다음으로는 그렇게 유명한 곳은 언제나 마음만 먹으면 패키지여행으로 다녀올 수 있다는 수월성 때문이기도 한 것 같습니다. 지금 다시 중국을 여행할 기회가 생긴다 해도 그곳보다는 하북성 열하의 승덕 피서산장이나, 섬서성 보계의 오장원五丈原 같은 곳이 더 가보고 싶습니다.

그러고 보니 내가 찾아다닌 곳은 어떤 역사나 인물과 관계를 맺고 있는 장소가 대부분이었습니다. 삼황오제를 찾아 하남성 산서성을 뒤진 것이나, 이백이나 두보의 발자취를 찾아 양자강을 오르내렸던 것 모두 그런 이유였던 것을 이렇게 기행문을 엮다보니 깨달을 수 있습니다. 항주의 서호 역시 관동별곡에 나오는 '서호 옛주인'이란 구절이 아니었다면 그렇게 가려고 열망은 안 했을 것입니다. 그곳에 가서 소동파와 백거이의 유적이 없었더라면 그 서호의 추억이 그리 대단하지는 않았으리라 생각됩니다.

사람들 틈에 농막을 짓고 살아도
수레 소리 시끄러움 들려오지 않네
어찌 그럴 수 있는가 의심 말게

마음이 먼데 속세의 소리 외지지 않겠는가

동쪽 울 밑에서 국화를 꺾어 들고
아무 생각 없이 남산을 바라보니
산 기운은 해 저물어 아름답고
날던 새들 짝지어 돌아오네
이러한 내 삶에 참다운 뜻 있으나
말하려다 도리어 말을 잊는도다

문득 도연명의 〈음주飲酒〉 한 구절이 생각납니다. 그러면서 도연명이 감격한 것은 대단한 보물이나 정자가 아닌 국화 한 송이었던 것을 깨달으며 나의 미에 대한 감식안이 편향된 것은 아닌가 하는 반성을 하게 됩니다. 꽃을 보면 사람들이 다 아름답다고 합니다. 어떤 효용성을 찾을 수 있어서 꽃이 아름다운 것이 아니고 원래 스스로 아름다운 것입니다. 내가 중국 여행을 하면서 선택했던 여로들은 그 자체가 이미 아름다운 장가계나 구채구가 아니라 역사나 인물이란 조연助演이 필요한 문화적인 공간이 아니었나, 그런 생각을 합니다.

도연명의 '유연견남산悠然見南山'하는 자세는 아무나 따라할 수 없는 지혜이며 삶의 예지입니다. 내가 서호에서 소동파나 백거이를 연상했던 것은 그냥 세속적인 호기심에 지나지 않는지 모르겠습니다. 그래서 내 글에서는 향기가 나지 않을 수밖에 없는 것 같습니다.

'그대 두 개의 빵이 있거든 하나는 수선화와 바꾸어라. 빵은 육체를 기를 뿐이나 꽃은 정신을 키우느니라.' 《코란》의 한 구절입니다. 나는 그 '빵'만을 생각해 왔으니 이 글도 가이드가 우스개 삼아 들려준 세속적인 삶에 대한 이야기로 마감하겠습니다.

중국 남성들의 로망은 항주 여자와 결혼하여서시라는 대표 미인이 있는 도시니까, 상해에서 만든 옷을 입고상해는 유행의 첨단을 걷는 도시니까, 광주 요리를 먹으며<sup>광주에서는 비행기만 빼고 날아다니는 것은 모두, 책상다리만 빼고 네발 가진 짐승은 모두 요리를 해내니까</sup>,

소주에서 사는 것<sup>졸정원, 창랑정 같은 아름다운 정원이 많으니까</sup>이라 합니다. 생사를 추가하면 물론 태어나기는 중국 제1의 도시 북경, 죽어서는 고관대작이 묻힌 낙양의 북망산이라고나 할까요.

## 신해혁명의 불길이 오른 곳

나에게 여행이 주는 매력은 역사의 무게에 비례합니다. 계림이나 장가계의 뛰어난 경관이 보는 이를 압도한다고도 하지만, 그것은 미인의 요염함 이상은 못 되는 듯싶습니다. 물론 내가 그곳의 역사와 전설을 잘 모르는 탓일 겁니다. 이런 점에서 남경이라는 중국의 고도<sup>古都</sup>는 시대와 역사의 풍운을 쉽게 실감할 수 있어서 나그네의 여수를 돋우기에 알맞은 여행의 명소입니다.

2006년 11월 20일, 절기로 따지면 소설<sup>小雪</sup> 근처의 초겨울이지만 아직 늦가을 같은 넉넉한 기온입니다. 13시 25분에 인천 공항을 이륙한 항공기는 15시 50분 남경에 착륙했습니다. 시계를 현지 시간 14시 50분, 1시간 앞으로 돌려놓습니다. 1시간 젊어졌을까요? 중국은 유럽 전체만한 넓은 땅덩이지만 표준 시간은 북경 시간 1개로 통일되어 있습니다. 하늘에 태양도 하나, 중국에는 황제도 하나였던 것처럼 시간도 하나입니다.

시내에 들어서자 자전거 물결이 출렁입니다. 도로의 양 옆으로는 잘생긴 플라타너스가 오랜 연륜을 자랑하듯 싱싱한 모습으로 거대하게 버티고 서 있습니다.

서울을 떠날 때는 쾌청이었는데 이곳에 오니 하늘이 우중충합니다. 그런데도 가이드는 정상적인 날씨랍니다. 남경 날씨는 1년 중 100일 정도만 해를 볼 수 있을 뿐이라는 안내를 듣고 그럴 만도 하다는 생각이 들었습니다. 무한, 중경과 함께 이곳 남경이 중국 3대 부뚜막에 속할 만큼 더위도 지독하다고 부연합니다. 혹서기에는 45도를 육박하지만 공식 발표는 39.5도를 넘지 않는답니다. 40도를 넘으면 관공서가 휴무에 들어가야 하기 때문입니다. 이런 농담을 들으며 아, 이곳이 사회주의 국가구나 하는 느낌이 퍼뜩 들었습니다.

버스가 5시가 조금 못되어 중국인의 국부로 추앙을 받는 손문 주석이 안장된 중산릉에 도착했습니다. 가이드가 비로소 안도의 한숨을 쉽니다. 그리고 보니 서두를 것 없는 한족 기사의 운전 솜씨치고는 무척 달렸다 싶기도 했습니다. 5시가 넘으면 기념관 입장불가이기 때문입니다. 경내는 벌써 서서히 초겨울의 어둠이 내리기 시작했습니다. 그런데 외등은 켜질 줄 모릅니다. 무슨 소나무라고 했는데 그 이상하게 생긴 나무의 푸른 그늘이 바람에 흔들리며 손문 주석의 암울했을 심사와 같이 어둠을 부채질했습니다.

광동성 주해시에서 가난한 농가의 아들로 태어나 중국인의 병을 고치겠노라고 의사가 되었던 손문, 그러나 더 시급한 것이 병들어 있는 중국인의 마음을 치료해야 한다는 현실에 봉착합니다.

1911년 그는 이곳 남경에서 삼민주의의 기치를 내걸고 신해혁명의 불길을 올리고 12월 대통령에 취임합니다. 그러나 산같이 쌓인 과업을 남겨둔 채 1925년 북경에서 헛되게 생을 마감하니, 그가 청나라와 싸워 국민당 정부를 세운 이곳 남경 자금산 중산릉에 유해를 묻었습니다.

흰 대리석으로 장식된 묘실 천장에는 국민당 정부<sub>대만 중화민국</sub> 정부의 국기인 청천백일기가 번듯하게 그려져 있습니다. 공산당이 집권한 중화인민공화국 정부는 그 근처에 장개석 총통의 무덤으로 조성되었던 터도 그대로 남겨 두었다고 너그러움을 뽐냅니다. 이런 저런 사연들이 손문의 혁명이 미완에 그쳤다는 비극적인 냄새를 짙게 풍깁니다.

제갈량은 이곳 남경의 지리<sub>地利</sub>를 '용이 서리고 범이 쭈그린 형상<sub>용</sub>

반호거(龍蟠虎踞)'라 극찬했지만 남경이 안고 있는 역사는 손문의 경우처럼 모두가 미완이거나 단명합니다. 남경南京이란 명칭 자체가 주원장이 명나라를 세우고1368년 이곳에 도읍을 정하여 응천부應天府라 했는데, 그 아들 영락제永樂帝는 골육상쟁의 투쟁에 승리하여 북경으로 천도하고1421년, 단지 남쪽에 있는 서울이라 하여 남경이란 이름이 생기게 되었습니다. 조선이 1392년에 건국하였으니 남경이란 명칭은 조선 건국과 비슷한 시기에 생긴 셈입니다.

이 손문의 능이 있는 자금산에는 명나라 시조 주원장의 능도 있습니다. '효능孝陵'이라하여 아내인 마황후와 나란히 묻혀 있습니다. 이 효능은 정남을 향하고 있으며 '용이 구슬을 즐기며 나는 형상飛龍弄珠形(비룡농주형)'이라 하여 북경의 명 13능 제작의 효시가 되었다고 합니다. 세월이 흘러 청나라 건륭제가 남경을 지나다 황폐한 주원장의 능을 보고 복원할 것을 명하고 '治隆唐宋치융당송'이란 휘호를 내립니다. 주원장의 명나라가 당나라 송나라처럼 융성했다는 찬사입니다.

명나라를 세운 주원장은 마상馬上에서 나라를 얻은 풍운아입니다. 조실부모하여 천애의 고아가 된 그는 황각사라는 절에서 나무하고 마당 쓸던 어려운 시절도 있었습니다. 그가 사천왕문을 청소할 때 다리를 들라고 명령을 내리고 청소가 끝난 다음 내리라는 명령을 잊은 바람에 아직도 사찰 입구의 모든 사천왕상은 다리를 들고 있다는 우스갯소리가 전합니다.

효릉에 나란히 묻힌 명 태조 주원장과 마 황우는 중국 어느 제왕보다 금슬이 좋았습니다. 특히 마황후는 후덕하여 알게 모르게 주원장의 과격한 행동을 무마했습니다. 어느 날 민정시찰에서 돌아온 주원장은 마황후에게 이렇게 말했습니다.

"어떤 마을에 갔더니 당신 발이 큰 것을 흉보는 그림을 그려놓은 집이 있었소. 그 집에 '福복'이란 글자를 붙여 표했으니 내일 부하들을

보내 그 집안의 씨를 말릴 것이오"

당시 발이 큰 것은 여자로서 커다란 미적 결함이었는데 마황후 역시 고아로 떠돌면서 전족纏足할 틈이 없어 발이 커져서 훗날 '대족황후大足皇后'라는 별명까지 얻었습니다. 그녀는 남편 몰래 사람을 그 마을로 보내 집집마다 대문에 福자를 붙이게 합니다. 다음 날 주원장의 명령을 시행하러 갔던 부하가 돌아와 보고하였습니다.

"온 마을이 다 福 자를 붙여서 명령 이행을 못했습니다. 다만 한 집이 이상하게 福 자를

손문사당 중산릉(위)
손문 대통령 취임 장면(아래)

거꾸로 붙였놓았습니다"

이 말을 들은 주원장은 화가 치밀어 그 福 자를 거꾸로 달은 집 식구를 죄다 죽이라고 명령하는데 마황후가 말립니다. "福을 거꾸로 달았다는 倒福도복과 복이 찾아온다는 到福도복은 소리가 같다. 그 백성은 황제가 오면 복이 온다는 생각으로 복자를 거꾸로 붙인 것이 분명하다"고 주원장을 설득하여 그 마을을 위기에서 구해줍니다. 이 소문이 나서 그 다음 해 설날부터는 마을마다 복자를 거꾸로 붙이게 됐다고 합니다. 지금도 설날 보름 전부터 대문이나 창가, 자동차에도 복자를 거꾸로 다는 풍습은 여전히 계속되고 있습니다.

우리가 손중산의 능을 뒤로하고 공자묘를 찾았을 때 진회강의 야경은 흐드러진 꽃처럼 중국인의 끈끈한 낭만을 마음껏 펼치고 있

었습니다. 진시황이 남경에 강한 왕기가 서려 있다 해서, 도시 중간에 인공 운하를 뚫어 왕기를 눌렀으니 그곳이 바로 이곳 시인묵객들의 시와 그림에 오르내리는 진회하秦淮河입니다.

우리나라 아래뱃길같은 인공 운하인데 물론 근처의 정자나 누각의 규모는 대국적인 넉넉함을 풍겼습니다. 만당晩唐 시인 두목杜牧은 십리진회十里秦淮라 하여 "밤이 되어 진회하에 배를 대니 주막이 가깝구나 술 파는 계집들은 망국의 한도 모르고 강 건너 쪽에서는 여전히 질탕한 노랫소리 끊이지 않누나"라고 십 리에 펼쳐진 진회하 풍물거리 가득한 주흥을 이야기하고 있습니다. 말이 끄는 고풍스런 마차도 관광객의 눈요기가 되고 강가 노천주점에 앉은 사람들의 표정도 흥겨웠습니다. 중국 사람들에게는 먹는 것 자체가 최상의 즐거움입니다.

공자묘라는 가이드의 말만 듣고 공자는 대단하신 분이니 산동성 곡부 말고도 여러 곳에 가묘가 있나보다 생각하였더니 '무덤'이란 뜻의 墓묘가 아니라 '사당'이란 뜻의 廟묘였습니다. 우리나라로 치면 그 지방에서 가장 지형이 빼어난 곳에 세워진 향교 같은 위치에 '공자사당'이 세워진 것입니다.

공자 사당 앞에 이르니 우리나라의 홍살문 같은 돌패방이 웅장하게 버티고 서 있었는데, 그 문루에 새겨진 전서篆書 휘호를 읽을 수 없어 조선족 가이드에게 물으니 자기는 간체자簡體字밖에 모른답니다. 한족 가이드는 자기들은 그렇게 복잡한 한자는 배우지 않는다고 천연덕스럽게 대답합니다. 미안하다거나 부끄러운 기색은 없었습니다. 과연 현실을 중시하는 중국인의 진면목을 보는 듯 했습니다.

메모지에 그림 그리듯 베껴 매표소로 갔습니다. 손짓발짓 의사를 전하니 그 아가씨가 간체자로 적어줍니다. 우리가 쓰는 번체자繁體字로는 영성문欞星門입니다. –'영성'은 선비를 관장하는 신령스러운 별, 공자의 별칭인 셈입니다. 산동성 곡부에 갔을 때도 공묘孔廟에서 한 번 찾아 읽었던 것인데 또 잊어버렸다는 생각이 이제야 퍼뜩 떠오릅니다. 위대한 스승 공부자가 있는 이곳이 왜 이리 흥청대는 유흥가가 되었나? 그런 것은 몰라도 된다는 듯 현란한 네온사인을 번쩍이는 유람선은 강을 오르내립니다. 30m 넓이의 진회하가 이곳 공자사당 앞에 오면 100m로 넓어지니 자연 선유놀이가 흥청댈 수밖에 없는 것인지도 모르겠습니다. 남경의 밤은 깊어가고 있는데 문득 시 한 수가 생각납니다

> 봉황대 위에 봉황이 놀더니
> 봉황은 날아가고 텅 빈 대臺 강물만 흐르네
> 오궁의 미녀들은 잡초 속에 묻혔고
> 진晉나라 귀족 무덤 언덕이 되었네
> 세 봉우리는 청천 밖으로 반쯤 가려지고
> 두 갈래 강은 백로주를 가운데로 나뉘어 흐른다
> 뜬구름이 해를 가려
> 장안이 보이지 않아 사람을 시름겹게 하네

남경의 풍광을 다양하게 보여주는 이백의 〈등금릉봉황대登金陵鳳凰臺〉라는 시입니다. 아마도 이백이 남경을 찾아 이 시를 쓸 때는, 장안 흥경궁 침향정에서 그 유명한 〈청평조사淸平調詞〉를 쓰고 나서 이임보, 고역사 같은 간신의 모함을 받아 서울을 떠나 불편한 심기로 장강揚子江 몇 천리 길을 헛되이 방랑하던 시절이었을 것 같습니다.

이백이 깊은 우수 속에서 시를 읊던 그 봉황대는 헐려 이제는 학교 터가 되어버렸고, 오나라 미녀 진나라 귀족 무덤은 어디에서도 찾을 수 없었습니다.

금릉은 남경의 옛 이름입니다. 춘추전국시대 초나라가 월나라를 점령하고 남경 서쪽에 석두산에 성을 쌓아 금릉성이라 이름 지으면

서부터 남경은 대도시의 면모를 갖추기 시작했습니다. 한말漢末 삼국 시대에는 오나라 손권이 이곳에 도읍을 정하고 '건업建業'이라 부르면서 건강, 건릉 같은 이름으로도 잠시 불렸습니다.

위, 오, 촉, 삼국을 멸한 사마의의 손자 사마염이 세운 나라가 서진西晋이고, 그 후손들이 난을 피해 이곳 남경에 다시 세운 나라가 동진東晋입니다. 왕희지나 도연명이 이 동진 시대의 문화를 대표하는 문사들입니다.

동쪽에 성곽처럼 웅장한 세 봉우리는 남경을 감싸고 있는 종산 즉 자금산을 가리킵니다. 종을 엎어 놓은 듯하다고 해서 종산, 석양 햇빛을 받으면 자줏빛으로 빛난다 하여 자금산이란 명칭이 붙었는데 자줏빛은 황제의 색깔이기도 합니다. 그래서 주원장도, 손문도 여기에 묻혔는지 모르겠습니다.

두 강은 장강과 진회하일 겁니다. 장강은 6천 km를 흘러 이곳에 오면 양자강이란 이름을 얻어 숨을 고르고 황해로 빠져듭니다. 양주의 나루터란 의미로 양자강이라 불리던 것이 일본을 비롯한 서구에서 장강 전체를 부르는 명칭으로 잘못 알아 그렇게 되었다고 합니다. 아직도 중국 사람들은 장강 대하라고 양자강과 황하를 표현합니다.

장안은 임금님당 현종 계신 서안의 옛 이름. 남경에서 장안은 수 천 리가 넘으니 뜬구름만이겠습니까. 우중충한 날씨마저, 임금의 총명함이 이곳까지 미칠 수 없게 했을 겁니다. 〈등금릉봉황대〉 시는 이백의 회포가 가슴을 뭉클하게 하는 주옥편입니다.

가이드는 남경이 여섯 왕조六朝의 서울이라 자랑하지만 위진魏晋 남북조 시대의 그 여섯 왕조란 것이 혼란의 극치를 보이던 시절이어서 한 왕조의 수명이 30년, 40년에 그쳤을 뿐입니다. 특히 유씨의 송나라 시절에는 황음무도한 일들이 많았는데 산음 내친왕山陰內親王이란 직함을 받은, 임금유자업의 누이는 남자 첩을 36명이나 거느렸다는 역사의 기록도 있습니다. 16세에 등극한 유자업은 황제의 자리를 탐낸다 하여 자신의 어린 두 동생과 4촌 형제 네 명을 무참히도 죽였는데, 유자업 자신도 훗날 동생에게 죽임을 당합니다.

"강물은 구불구불 굽이쳐 흐르는데 앞굽이 바라보면 아비 죽일 자식의 형상이요, 뒤 굽이를 바라보니 형 죽일 아우의 모습이네."

이런 민요가 당시 육조 시절의 암울한 사회상을 잘 묘사해 주고 있습니다. 풍수에서 명당은 천문天門이 넓고 지호地戶는 좁아야 하는데 남경으로 흘러드는 장강의 입구는 좁고 빠져나가는 지호는 넓기 때문에 지기地氣가 약하다는 진단도 있습니다.

사마씨의 동진이 망하고 수나라가 전국을 통일하기까지 남경의 주인은 몇 십 년을 넘기지 못하고 바뀌고 또 바뀌었습니다. 조선 시대의 의협 남아 임백호는 자신이 중국 육조六朝 시절에 태어났다면 황제라는 돌림자 이름 하나는 얻어 했을 거라고, 이 육조의 단명함에 한 마디 거들기도 했습니다.


인도에서 동쪽으로 온 달마대사가 처음 만난 임금이 육조 시대의 양무제입니다. 자신이 수많은 절을 지었고<sub>남조 시절 남경 근처에 480여 사찰이 있었다고 함</sub> 승려를 배출했으니 공덕이 어떠냐고 자랑삼아 묻습니다. 이에 달마는 아무 공덕이 없노라고 잘라 말하고는<sub>공명을 얻기 위한 공덕은 가치가 없음</sub> 양자강을 건너 소림사로 가 9년 면벽에 듭니다. 양무제는 세 번씩이나 왕위를 버리고 출가했던 기행을 보이기도 했는데, 달마를 떠나보내고 자신의 실수를 깨닫고 달마 추모비를 세웠습니다. 그 비문이 명문인데 다분히 불교적인 표현입니다.


보았지만 보지 못했고, 만났지만 만나지 못했도다. 예전에도 그러했고, 지금도 그러하니, 후회하고 또 후회한다. 見之不見(견지불견) 逢之不逢 (봉지불봉) 古之今之(고지금지) 悔之悔之(회지회지)

청나라 말, 1851년에는 예수의 동생이라 자칭한 홍수전이 반청反淸 의 기치를 들고 일어나자 또 한 번 남경의 하늘에는 구름 갤 날이 없게 됩니다. 국호를 '태평천국'이라 했지만 혼란하기는 태평과 거리가 멀었고, 이곳 남경을 '천경天京'이라 개명해, 신선이 내려올 곳이라 하여 도읍으로 정했지만, 그 역시 11여 년의 짧은 역사를 남기고 한많은 불귀의 객이 되었으니 남경 역사에는 뜯어볼수록 서린 한이 많습니다.

여기에 30여 만 명의 시민이 40일 만에 일본군들에게 살해됐다는 1937년 12월 남경대학살의 사연까지 보태면 역사에 있어서 정의란 무엇인지 참으로 헷갈리게 합니다.

남경대학살기념관은 2008년 안휘성 마안산시의 이백 기념관 태백루를 찾는 길에 들렸는데 폴란드의 아우슈비츠와 같이 중국인의 한이 서린 곳입니다. 기념관에 들어서니 알 수 없는 분위기가 엄숙한데 어디선가 똑똑 물방울 떨어지는 소리가 들렸습니다. 그 물방울이 한 번 떨어지는 그 짧은 시간에 일제의 총칼에 남경 시민 한 사람이 살해됐다는 사실을 고발하고 있는 것입니다. 대충 계산해도 1분에 6명 정도의 살상이었으니 그런 만행이 대명천지에 어찌 가능했는지 짐작이 가지 않습니다. 그러니까 이 물방울은 40일 동안 30만 번씩 계속 떨어지며 당시 상황을 환기시키고 있는 것입니다. 광장에 깔려 있는 검은 자갈 또한 30만개라 합니다. 매년 12월 13일 오후 2시면 사이렌 소리에 맞춰 전 남경 시민이 묵념을 올려 이 한스럽게 죽어간 희생자를 추모한다고 합니다.

이곳 남경의 관광 코스에는 남경 장강대교가 꼭 포함됩니다. 외국인인 우리로서는 남경 북쪽을 가로지르고 있는 현무호 같은 넓은 호수의 풍광이 훨씬 여유롭지만 이 장강대교는 중국인들의 자존심이자 자랑거리기에 가이드는 빼놓을 수가 없는 것 같습니다. 아래층은 철교로 쓰이고, 위층은 자동차 도로로 설계된 4.5km의 긴 다립니다. 바다와도 같은 도도한 양자강이 갈라놓은 남북을 이 장강대교가 연결해 놓았으니, 남경이 품고 있다는 그 대단한 지리地利, 용처럼 서리고 범처럼 웅크린 형상은 웅지를 펼쳐볼 때가 된 것 같습니다. 이 다리는 1968년 중국인 기술진에 의해서 최초로 현대식 공법에 의해 만들어진 철근 다리이기에 중국인들의 자부심이 대단하여 1시간이 넘는 거리를 아직도 걸어서 건너는 애국 시

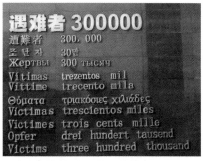

러시아를 비롯한 여러 나라의 언어로 표기한 남경학살자 수

민도 많은 것 같습니다. 양무제를 만나고 서둘러 남경을 떠나던 달마 대사는 갈대 한 잎에 의지해 이 장강을 건넜다 합니다.

우리는 남경의 야경을 손짓하며 버스 속에서 다음 여정인 무석无錫의 태호太湖에 대해 꿈같은 이야기를 나눴습니다. 파양호, 동정호에 이어 세 번째로 크다는 태호는 서울의 네 배, 홍콩보다도 넓다고 합니다. 삼성전자와 함께 반도체 제조의 쌍벽을 이루는 우리나라 하이닉스 전자가 넓게 자리 잡은 곳이기도 합니다.

북경 자금성이나 소주 졸정원 같은 명승지에서 본 기이한 돌이 '태호석'이라 했으니 태호의 그 출렁이는 물결은 끊임없이 돌을 쓸고 닦아 담금질하였나 봅니다. 그 태호에는 드라마《삼국지》《수호전》세트장이 생겨서 매일 적벽대전이 일어나고, 반금련과 서문경의 패륜적인 사랑이 야하게 무대에 오른다고 나그네의 호기심을 자극합니다.

가이드의 청산유수 같은 말솜씨도 저녁 식곤증으로 나른해진 우리들에게는 좋은 자장가일 뿐이었습니다. 꿈인가 생시인가 – 장강 가득 조조의 배가 제갈량의 화공火攻을 받아 활활 타오르고 있었습니다.

—— 북경<sup>北京</sup> 천단공원<sup>天壇公園</sup>

## 천단공원<sup>天壇公園</sup>

　서울과 북경은 비슷한 시기에 나라의 도읍지가 됩니다. 태조 이성계는 1392년 개성 수창궁에서 건국을 선포하고 1394년 한양으로 천도하여 한성부를 축성합니다. 명 태조 주원장은 1368년 남경 응천부에서 명나라를 건국했습니다. 그러다가 3대 황제 영락제가 1421년 북경으로 천도하였으니 서울과 북경 두 도시는 엇비슷한 시기에 임금의 거소가 되었습니다.

　조선이나 명나라는 똑같이 성리학의 이론에 근거하고 도교적 전통을 중시하였으니 경복궁 좌우에 종묘와 사직단을 모신 것처럼 자금성 남쪽 좌우에 역시 태묘와 사직단을 모셨습니다. 청나라가 망한 후 봉건주의적 잔재를 없앤다 하여 자금성을 고궁박물원이라 칭하는 것처럼 천안문 좌측에 있는 태묘에 노동인민문화궁을 꾸미고, 우측 사직단에 손문을 기리는 중산공원을 만들어 이름은 달리 부르고 있습니다.

　그러나 서울에 없는 것이 북경에 있는 것도 있습니다. 중국은 황제의 나라라 하여 직접 하늘에 제사지내는 천단<sup>天壇</sup>이 있는데, 사대<sup>事大</sup>를 국시로 삼은 조선에서는 제천 의식을 위한 공간의 건축이 매우 조심스러웠습니다. 건국 초기에 지금 한남동 근처쯤에 환구단<sup>圜丘壇</sup>이 있었다는 기록이 보이나 명나라의 눈치를 보느라 금세 유명무실해졌습니다.

　그러다 고종이 1897년 환구단을 세우고 하늘에 제사하여 황제됨을 만방에 선포하면서 우리 자신의 하늘을 갖게 되었습니다. 소공동

조선호텔 자리가 그 터였는데 국권을 빼앗긴 1913년에 일제는 환구단을 허물고 그 자리에 철도호텔을 지은 것이 오늘날 조선호텔로 이어졌습니다. 이제는 환구단 옆에 세웠던 황궁우皇穹宇만 남아 있는데 황궁우는 황제와 일월성신의 신위를 모시는 신전입니다. 시청 광장 남단에 황궁우만이 섬처럼 남아 오늘에 전하는 현실이라 북경에 갔을 때 천단공원은 각별한 관심의 대상이 되었습니다.

만리장성, 자금성과 함께 북경을 대표하는 문화재인 천단은 명·청 황제들이 매년 하늘에 제사를 지내고 풍년을 기원하던 곳으로, 명나라 영락 4년1406년에 시작해서 영락 18년1420년에 완성됐습니다. 자금성고궁을 중심으로 동서남북에 일단日壇, 월단月壇, 천단天壇, 지단地壇을 쌓아 태양, 달, 하늘, 땅의 신에 제사를 지내던 장소의 하나가 천단입니다. 《서경書經》에 의하면 제천의식은 주나라 때 이미 행해졌으며, 한나라 이후 모든 황제의 연중행사의 하나였습니다.

천단공원 원구단에서 바라본 기년전

자금성의 4배 규모인 천단공원의 중심 신전은 남쪽의 원구단圜丘壇과 북쪽의 기년전祈年殿입니다. 원구단은 동짓날 황제가 하늘에 제사지내는 공간이고, 기년전은 정월 대보름날 풍년과 나라의 안녕을 비는 사당인데, 두 건물을 남북으로 잇는 단폐교丹陛橋라는 360m의 직선 통도가 있습니다.

고궁이건 사당이건 관람 진행 방향은 남쪽에서 북쪽으로 가는 것이 원칙입니다. 임금은 남면南面하고 앉아 있으니 신하가 북쪽으로 임금께 나아가는 이치입니다. 경복궁 관람도 남문인 광화문에서 북상하는 것처럼 천단공원도 교통이 조금 불편하더라도 남문에서 시작하는 것이 천단의 구조를 이해하기 좋습니다.

대리석으로 깔아놓은 단폐교가 원구단에서 기년전 쪽으로 갈수록 서서히 높아가는 동선을 따라 가노라면, 내가 지금 땅에서 시작하여 하늘로 오르는구나 하는 생각도 할 수 있습니다. 단폐교의 중앙은 신도라 하여 신령이 왕래하고 좌측은 황제가 밟는 어도御道, 우측은 왕공들이 다니는 왕도王道로 구별되어 있습니다.

천단에서 만나는 신전은 모두 원형으로 이루어졌습니다. 땅은 네모, 하늘은 원형이라고 믿는 천원지방天圓地方 사상을 바탕으로 한 것입니다. 지상의 집은 모두 각이 져 있으나 천단은 하늘과 통하는 천상의 가옥이라 원형의 지붕을 얹은 것입니다. 많은 역사적 유물이 문화혁명이라 하여 홍위병들에게 가차 없이 파괴되었는데도 요소요소에 옛것들이 그대로 살아남아 있는 것을 보면 중국 사람들의 문화유산에 대한 복원력은 우리가 본받아야 할 점임에 틀림없습니다.

### 원구단圜丘壇

남문을 통해 천단공원에 입장해 원구단에 가려면 사각형의 외벽과 원형의 내벽으로 된 이중벽을 지나야 합니다. 이 역시 천원지방의 상징입니다. 이 두 개의 벽 사방으로는 한 곳에 세 개씩 총 24개의 문이 세워져 있습니다. 하늘로 통한다는 영성문입니다. 영성은 풍조우순風調雨順을 관장하는 별 이름이고, 24개의 문은 1년 24절기를 뜻합니다.

그 영성문 너머로 널찍하게 자리 잡은 거대한 원형 제단인 원구단이 나타납니다. 하늘을 형상화하여 흰백옥석 난간으로 둘러싼 사방이 탁 트인 3층 공간입니다. 비유하자면 3층으로 된 케이크 같은 모형인데, 그 둘레로 작은 촛불을 꽂은 것처럼 난간에 작은 기둥을 둘러쳤습니다. 아래층에는 108개의 작은 기둥이이 있고, 2층에는 72개의, 3층에는 36개의 기둥이 세워졌습니다. 모두 9 배수입니다.

9는 구중천九重天에 살고 있는 옥황상제의 수인 것처럼  땅에서는 황제를 상징합니다. 그래서 황제와 연관된 것은 3이나 9 혹은 그 배수를 사용하게 됩니다. 청나라 황제 앞에서 삼배구고두례三拜九叩頭禮를 올리는 것도 이와 같은 이치입니다.

황제가 제사 지내는 삼층의 한가운데에는 천심석天心石이라는 둥근 돌이 있습니다. 지금은 너도나도 그 위에 서서 기념사진 찍기에 바쁘지만 예전에는 황제만 밟을 수 있는 지고지순한 장소입니다. 이 천심석은 9개의 부채꼴 돌이 둘러싸서 중심 제단을 이룹니다. 그 주변을 다시 18개의 돌이 둘러싸고, 다음은 27개의 돌이, 이렇게 9겹으로 이루어진 상층부의 마지막 테두리는 81개의 돌이 둘러싸고 있습니다. 81은 9의 9배수입니다. 9는 황제의 숫자이기도 하지만 끝없이 펼쳐지는 무한수의 상징이기도 합니다. 상층의 직경은 9장丈(10자), 중층은 15장, 하층은 21장인데 합치면 역시 9의 5배수인 45가 됩니다. 이것은 황제를 구오지존이라 하는 것의 상징입니다.

황제는 천제 지내기 3일 전에 문무백관을 대동하고 이곳 재실齋室재궁(齋宮)에 와서 3일을 유숙합니다. 이때 태묘에 모시던 선대 황제의 위패도 대동합니다. 태묘에 갇혀 있던 조상신이 오랜만에 외출을 하는 셈입니다. 황제는 목욕재계하고 정성스런 마음으로 제사 준비에 만전을 기합니다. 술, 고기, 가무가 금지되고 부정한 것을 보지도 들지도 않고 근신해야 합니다. 하늘이 환하게 내려다보고 있기 때문입니다. 동짓날 자시가 되면 단 위에 오릅니다. 동지는 양 기운이 음기운을 이기기 시작하는 시점입니다. 서양의 크리스마스도 이 동지와 며칠 상관입니다. 예전에는 동지를 한 해의 시작으로 하던 때도 있었습니다. 자시는 하늘이 열리고 하루가 시작되는 시각입니다. 축시에는 땅이 열리고 인시에 사람이 태어납니다. 지금도 스님 기상 시간은 인시입니다.

단 위에 서서 황제는 하늘의 은혜에 감사하고 풍작을 기원하는 고천문을 읽습니다. 신이 만족하면 나라에 홍수나 기근이 없고 풍년이 들 것이라는 믿음의 제례 의식입니다. 그 소리는 탁 터진 공간으로 메아리쳐 크게 들리게 되어 있습니다. 사방으로 퍼져 만백성의 귀를 스쳐 하늘의 옥황상제에게까지 전달된다는 믿음입니다. 섶을 태워 하늘로 연기를 올려 보내는 의식도 있습니다. 이 연기는 황제의 업적을 하늘에 보고하는 전령사입니다.

이런 천제를 1421년부터 청나라가 멸망하는 1911년까지 490년 동안 22명의 황제가 654번 지냈습니다. 1916년 원세계도 이곳에서 황제 즉위식을 가졌지만 100일 천하로 물러나고, 중화민국 정부에 의해 천단은 1918년부터 일반 공원이 되어 시민의 휴식 공간으로 개방되었습니다.

## 기년전

천단공원의 하이라이트는 공원 북쪽에 자리 잡은 기년전祈年殿입니다. 새 봄이 시작되는 정월 대보름날 황제는 이곳에 절하여 한해의 풍조우순을 빌고 오곡의 풍작을 기원하는 경천예신敬天禮神의 의식입니다. 가뭄이 깊으면 기우제를 지냈고 장마가 오래 계속되면 기청제를 지내기도 했습니다.

5m 높이의 3층으로 된 기곡단祈穀壇을 쌓고 그 위에 세워진 지름 30m 높이 38m의 기년전祈年은 가히 하늘에 도달할만한 위용입니다.

3층으로 꾸며진 처마는 푸른 유리기와를 얹어 하늘을 상징하고 중앙에는 황천상제皇天上帝를 모십니다. 세칭 옥황상제라는 분입니다.

신위를 모시는 주변은 금박으로 수놓은 용정주龍井柱라는 네 개의 기둥이 바치고 있는데 이는 춘하추동 사계절의 상징입니다. 용정주 주변을 12개의 내부 기둥이 감싸서 1년 12개월을 상징하고, 외부를 보호하는 12개의 기둥은 하루 12시진시간을 뜻합니다. 이를 다 합치면 28. 하늘의 별자리 28수宿. 즉 우주 공간 전체를 뜻합니다. 기년전은 소우주인 셈입니다. 처마를 받치고 있는 24개의 기둥은 24절기를 뜻합니다.

고대 신전은 이와 같이 제사지내는 공간이기만 한 것이 아니라, 삼라만상을 해석하는 상징적인 열쇠도 제공합니다. 마야문명을 대표하는 치첸이사트의 '엘 카스티요' 신전에서도 이와같은 상징을 볼 수 있습니다.

신전에 오르는 계단이 한 면에 91개씩 4면에 364개가 놓여 있습니다. 중앙에 신전으로 통하는 계단과 합치면 365개가 됩니다. 일년을 상징합니다. 춘분 추분일이 되면 북쪽 계단을 비치는 그림자는 마치 뱀이 꿈틀대는 형상을 10여분 연출합니다. 그들이 정확히 춘분 추분이 되는 해의 각도를 알고 있다는 뜻입니다. 퇴직하던 해 남미 여행을 하며 멕시코 유카탄반도를 찾았을 때, 91개의 가파른 계단을 큰마음 먹고 올라가기는 했는데 내려올 때는 현기증이 나서 게걸음을 했던 기억이 새롭습니다.

이집트의 피라미드에서도 이 같은 상징성을 발견할 수 있습니다. 피라미드의 기단은 정사각형으로 각각 동서남북을 정확히 가리키고 있는데 남쪽 통로의 연장선은 오리온 자리의 3개의 별을 향하고 있고, 북쪽 통로의 연장선상에는 북극성이 있습니다.

## 황궁우

황궁우皇穹宇는 환구단의 부속 건물로. 옥황상제의 신주를 모셔놓

은 사당입니다. 동쪽 배전에
는 태양, 북두칠성, 수금화목
토의 오성을, 서쪽 배전에는
달 구름 비 바람 뇌성의 신위
를 모십니다.

황궁우에 오면 이런 의식
절차보다는 삼음석三音石 회음
벽回音壁이 들려주는 신기한
음향 효과에 심취하게 됩니
다. 회음벽은 황궁우을 둥글

황궁우

게 둘러싸고 있는 외벽의 별칭입니다. 이는 벽돌을 다듬어 촘촘히 이
어 쌓은 담으로 두 사람이 벽 안쪽에 동서로 떨어져 낮은 소리로 이
야기하면, 마치 전화 통화처럼 음파가 담 벽을 따라 계속 반사되어
서로의 말을 똑똑히 들을 수 있습니다. 또 황궁우 입구 중앙에는 삼
음석이란 표지석이 있습니다. 그 앞에서 손뼉을 치면 메아리가 한 번
들립니다. 한 발 물러서서 두 번째 돌에서 손뼉을 치면 두 번, 세 번
째 돌에서 치면 메아리가 세 번 들립니다. 평상시에는 세 번까지 들
을 수 있지만, 밤에 조용할 때 듣거나 기구로 측정하면 끊임없이 소
리가 반사되어 돌아온다고 합니다. 이런 신기한 장치는 인간세상에
서 속삭이는 작은 소리도 하늘에서는 우레처럼 크게 듣는다는 상징
적인 뜻을 내포합니다.

# 제3장

# 장강대하 長江大河

## 삼현사三賢祠 개봉開封

천금을 지니고 사느니보다 천리를 여행하며 즐기는 것이 더 유쾌한 일이란 말을 가방을 메고 나서면 실감하게 됩니다. 내가 학생들을 가르치던 산동성 연대시에서 기차로 18시간을 달려 TV 드라마로 유명한 〈포청천〉의 무대이자, 송나라의 수도 하남성 개봉역에 도착해보니 거리로 따져 2천리, 낯선 마을이 주는 객창감에 벌써 마음은 들뜨기 시작했습니다.

이백 소상

개찰구를 나서자 자전거로 끄는 인력거꾼의 낯선 호객소리 한 마디도 뭉클하게 이국정서가 묻어 있었습니다. 21세기 대명천지에 아직도 인력거가 존재한다니…….

인력거를 타고 처음 찾은 곳은 우왕대 공원이었습니다. 당근과 채찍으로 5천년 중국 역사를 지배해 온 황하는 개봉시보다 하상河床이 높아져 홍수로 여러 번 시가지를 휩쓸어 버렸습니다. 개봉시의 수호신으로 황하를 이상적으로 다스렸던 우 임금을 모시는 사당이 시가지 한복판에 있는 것은 당연한 일이겠다는 생각을 하며 공원을 찾았는데 뜻하지 않게 거기서 이백과 두보를 만났습니다. 이것이 여행이 주는 또 하나의 행운인 의외성이라 하겠습니다.

'禹王廟<sup>우왕묘</sup>'라는 현판이 걸린 정문을 지나 성곽 길을 한참 걷자 삼현사<sup>三賢祠</sup>란 부속 건물 한 채가 눈에 띄었습니다. 때는 744년<sup>통일신라.</sup> <sup>선덕여왕 시절</sup> 당 현종 개원 연간, 안록산의 난이 일어나기 직전, 아직은 태평성대. 40대 중반의 이백과 고적, 이백보다 11세 연하인 두보, 세 시인은 개봉과 상구 근처에서 만나 가을 한철 사냥도 하고 풍월도 읊으며 즐기던 모습이 삼현사에 실물대 크기의 도자기 인형으로 전시되어 있었습니다.

그런데 첫 번째 장면에서 보이는 세 시인의 시선이 좀 독특합니다. 장안에서 3년 동안 한림학사로 이미 문명을 떨친 이백은 도도하게 고개를 약간 쳐들고 두 손을 벌려 두 시인을 환영합니다. 아직 연소한 풋내기 시인 두보는 공수<sup>拱手</sup>한 채 고개를 숙이고 선배 시인에게 깍듯이 예의를 차리고 있습니다.

40이 넘도록 변방을 떠돌며 외로운 시를 썼던 고적은 허심탄회하게 두보에게 직선으로 눈길을 주고 있습니다. 말을 만들자면 고개를 치켜든 이백은 낭만객이고 고개를 숙인 두보는 휴머니스트라고 할 수 있을 겁니다. 흐트러짐 없는 자세로 고개를 곧추세운 고적은 현실주의자라고나 할까요? 성당<sup>盛唐</sup> 시절을 대표하는 세 시인은 이렇게 만나 의기투합하여 술에 취하고 시심에 젖어 마음껏 호연지기를 펼칩니다.

두 번째 장면은, 사진에서 보이 듯 이백은 벌써 대취하여 바닥에 비스듬히 누운 채 술병을 움켜잡고 평상 앞에 다소곳한 두 시인에게 한 잔 더 권하는 모습입니다.

"지금 나는 취해서 잠이 오려 하니, 내일 아침에는 거문고 품고 오는 것을 잊지 말게"라고 〈산중대작<sup>山中對酌</sup>〉의 한 구절을 외치는 듯합니다. 술자리에서 빠짐없이 회자되는 '일배일배부일배<sup>一杯一杯復一杯</sup>'가 바로 그 앞에 나오는 시구입니다. 이백의 시는 온통 술의 예찬으로 도배되었다고 해도 과언이 아닙니다.

'근심 걱정은 천만가지요, 향기로운 술은 삼백 잔' -〈월하독작月下獨酌〉

'석잔 술은 천하의 도리에 통하고 한말 술이면 자연과 한 몸이 된다' -〈월하독작月下獨酌〉

'주인으로 어찌 돈이 없다 하겠는가? 천리마 명마며, 여우 털 갖옷을 술과 바꿔 그대와 함께 마시며 만고의 시름 잊어보리라' -〈장진주將進酒〉

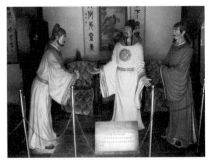
왼쪽부터 두보, 이백, 고적

이렇게 술에 광분하는 이백을 두보는 '술 한 말 마시고 시 100편을 쓴다飮中八仙(음중팔선)'고 읊기도 했습니다.

술이야말로 예술가들에게 영감을 떠올리는 에너지원인가? '술은 입으로 들고 사랑은 눈으로 스민다'는 예이츠William Butler Yeats의 명구도 술에 대한 대단한 예찬입니다. '잔 들고 꽃을 보면 하루가 행복한데 취하여 다시 보니 인생이 작다' 이것은 우리나라 시인 박기원의 〈목련〉인데, 모두 취권醉拳의 경지입니다.

술 취해 누운 이백

대취한 이백은, 중국 영화 〈취권醉拳〉에서 술 취한 성룡의 묘기처럼 벌떡 일어나 "이미 술에 취했는데, 어찌 시가 없겠는가?"하며 붓을 잡아 일필휘지하는 것이 세 번째 장면입니다. 마침 어디선가 은은한 거문고 뜯는 소리가 들려 그의 시심을 더욱 북돋웁니다.

벽에 '양원음'을 쓰는 이백

'장안을 지나 황하에 배를 띄웠다 돛

종씨녀와 매벽천금

달고 산 같은 파도를 헤쳐 나가니 하늘은 높고 물결은 아득하구나. 멀리 가기도 귀찮아 역사의 흔적을 더듬어 평대平臺(개봉 일대)를 찾았네', '평대에 나그네되어 서 보니 회고의 정을 이기지 못해 술잔을 들고 양원의 노래를 읊조려 본다' 이렇게 이백의 명시 〈양원음梁園吟〉은 탄생하게 됩니다.

'옛날 신릉군信陵君은 부와 권세를 누렸지만, 지금 사람들은 신릉군 무덤에 농사를 짓네. 인생의 타고난 천명을 알게 되면 어찌 근심할 겨를이 있겠는가'

이 구절은 아마도 3년 동안 장안에서 호기롭던 한림학사 시절을 회고하는 자신에 대한 스스로의 위안의 말인지도 모를 것입니다.

네 번째 장면에 등장한 여인은 '종씨녀'라고 알려진 이백의 마지막 아내입니다. 측천무후 때 재상이었던 종초객宗楚客의 손녀입니다. 이백이 벽에 〈양원음〉을 쓸 때 건너편 집에서 거문고를 타던 여인입니다. 그녀가 귀갓길에 이 시를 읽으며 감탄하고 있는데 누군가 걸레를 들고 나타납니다. 사진 원편의 스님입니다. 스님이 깨끗한 벽에 낙서한 것에 화를 내며 벽을 닦아내려 하자 이백의 시에 심취한 종씨녀는 몸에 지니고 있던 패물을 다 주고 담장을 사서 그 시를 보존하게 합니다. 천금매벽千金買壁의 고사는 바로 이백의 〈양원음〉과 종씨녀의 시적 안목에서 탄생했습니다.

이런 인연으로 상처한 지 몇 년이 지난 이백은 이 여인을 정식 아내로 맞이하는데, 종씨녀는 이백의 네 번째 아내이자 마지막 여인으로 알려졌습니다. 어떤 기록에는 당시 현장에 있던 고적과 두보가 중신을 들었다는 말도 있습니다. 하여간 이백의 마지막 아내가 된 종씨녀는 안록산의 난 때는 강서성 여산으로 함께 피란을 가고, 이때 이백의 '비류직하삼천척飛流直下三千尺'이라는 명구가 탄생했음 '영왕의 난'에 연루되어 귀양 가는 이백을 따라 수발을 드는 등 영원한 방랑객 이백을 살뜰히 보살핀 반듯한 여인입니다. 이백보다 훨씬 탐미주의자였던 오스카 와일드Oscar

Wilde는 여자와 남자의 차이점을 이렇게 설명하고 있습니다.

"모든 남자들은 여자의 첫 번째 남자이길 열망하지만, 모든 여자들은 그 남자가 자신의 최후의 남자이기를 소망한다."

종씨녀는 이백의 마지막 연인이 된 아름다운 여자였으며 세 시인의 위대한 만남의 증인이기도 했을 겁니다. 물론 자료를 뒤적여 보면 이백의 결혼과 세 시인이 양송梁宋 지방에서 만나던 시기가 일치하기만 한 것은 아니지만, 삼현사三賢祠는 이런 스토리로 우리의 상상력을 자극했습니다.

두보는 후일 당시의 그 흥겹던 만남의 장면을 이렇게 읊고 있습니다.

'가을밤엔 취하여 한 이불 덮고 자고 낮에는 손 마주잡고 함께 다녔네' -〈이백과 범심의 은거지를 찾아〉

'생각난다. 이백 고적과 더불어 술 마시며 정담을 나누던 일. 두 형들은 시흥이 도도해져 나를 끼워 넣고 즐거워했지. 취하면 취대에 올라 옛날을 회고하며 끝없이 펼쳐진 평원을 바라보았지. -〈견회遣懷〉

이백 또한 이 대단한 후배 시인과의 아쉽게 헤어지며

'이별의 술자리도 벌써 몇 날째인가? 강변의 즐비한 술집 이미 다 돌았네. 언제가 될까? 이 석문 길에서 다시 만나 술 단지 뚜껑을 열 날이' -〈노군동석문송두이보魯郡東石門送杜二甫〉

'노나라 술을 마셔도 취하지 않고 제나라 노래를 불러도 다만 감정이 북받쳐 오를 뿐 그대 생각은 문수汶水의 흐름과 같이 도도히 남쪽으로 흐르고 흘러 그치지 않네' -〈사구성하기두보沙丘城下寄杜甫〉라고 노래했습니다.

고적은 이때의 추억을 담아 먼 훗날 "버들가지 푸른빛만 보아도 고향 생각이 간절하니 차마 보고 견디기 어렵겠고, 매화는 피어서 가지마다 가득하니 꽃만 보아도 창자를 에일 것" -〈인일기두이습유人日寄杜二拾遺〉이란 시로 일엽편주에 의지해 장강을 떠돌던 말년의 두보를 위로하기도 했습니다. 인일人日은 정월 초이레 날이고, 습유는 두보가 벼슬

당명현 이백의 묘 앞 이백 소상

한 좌습유를 뜻합니다.

중국 신화 속에 하느님이 첫째 날은 닭을 만들고, 다음 날은 개…… 이렇게 하여 마지막 7번째 날 사람을 만들었다고 합니다. 이 날은 외출 않고 집에서 근신하는 날인데 객지에서 외로움을 노래할 때 이 인일이란 단어가 많이 등장합니다.

만 권의 책을 읽고 만 리를 여행하던 세 시인은 오늘도 의기투합한 채 도자기 인형의 모습으로 호탕하게 삼현사에 자리 잡고 있습니다.

### 태백루太白樓 ─ 안휘성 마안산시馬鞍山市

만취한 이백이 달을 잡으러 강으로 뛰어든 뒤에 시간이 흘러도 나올 줄을 모릅니다. 어부들이 서둘러 그물을 던졌으나 이백의 시신은 찾을 수 없었습니다. 어디선가 고래 한 마리가 나타나 이백을 태우고 하늘로 올라가 버렸기 때문입니다騎鯨昇天(기경승천). 어부의 그물에는 이백의 신 한 짝과, 쓰고 있던 모자가 걸려 올라왔을 뿐입니다. 사람들은 이것으로 이백의 무덤을 만들었는데, 이것이 이백의 성지가 된 태백루太白樓가 위치한 취라산 착월대 근처에 있는 의관총衣冠塚입니다. 그는 죽는 순간까지도 술과 달과 함께 있고 싶어 했는지도 모르겠습니다.

'흰 토끼 봄 가으내 불사약을 찧고 있는데, 항아는 외로이 살면서 누구와 이웃하고 있을까'. —〈파주문월把酒問月〉

'기수의 늙은이 저 세상에서도 술을 빚고 있을까. 저승에는 이백이 없는데 술을 빚어 누구에게 팔고 있을까'. —〈곡선성선양기수哭宣城善醺紀叟〉

'달은 본시 술 마실 줄 모르고, 그림자는 공연히 나만 따라하네. 잠시 달과 그림자를 벗하여 모름지기 이 봄을 즐기리'. —〈월하독작月下獨酌〉

'어찌 향기로운 술 항아리를 달빛 아래 공허히 둘 것인가 모름지기 삼백 잔 술은 마셔야지'. —〈장진주將進酒〉

술과 달을 사랑했던 이백의 풍류가 뭉클 품기는 명시들입니다. 이백과 달과 술은 환상적인 삼합三合입니다. 그러나 이런 술 취한 호기豪氣의 내면에는 '칼을 뽑아 물을 베려 해도 물은 다시 흘러가고, 잔 들어 시름 잊으려 해도 시름은 다시 깊어'. —〈선주사루전별교서숙운宣州謝朓樓餞別校書叔雲〉지는 삶에 대한 근원적인 고독 때문에 그는 술을 마시고 시를 적어 스스로를 위로했는지도 모르겠습니다.

태백루는 네 곳에 있습니다. 모두 이백의 체취가 강하게 남아 있는 곳이지만, 흔히 〈이백고리〉라 부르는 사천성 강유시江油市의 것은 그의 유년 시대의 이미지가 강하고, 규모면이나 유명도에서 이백기념관과 함께 있는 안휘성 태백루가 으뜸으로 손꼽힙니다. 그의 무덤과 의관총이 함께 이곳에 있어 그의 임종을 생각하게도 합니다.

이백 기념관의 역할도 함께하는 이곳 태백루는 안휘성의 동쪽 끝 마안산시에 있습니다. 장강이 거의 끝나가는 하류에 위치하기 때문인지 태백루가 위치한 취라산을 한 바퀴 감싸고 흐르는 강폭이 넓고도 유유합니다. 이 취라산에서 강쪽으로 툭 튀어나온 바위가 있는데 이를 착월대捉月臺라 합니다. 이백이 달을 건지러 강으로 뛰어내린 곳입니다. 그리고 그 일대가 바로 유명한 채석기采石磯입니다. 착월대에서 장강을 바라보면 아득히 넓은데 수심은 고요합니다. 산에 떠오른 달과 강심에 잠긴 달을 이백이 혼동할 만도 했겠다 싶게 산과 강이 잘 어울립니다.

착월대 근처에 스테인리스로 조각된 이백의 상이 하늘을 나는 듯 서 있었습니다. 약 4m

태백루 앞에서 이상구 교수(오른쪽)와 함께(위)
이백의 묘(아래)

높이의 이백소상李白塑像은 양 팔인지 양 날개인지 모르게 하늘을 훨훨 나는 현대적인 모습으로 묘사되어 있었습니다. 호북성의 황학루무한, 호남성의 악양루악양, 강서성의 등왕각남창 그리고 이곳의 태백루를 일컬어 3루1각이라 하여 중국 최고의 명승지로 손꼽습니다.

아무리 누각이 높고 커도 '문사철文史哲'의 문향이 묻어 있지 않으면 명소로서의 제 대접을 받지 못합니다. 두보의 명시 〈등악양루〉, 범중엄의 〈악양루기〉, 최호의 시 〈황학루〉, 왕발의 〈등왕각서〉가 문학사에 우뚝한 만큼 그 정자의 품격을 높여주고 있습니다.

이백은 이곳 마안산시에서 멀지 않은 당도當途라는 마을에서 허리가 썩는 몹쓸 병만성 늑막염에 걸려 죽지만 전해 내려오는 이야기는 이백이 크게 취하여 장강<sup>채석기</sup>에 비친 달을 건져내려 물속으로 뛰어들었다는 동화 같은 이야기로 탈바꿈 됐습니다.

파상풍으로 죽은 릴케는 장미 가시에 찔려 죽은 것으로, 심한 감기로 죽은 세잔느는 야외 스케치를 하다가 소나기를 맞고 죽었다고 예술가의 죽음은 미화됩니다.

시 한 줄, 스케치 한 장이 바로 그 예술가들의 뼈를 깎는 고통의 산물이기에 그들은 사후에 그런 대우를 받을 자격이 있는 것으로 생각됩니다.

이백의 진짜 무덤은 태백루에서 한 시간 거리 남쪽 당도현 태백진에 있습니다. 백발삼천척<sup>白髮三千尺</sup>으로 유명한 추포<sup>秋浦</sup> 마을도 여기서 멀지 않은 곳에 있습니다. '唐名賢李太白之墓<sup>당명현이태백지묘</sup>'란 묘비명이 적힌 그의 무덤은 시인의 묘지답게 아담했고 잔디도 가지런히 자라서 산같이 웅장했던 임금들의 중국식 무덤과는 달리 편안했습니다.

'대붕이 날아 팔방에 위엄을 떨쳤으나, 중천에 힘이 꺾여 구할 길 없네. 뒷사람에게 전해주게. 중니<sup>공자</sup>도 죽었으니 누가 날 위해 눈물 흘릴까?'

그가 죽음에 앞서 썼다는 〈임종가〉의 한 구절입니다. 무덤 옆에는 작은 인공 호수가 있고 고개 치켜든 이백의 조각상이 서 있었습니다. 시선<sup>詩仙</sup>이라 평하는 이백과 시성<sup>詩聖</sup>이라 부르는 두보의 조각상은 그들의 시선에서 차이를 볼 수 있습니다. 내가 본 두보의 모습은 모두 머리를 약 15도 정도 내리고 있는데 비하여 이백은 15도 정도 하늘을 향하고 있었습니다.

두보의 휴머니즘과 이백의 낭만적인 성품을 그들의 시선으로 대별한 것 같습니다. 이런 연장선성에 초나라의 애국 시인 굴원도 두보와 같이 시선을 아래쪽을 향하고 있는 것 같았습니다.

이백의 위대했던 점의 하나는 전 생애를 통하여 별로 행복한 순간이 없었는데도 그의 시에서는 인생을 보는 안목이 긍정적이고 꿈과 희망이 가득하다는 점입니다.

'그대는 보지 못하는가? 하늘에서 쏟아진 황하수가 바다에 이르면 돌아오지 못하는 것을, 또 보지 못하는가? 대갓집 마나님이 거울 앞에서 백발을 서러워하는 것을, (중략) 하늘이 나를 이 세상에 보낼 때는 반드시 쓰일 데가 있어서일 것'.

많은 사람들은 〈장진주將進酒〉라는 권주가를 읊으며 이백의 호연지기를 부러워합니다.


'마안산馬鞍山'이라는 지명은 초패왕 항우와 관계가 있습니다. 항우가 한고조 유방에게 패하여 오강烏江에 투신하자 그의 애마 또한 장강에 빠져 죽습니다. 마을 사람들이 말은 찾지 못하고 그 오추마의 안장만 찾아 산에 묻어 준데서 '마안산'이란 이름이 생겼습니다.

이백이 죽은 당도현에서 장강을 건너면 소호시 화현입니다. 거기에 항우가 죽은 오강烏江과 그의 무덤을 조성한 사당이 있습니다. 태백루를 찾는 길에 한번 들려볼만한 곳입니다. 한글 안내판도 있는 것을 보면 이곳을 찾는 한국인도 많은 것 같습니다.

'역발산기개세'의 항우도 이제는 한 줌 재가 되었고. '100년 동안, 3만 6천 날을 모름지기 하루에 300잔씩 술을 마시겠다'-〈양양가〉던 이백의 호연지기도 이제는 우리 가슴 속에만 뜨겁게 남아 있어 나그네의 회포를 돋을 뿐입니다. 여행이란 세월을 거슬러 치러지는 선현과의 대화 의식인지도 모르겠습니다.


### 이백고리李白故里 강유시江油市

이백의 고향에 대해서는 이설이 많지만 태어난 곳은 중앙아시아 키르기스스탄 공화국의 티크마르크, 이백 생존 시에는 안서도호부에 속한 변방의 땅으로, 당나라 때의 지명은 쇄엽碎葉인데, 이곳에서 이백이 태어났다고 보는 학자들이 많습니다.

그가 5세쯤 되어서 현재 이백고리가 세워진 사천성 면양 강유시

이백고리(위)와
이백기념관(아래)
현액

청련진으로 옮겨온 것으로 추정합니다. '李白故里<sup>이백고리</sup>'라는 대형 벽
서<sup>壁書</sup>는 등소평이 썼고 〈이백기념관〉이라는 정문 휘호는 20세기의
석학 곽말약<sup>郭沫若</sup>의 글씨입니다. 이런 현대 명사들의 휘호는 이곳 촉
<sup>四川省</sup> 땅에서 이백이 유년기를 보낸 사실을 암묵적으로 인정하는 셈
입니다.

　이백 스스로도 자신의 호를 '청련거사<sup>淸蓮居士</sup>'라 하여 그가 20대 중
반까지 살았던 촉 지방을 잊지 않으려 한 듯합니다. 다른 주장도 많
은데, 그는 홍모벽안<sup>紅毛碧眼</sup>의 투르크계의 혈통이라고도 하고, 이백
자신은 "본가는 농서 사람인데 선조는 한나라 때 변방을 지키던 장
군"이라며 스스로 자신을 '농서<sup>隴西</sup> 이씨<sup>李氏</sup>'라 하여 당 황실과 동성동본
임을 자랑하고 다니기도 했습니다.

　이백은 태어날 때 모친이 태백성이 품에 드는 꿈을 꾸었다 하여

이름을 백白, 자를 태백太白으로 했다고 합니다. 그의 부친 이름은 이객李客입니다. 국경 무역으로 크게 성공한 거상巨商이었던 것 같습니다. 이백의 몇 대 선조가 죄를 짓고 변방으로 도망歸鄕하였는데, 이객이 큰 돈을 벌어 촉으로 몰래 귀향하여 청련진에 새 터전을 잡았습니다. 이객의 객客은 '나그네'란 뜻입니다. 이런 호칭은 그가 외지에서 떠돌다 청련향으로 들어왔으리라는 짐작을 하게 합니다.

《구당서열전舊唐書列傳》 등 다른 주장으로는, 이객이 임성지금의 산동성 제녕 현령으로 있어서 그곳에서 살았다고도 하는데 이는 별로 신빙성이 없는 것으로 연구됩니다. 내가 제녕에 가서 본 태백루에도 많은 이백 기념품이 소장되고 있었는데, 이백 살아 당시에는 그가 드나들던 술집이었다는 설도 있습니다.

이백은 5세에 육갑六甲을 외우고 10세에 제자백가를 읽었는데, 한눈에 열 줄을 읽고, 15세에 사마상여를 능가하는 부賦(산문)를 짓기도 했는데 붓을 휘두르는 대로 시가 되었다고 합니다. 유년기의 어느 날 한 노인이 숫돌에 쇠절구공이도끼를 갈아 바늘을 만들려 한다는 이야기를 듣고, 크게 깨달아 더욱 공부에 매진하였다는 고사도 있습니다. '마저(부)성침磨杵(釜)成針'의 주인공이 바로 약관 나이의 이백이었던 것입니다.

25세를 전후하여 촉을 떠난 이백은 다시는 고향에 돌아오지 못합니다. 죽어서도 멀리 떨어진 안휘성 마안산에 묻힙니다. 촉 지방의 아미산에서 공부를 마친 그는 동쪽으로 유양강소성 양주을 유람하며 1년도 못되어 삼십만금三十萬金을 탕진하였다〈상안주배진사서〉는 기록도 보입니다. 거상이던 부친으로부터 막대한 자금을 얻어 중앙 무대로 등장하지만 1년 만에 다 탕진하고 병든 몸으로 양주 어느 여사에 머물며 쓴 시가 〈정야사靜夜思〉입니다.

고향의 이미지이기도 하고 어머니의 얼굴이기도 한 달을 소재로 한 시, 이 시는 1300년 동안, 현재도 13억 중국인의 영원한 고향을 형상화하는데 성공한 중국 최고의 시로 사랑을 받습니다.

> 침상 앞 달빛을 보니 땅에 내린 서리인가 의심스럽네
> 고개 들어 달을 바라보다가 머리 숙여 고향을 그린다
> 牀前看月光상전간월광 疑是地上霜의시지상설
> 舉頭望山月거두망산월 低頭思故鄉저두사고향

이 시는 우리나라의 〈산유화〉 〈나그네〉 같이 이미지가 명징하고 운율의 배치가 유려합니다. 20자 밖에 안 되는 짧은 글로 누구도 따르지 못하는 상징과 생략의 묘를 살리고 있는 것으로 평가됩니다. 이백의 〈정야사靜夜思〉 〈산중문답山中問答〉 같은 짧은 시절구(絶句)를 읽노라면 참되게 기도하기 위하여 길게 기도할 필요가 없다는 생각이 들기도 합니다.

## 서안西安 청평조사靑平調詞

이백의 모든 시는 즉흥시에 가깝지만 그 중에도 〈청평조사〉 3수는 가히 취권류의 취생몽사하는 경지의 대단한 작품입니다.

모란이 실하게 피어난 5월 어느 날, 양귀비와 산책하던 당 현종은 문득 자신들의 사랑을 예찬하는 새로운 노래가 듣고 싶어 이백을 호출합니다. 술 마시고 빈둥거리기에 딱 알맞은 한림학사翰林學士라는 형식상의 직책에 있던 이백은 그날도 대취하여 있었으나 황실 경호원은 지엄한 황명이니 만취한 그를 가마에 태우고 흥경궁 침향전에 모셔옵니다.

이곳은 천년 고도 서안西安, 당시에는 장안이라 불리던 당나라의 수도입니다. 서안에 볼거리가 많지만 흥경공원에 들러 모란을 감상하며 이백의 청평조사를 읊조리고 양귀비라는 미인을 생각해 보는 것도 좋은 여행의 추억이 될 것입니다.

알려진 것처럼 비틀거리는 이백을 부축하여 그의 신을 벗긴 사람

홍경궁 침향정(뒤에 보이는 건물)과 이백 와상

이 그 유명한 고역사高力士입니다. 몸이 집채만 했다는 '으뜸내시'이니, 요새 유행하는 말로 하면 '문고리 권력'입니다. 비스듬히 빗겨 앉아 붓을 잡은 그를 위해 양귀비는 먹을 갑니다. 훗날 이런 호사가 이백에게는 바로 장안을 쫓겨나는 계기가 되지만, 아무튼 참으로 통쾌한 장면입니다.

'구름은 (그대의) 열두 폭 치마인 양, 모란을 보니 바로 당신귀비의 얼굴雲想衣裳花想容(운상의상화상용)'이라는 청평조사의 첫 구절을 들으며 현종은 무릎을 칩니다. 일곱 자 중에 세 자가 같은 발음인 '상-想-裳-想-'이란 동어 반복의 묘미도 타의 추종을 불허합니다. 둘째 수의 마지막에는 한나라의 미녀 조비연에 양귀비를 견줍니다.

'쓰러질듯 연약한 조비연이 새로 단장한 맵시처럼 아름다운 당신可憐飛燕倚新粧(가련비연의신장)'. 시대에 따라 미인의 기준이 다른데 당나라 때는 양귀비 같은 글래머가 미인이었고, 한나라 시절에는 조비연 같이 날씬한 여인이 미인이었습니다. 오죽하면 조비연은 임금의 손바닥 위에서 춤을 추었다는 과장까지 생겼겠습니까? 이런 절세의 미인 조비연을 양귀비에 비유한 것입니다.

셋째 수는 '아름다운 꽃과 절세의 미인이 서로 바라보고 즐거워한다名花傾國兩相歡(명화경국양상탄)'입니다.

중국의 4대 미인을 침어沈魚, 낙안落雁, 폐월閉月 수화羞花라고 합니다. 빨래하는 서시를 보고 넋 잃은 물고기가 가라앉고, 말에 오르는 왕소군을 보고 기러기가 날갯짓을 잊고 떨어졌다. 소설《삼국지》에 나오는 초선을 보고는 달도 빛을 잃고, 모란은 양귀비를 보자 부끄러워 고개를 숙였다는 말입니다. 청평조사 셋째 수는 이백이 침향정에서 모란을 감상하는 양귀비를 모란과 일체화시킨 주옥편입니다.

그런데 여기에 쓰인 '경국傾國'이란 말이 나중에 꼬투리를 잡습니다. '경국지색傾國之色'이란 말은 좋지 않은 비유에 쓰입니다. '한 번 웃으면 성이 무너지고, 두 번 웃으면 나라가 망한다.'는 고사에서 온 말이기 때문입니다.

술 취한 이백의 신을 벗기는 수모를 당한 고역사는 양귀비에게 그를 모함합니다. 천한 기생 출신 조비연을 자신에게 비유했다는 참소를 들은 양귀비는 이백이 괘씸해집니다. 현종이 벼슬을 내리려 할 때마다 강하게 반대합니다. 양귀비의 베개송사가 통했는지 드디어 현종이 금일봉을 하사하며 이백에게 말합니다.

"그대의 꿈은 산중에 들어가 도사가 되는 것인데, 내 너무 오래 장안에 잡아 두었소. 부디 포박자抱朴子 갈홍葛洪처럼 도술을 완성하거든 다시 와 내 사부가 되어 주오."

이리하여 이백의 42세에서 44세까지 3년 동안의 장안 생활은 막을 내립니다. 자유로운 영혼을 가진 그에게는 족쇄가 되었을지도 모르는 벼슬살이었지만, 이백이 머문 자리에는 어디나 꽃처럼 아름다

운 시가 피어났기에 그는 시선詩仙으로 회자되고 있습니다.

## 미인소곡美人小曲

경호 삼백 리에 아리따운 연꽃이 벙긋 피었네

오월에 서시西施가 연꽃을 따러 나서니

구경 온 사람들이 약야계若耶溪를 메웠네

이백이 천하의 미녀 서시西施를 노래한 시 〈자야오가子夜吳歌〉의 한 구절입니다. 경호는 절강성 소흥에 있는 아름다운 호수이고, 약야계는 서시가 빨래하던 강변입니다.

2012년 내가 소흥의 제기시를 찾았을 때는 그 이름이 포양강으로 변해 있었고 그 빨래터에는 몇몇 조각상이 당시의 풍경을 재현해 놓았습니다. 이 시는 서시와 연꽃이 한몸이 되어 구경꾼들은 누가 꽃이고, 누가 미인인지 알지 못하겠다는 이백의 감탄입니다.

그러나 이렇게 아름다운 미인의 한 평생이 결코 행복했던 것은 아니었습니다. 그 미모는 자신을 파탄에 이르게 하는 무서운 독이었는지 모르겠습니다. 그래서 이백은 〈원정怨情〉에서 이렇게

서시(위)와 왕소군(아래)

읊기도 했습니다.

　살짝 걷은 구슬발 아래 아리따운 여인 규방에 들어앉아 눈썹을 찡그리네
　보이느니 눈물 젖은 흔적 알 수 없어라 그 마음 누구를 원망함일까

　서시는 공자와 비슷한 춘추시대에 살았으니 2500년 전의 여자입니다. 월왕 구천이 전국을 뒤져 찾은 미인 2000명 중에서 서시와 정단 두 미녀를 뽑아 3년 간 춤과 노래, 남성을 현혹시킬 기교를 가르쳐 오왕吳王 부차에게 보냅니다. 부차는 화려하기로 유명한 고소대姑蘇城 소주를 지어 서시의 마음을 사로잡고자 했으나, 서시에게는 그것이 커다란 감옥과도 같았을 겁니다. 이백은 이런 사정을 생각하며 〈고소대 옛터를 바라보며〉에서 다음과 같이 서시를 추억합니다.

　오래된 정원 황폐한 누대 버들잎 새롭고
　마름 따는 아가씨 청명한 노래 봄이 노곤해
　지금은 오로지 서강에 달이 떴으니
　전에는 오나라 궁전의 서시를 밝게 비췄으리

　그런데, 서시를 노래한 두보의 시를 찾았으나 잘 보이지 않고, 왕소군이 등장하는 시 한 편이 눈에 띄었습니다. 변명삼아 말하자면 두보에게는 미美보다는 진眞이 첫 번째 명제이기 때문에 미인에 대한 시는 드물지 않을까 생각됩니다.
　사실 왕소군의 비극은 서시보다 더 아픕니다. 그녀는 한나라 때, 이집트의 클레오파트라와 비슷한 시대를 살았습니다. 왕소군은 출중한 미모를 지닌 후궁이었는데도 화공 모연수의 농간으로 원제元帝의 사랑을 받지 못하고, 흉노왕 선우에게 시집가서 아들 하나를 낳습

니다. 그 왕이 죽자, 다시 그 왕의 장남인 다음 왕의 측실이 되어 딸 둘을 또 출산합니다. 이것이 흉노의 풍습입니다. 이 가련한 여인의 무덤 앞에서 두보는 한 편의 시를 읊었습니다.

수많은 산과 골짜기는 끝없이 이어져
호북성 땅 형문荊門까지 이르렀는데
장강삼협 끝자락 자귀현엔
왕소군이 태어난 마을이 여전히 남아있구나
한나라 궁정을 이별하고
사막을 지나 흉노의 땅으로 그녀는 가버렸으니
지금은 푸른 무덤만 남아
후세인들을 조문케 하는구나
－〈영회고적詠懷古蹟〉

한편 왕소군 하면, '오랑캐 땅엔 꽃도 풀도 없어 봄이 와도 봄 같지 않다'는 당나라 시인 동방규의 〈춘래불사춘春來不似春〉이란 시의 시구詩句도 참 많이 회자됩니다.

미인을 노래하는 이런 시들을 이야기하다보니 문득 '아름다운 것은 영원한 기쁨'이라는 키이츠의 시가 서시나 왕소군 같은 비련의 여인들에는 허황된 말인 듯 여겨집니다. 다만 이백 같이 천의무봉한 시인에게는 술과 함께 모든 아름다운 것이야말로 그의 영원한 화두였을 것이 분명하겠지만 말입니다.

## 두보고리杜甫故里 정주 공의시功義市

2009년 5월 두보의 고향을 찾았을 때 그가 살았다던 필가산 밑의 토굴은 아직 그대로였습니다.

두보의 시 〈백우집행百憂集行〉에서 '열다섯 어린 시절 누렁 송아지처럼 마음 것 뛰어 놀았지. 팔월 앞마당에 배, 대추 익어가면 하루에도 천 번이나 나무에 오르내렸네'라고 회고하던 집 앞의 배나무, 대추나무야 1300년 전의 일이니까 흔적도 없었고 주변은 영락없이 퇴락한 마을 모습 그대로였

사천성 성도 두보초당 대아당 앞
두보 소상

습니다. 다만 그 앞으로 널찍하게 펼쳐진 공터는 덕수궁보다 더 넓게 파헤쳐져 대 공사가 진행되고 있었습니다.

몇 년 후면 성도의 '두보초당'보다 화려한 경관으로 관광객을 맞을 준비를 하고 있는 것 같았습니다. 얼마 전 다녀온 사진에는 정원의 대추나무 위에 올라탄 어린 두보의 모습도 만들어져 있었습니다. 이 두보고리는 하남성 정주 근처 공의시 참가진에 있습니다. 이곳은 그의 증조부가 공현 현령을 할 때부터 터 잡은 곳입니다.

내가 중국 학생들을 가르치던 산동성 연대시에서 오후 4시에 기차를 타면 다음 날 낮 12시쯤 하남성의 성도省都인 정주에 도착합니

다. 두보의 고향 공의시는 아직 여기서 1시간여 더 서북쪽으로 가야 합니다.

끝없는 지평선을 달려오던 기차가 정주를 지나고부터는 심심치 않게 산을 만나 멈칫거리며 터널을 통과하는 일도 종종 있습니다. 그곳이 태항산 밑자락인 탓도 있을 거고, 황하가 쉴 새 없이 실어 나른 황토가 켜켜이 쌓여 산같이 우뚝 솟았기 때문이기도 합니다. 이곳이 바로 이른바 황토고원입니다. 차창 밖으로 황토를 파고 들어간 토굴집이 여기 저기 보입니다. 여름에는 시원하고 겨울에는 따뜻해서 21세기 현재에도 그곳에 거주하는 주민이 많이 있는 것 같습니다. 과연 생가에 도착해보니 우중충한 벽돌로 외벽을 한 토굴집이 필가산 밑에 자리 잡고 있었던 것입니다.

일반적으로 두보의 시는 장중하고 사념적인 인상을 주지만 30세 전후까지의 시는 미감이 넘치고 호연지기가 빛나기도 합니다.

후일 젊은 시절에 대한 회고의 정을 담아 쓴 〈장유壯遊〉라는 시를 보면 일곱 살부터 포부가 장대하여 입을 열면 봉황을 노래했고, 아홉 살에 쓴 큰 글씨는 한 바구니가 넘었다고 합니다. 15세 전후에는 시회詩會에 참가하여 문명을 날리며, 이때부터 이미 술고래였다고 유년기를 회고했습니다.

그가 죽던 해 절명시 비슷하게 쓴 〈강남봉이구년江南逢李龜年〉은 그의 15세 전후의 일을 노래한 것으로 평가되는데 이때 만난 기왕은 당현종의 아우이며, 최구는 예술을 사랑하던 지체 높은 벼슬아치였던 점을 생각하면 두보가 교유한 폭의 넓이와 깊이를 알 수 있습니다.

20세가 되어 두보는 만권의 책을 읽고 만리의 땅을 밟겠다는 웅지를 품고 남경, 소주 등 남부 오월 지방의 풍물을 접하며 감수성을 키웠습니다.

동으로 고소대에 내려가

바다에 띄울 배 이미 갖추어 놓았건만
지금도 남은 한은
부상扶桑까지 가 보지 못한 것

―〈장유壯遊〉

이 구절은 약관의 두보가 해 떠오르는 일본까지 가 보려다 실패
한 것으로 연구됩니다. 그의 웅장한 호연지기입니다.

또 절강성 소흥에 가서는 '월나라 여인의 살결은 천하제일이고,
감호는 오월에도 서늘하다. 염계는 빼어나게 아름다우니 잊으려 해
도 잊을 수 없네'.―〈장유壯遊〉라고 연애 편지풍의 시를 읊기도 했습니다.

24세29세? 무렵에는 산동 지방을 여행했는데, 그의 부친 두한이
연주사마兗州司馬로 있었던 것과 무관하지 않은 듯합니다.

'태산은 어찌하여 제나라 노라라에 걸쳐 그 푸른빛이 끝나지 않는
가. 모름지기 정상에 올라 모든 산이 발밑에 있음을 한 번 보리라當凌
絕頂(당릉절정) ―覽眾山小(일람중산소)'.

이 구절은 '동산에 올라 노나라가 작음을 알고, 태산에 올라 천하
가 작음을 알았다(登東山而小魯등동산이소노, 登太山而小天下등태산이천하)'는 공자님 말
씀과 함께 호기롭던 두보의 젊은 날을 증거하고 있습니다.

그러나 이런 몇 편의 시로는 불우했던 두보의 한평생을 덮을 수
는 없습니다. 두보는 두 살에 어머니를 여읍니다. 둘째 고모가 친 차
식보다 더 애지중지 키웠지만 어찌 어머니의 그늘만 했겠습니까? 스
스로 14세에 벌써 폭음을 했다는 것은 이런 가정사의 결과일지도 모
르겠습니다.

29세에는 양씨 댁 따님과 혼인을 하는데, 이 무렵 집안 경제의 버
팀목이 되어주던 아버지 두한杜閑은 죽고 대가족은 경제적인 좌절을
경험합니다. 30세 중반쯤 궁핍한 가정 사정으로 맏딸은 낳은 지 얼
마 안 돼 죽고, 천하에 현인을 찾는다는 '제거提擧'라는 과거 시험에 낙
방합니다. 두보뿐 아니라 응시생 전원이 불합격했는데 시험관 이임

하남성 공의시 두보고리

보는 이미 현인은 조정에서 다 수용하여 재야에 더 이상 어진 이는 없다고 현종께 아룁니다.

두씨 집안은 대단한 명문가였고 두보의 재주 또한 스스로 사마상여에 견주기도 했으니 그의 좌절은 더 컸을 것입니다. 이 무렵의 좌절감을 '넓은 하늘, 그러나 날개는 꺾이고 힘도 없고 뛰어오를 비늘도 없다.-〈위제에게 바치는 시〉 생각난다. 해 마다 술에 취했던 때의 일이 하지만 올해는 취하기도 전에 슬픔이 먼저 밀려오네. 이 몸은 잔치가 끝나도 돌아갈 곳 없어 해질녘 내내 홀로 서서 시를 읊조리네'-〈낙원의 노래〉라고 읊고 있습니다.

40대 중반, 안록산의 난이란 태풍이 불고, 그는 장안에 유폐되기도 하고 미관말직인 좌습유라는 벼슬도 받지만 이도 1년 만에 박탈됩니다. '좌습유'란 벼슬은 임금께 직간하는 역할인데 타협 모르는 두보의 강직한 상소는 조정 누구도 반기지 않았습니다.

이때의 사정을 알 수 있는 시가 '전쟁은 석 달에 이어 치열하니 집에서 오는 편지는 만금보다 소중하구나. 희어진 머리 긁어 더욱 짧아지니 이제는 비녀를 견디지도 못하네'.-〈춘망(春望)〉 '조회에서 돌아와 봄옷을 전당 잡혀 날마다 강가에 나가 술 취해 돌아오네. 외상값이야 늘 도처에 깔려 있지만 인생 칠십을 살기는 예로부터 드물었지'-〈곡강(曲江) 같은 명작입니다.

## 두보능원杜甫陵園 낙양洛陽

중국의 내로라 하는 사람의 무덤은 의관총太冠塚을 합쳐 몇 개씩 되지만 두보의 묘는 8기로 최고입니다. 중국인의 조상이라는 황제黃帝의 무덤 7기보다도 앞섭니다. 그 중 한 기는 사천성 성도에 있다는데 내가 두 번이나 들렀던 두보초당杜甫草堂에는 그의 무덤은 찾을 수 없었습니다. 하기는 절강성 소흥에 사람 키 두 배의 비석에 커다랗게 '大禹陵대우릉'이라 써 놓았는데도 우 임금 무덤의 흔적은 찾을 수 없기도 했습니다. 장묘 문화는 나라마다 많이 다릅니다.

중국 무덤은 규모가 큰 채 사람이 손대지 않는 것이 특색입니다. 그래서 무덤 위로는 나무가 숲을 이루기도 합니다. 남미를 여행할 때 아르헨티나의 부에노스아이레스에서는 필수 관광코스로 '레꼴레타'를 보여줍니다. 시가지 한가운데 있는 조각공원 같은 공동묘지, 거

언사시 두보능원

기엔 항상 몇 송이 장미가 놓여져 있는 에바 페론의 묘역도 있었습니다. 볼 때는 참으로 화려했는데 지금 생각하니 매일 화장해야 하고 하루 종일 하이힐 신고 있는 것처럼 좀 피곤하겠다는 생각도 듭니다.

내가 본 무덤 중에 가장 좋았던 것은 경주 김춘추, 태종무열왕의 무덤입니다. 철책도 없이 석물도 하나 없이 그냥 파릇파릇한 잔디를 입은 채 어머니 젖무덤처럼 한가하게 끝없이 펼쳐져 있어 너무 너무 편안했습니다.

두보는 하남성 공의시에서 출생[712년]하여, 낙양에서 자라고 29세에 결혼하여서는 낙양 근처 언사시에 신혼살림을 차립니다. 내가 찾았던 공의나 언사에는 두 군데 다 그의 무덤도 있었습니다. 한 척의 배에 늙고 병든 몸을 의탁하고 방랑하던 그가 죽어서나마 고향에 묻힐 수 있었던 것은 이백 같은 시중천자詩中天子도 누리지 못한 호강입니다. 그러나 그런 호강은 자신을 돌보지 않았던 한평생의 우국충정의 당연한 귀결이었는지도 모릅니다. 두보는 〈망악望岳〉이란 제목의 시를 세 수 지었는데, 마지막 것은 죽던 해 호남성 남쪽 형산에서 쓴 것입니다.

세 번 탄식하고 산신령님께 묻나니
어떻게 우리 임금 도와주시려는지
몰락한 풍속 무릅쓰고 제물을 바치나니
신령스럽게 복을 내려주옵소서

이 기도는 늙고 병들어 황폐해진 자신의 구원이 아니었습니다. 두보 아니면 쓰지 못할 살신성인의 명시입니다.

그가 태어났던 공의 마을의 무덤은 잔디도 제대로 자라지 않은 민둥산에 측백나무만 듬성듬성 난 사이로 세 기의 작은 무덤이었습니다. 두보와 그의 두 아들 종문, 종무의 묘역입니다. '唐少陵先生之

墓<sup>당소릉선생지묘</sup>'라고 간단한 묘비명이 쓰여 있었습니다. 소릉少陵은 두보가 살던 마을 명칭으로 그의 또 다른 별호입니다.

언사시에 있는 두 번째 무덤은 그의 조부이자 초당 시절 문명을 날렸던 두심언이 살던 수양산 아래 마을이기도 합니다. 공의시 두보 능원에서 택시로 약 한 시간 거리였습니다. 묘역이 언사제일중학교 구내에 있는 것을 모르고 택시 기사와 시가지를 헤맸던 것도 이제는 추억이 되었습니다.

능원 한가운데 우뚝 선 두보의 석상이 잔뜩 우수어린 얼굴로 고개를 낮게 숙인 것이 그의 우울한 한 평생을 대변하는 듯 쓸쓸했습니다. 원래 죽음처럼 무덤 또한 외로운 곳입니다. 한국의 1930년대의 대표 시인 김광균은 '벌써 가느냐고, 언제 또 오느냐고 무덤 속의 벗은 쓸쓸한 얼굴을 한다'-〈망우리〉고 그 고독을 묘사하기도 했습니다. 호남성 뇌양 근처에서 죽은<sup>770년</sup> 두보는 악양의 평강 근처에 가매장되었다가 50년 후에야 손자인 두사업이 이곳 언사의 수양산 기슭으로 이장했습니다.

두보의 무덤 앞에는 만당<sup>晩唐</sup> 시인 원진이 쓴 묘비명 '唐檢校工部員外郎杜君墓係銘并序<sup>당검교공부원외랑두군묘계명병서</sup>'가 세월에 마모된 채 추레하게 서 있었는데, 이 비명은 두보의 생애를 연구하는 데 소중한 자료가 됩니다. 묘역에는 '시성비림<sup>詩聖碑林</sup>'이라 쓰인 비랑<sup>碑廊</sup>이 있는데 100여 개의 시비들이 빼곡히 들어차 두보를 예찬하고 있었습니다.

## 두보초당<sup>杜甫草堂</sup> 성도<sup>成都</sup>

우여곡절 끝에 49세, 초로에 접어든 두보는 사천성 성도를 찾아 완화계 강변에 초당을 짓고 이곳에서 6년<sup>혹은 4년</sup>여, 한평생 중 가장 평온한 삶을 누리게 됩니다. 이때 씌어진 시의 내용도 맑고 고요합니다.

'늙은 아내는 종이에 바둑판을 그리고, 어린 아들은 바늘을 두드

성도 두보초당

려 낚시 바늘을 만들며'-〈강촌(江村)〉 '강이 푸르니 새의 날개 더욱 희고, 산이 푸르니 꽃이 불붙는 듯'-〈절구(絕句)〉하다는 시가 이때의 정서입니다. '성 밖이라 번잡한 일은 적을 줄 이미 알았는데 맑은 강물은 나그네 시름 씻어 준다'-〈복거(卜居)〉고 새로 지은 세 겹 띠집에 만족하기도 합니다.

사천성의 성도는 한나라 유방이나 후한 말기의 유비 같은 영웅이 웅지를 펼쳤던, 사방이 산으로 막힌 천혜의 고원 도시입니다. 두보나 이백이 모두 흠모해 마지 않았던 사마상여의 고향이기도 합니다.

30대 전반기를 하남성 양송 지방개봉, 상구을 함께 여행했던 11세 연상의 시인 고적과, 낙양에서부터 두보의 문장을 존경한 14세 연하의 성도 관찰사 엄무는 더할 나위 없는 두보의 후원자였습니다.

복숭아, 매화, 대나무 등 정원수 묘목은 몇 편의 시를 써주고 지방 유지들의 후원을 얻어 심은 것이 오늘날 화려한 풍치를 자랑하는 '화경花徑'이 되었습니다. 시인에게는 시야말로 경제적 능력을 뒷받침할 수 있는 수단도 되는 셈입니다.

이 작은 초당 한 채가 세월이 흐르며 확장되고 조형물이 첨가되면서 오늘의 6만평 넓이의 '두보초당'이 되었습니다. 김영삼 노태우 대통령이 다녀간 사진도 있고, 1992년 김일성이 등소평과 나란히 이곳을 찾은 사진도 전시되어 있습니다.

　대아당大雅堂이란 전각에는 도연명 이백 백거이 왕유 소동파 등 내로라하는 시인들의 재미있는 흉상이 만년 나그네, 외로운 두보의 좋은 벗인 양 나란히 진열되어 있기도 했습니다. 공부사工部祠 뒤로 두보 당시 건축을 재현한 초당에는 생전에 살던 살림도구가 전시되어 있었습니다. 중문 영문과 나란히 한글로 쓴 '침실', '소반', '돌절구' 같은 단어가 눈에 띄는 안내판은 더욱 반가웠습니다.


　우리는 학생시절 몇 번쯤 〈두시언해〉라는 말을 들었습니다. 두보 시를 번역한 시집입니다. 이것의 정식 명칭은 〈분류두공부시언해〉입니다. 성도 시절 엄무가 마련해준 벼슬의 정식 명칭 공부원외랑工部員外郞을 줄여서 그냥 '공부'라 했습니다. 그래서 아직까지 많은 사람들이 이백을 '한림학사'라 부르고 두보는 '두공부'라 부릅니다.

　이곳의 특산품인 대나무는 특히 금죽錦竹이라 부릅니다. 내가 두 번 찾아간 두보초당은 모두 여름철이어서인지 유난히도 대나무의 음영이 짙어, 곧고 바른 선비로 살고자 했던 두보를 만난 듯 반가웠습니다. 비단결 같은 금죽이 꽃길을 뒤덮고 있어 한 여름의 더위를 피할 수도 있었습니다. 성도시를 관통하는 강 이름도 금강錦江입니다. 성도의 특산물인 비단을 빨던 강이란 뜻입니다. 이 강 줄기 중에서 성도 서남쪽을 완만하게 흐르는 부분을 '완화계浣花溪'라 불렀습니다. 성도로 이어지는 뱃길이기도 했습니다.

　성도에서의 잠시 안정된 생활도 오래 가지는 못했습니다. 후견인 격이던 성도윤成都尹(성도절도사) 엄무가 40세의 나이로 죽고 물심양면으로 도움을 주었던 10년 연상의 시인 고적도 이때 죽습니다.

　이곳에서 6년간 머물며 240여 편의 시를 쓴 두보는 새로운 삶을 찾아 장강 삼협에 배를 띄우고 사천성 봉절현에 이릅니다. 이곳이 2년여 살면서 두보가 430여 수의 명시를 남긴 기주夔州입니다. 평균 한 달에 20여 편의 시를 쓴 셈입니다.

### 노병유고주老病有孤舟 악양루岳陽樓

　　이미 식상한 이야기지만, 조개 속에 모래 한 알이 들어가면 쓰라림을 잊기 위해 조개는 체액을 분비하여 모래를 감쌉니다. 이것이 쌓여 진주가 됩니다. 모든 아름다운 것은 고통의 깊이만큼 아름답다는 이야기입니다. 두보는 그 고통을 시로서 인내한 시성詩聖입니다.

　　안록산의 난 이후 혼란에 휩싸인 두보는 우여곡절을 겪으며 배 한 척에 의지하여 동정호까지 흘러듭니다. 그의 시 한 구절처럼 '노병유고주老病有孤舟'의 처지였습니다. 동정호는 서울의 6배 정도의 넓은 거대한 호수로 많은 시인묵객의 사랑을 받아왔습니다.

　　동정호호남성 악양시를 찾았을 때2007년는 10년 만에 처음이라는 함박눈이 온 천지를 덮고 있었습니다. 800리 동정호는 꽁꽁 얼어서 배도 뜨지 못해 72개의 섬은 모두 얼음 속에 갇혀 있었습니다. 요 임금의 따님이자 순 임금의 아내인 아황 여영의 무덤이 있다는 군산과 소상반죽을 보지 못한 것도 커다란 아쉬움이었습니다. 9월 9일 떠났다가 3월 3일 다시 찾아온다는 제비가 강남에서 겨울을 난다는 그 강남이

악양루(호남성 악양시)

바로 동정호인데…… 무슨 강남이 이렇게 꽁꽁 얼어버렸담. 혼자 이렇게 중얼거리며 악양루에 올랐습니다.

고개를 들기 무섭게 대청 한가운데 모택동이 휘갈겨 쓴 두보의 시 〈등악양루〉가 한눈에 들어왔습니다. 그 시를 쓴 현판 양쪽으로 '東庭天下水동정천하수' '岳陽天下樓악양천하루'라는 휘호가 호수는 동정이 으뜸이고 누각은 악양루가 최고라고 자랑하고 있었습니다. 원래 호북성 무한의 황학루나 이곳 악양루는 삼국 시절 손권의 오나라에서 군사 목적으로 세웠던 것인데 차차 시인묵객이 찾으며 오늘날 문인들의 살롱 역할을 하게 된 것입니다.

두보는 죽음을 2년 앞 둔 57세에 이곳을 찾았습니다.

'예부터 동정호의 절경을 소문으로 들었는데 이제야 악양루에 오르는구나. 오나라와 초나라가 동남쪽에 갈라졌고 하늘과 땅이 밤낮 없이 호수에 떠있구나.'

시 〈등악양루登岳陽樓〉는 이렇게 시작됩니다. 악양루가 명루여서 두보의 시가 유명해진 것인지 두보의 이 시 한편으로 악양루가 중국 제1의 누각이 되었는지는 모르겠으나 동정호의 정점에 악양루가 있고 악양루 한가운데 두보의 시가 보석처럼 빛나고 있는 것은 사실입니다. 이미 두보는 깊은 병이 들어 있었습니다. 오른쪽 팔은 마비가 오고 한쪽 귀는 들리지 않고, 당뇨, 결핵과 관절염에 시달리는 모습이 그의 시 여기저기 나타납니다.

'멀고 먼 타향에서 슬픈 가을 나그네 되어 한평생 병 많은 몸으로 홀로 정자에 올라' -〈등고登高〉야 하고, '친한 친구들로부터는 한 자 소식도 없으니 늙어감에 외로운 배 한 척만 남은' -〈등악양루登岳陽樓〉 자신의 신세에 난간에 기대 눈물을 흘려야 했습니다. 같은 악양루인데도 이백은 '구름 사이에 큰 집 마련해 놓고 하늘 위에서 술 한 잔 돌려 마신다' -〈여하12등악양루與夏十二登岳陽樓〉고 악양루의 위용을 예찬하는 시를 남겼습니다.

두보가 쓴 〈등악양루登岳陽樓〉의 명성만큼 범중엄989~1052의 〈악양루기岳陽樓記〉도 많이 읽혀집니다. '세상 사람들이 근심하기 전에 먼저 근심하고, 세상 사람들이 다 즐긴 후에 마땅히 제일 나중에 즐기겠다先天下之憂而憂(선천하지우이우) 後天下之樂而樂歟(후천하지락이락여)'는 내용의 〈악양루기〉는 악양루 가까운 쌍공사라는 건물에 병풍처럼 펼쳐져 있었습니다. 묘하게도 이 내용이 바로 두보의 나라를 걱정하고 이웃을 사랑했던 측은지심惻隱之心 바로 그것과 통하고 있습니다.

《25시》의 작가 게오르규는 시인을 구식 잠수함 속에 키우는 토끼에 비유했습니다. 산소가 부족해지면 사람보다 먼저 토끼가 괴로워합니다. 그러면 세상없어도 부상하여 새 공기를 넣어야 합니다. 모든 시인은 배부른 보통 시민보다 예민한 촉각을 가지고 있습니다. '산하는 그대로인데 나라는 망해버리고, 성 안에는 봄빛 가득한데 새 노래 소리에도 깜짝깜짝 놀라게 된다'-〈춘망(春望)〉고 안록산의 난 당시의 어두운 공포를 피력하는 예민한 촉각을 지닌 시인이 두보입니다.


낙양과 장안 생활을 청산하고 안록산의 난에 쫓기던 두보의 발자취는 서쪽으로 성도까지 갔다가 또 성도에서는 다시 동남쪽으로 호북성 호남성으로 점점 고향에서 멀어져 갑니다. 수십 편의 고향을 그리워하는 시와는 반대로 고향을 등지는 길을 두보는 걸었습니다.

〈등악양루〉에서 밝혔듯 고향땅에는 전쟁이 그치지 않아 난간에 기대 하염없이 눈물 흘리는 심정이었을까요? 전쟁같이 삭막한 세상은 없겠지요. 전쟁의 피폐함을 읊은 〈삼리삼별三吏三別〉 〈병거행兵車行〉 같은 가히 시사詩史라고 일컬어지는 작품을 읽으면서 새삼스레 두보의 휴머니티에 감탄하기도 합니다. '큰 새 작은 새 짝지어 날 줄 아는데 인간사 착오가 많아 임을 보내며 기약 없이 바라만 보네-〈신혼별(新婚別)〉', '흙 먼지 티끌에 날려 함양교咸陽橋는 보이지 않는데, 곡성은 막바지로 하늘 높이 구름을 뚫어 오른다'-〈병거행(兵車行)〉고 그리듯 사실성을 보이기도 합니다.

56세 되던 해 두보는 성도를 떠나 장강삼협으로 뱃머리를 돌립니다. 물심양면으로 의지하던 엄무와 고적이 몇 달 사이로 죽으니 더 이상 성도는 두보의 안식처가 못되기 때문이었는지도 모릅니다. 한 척의 배에 의지한 그의 마지막 유랑은 59세 타계할 때까지 장강과 상수를 오르내리며 계속됩니다. 죽음이 그의 방황에 종지부를 찍을 때까지.

2011년 장강삼협 유람선을 타고 만년의 두보와 다시 만날 수 있었던 것도 행운이었습니다. 사천의 중경에서 호북성 의창宜昌까지 3박 4일의 장강을 따라 흐르면서 운양 기주 일대를 지나다 보니 성도를 떠난 두보는 그곳기주에서 2년여 살면서 430여 수가 넘는 많은 시를 써 놓은 것을 알게 되었습니다.

'끝없이 펼쳐진 수풀에선 쓸쓸히 나뭇잎 떨어지고, 다함이 없이 흐르는 장강은 도도히 흘러간다. 만 리 먼 곳 서글픈 가을에 항상 나그네 되어 한평생 병 많은 몸으로 홀로 누대에 오른다'-〈등고〉라는 시가 이때의 명작입니다. 유비가 공명에게 아들을 부탁하는 마지막 유언을 했던 백제성을 오르는 길목에도 두보의 우수어린 석상이 지나는 나그네의 심금을 울렸습니다. 이 무렵 두보의 육체는 이미 손쓸 수 없이 망가진 뒤입니다.

두보는 이곳 호남성에서 장사長沙를 중심으로 상강湘江에 배를 띄우고 2년여 간 고향으로 가는 계획을 세우다 59세의 나이로 한 세상을 마감합니다. 이 상강의 하류인 악양 근처에서 죽었다는 설도 있고, 호남성의 남쪽 뇌양에서 급체로 생을 마쳤다는 이야기도 있습니다.

이 상강은 '소상 남반이 추움이 이렇거든 옥루고처야 닐러 무삼하리'-정철의 〈사미인곡〉처럼 우리의 고전 문학에도 단골로 등장합니다. 장사의 한복판을 흐르는 상강에 배를 띄우고 그는 남쪽으로는 형산까지 유람하면서 또 한 편의 〈망악望嶽〉을 쓰기도 했습니다. 두보의 〈망악〉이란 제목의 시는 세 편이 있는데 각각 동악 태산, 서악 화산, 남악 형산을 노래했습니다. '형산'은 우리나라 김만중의 소설 《구운몽九雲夢》의 무대가 되기도 한 곳인데, 이곳에서 쓴 〈망악〉은 그의 절명시 비슷한 냄새가 났습니다. 두보의 한평생도 《구운몽》의 〈양소유楊少遊〉와 〈여덟 부인八仙女〉과 같은 한바탕 꿈이었을까요?

## 삼협三峽

 2011년 9월 30일, 장강에는 가을비가 내리고 있었습니다. 우리가 양자강이라 부르는 강을 중국 사람들은 그냥 장강이라 합니다. 피어 오르는 안개 사이로 내리는 가는 빗발을 바라보노라니 장강을 배경 으로 한 무산신녀巫山神女의 사랑 이야기가 아련한 객수를 부축입니다. 신농의 딸이라고도 하고 서왕모의 막내라고도 하는 요희구슬 아씨. 그녀 는 미진한 속세의 인연을 안타까워하며 초 회왕의 꿈속에 나타나 속 삭입니다.

 "소녀는 무산의 딸이온데, 아침에는 엷은 구름으로 폐하를 감싸 고, 저녁에는 여린 빗발이 되어 대왕님의 품에 안기겠나이다."

 호사가들은 운우지정雲雨之情이라 하여 남녀간의 꿈같은 잠자리를 이야기하기도 하지만 무협을 지나며 저만큼 신녀봉을 손가락질하노 라니 이 세상에서 그립고 기다리는 마음같이 아름다운 것이 다시 어 디 있겠는가 하는 생각이 절로 들었습니다.ㅡ너를 잃고나니, 우산을 받든 안 받든 내 마음은 축축이 젖어 있다……

 가을비는 멀쩡한 사람들에게도 실연당한 쓸쓸함을 안겨주는 묘한 여운이 있습니다.


 이번에 내가 다녀온 양자강은 중국 제1일이고, 세계에서는 아마 존, 나일강에 이어 세 번째로 긴 강입니다. 6,300km, 한강의 15배 정도가 됩니다. 청해성에서 발원한 장강은 운남성에 오면 금사강이 라 불리며, 호랑이가 뛰어 건넌다는 호도협 같은 좁은 물길을 지나기

장강삼협도

가릉강

무산

소삼협

구당협

중경

파동

무협

장강

의창

장강

서릉협

도 하지만, 사천성에 이르면 민강이나 가릉강 같은 여러 지류와 합류하여 호수같이 도도하기도 하고 때로는 폭포처럼 포효하며, 동정호와 파양호에 이르러 마침내 강과 바다의 경계를 허물어 버립니다.

강이란 어쩌면 사람이 살아온 이야기이고, 강물은 그렇게 많은 이야기를 싣고서 과거에서 미래로 흘러가는 하나의 역사이며 거울일 것입니다. 거대한 물줄기가 요동치며 산줄기를 뚫고 용틀임을 하는 양자강 중류의 장강 삼협은 중국 최고의 시인 이백과 두보의 체취가 배어 있는 곳이기도 합니다.

중경시에서 호북성 무한 근처 의창宜昌까지 물길 2천여 리의 길목과 여울을 지나고, 만장萬丈 절벽을 바라보노라면 옹기종기 마을이 강을 의지해 형성되어 있고, 그 마을마다 나름대로 전설이 있고 구수한 민담을 담고 있기도 합니다. 나관중의 《삼국지》에 나오는 장비의 허망한 죽음도 이곳에 있고, 관우의 죽음에 눈감을 수 없는 분노를 지닌 채 객사한 유비의 다정다감함도 이곳 백제성에 서려 있습니다.

삼협이란 물길이 좁아지고 양안이 병풍을 펼친 듯 수직인 사이로 흐르는 구당협, 무협, 서릉협의 세 물굽이를 가리키는데 장강

6300km 중에서 이곳의 경치를 으뜸으로 칩니다. 이제는 서릉협의 한 가운데를 삼협댐이 막고 있어 평균 수위가 175m까지 올라가는 물길이라 그 삼협을 지나치면서도 그렇게 급한 물살인지는 실감할 수 없게 되었지만 놓치기 아름다운 아기자기함이 도처에 묻어 있었습니다.

## 풍도귀성酆都鬼城

3박4일 일정의 유람선이 해 지기를 기다려 화려한 야경을 뒤로하고 중국 서남부 최대도시 중경을 떠나면 다음날 아침 풍도현 풍도귀성이라는 곳에 닿습니다. 이곳은 한마디로 염라대왕이 사람들의 사후 세계를 관장하는 저승 세계입니다. 현판에는 '中國神曲之鄕중국신곡지향'이라 커다랗게 써놓았으니 단테의 지옥편과도 같이 사후 세계의 길흉화복 모두를 이곳에서 관장한다는 이야기겠지요. 《서유기》의 삼장법사도 이곳을 거쳐 간 '81난八十一難'의 한 곳이라 하는데 아쉽게도 인파에 떠밀려 현장을 대충 훑어보기만 했습니다.

때가 10월 1일 국경절중국 건국일이어서인지 관람객들이 가히 인산인해입니다. '酆都名山풍도명산'이란 강택민 주석의 휘호를 보며 한참 산을 오르면 다리가 나타납니다. 물론 강은 보이지 않지만 이승과 저승 사이에는 강이 있어야 합니다. 그 강의 이름을 망천하忘川河라 합니다. 희랍 신화의 '레테의 강'과 같은 뜻인 망각의 강입니다. 그 강을 잇는 다리는 내하교奈何橋입니다. 어쩔 수 없이 건너야 하는 다리. 선업을 쌓은 사람은 무사통과나 죄를 지은 사람은 다리 아래로 떨어져 응분

삼협댐이 완공되면서 섬이 된 백제성

의 고통을 당합니다. 좌우로 금교, 은교가 놓여 있어 건강을 소망하는 관광객은 좌측 금교로, 재물을 희망하는 사람은 우측 은교로 건너게 합니다. 힘들게 걸어오느라 아픈 다리를 건강과 재물로 보상해주는 중국식 관광객 유치는 그런대로 흥미롭습니다. 그 다리를 건너면 명부전입니다. 옥황상제를 모신 도교의 옥황전도 있지만 이곳의 주인은 불교의 염라대왕입니다.

명부전 안은 만원 버스 속같이 구경꾼으로 꽉 차 있었습니다. 비 내리고 사방이 으스스한 아침 공기인데도 군중의 열기는 식을 줄 모르고 귀신 세계에 열광합니다. 미리 저승에 다녀가면 다시는 죽지 않는다는 속설 때문에 이곳은 꼭 들려야 합니다. 죽으면 먼지며 티끌일 뿐이라는 과학적 지식은 지옥의 고통보다 더 적막할지 모르겠습니다.

귀문관 앞으로는 좌우 16개의 귀신상이 요염하게 지나는 이들을 유혹하고 있습니다. 식육귀, 욕색귀, 나찰귀 등을 통해 먹는 욕망, 성적 욕망 같은 것이 약간은 유치하게 느껴질 정도로 적나라하게 조각되어 있었습니다. 사람은 결국 이런 쾌락의 유혹에 등 떠밀려 죄를 짓게 되는구나 하는 생각에 고개를 돌렸습니다.

내하교에서 추락한 죄지은 영혼들의, 생전에 지은 죄업에 따라 가해지는 사후 세계의 모습은 처참하기 그지없었습니다. 꽃 한 송이 꺾는 것도 죄업이고, 병든 이 손 한 번 잡아줌도 극락 갈만한 착한 일이라면 한평생의 업보는 어찌 따져야 하는지 우리의 머리로는 계산할 수 없습니다.

그 향기롭던 꽃들의 혼령이며, 가벼운 날갯짓을 하던 호랑나비의 고운 자태는 무엇이 되어 어디로 가는 것일까요? 이것이 있기에 저것이 있다는 <sup>만남과 이별, 삶과 죽음</sup> 연기설緣起說이 사실이라면 모든 아름답거나 추한 것들 이면에는 우리가 알지 못하는 어떤 연결고리가 분명 있을까요? 제법 거세지는 빗줄기를 맞으면서 각양각색의 표정을 하고 있는 저승 세계의 모습을 보면서 장강 유람의 첫날 아침을 보냈습니다.

유비가 죽기 직전 제갈량에게 후사를 유언하는 모습

## 백제성<sup>白帝城</sup>에 이르는 길

배에 돌아오니 점심때가 다 되었습니다. 꽤 낯익은 음악이 흐른
다 생각하며 귀를 기울이니 우리의 가요 〈향수〉<sup>정지용 시</sup>를 번안한 중
국 음악이었습니다. 문화란 물 흐름과 같아서 높은데서 낮은 곳으로
흐른다고 했던가요? 동행한, 중국어가 능통한 이상구 교수님과 내가
탄 유람선은 500여 명의 관광객을 태운 '양광 삼협 6호', 3천여 톤이
넘는 꽤 큰 배입니다. 2등 선실은 침대가 상하 2층으로 두 개 놓여
있는 4인실입니다. 옹색한 대로 안락의자와 탁자도 있고 넓은 통 유
리창으로는 도도한 흐름의 강폭과 90도 직각으로 펼쳐진 절벽을 쉽
게 내다볼 수 있었습니다.

대학에서 컴퓨터학과 교수를 하다가 퇴직했다는 중국인 부부와
한 선실을 쓰게 되었는데 서로 챙겨주는 그들의 모습이 퍽 다정다감
해 보였습니다. 여행이 사람의 마음을 여유롭고 윤택하게 해 준다는
것을 그들에게서 읽을 수 있었습니다. 젊어서 여행하지 않으면 늙어
서 이야깃거리가 없다고 했으니 한평생 그들의 식탁에는 꽃처럼 장
강삼협의 추억이 피어날 것이란 생각을 했습니다.

친화력이 뛰어난 이 교수님은 금세 그들과 좋은 친구가 되어 현
하지변을 쏟아 놓는데, 입도 귀도 절벽인 나는 가을 기운이 완연한

강 건너 풍경에 넋을 잃다가 여행 안내서를 뒤적이기도 하고……. 이런 것이 삶의 보너스이겠거니 스스로 위로하면서 크루즈 여행의 여유를 만끽하다 보니 두보의 대련對聯이 떠오르기도 했습니다.

저 멀리 펼쳐진 숲에서는 끊임없이 나뭇잎이 떨어지고
흘러도 흘러도 다함이 없는 장강은 쉬지 않고 흐른다
無邊落木蕭蕭下무변낙목소소 不盡長江滾滾來부진장강곤곤래

바로 10월에 접어든 이 계절의 산천 풍경이고 유유히 흐르는 양자강의 자태가 거울처럼 투영되어 있는 시구입니다. 두보는 지금 이 유람선이 지나가는 인근 마을 충주, 기주에서 〈등고登高〉 〈추흥秋興〉 같은 많은 시를 지었습니다.

정교한 건축 솜씨를 자랑하는 석보채石寶寨는 높아진 수위에 볼품없는 한 점 섬이 되어 버렸고, 야경의 장비 사당은 긴 시간의 크루즈 여행 중 잠시 바깥바람을 쐴 수 있는 휴식이었습니다. 이곳의 특산물이라 하여 '장비표 쇠고기 육포'를 안주하여, 이 교수는 고량주 몇 잔을 맛있게 비우기도 했습니다. 장비는 살아 생전 특히 소고기를 즐겼는지 《삼국지》 유적지마다 장비표 육포가 고개를 내밀었습니다.

다음날 아침에 들린 곳이 백제성, 행정 구역으로는 중경시 봉절현입니다. 유비가 마지막 숨을 거두며 제갈공명에게 후사를 부탁하던 곳. 침상에 누운 유비가 두 아들을 무릎 꿇려 공명에게 절하게 하는 《삼국지》의 한 장면이 그대로 형상화되어 있었습니다.

"승상, 어린 태자를 잘 보살펴 이 나라의 대업을 지켜 주시오. 내 자식이 불초하면 승상이 대신 옥좌에 앉아도……."

"제가 어찌 폐하의 성은을 한시인들 저버릴 수 있겠나이까."

제갈량은 섬돌에 이마를 찧어 피로 유비의 은총에 감읍하는 그런 장면입니다. 대개의 역사가 승자의 기록인데 비하여 나관중은 패자인 유비를 정통으로 삼고 있습니다. 조조의 지모나 야심보다는 유비의 휴머니티를 더 높게 샀던 것 같습니다. 이것이 중국 사람들에게 영원한 고전으로서의 《삼국연의三國演義》에 대한 매력일지도 모르겠습니다.

## 구당협瞿塘峽

백제성 앞을 지나는 물길은 사방에 군립한 병풍바위에 둘러싸여 강폭이 10m도 안되게 좁아집니다. 사람들은 이곳을 '기문夔門'이라 하여 삼협의 시발점, 구당협의 관문으로 이야기합니다. 중국에서 제일 흔하게 쓰이는 10원짜리 지폐한국의 1,000원 이면에 있는 협곡의 풍경이 바로 이 기문이란 두 개의 기둥 같은 바위입니다. 그래서인지 사람들은 이 기문 표석 앞에서 장사진을 치고 차례를 기다리다 사진 한 장을 찍고는 흐뭇해했습니다. 이곳에서 씌어진 이백의 시가 경쾌하고도 발 빠른 느낌을 주는 〈조발백제성早發白帝城〉이란 칠언절구입니다.

아침 보랏빛 안개를 뚫고 백제성을 출발하여
천리 길 강릉으로 한숨에 달려왔느니
양 언덕에 원숭이 울음 그치지 않는데
가벼운 배는 이미 천 겹 만 겹 봉우리를 지난다
朝發白帝彩雲間조발백제채운간　千里江陵一日還천리강릉일일환
兩岸猿聲啼不住양안원성체부주　輕舟已過重萬山경주이과만중산

이백이 흥겹게 재촉하는 마음으로 떠나는 시발점이 바로 이곳 봉절현 백제성 앞 구당협입니다. 1500여 년 전 그때는 수심이 지금보다 많이 낮았으니 물살이 빠르게 느껴지고 속도감도 있었을 것입니다. 자료를 뒤져보니 삼협댐이 완공되면서 유속이 10분의 1로 느려지고 왕래하는 선박 에너지도 30% 절감되었다고 합니다. 지금은 바다 같은 강폭으로 3천 톤급 유람선도 나뭇잎 같이 스쳐 지나갑니다.

**삼협의 시발점이라고도 일컬어지는 기문 협곡**

물론 하룻밤에 강릉까지 달려 왔다는 것은 '백발삼천장<sup>白髮三千丈</sup>', '비류직하삼천척 <sup>飛流直下三千尺</sup>' 같은 이백다운 과장법이겠지만요.

때와 장소가 비슷한데, 이백의 시에 비하여 이곳에서 쓰여진 두보의 〈등고<sup>登高</sup>〉나 〈추흥<sup>秋興</sup>〉 같은 시들은 많이 어두운 편입니다. 그의 시에는 이백같이 호탕함이 아닌 연민 가득한 휴머니즘이 담겨 있습니다.

만 리 변방에서 가을을 슬퍼하며 떠도는 나그네 되어
늙고 병 든 몸으로 홀로 정자에 오른다
삶이 어렵고 고생스러워 헝클어진 흰 머릿결
이제는 쇠약한 몸에 한 잔 탁주도 망설여진다
萬里悲秋常作客<sup>만리비추상작객</sup>　百年多病獨登臺<sup>백년다병독등대</sup>
艱難苦恨繁霜鬢<sup>간난고한번상빈</sup>　潦倒新停濁酒杯<sup>료도신정탁주배</sup>

생각해보면 이 물길을 오르내리던 이백이나 두보는 다 외롭고 고독한 사람이었습니다. 이백은 자기 재능을 몰라주는 세상을 행운유수<sup>行雲流水</sup>하는 태고의 나그네였고, 두보는 현실에 눈 감을 수 없는 민감한 촉각을 지닌 영원한 방랑객이었습니다. 그러나 그들에게 이런 외로움이 없었다면 3천여 수 넘는 주옥같은 시편들도 존재하지 못했겠지요. 행복했더라면 미처 시를 쓸 시간도 없이 인생을 탕진했을 것이 분명합니다. 모든 예술은 간난신고<sup>艱難辛苦</sup> 속에서 절차탁마<sup>切磋琢磨</sup>를 거쳐야 그 진한 향기가 사방으로 풍겨나가는 것 같습니다.

구당협 일대에는 한국의 박달나무같이 단단한 황양목이 유명한가 봅니다. 백제성을 구경하고 다시 배에 오르는 길에는 이 나무로 만든 머리빗이며 젓가락 같은 것들을 파는 점포가 사방에 깔려 있었습니다. 돌기둥에 빗을 문질러대며 얼마나 단단한지 보여주었지만 또한 빗이 그리 단단하지 않은들 어떻겠습니까? 이곳 특산물인 듯하여 나도 거금 50원된장찌개 1그릇 20원을 주고 머리빗을 한 개 샀습니다. '金鵬來김붕래'라고 이름까지 새겨주니 가히 기념품으로는 괜찮을 것 같기도 하였습니다.

## 무협巫峽

무협은 구태여 중국책을 뒤질 필요도 없습니다. 우리의 판소리 〈춘향가〉나 〈심청가〉 같은 곳에 빠짐없이 나오는 장소가 무산 12봉입니다. 주목왕이 팔준마八駿馬를 타고 서왕모西王母를 만난 장소도 여기 어디쯤일 것입니다. 하긴 서왕모의 고향은 곤륜산이라고 했으니 예서도 훨씬 먼 신강 위그르 어디쯤일지도 모르겠습니다. 미인의 허리처럼 잘록하게 패어 강이 산을 뚫고 지나는 듯, 양안의 기이한 절벽은 고개를 꺾고 쳐다봐야 하는 비경입니다. '삼리일만三里一灣, 오리일탄五里一灘'이라는 표현 그대로 뱃길은 산으로 막힌 듯 열리고, 잔잔하던 강폭을 조금 지나면 요동치듯 뒤 흔들리는 격랑을 만나게 됩니다. 만灣은 물이 굽어 흐르는 곳이고 탄灘은 물살이 급한 곳이란 의미를 가지고 있습니다.

무협 근처에서는 유람선을 세 번이나 바꿔 타면서 상류인 소삼협小三峽, 소소삼협小小三峽을 거슬러 그 아름다운 경치를 만끽했습니다. 먹고 자면서 베이스캠프 격으로 운행하던 3천 톤급 크루즈 모선에서 내려 200여 명이 타는 쾌속선으로 소삼협을 거슬러 올라갔습니다. 강안江岸으로 재주를 부리며 배를 쫓아오는 원숭이도 보였고, 옛날에 절벽 중턱 바위를 뚫고 장례를 치렀다는 현관縣棺의 흔적도 가이드가 손짓했습니다. 소삼협이 끝나면 다시 소소삼협이 나오는데 여기서 다시 20여 인이 타는 더 작은 배로 갈아탑니다. 띠로 지붕을 엮은 것이 두보가 '늘그막에 외로운 배 한 척뿐老去有孤舟(노거유고주)'이라 했던 그런 배의 냄새가 납니다. 목청 좋은 사공이 뱃노래를 부르며 흥을 부추겼는데 중경 상류에서 보았던 흙탕물이 이제는 옥구슬같이 맑은 색이 되어 양안의 산 그림자를 물 위에 수놓습니다. 이 근처 어디쯤에서 두보는 그 유명한 〈추흥秋興〉 8수를 짓습니다.

옥 같은 이슬에 단풍나무 숲 시들고
무산 무협에는 가을 기운 쓸쓸하다
물결은 하늘에 닿을 듯 솟구치고
변방의 먹구름은 땅 위에 깔려 음산하다
국화 떨기 피어나 또 한해를 보내니 지난날 눈물겹고
외로운 배는 고향 생각에 묶여있다
겨울옷 준비에 가위질과 자질 요란하니
백제성 높이 저물녘 다듬이질 소리 바쁘구나

두보의 시를 가리켜 '시사詩史'라 합니다. '언제, 국화 피는 계절, 어디, 무산무협' 이런 것이 일목요연하게 잘 보입니다.

호북성 경계에 이르러 구원계九畹溪라는 계곡에서는 여남은 명이 타는 좁은 요트로 갈아타고 손에 잡힐 듯한 강안을 지나며 속도와 경치를 즐겼습니다. 용선龍船 경기하듯 북소리에 맞추어 직접 노를 젓기도 하고, 재주꾼들이 이쪽 봉과 저쪽 봉을 줄로 연결하여 그 위에서 자전거를 타는 묘기 연출도 보여 주는 것을 보면 이제 중국도 서비스 문화에 눈을 크게 뜨고 있는 것 같았습니다. 가히 사람의 솜씨라고 믿기지 않을 정도로 절벽 위에 세워진 잔도棧道도 이곳이 아니면 보기 어려웠습니다. 예쁜 소녀들이 친절하게도 하선하는 우리들에게 이곳

기념품이라고 삼협석三峽石이 든 복주머니를 한 개씩 목에 걸어주기도 했습니다. 작은 배려에도 감동을 느낄 수 있는 것이 여행의 묘미입니다. 찔끔거리던 날씨가 환히 개어가며 걷힌 구름 틈으로 쏟아지는 햇살을 받으며 감동이란 얼마나 커다란 재산이고, 동심을 잃지 않는다는 것은 대단한 삶의 지혜인 것을 실감합니다.

## 서릉협西陵峽과 삼협댐三峽壩

구당협을 지나며 유비와 장비를 이야기하고, 무협을 지나며 무산신녀를 이야기 한다면, 서릉협에서는 굴원과 왕소군을 빼 놓을 수 없습니다. 삼협댐 위의 마을이 자귀시, 굴원의 고향입니다. '창랑의 물이 맑으면 갓끈을 씻고, 창랑의 물이 흐리면 발을 씻겠다'는 〈어부사漁父詞〉의 독백은 굴원 자신의 양심의 표현일 것입니다.

굴원사를 지나 향계를 거슬러 가면 그 상류에 왕소군 고리故里가 있습니다. 중국 4대 미인 반열에 들지만 그녀만큼 불행한 여인도 더는 없을 것입니다. 한나라 원제元帝의 후궁이었다가, 흉노 왕에게 시집을 가야했습니다. 그 흉노 왕이 죽자 그들의 풍습에 따라 다시 그 아들을 섬겨야 하는 비극의 여인, '오랑캐 땅에는 풀 한 포기 자라지 않아 봄이 와도 봄 같지 않다胡地無花草(호지무화초) 春來不似春(춘래불사춘)'라는 유명한 시구가 이 비극을 잘 이야기해 주고 있습니다.

여행길이란 좀 지루하다가도 차를 내리는 순간은 무언가 아쉬움이 남는 법입니다. 배에서 세 밤을 자고 아침 10시가 되어 삼협댐을 보러 여객선을 떠나면서도 정들었던 안락의자를 다시 돌아보게 됩니다. 삼협댐의 규모는 어마어마해서 버스를 타고 요소요소를 다니며 안내원들의 설명을 들었습니다. 알아듣지는 못했음 보안 경비도 대단했습니다. 댐 입구에 이르자, 비행기 타는 것처럼 엑스레이 검사도 하고, 몸도 전자 감흥기로 훑어봅니다. 술을 즐기는 이 교수님의 가방 속에 몇 모금 남지 않은 위스키가 엑스레이에 잡히는 에피소드도 있었습니다. 있어서는 안 되는 이야기지만, 대만과 중국 간에 싸움이 벌

**세계 최대의 삼협댐**

어지면 대만의 첫 번째 공격 목표가 이 삼협댐이라는 말도 있습니다. 그야말로 노아의 홍수의 재판이 될 끔찍한 물난리겠지요. 사천성四川省 근처에서 지진이 잦아지는 이유를 삼협댐에 갇힌 물이 주는 중압에 의한 것이라는 유언비어성 이야기도 있습니다.

세계 제일이라는 삼협댐은 높이 185m, 길이 약 2500m, 총 저수량 300억 톤입니다. 통계 자료에는 삼협댐보다 높은 댐도, 길이가 9km나 되는 긴 댐도 있지만 저수 용량 300억톤은 타의 추종을 불허합니다. 1973년 공사를 시작, 2009년에 준공되어 175m 만수위를 채워 안전성도 검증되었다고 합니다. 거기에 따라 수몰 면적이 45만 묘1묘(畝)는 100㎡, 이재민이 113만 명이 발생했습니다. 우리나라 수원시 전체의 인구와 맞먹습니다.

참고로 우리나라 소양강댐 높이가 123m, 길이 530m, 저수량은 약 29억 톤이니 삼협댐의 규모를 짐작할 만합니다. 댐이 완공되어 홍수 예방은 물론 발전량도 어마어마하다고 합니다. 중국 전체 발전량의 11%가 이곳에서 생산되는데 이는 우리나라 총 발전량과 맞먹는다 하니 만리장성 이후 최대의 역사役事임은 틀림없습니다.

중국의 국경절 연휴는 3일간입니다. 그런데 대학에서 학생을 가르치고 있는 나는 5박 6일 여행을 할 수 있었습니다. 이것이 중국의 융통성인지도 모르겠습니다. 10월 1, 2일이 토, 일요일2007년이니 공식적 휴일은 월, 화, 수요일10월 5일까지 연장됩니다. 그리고 목, 금요일10월 6, 7일을 또 쉽니다. 그 대신 10월 8, 9일은 토, 일요일이지만 학생들을 가르칩니다. 정리를 하면 이번 국경절 연휴는 7일 동안 쉴 수 있는 시간이 보장된 셈입니다. 세계 어느 나라도 이런 파격은 꿈도 꿀 수 없을 것입니다.

내가 근무하는 산동성 연대시에서 사천 중경까지는 비행기로 4시간을 날아갔습니다. 그 중경에서 호북성 의창까지를 3박 4일 일정으로 배를 타고 유람하며 주변을 훑어본 다음 호북성 무한시에서 산동성 연대시까지 꼬박 24시간을 기차 침대칸에서 동행한 이 교수님과 여정의 추억담을 나누었습니다.

여행은 일상에서 벗어나는 마음의 여유고 그 마음을 텅 비울 수 있는 매력도 있습니다. 저 같은 범인이 마음을 비운들 그 속에 신통한 시심詩心이 깃들기야 하겠습니까만, 허공을 바라보노라면 그것이 허공이 아니라는 것은 알게 됩니다.

24시간 기차에서 사발면을 먹으며 하품을 하다가도 이런 축복의 시간이 어디 다시 있을까 하는 생각이 나면 기쁨이 가득해집니다. 떠날 수 있는 마음의 여유가 있고, 돌아갈 거처가 있으니 그것만으로도 내 잔은 넘치겠지요. 차창으로 밖을 바라보노라니 살아온 나날들이 다 고마워졌습니다. 오늘 이 추억은 언제쯤은 또 잊혀지겠지요. 잊어가며 잊혀지며 살아온 한평생이 차창으로 획획 지나가는 것을 바라보다가 또 잠깐 졸면서 긴 꿈도 꾸었습니다. 여행은 풍성한 추억을 안겨줍니다.

# 장강대하❹ ─── 황학루 黃鶴樓

## 황학루 남선북마南船北馬

'남선북마南船北馬'라는 말이 있습니다. 진시황이 세 번씩이나 산동 지방을 찾을 때는 수레를 이용할 수밖에 없었습니다. 북쪽으로는 수운水運 수단이 별로 없으니 옹색하나마 수레나 말을 이용하여 다닐 수밖에 없었을 것입니다.

공자가 14년 동안 열국列國을 찾아다니며 자신의 정치적 이상을 실현하고자 할 때도 수레에 의지했습니다. 산동성 곡부 육예지성六藝之城에 가보면 공자님의 수레를 모는 제자들의 모습이 생생하게 살아 있습니다. '철환轍環'이라는 말이 공자님의 이 순례에서 생겨난 것 같습니다.

그러나 남방은 사정이 훨씬 좋습니다. 중국 사람들이 장강이라 부르는 양자강은 자체로서도 국토의 동서를 관통하지만 사통오달하는 지류가 많아 웬만하면 배로 간편하게 이동할 수 있습니다. 천하를 주유했던 이백의 행적을 더듬으면 그의 활동 범위가 수천 리에 이르지만, 그곳 모두가 양자강에서 그리 벗어나지 않는 그야말로 주유舟遊한 흔적을 쉽게 찾을 수 있습니다.

두보 또한 노병유고주老病有孤舟라 하여 늙고 병든 몸을 배 한 척에 의지하여 다니다가 배 위에서 죽었다는 이야기를 남기고 있으니, 뱃길이야말로 중국 남방 사람들에게는 미지의 세계로 향하는 편리한 창구였던 셈입니다.

배가 정착하고 또 출발하는 나루터는 이런 나그네의 좋은 휴식처였을 것이니 이 나루터 길목에 시인묵객詩人墨客을 위한 정자와 누각이 세워질 수밖에 없었을 것입니다. 그 대표적인 정자가 호북성의 황학루, 호남성의 악양루, 강서성의 등왕각입니다. 낯선 사람들이 만나서 서로의 회포를 풀던 현재라는 개념과, 이들이 남기고 간 작품이 벽에 걸리는 역사적인 개념이 동시에 존재하는 곳, 서양식으로 말하면 이 누각은 지식인들을 위한 살롱의 역할을 했던 셈입니다.

## 강남 삼대 누각樓閣

청해성에서 발원한 장강은 운남성을 지나 사천성에 오면서 여러 지류와 합류하게 되는데 중경시를 거쳐 삼협을 빠져나와 농정호에 이르면 바다가 됩니다. 사천성을 떠나 옹색한 배에서 시달리던 시인 묵객들이 다투어 내려 이 망망대해 같은 담수호를 굽어보며 크게 기지개를 켰을 곳이 바로 호남성 악양루입니다.

두보는 시 〈등악양루〉에서 '하늘과 땅이 밤낮없이 호수 위에 둥둥 떠 있다乾坤日夜浮(건곤일야부)'고 했고, 송나라 국보급 문인 범중엄范仲淹은 〈악양루기〉에서 '조정의 반열 높은 데 있으면 곧 그 백성을 근심하고, 초야의 먼 곳에 처하면 곧 그 임금을 걱정한다'는 글을 남겼습니다. 정자는 밖으로는 호수를 끼고 있어야 하고 안으로는 유명한 글귀를 소장해야 하는데 이 삼박자가 잘 맞는 곳이 악양루입니다.

여기서 다시 완만한 물굽이를 타고 북동쪽으로 흐르면 호북성 무한이 나옵니다. 원래 이곳은 강을 끼고 세 고을이 솥발처럼 나란히 무성하여 예부터 무한삼진武漢三鎭이라 했는데, 장강의 남쪽을 무창武昌, 장강의 북동쪽을 한양漢陽, 북에서 남으로 흐르며 장강과 합류하는 한수漢水의 서쪽을 한구漢口라 불렀습니다.

무한은 동서로 장강이 관통하고 북에서 남하하는 한수가 합쳐지는 커다란 포구입니다. 가까운 곳에는 삼국 시절 적벽대전의 현장이었던 적벽시도 있고, 소동파가 배를 띄워 놀며 노래했던 〈적벽부赤壁賦〉의 현장인 황주도 멀지 않습니다. 이런 교통의 요지에 누각이 없다면 그곳은 중국이 아닐 것입니다. 그럴 듯한 전설을 지니고 장강

장강 어귀의 황학루

남쪽 사산 자락에 솟을대문처럼 자리 잡고 있는 것이 '천하강산 제일
루 황학루'입니다. 여러 차례의 중수를 거치면서 강 옆에 있던 정자
는 지금의 위치로 옮겨졌고 높이도 5층으로 우뚝해졌습니다. 바로
이곳에서 이백은 맹호연을 작별하며 '돛단배 하나 먼 하늘로 그림자
처럼 사라지고, 장강은 하늘 가득 출렁출렁孤帆遠影碧空盡(고범원영벽공진) 唯見長
江天際流(유견장강천제류)'이라는 명구를 남겼습니다.

　　무한을 떠나 다시 사 오백 리 뱃길을 노 저으면 중국에서 제일 크
다는 파양호가 나옵니다. 파양호는 제주도의 두 배 넓이입니다. 100
년 전까지만 해도 동정호가 더 넓었는데 토사에 덮혀 두 번째로 밀린

것 같습니다. 이 파양호로는 장강의 지류인 장수가 강동성의 성도인 남창을 감싸고 흐르는데 도도한 이 강의 흐름을 한눈에 조망할 수 있는 누대가 등왕각입니다.

등왕각을 세우는 기념 시회詩會에서 약관의 청년 왕발이 지은 〈등왕각서滕王閣序〉는 뛰어난 명문으로 인구에 회자되거니와 특히, '지는 놀과 물새는 한가지로 날고, 잔잔한 가을 물결과 긴 하늘이 함께 푸르다'는 구절은 훗날 많은 문사들의 차운次韻해 사용한 것으로도 유명합니다.

사람들은 세 개의 정자 즉, 호북성의 황학루, 호남성의 악양루, 강서성의 등왕각을 일컬어 중국 3대 누각이라 했는데, 이는 물길을 이용해 시인 묵객이 즐겨 찾을 수 있는 지리地利의 묘미가 있기에 그들의 예술혼을 한껏 쏟아부을 수 있었기 때문입니다. 누각의 명성 때문에 시인들은 즐겨 찾아들었고, 또 그들의 귀신도 감동시키는 필력이 누각을 더 유명하게 했으니 이런 상승효과로 이제 이런 누각의 전설은 더욱 빛을 얻어 신화의 경지에 이르게 되었습니다.

## 황학루의 전설

2007년 8월 11일 9시 15분. 무한으로 가는 침대버스에 올라 산동성 연대시를 떠났습니다. 호북성의 성도 무한까지 장장 23시간을 달렸는데, 가히 살인적인 인내를 요구하는 혼신의 여행이었습니다. 그래도 내일이면 최호의 시를 읽으며 상상했던 황학루의 실물을 본다는 설렘에 사소한 고통은 참을 수 있었습니다.

첫날은 적벽시로 가서 제갈공명의 화공책에 조조가 남김없이 무너지는 적벽대전의 현장을 훑어보고 다시 무창으로 와 황학루 아래 '황학루 초대소'라는 작은 빈관賓館에서 일박, 호흡을 가다듬고 13일 아침 8시 황학루를 찾았습니다.

안내서를 보니 입구는 서대문과 남대문 두 곳이 있었습니다. 구

황학귀래상

조상 서대문에서 시작해야 황학루의 전설을 담은 황학귀래동상黃鶴歸來銅像을 먼저 볼 수 있을 것 같아 서문을 통하여 경내로 들어섰습니다. 아직 본채황학루는 감춰진 채 온통 황금빛인 누각의 지붕이 황학의 날갯짓인 듯 아침 햇살에 눈부셨습니다.

'三楚一樓삼초일루'라는 휘호가 새겨진 화려한 돌문과 일직선상, 황학루로 오르는 계단 옆에 한 쌍의 학이 막 날개를 접은 듯 거북 등 위에서 커다란 뱀을 밟고 서 있었습니다. 뱀은 이곳 사산蛇山 자락을, 거북은 강 건너 귀산龜山 봉우리를 상징한다고 합니다.

이곳으로 다시 황학이 날아들기를 소망하는 마음으로 만들어 세운 '황학귀래黃鶴歸來' 동상입니다. 그러나 주변이 너무 소란하니 어찌 황학이 날아올 수 있겠습니까? 강변에서 이곳으로 옮길 때만 하더라도 꽤 울창한 산자락이었겠는데, 이제는 누각 바로 북으로는 기찻길이 나 있어 그 소음이 대단하고 남쪽 담 밑으로는 자동차 통행로가 뚫려 있어 매연 또한 자욱합니다. 너무 야박할 정도로 황학루 경지는 좁아지고 옛 자취는 찾아볼 수 없이 삭막하니 구리로 앉힌 황학도 날아가 버리지 않을까 걱정을 하며 황학루의 전설을 각색해 봤습니다.

전설 속의 시간은 그냥 옛날 옛적이다. 이곳에 신씨辛氏 성을 가진 청년의 주점이 있었다. 그런데 벌써 석 달을 넘게 한 사람의 객이 공술을 먹고 있다. 얼굴만 보아서는 소년 같기도 한 노인인데, 그 형형

한 눈빛이 좋아 신 씨 청년은 군말 없이 공술 수발을 든다. 그러던 어느 날 노인은 행장을 차리고 떠나며 하직을 고한다.

"속세에 인연이 있어 잠시 이곳에 머물렀는데, 자네 심성이 참 무던하구먼. 내 학을 자네에게 잠시 맡길 테니 심심하면 손뼉을 쳐 보게."

노인은 안주 삼아 먹던 귤로 학 한 쌍을 벽에다 그려 놓았다. 그리고 세 번 손뼉을 치니 벽 속에서 학이 걸어 나온다. 또 손뼉을 치자 훨훨 날며 춤을 추는데 오색이 영롱하고 향기가 진동했다. 노인이 웃고 손뼉을 치자 학은 다시 벽 속으로 들어가 그림이 되었다. 노인은 떠나고 학춤의 소문으로 신 씨는 거부가 되었는데 10년이 되는 날 노인이 찾아 와 황학을 타고 어디론가 날아가 버렸다.

신 씨는 느낀 바 있어 인근 마을 아직 혼처를 정하지 못한 과년한 남녀를 찾아 짝지어 주고, 사고무친四顧無親한 늙은이들을 돌보는데 가진 돈을 다 흘렸다. 그리고 남은 돈으로 그곳에 정자를 한 채 세웠으니 그것이 바로 황학루였다.

혹시나 해서 황학귀래 동상 근처 어디쯤 신씨네 주막이라도 재현되어 있나 살폈더니 만화 같은 내 황당한 호기심을 만족시켜 줄 곳은 어디에도 없었습니다. 나는 혼자 중얼거리고 싶었던 것입니다. "여기 이 벽 좀 봐, 이곳이 학이 그려져 있던 자리인데 구멍이 뻥 뚫어졌지 않아. 꼭 학의 형상이지 않아? 언젠가는 학이 다시 날아와 이 구멍을 메울 거래." – 이렇게 전설의 구색을 맞추고 싶었던 것입니다. 겸연쩍은 나는 황학루의 대명사가 된 최호694-758의 시 〈등황학루〉를 외우며 5층 누각 안으로 들어섰습니다.

옛날 신선이 황학을 타고 가버린 후
이 땅에는 외롭게 황학루만 남았네
한 번 가버린 황학은 돌아올 줄 모르는데

천고의 흰 구름만 헛되이 떠도는구나

　최호 시절 당나라 때도 이미 황학루에는 시인묵객의 행적이 끊이지 않았겠지만, 이제는 5층 누각 가득 내로라하는 중국 선비들의 문자향文字香이 사람을 압도합니다. 발달한 수운 덕에 배를 타고 노닐던 문인들의 흔적이 장강 연안 곳곳에 남아 있지만, 특히 이곳 무한은 장강과 더불어 한수가 만나는 커다란 나루터니, 예전 교통이 불편했던 시절에도 이곳 황학루를 찾는 풍류 남아들은 헤아릴 수 없었을 것입니다.

　그러나 1200년 전 최호가 노래할 때도 이미 황학은 날아올 기미가 없었으니 모든 아름다운 것은 한번 떠나면 다시 되돌아 올 줄 모르는 단명한 것인가? 난간 너머로 도도하게 흐르는 장강 줄기도 한번 바다에 이르면 다시는 어쩌지 못하는 그 몸부림이 파도가 되는 것인가? 저 흙탕물인 양자강도 시원始原을 더듬어 올라가면 한 줄기 감로수이듯 맑은 샘이었을 것을. 이 감로수 같은 절창의 시들이 황학루를 가득 메우고 있었습니다.

### 시인묵객詩人墨客

　황학루는 정4각형의 5층 건물인데 더 정확히 말하면 각 층은 또한 복층입니다. 특히 1층은 1,2층 공간의 아래 위가 트여져 있고 2층이 될 자리에는 구름처럼 회랑이 둘러져 있어 관람객들로 하여금 그 위용에 중압감을 느끼게 합니다.

　옛스러운 건물에 어울리지 않게 엘리베이터까지 있었으나, 한 층 한 층 오르며 시인과 만나고 다양한 서화書畵를 구경하는 재미는 걷는 편이 훨씬 즐겁습니다. 내려오면서는 지금까지 보아 온 것을 다시 비교하다가 조금 후덥지근하다 싶으면 동서남북으로 확 트인 난간에 나가 한 여름답지 않은 서늘한 공기도 즐기노라니 한나절이 금방 흘려갔습니다.

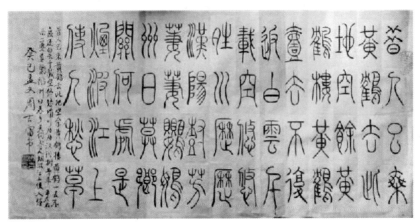

　장강 건너로는 귀산 TV 빙송국 송신탑이 하늘로 뻗쳐 있는 풍경이 한 눈에 들어 와서 과거와 현재가 묘한 조화를 이루고 있는 것이 신기하기도 했습니다.

　황학루의 3층과 5층의 내용들이 고풍스러웠다면 4층은 아주 밝고 현대적인 구조로 전시되어 있었습니다. 우선 한 벽면을 통틀어 흰 타일로, 시공을 초월한 역대 문인들의 인물화와 그들의 작품이 한 줄씩 소개된 것이 그냥 퍼질러 앉아 옥편을 펼쳐가며 한자 한자 확인해 보고 싶은 충동을 느끼게 했습니다. 육유, 악비, 송지문, 맹호연, 이백, 최호, 왕유, 백거이 등의 개성 있는 의복과 얼굴 표정이 그들의 작품을 더욱 돋보이게 했습니다. 이들은 모두 신씨네 주점에 황학의 춤을 구경 온 호사꾼인지도 모르겠습니다.

　강물이 넓어 하늘이 따로 없고, 한들한들 흐르는 배 신선인양 아득해라 −송지문

　노 저어 흐르는 배 남북으로 분분紛紛하고 산과 들은 예나 지금이나 끝없이 망망茫茫하여라 −육유

　높은 난간 뾰족 추녀 하늘로 날아오르고 한 송이 구름과 펼쳐진 강줄기 눈앞에 아른아른 −가도

    제일 위의 5층은 세미나 같은 것을 할 때 무대로도 쓰이는 것 같았습니다. 널찍하게 터 잡은 한쪽 벽 중간에는 예스러운 '강파도江波圖'가 그려져 있고, 좌우로는 현란한 현대화가 배치되어 있습니다. 그 앞쪽으로는 이 분위기에 다소 맞지 않는 여동빈呂洞賓, 장과로 등이 등장하는 8선도가 있는데, 여동빈은 명승지면 어디고 빠짐없이 등장하는 도교의 착한 신선입니다. 산동성 봉래시에 가면 '팔선과해八仙過海'의 주인공으로, 하북성 한단邯鄲에 가면 '여옹침呂翁枕'의 주인공으로 여동빈이 빠짐없이 등장합니다. 그 강파도 앞에는 다시 거북의 등에 올라타 뱀을 밟고 있는 황학의 모습이 있습니다. 신선이고 시인이고 시간 장소 불문하고 모두 저 학을 타고 예 와서 한 수씩 읊어 황학루를 노래하는 상징을 이리 표현했는지도 모르겠습니다.

    2층에 전시된 건물 모형도에 의하면 시대마다 황학루는 크게 다른 모습으로 이 자리에 서 있었습니다. 당, 송, 원, 명 때는 2층 건물이었는데 그 구조나 넓이가 모두 달랐고, 각각 지붕이 독특한 모습이었습니다. 청나라 때 모형은 3층인데 장강을 마주보는 형상을 했고 지금 5층 건물은 1985년에 중수된 철근 콘크리트 골조로 51m 높이에 너비 30m의 위용입니다. '중국에서 가장 오래되고 최고로 높은 누각'이라고 요란하게 자랑하고 있었습니다.


    역사적인 기록에 의하면 서기 223년 손권이 조조와 유비의 남하를 막기 위해 세웠던 군용 누각이라 하니 황학의 전설과 비교해 보면 너무나도 삭막합니다. 223년이면 그 유명한 적벽대전도 끝난 한참 뒤이겠고, 손권이 스스로 황제를 자칭했을 때이니 이곳을 지켜야 강동 넓은 들이 평화로워지는 군사 요충일 수밖에 없었을 것입니다.

    역사가 이리 삭막하듯 원래 현실이란 것도 야박하면서도 각박합니다. 손이 크고 '만만디'로 이어져 온 중국인도 땅에는 인색한지, 이런 대단한 문화유산을 소유한 황학루 경계를 너무 좁혀 버렸습니다. 황학루는 이제 산속의 정자가 아니라 도심 한가운데 섬이 돼 버렸습

황학루를 찾은
시인 묵객들의 초상
왼쪽부터
왕유, 최호, 이백

두보, 백거이, 유우석

니다. 기차가 덜컹대며 지나치고 자동차 경적이 빽빽한 요란한 현
실 속에 황학루는 시달리고 있습니다. 다소 이국적이라서 그럴까 장
강에서 들려오는 뱃고동 소리만이 그런대로 옛 감흥을 살리고 있었
습니다. 그 배들은 남서쪽으로 악양, 동쪽으로는 구강을 오르내리며
지금도 많은 화물을 실어 나른다 합니다.

황학루는 다음 여정을 다 포기하고 며칠이고 혼자 즐기고 싶은
매력을 너무나 많이 지닌 곳입니다. 황학루만한 하드웨어야 중국 어
디를 가도 만날 수 있겠지만, 지니고 있는 소프트웨어는 정말로 뛰어
난 곳이기 때문입니다. 이백은 최호의 시를 능가할 수 없어서인지 황
학루를 주제로 한 시는 남기지 않았습니다. 그러나 그의 발상이 무궁

무진한 것을 증명해 주는 또 하나의 경이가 있으니, 경내 호숫가 벽에 쓰여진 친필 휘호입니다. 글씨로 이백이 뛰어나다는 말은 못 들었는데 이곳에 새겨진 '壯觀장관'이라는 두 글자는 꽤 대접을 받는 모양입니다. 글자를 자세히 보면 壯 자가 예사 글자와 달리 오른쪽에 점 하나가 더 붙어 있는 壯으로 되어 있습니다. '장관이 이루 말할 수 없이 뛰어나다', 즉 A+라는 것입니다.

누각도 대단하고 이곳에서 보는 전망도 놀랍다는 이백 나름의 자유분방함이겠습니다. 이런 저런 사연들이 나그네의 발길을 잡아당기는 것은 아닌지 모르겠습니다. 이백은 '眼前有景道不得안전유경도부득 崔顥詩在其上頭최호시재기상두'라는 말을 남기고 황학루를 떠났다고 합니다. 눈앞에 아름다운 경치가 있어도 도를 얻지(시를 짓지) 못하는 것은 최호의 시가 맨 위에 있기 때문이라는 이백다운 아쉬움의 표현입니다.

## 황학루를 떠나며

앙드레 지드는 《지상의 양식》에서 '모든 것은 지나는 길에 보라'고 했습니다. 왜 정색을 하고 차렷 자세로 보아도 제대로 못 보는데 지나치는 길에 보라고 했는가? 여행을 하면서 그 말인 진실인 것을 깨닫게 됩니다. 허구한 날 이곳에만 머물 수는 없지 않는가? 첫 눈에 알아보지 못한다면 열 눈 백 눈인들 제대로 보겠는가? 능력대로 지나치며 이해하는 수밖에 없을 겁니다.

매점 야외 벤치에서 점심으로 도시락을 먹는데 고양이 한 놈이 조심스레 다가왔습니다. 점심 동무를 해 주려나 봅니다. 밥 한 점, 고기 한 점을 멀리 놓아봅니다. 신통하게 다 먹어 치웁니다. 다시 밥과 고기를 놓아줍니다. 이번에는 고기만 먹고는 점잖게 사라집니다. 놈이 나에게 저처럼 필요한 것, 덜 필요한 것 구분하여 요점 정리 잘하라는 뜻인 것 같습니다.

나오는 걸음에 기념품점에 들러 한 10호쯤 크기의 황학루 그림

한 점을 샀습니다. 손짓발짓 필담으로 한 의사소통이 맞는다면 이 그림은 화가이며 판매인인 자기 자신이 그렸는데, 자기는 이곳 호북성에서 꽤 알아주는 화가랍니다. 사인을 부탁하자 '金鵬來雅正<sup>김붕래아정</sup>'이라는 헌시<sup>獻詞</sup>까지 달아 주었습니다. 중국에서 취득한 내 문화재 제1호입니다.

한 여름의 한낮인데 각오한 것보다 그리 덥지는 않았습니다. 장강을 스쳐온 강바람이 제법 시원했습니다. 지도를 보면 신선 여동빈 도사가 길게 누워 있을 '장춘관<sup>長春館</sup>'이라는 도교 사원은 가까이 있습니다.

중문학자 허세욱 교수가 극찬한 동호<sup>東湖</sup>는 꽤 머니 택시를 타고 가야할 것 같습니다. 거기 가면 전국시대 불굴의 충신이며 비분강개로 일생을 보낸 굴원의 자취를 볼 수 있을 것 같습니다. ─창랑<sup>滄浪</sup>의 물이 맑으면 내 갓끈을 씻을 것이고, 창랑의 물이 흐리면 내 발을 씻으리로다. 그의 〈어부사<sup>漁父詞</sup>〉는 늘 내 양심을 일깨워 주었습니다.

이렇게 하면 '무한삼진<sup>武漢三鎭</sup>'이라 부르는 무창, 한구, 한양 세 곳 중에서 무창의 여정은 대충 끝납니다. 아무래도 장강 건너 한구의 '7개국 조차지' 관람은 시간이 맞지 않아 생략을 해야 될 것 같습니다.


그러면 다음은 한양<sup>漢陽</sup>입니다. 한양은 '한수의 북쪽'이란 뜻입니다. 장강 대교를 건너 월호<sup>月湖</sup>가 있는 고금대<sup>古琴臺</sup>로 이동해야 합니다. 춘추전국시대 진나라 백아가 거문고로 고산유수란 곡을 타던 곳입니다.

백아는 거문고 연주의 명수였는데 종자기가 그 노래를 듣고는 바로 백아의 뜻하는 바 감동의 세계에 도달하여 함께 즐겼습니다. 종자기가 죽자 백아는 이제는 자신의 소리를 이해해 줄 사람이 없노라며 거문고 줄을 끊고 다시는 연주를 하지 않았다고 했습니다.

'지음<sup>知音</sup>'과 '백아절현<sup>伯牙絶絃</sup>'이라는 말이 이 고사로부터 생겼습니다. 신라 때 명유<sup>名儒</sup> 최치원이 당나라에 유학할 때 그 외로움을 적은

〈추야우중秋夜雨中〉이란 시에서도 이 지음知音이라는 말이 보입니다.

가을 바람에 오로지 괴롭게 읊조리니
세상에 나를 아는 사람이 많지 않네
한밤중 창 밖에는 부슬부슬 비가 내리고
등잔 앞 내 마음은 수만리 고향으로 달려간다
秋風惟孤吟추풍유고음　世路少知音세로소지음
窓外三更雨창외삼경우　燈前萬里心등전만리심

무한에서 신선 같은 시인들과 이별을 하면, 이제는 먼지 가득 전장戰場을 메우는 사나이들의 세계로 가게 됩니다. 이미 적벽대전의 현장은 찾아 봤으니, 《삼국지》에 무려 76회나 등장하는 형주로 갈 차례입니다. 형주는 형님 유비를 대신하여 관우가 지키고 있던 젖과 꿀이 흐르는 군량미의 보고입니다. 발 닿는 곳 어디에건 관우의 고사가 살아 있을 것 같습니다. 그 서북쪽으로 조자룡과 장비의 역할이 눈부셨던, '당양 장판교'도 빼놓을 수 없을 것입니다. 그곳 가까이 관우의 무덤도 있습니다.

한수漢水를 따라 계속 북상하면 삼고초려의 현장 양번襄樊의 융중고리隆中故里가 있습니다. 제갈량의 출사표에 묻어나는 그 충성스러운 마음과 슬기도 다시 한 번 음미해야 하겠습니다.

여기까지가 호북성이고 그 위쪽이 하남성입니다. 동정호 북쪽이라 해서 호북성이고, 황하 남쪽이라 해서 하남성입니다. 버스로 한 10시간을 달리면 조조가 황제를 끼고 전권을 휘두르던 하남성 허창을 찾을 수 있을 겁니다. 그곳 파릉교는 조조가 있는 정성을 다하여 관우를 떠나보내던 이별의 장소로 유명한 곳입니다. 내친김에 날이 좋으면 제갈량의 고향인 산동성 임기 기남현, 당시의 지명 낭야까지 한걸음에 내 달려보면 소설 《삼국지》의 궁금증은 조금 풀릴지도 모르겠습니다.

아직도 나는 벙어리인 채 "나는 중국어를 못합니다我不會說漢語(아불회설한어)." "무한 가는 표 한 장 주세요要一張去武漢(요일장거무한)." "1인용 침실 하나 예약하려 합니다我想訂一間單人房(아상정일간단인방)." 이 세 마디를 적당히 종이에 적어 창구로 디밀어 모든 것을 해결하는 참으로 희한한 여행을 하고 있습니다. 그런 탓에 어떤 때는 "나는 중국 문화에 대해 심취해 있습니다我對中國文化感興趣(아대중국문화감흥취)."라는 말로 그들에게 애써 환심을 보이기도 합니다.

# 장강대하❺ ─── 진시황 뱃길

## 정방폭포

송강 정철과 나란히 국문학사에서 가사문학의 대가로 일컬어지는 노계 박인로의 〈선상탄〉은 배 위에서 왜적의 침략을 한탄하는 내용으로 시작됩니다. 처음에는 배를 만든 황제, 헌원씨를 원망합니다. 배가 없었다면 망망대해 현해탄을 어찌 왜구가 침입할 수 있겠는가? 다음엔 진시황을 원망합니다. 불로초를 구한다고 선남선녀 3천을 보내지 않았으면 왜구라는 종자가 생기지 않았을 것이란 이야기입니다. 그러다 그 원망은 서복*으로 옮아갑니다. 신하의 몸으로 불로초를 못 구했으면 귀국하여 용서를 빌 것이지, 망명하여 일본인의 문화를 일으켰단 말인가? 노계는 임진왜란 비극의 원인을 진시황과 서복의 불로초 찾기에서부터 시작했습니다.

제주도 서귀포시 정방폭포 바위 위에는 알 수 없는 글자가 새겨져 있는데, 그것을 '서불과차徐市過此(서불이 이곳을 지나가다)'로 읽는다는 설이 있습니다. 서귀포라는 이름이 이를 연유하여 생겼다는 이야기도 있습니다. 이런 근거로 하여 서귀포 정방폭포 옆에 〈서복기념관〉과 공원도 생겼는데, 거기에는 〈불로장생체험관〉이라는 코너도 있습니다. 정말로 나라 사이에는 국경이 있어도 신화나 전설은 공유하는 것 같아 신기하기도 합니다. 어느 국내 작가가 쓴 소설에는 고, 부, 양 세 제주도 성씨의 이야기가 서불의 이야기로 각색되기도 했습니다.

*한국 문헌에서는 '서불徐市'이라 하고 《사기》를 비롯한 중국 문헌에는 '서복徐福'으로 나옴. 다만 독자의 편의를 위해 '서복'으로 통일함.

한라산에 불로초를 찾으러 들렀던 이들은 볼 일을 다 보고 떠나려고 인원 점검을 하니 세 소녀가 사라졌습니다. 애써 찾았지만 더 이상 찾을 길이 없자 소년 셋을 남겨두고 떠나서 이들의 자손이 고, 부, 양 씨가 되었다는 전설 같은 소설 속의 이야기도 있습니다.

불로초가 자란다는 봉래, 방장, 영주라는 삼신산은 중국 문헌에는 발해 한가운데 있다고 나왔고, 우리나라에서는 금강산, 지리산 한라산을 바로 삼신산이라고 합니다. 영주산<sup>한라산</sup> 아래인 서귀포 정방폭포 말고도 조천<sup>朝天</sup>이란 이름 역시 서복 등이 불로초를 찾으러 산에 들기 전에 하늘에 기도했던 데서 생긴 이름이라 합니다. 방장산<sup>지리산</sup> 아래 마을인 전남 구례, 경남 남해<sup>금산 부소산</sup>, 한려수도의 외도 등 한반도 곳곳에 서복이 지나간 표적과 전설이 아직까지 전해지고 있는 것으로 알려졌습니다.

일본 시코쿠 구마노우라에는 서복의 무덤이 있고 천대도<sup>天臺島</sup>라는 약초가 자생한다고 합니다. 이것이 진시황이 찾던 불로초라 하여 조자양 총리가 방일했을 때 일본 정부가 등소평에게 보냈다는 에피소드도 있습니다. 규슈 사가현 일대에는 서복이 전수해 준 벼농사 기술, 의약에 관한 지식, 포경술 등이 남아 있다고도 합니다. 한마디로 서복은 진시황에게 바칠 불로초를 찾다가 한국을 거쳐 일본으로 도망친 방사<sup>方士</sup>입니다.

## 랑야타이<sup>琅邪臺</sup>

낭야대는 진시황의 동쪽 행궁이 있던 해변 도시입니다. 산동성 청도 교남시 낭야진에 있습니다. 한국에서 청도시까지는 항공편도 많고 배편도 있습니다. 내가 학생들을 가르치던 옌타이시에서 청도까지는 버스로 3시간 정도 걸립니다. 서울에서 대전 정도의 거리입니다.

청도는 중국에서 손꼽히는 해양도시입니다. 칭타오피지오<sup>청도맥주</sup>

는 세계적인 명성을 지니고, 우리나라 3.1운동이 일어났던 그해 이곳 청도에서는 5.4운동이라 하여 항일의 기치를 드높였던 곳입니다. 산동성의 청도, 위해, 연대는 한국과 가까운 지리적 이점이 있어 한국의 기업체가 많이 나가 있는 곳이기도 해서 '인천시 위해구'라는 우스갯소리도 생겼습니다.

낭야대는 청도에서 일조쪽으로 약 26km 떨어진 바닷가 야산인데 내가 갔을 적마다 세 번 다 짙은 안개가 서려 있었던 환상적인 역사 유적지입니다. 청도에서 낭야진으로 직접 가는 교통편은 없습니다. 청도에서 약 1시간 30분 걸려 교남시로 가서 다시 낭야진으로 가는 버스를 갈아타야 하는데 10여인이 타는 아주 작고 낡은 버스밖에 없습니다. 가는 길에 온천을 좋아하시는 분이면 즉묵시 온천진에 들러 닥터피쉬doctor fish를 즐길 수도 있습니다.

낭야진은 바닷가의 아주 한적하고도 작은 마을로 전락했지만 천하를 통일한 진시황은 이곳에 3만 가호를 이주시키고 12년간 부역과 세금을 면제해준 2200년의 역사가 있는 항구도시입니다. 이곳은 '해 뜨면 천개의 깃발이 휘날리고 해지면 만개의 횃불이 휘황했다'는 시구詩句도 있을 만큼 번성했던 도시였습니다. 그때부터 지금 중국의 명주名酒의 반열에 끼이는 '낭야타이주'가 생겨난 것 같습니다. 진시황 이전의 월왕 구천도 이곳에 임시 수도를 정해 제, 진, 초 같은 강국을 견제하기도 한 곳. 제갈량이나 왕희지의 고향을 찾으면 '낭야'라는 지명이 나옵니다. 낭야는 옛적에 산동성 남부 지역을 일컫던 지명입니다.

13세에 등극한 진시황은 26년 후 천하를 통일하고 스스로 1세 황제가 되었습니다. 삼황의 황과 오제의 제를 합쳐 황제皇帝라 했습니다. 삼황오제도 능가하는 최고의 통치자란 뜻입니다. 그는 많은 공과 과를 함께 지닌 인물로 평가되는데 글자나 도량형기의 통일은 오늘날까지 중국의 통일에 기여한 공으로 인정됩니다.

진시황은 천하를 통일한 여세를 몰아 태산에 제사를 올리고, 이곳 낭야대 행궁에서 3개월을 묵었습니다. 이곳은 갓 정복한 제나라 초나라 등지를 선무하는데 적격이었던 교통의 요지였기 때문입니다. 이때 술사術士 서복이 신선사상에 매료된 진시황 앞에 나타나 불로장생이라는 꿈같은 이야기를 합니다. 바다渤海 한가운데 삼신산이 있는데 여기에 사는 신선들은 불로초를 먹고 불로장생한다.

큰 배와 동남동녀童男童女 3천을 주면 불로초를 찾아 대령하겠다는 것입니다. 불로초는 신성한 풀이라서 탐욕어린 인간의 눈에는 띄지 않고 이성을 모르는 순결한 소년 소녀만이 발견할 수 있기 때문에 서복은 동남동녀 3천명을 원했다고 합니다. 물론 진시황은 온갖 재화를 제공하여 서복의 성공을 기대했습니다.

그러나 9년이 지나 진시황의 4차 동순東巡 때까지도 서복은 선약仙藥을 구하지 못했습니다. 진시황의 추궁에 서복은 봉래산의 약초는 쉽게 구할 수 있는데, 항상 큰 물고기가 방해하여 섬에 들어갈 수 없다고 합니다. 명궁名弓을 찾아 고기를 퇴치해 주면 불로초를 찾아 바치겠다고 변명합니다. 봉래산이 스스로 자욱한 안개를 내뿜어 속세인의 접근을 막았다는 설도 있습니다.

진시황은 불같이 노합니다. 황제는 땅 위의 임금일 뿐 아니라 바다 하늘에서도 임금인데 어찌 황제의 일을 방해하는 물짐승이 있단 말인가? 그는 스스로 활을 가지고 낭야대 앞을 수색했지만 괴물을 찾지 못했습니다. 진시황은 해안선을 따라 북상하여, 청도를 지나 위해威海 성산두에 이르도록 찾지 못하다가 연대 지부도 앞바다에 이르러서 큰 물고기 한 마리를 발견합니다. 그 고기 이름은 교鮫, 노鯺, 사鯊 등 상어 비슷한 물고기로 알려졌는데《사기》〈진시황본기〉에도 황제가 몸소 그 상어를 석궁으로 죽였다는 이야기가 나옵니다.

산동성 연대시 지부도 입구 광장에 대형 석상이 있는데, 진시황은 큰 활을 들고 바다를 쏘아보고, 이사, 서복 등 많은 신하들이 시립하고 있습니다. 사람들은 그곳을 사어대射漁臺', 혹은 사사대射鯊臺라

청도 낭야대 진시황상(위)
활을 쏘아 대어를 잡는 진시황 조각상(가운데)
봉래 수성 팔선과해 조각상(아래)

부릅니다. 진시황은 이곳 연대에 와서 제나라 8신 중의 하나인 양陽의 기운을 모시는 양주묘陽主廟에 제사지냈다는 기록도 있습니다. 그가 말을 키웠다는 양마도와 행궁 등 진시황 유적이 내가 6년간 머물렀던 연대시에 꽤 남아 있습니다.

### 서복입해徐福入海

진시황이 대어를 퇴치하자 서복은 다시 삼신산을 향해 출항해야 했습니다. 삼천 동남동녀와 기술자 100명, 오곡의 종자를 실은 배 60척의 대규모 선단이었습니다. 후세 학자들은 서복의 이러한 행위를 '임금을 속여 바다를 건넜다瞞天過海(만천과해)' 하여 도망친 제나라 유민의 망명으로 보기도 합니다.

여하튼 서복은 진시황의 선산仙山을 향한 전진 기지인 낭야항에서 다시 바다로 떠났습니다. 지금도 낭야진에는 그의 출항 기념비가 있습니다. 그러나 돌아왔다는 기록은 없습니다. 그런데, 서복이 불로초를 찾아 떠났다고 하는 곳은 낭야 항구 말고도 여러 곳이 있습니다.

서복이 삼신산을 향해 떠났다고 주장하는 곳 중 다른 한 곳은 중국의 최동단이라는 위해 영성시에 있는 성산두입니다. 제나라 제후가 태양신에게 제사 지내던 곳이고, 진시황을 모신 시황묘도 있는 성지입니다.

진시황이 불로초 때문에 다리를 놓았던 진교유적秦橋遺蹟과 그 주변에는 좌우로 이사와 서복을 대동한 진시황 석상이 크게 자리 잡고 있습니다. 진시황은 손을 들어 멀리 동해를 가리킵니다. 이곳 가까이 석도에는 신라 시절 장보고가 세운 적산 법화원이 있습니다. 장보고 기념관 앞에는 김영삼 대통령의 친필이 쓰인 기념탑도 세워져 있습니다. 영성항은 한국과 최단 거리로 지금2007년도 주 3회 한국을 오가는 여객선의 항구이기도 합니다.

다음은 연대시 지부도 앞 바다입니다. 진시황의 상어 퇴치 장면을 조각한 사사대가 있는 곳입니다. 삼신산으로 드는 것을 방해한 괴어를 퇴치한 곳이니 여기서 서복은 바다로 떠날 수밖에 없다는 생각을 할 수 있습니다.

지부도는 섬 모양이 선약인 영지靈芝처럼 생겼다 하여 붙은 이름이니 진시황이 찾던 불로초와도 관계가 있습니다. 罘부 자는 별로 쓰이지 않는 글자인데 진시황이 이곳에 세 번 왔는데 네 번은 오지 못했다고 하여 넉 四사 자와 아니 不불 자가 합쳐진 글자입니다. 연대시 남쪽에는 진시황이 말을 키웠다는 양마도가 있고 개발구 바닷가에는 진시황이 머물던 행궁도 있습니다.

21세기 현재도 연대에서 기차를 타고 서안을 가려면 꼬박 25시간이 걸리는데 그 먼 곳에서 진시황이 세 번씩이나 연대를 찾은 여러 이유 중 하나는 불로초와의 인연 때문이라고 풀이할 수도 있습니다.

다음은 발해와 황해의 경계점인 연대의 봉래시에서 서복이 출발했다는 이야기도 있지만 이곳 역시 크게는 연대시에 속합니다. '봉래蓬萊'라는 이름 자체가 바로 인간 선경입니다. 황해와 발해가 합쳐지는 합해정이라는 정자에 서보면 해풍도 시원하고 시야도 탁 트입니다. 글자 그대로 하늘과 바다가 한 색입니다.

이곳에는 자주 신기루가 나타났다고 하니 진시황도 그것을 보고 더욱 선술에 심취했을 것입니다. 최근에는 1988년, 2005년에 바다 한가운데 커다란 궁궐의 모습이 나타나 TV로 중계되었으며 지금도 봉래를 찾는 관람객들은 비디오 테이프로 그 장면<sup>바다 위에 떠 있는 도시라 해서 중국 사람들은 '해시(海市)'라 함</sup>을 볼 수 있습니다.

봉래시는 연대에서 버스로 한 시간 남짓 걸립니다. 30분마다 한 번씩 버스가 오갑니다. 여동빈, 장과로 등 여덟 신선이 술 취해 맨몸으로 바다를 건넜다는 팔선과해<sup>八仙過海</sup>로도 유명하고, 봉래 수성은 송나라 때는 등주<sup>登州</sup>라 이름 했는데, 소동파가 이곳 태수를 지내기도 한 역사를 지니고 있습니다. 지금도 '팔선과해구<sup>八仙過海口</sup> 인간선경<sup>人間仙境</sup>'이라는 9자의 소동파 명필이 남아 있습니다.

지금 이곳 봉래와 요녕성 대련 간의 해중 터널을 검토하는 작업이 한창이라 하니 신선들도 수고로이 도술을 뽐내지 않고 바다를 건널 날도 멀지 않은 것 같습니다.

다음은 서복의 고향 용구시가 불노초를 찾아 출항한 곳이라는 설도 있습니다. 바로 봉래시의 옆 동네에 있어 봉래에 간 김에 들려보려 했더니 서복고리<sup>徐福故里</sup>는 5월 15일과 8월 15일 두 차례만 개방한다는 바람에 보지 못했습니다. 계절풍의 풍속 등을 감안할 때 서복이 이곳 자신의 고향에서 출항했으리란 설도 설득력이 있습니다.


마지막은 발해만 깊숙이 들어간 하북성 진황도입니다. 이름 자체가 진나라 황제의 도시라는 뜻입니다. 이곳에는 '진황구선입해처<sup>秦皇求仙人海處</sup>'라는 비석을 비롯하여 수많은 유물들과 함께 서복이 이곳에서 불로초를 찾아 떠났다는 흔적들을 보존하고 있습니다. 이 진황도는 진시황이 국경을 순시하고 각석<sup>刻石</sup>을 남겼던 갈석산이 가깝고, 만리장성의 시작을 알리는 산해관이 바로 여기에 자리 잡고 있습니다.

이렇게 곳곳 도시마다 서복이 선약을 찾아 떠난 곳이라는 주장 자체가 영생을 바라는 단명한 인간들의 자연스런 소망의 발로이겠지요. 그러나 정작 불로초를 찾던 주인공인 진시황은 그 물고기를 활로 쏜 지 몇 달 후 귀경설서성 함양길에 사구沙丘 평대平臺(하북성 광종현)에서 50세를 일기로 객사하게 됩니다. BC 201년, 진시황 39년 7월의 일입니다. 그 이유를 진시황이 퇴치한 그 상어는, 고기 형상을 한 해신이었는데, 그것을 모르고 그 바다의 신을 범했기 때문에 동티가 난 것이라는 설도 있습니다.

## 진시황과 여불위

진시황은 조나라 수도 한단하북성에서 태어났습니다. 그의 아버지가 인질로 이곳 조나라에 있었기 때문입니다. 한단은 한단지몽邯鄲之夢, 한단학보邯鄲學步, 화씨지벽和氏之璧, 문경지교刎頸之交 등 숱한 고사가 얽혀 있는 춘추전국시절 교통의 요지입니다. 진시황의 50 평생도 한바탕 꿈이 아니었나? 한단지몽의 고사가 새롭게 떠오르기도 합니다.

하남성 정주시에서 버스로 3시간 북으로 가면 안양시가 나옵니다. 갑골문자로 유명한 은허 유적지입니다. 이곳에서 다시 2시간 여 북상하면, 도가道家의 신선 여동빈과 꿈박물관으로 유명한 한단이 나옵니다.

진시황은 이곳 한단에서 아버지 자초子楚(훗날의 장양왕)가 인질로 조나라에 머물 때 태어난 아들입니다. 많은 영웅들을 따라다니는 출생의 비밀을 진시황 역시 지니고 태어납니다. 그 이야기는 거상巨商 여불위로부터 시작됩니다.

하남성 출신의 여불위는 장사 차 한단에 왔다가 인질 신세로 처량하게 지내는 자초 왕손을 보고 그가 커다란 재화財貨임을 한눈에 알아봅니다. "농사를 지으면 10배가 남고, 장사를 하면 100배를 남긴다. 그러나 왕자 한 사람을 잘 모시면 그 소득은 헤아리기 어려울 것이다. 진귀한 재물은 사 들일 가치가 있다"며 전 재산을 투자해 자초를 왕위 계승자로 만들기에 전념합니다.

당시 진나라는 소양왕 42년, 환갑이 넘은 소양왕은 언제 죽을지 모르는 고령이었습니다. 이 소양왕의 후계자가 자초의 부친인 안국군(後에 효문왕)입니다. 이 안국군이 사랑하는 왕후가 화양 부인이었는데, 그녀에게는 자식이 없습니다. 여불위는 만금을 아끼지 않고 자초를 안국 부인의 양아들로 만들어 태손太孫이 될 수 있게 합니다.

감격한 진시황의 아버지 자초는 자신이 왕이 되면 나라를 반으로 갈라 함께 다스리겠다는 약속까지 합니다. 실제로 장양왕이 등극하고 여불위는 승상이 되어 낙양의 10만호를 식읍으로 받습니다만 이것은 한참 후의 일입니다.

한단에서 적막한 인질 생활을 하던 자초가 어느 날 여불위 집에서 술을 마시다 춤추는 어여쁜 여인을 보고 한눈에 반합니다.《사서》에는 '조희趙嬉'라 적었습니다. 그 여인은 아끼는 첩이었지만 여불위는 선뜻 그녀를 자초에게 건넵니다. 이미 임신했는데 그 사실을 숨겼다는 말도 있고요. 진시황은 임신한지 12개월 만에 태어나 자초가 알아차리지 못했다는 등등 이야기가 구구합니다.

이렇게 여불위의 교묘한 교통정리에 의해 자초는 진나라 태자가 되고 진시황은 불모로 잡혀 있는 한단에서 탄생했습니다. 정월에 태어났다고 하여 이름을 정政이라 했습니다. 성을 합쳐서 영정瀛政이라 부릅니다. 영씨 성은 순 임금이 그의 선조 대비大費에게 내린 것입니다. 조정趙政이라 부르기도 합니다. 주 목왕이 진시황의 선조 조보造父에게 조성趙城이란 영지를 내려 조씨가 된 것입니다. 구태여 구별하면 영은 성이 되고 조는 씨가 됩니다.

진시황의 할아버지가 되는 안국군, 즉 효문왕은 등극한지 3일 만에 서거합니다. 진시황의 아버지 자초가 뒤를 이어 장양왕이 되는데 이분 또한 3년 만에 죽어, 13세의 어린 나이로 진시황이 등극합니다. 이렇게 임금 3명이 3년 동안에 다 죽어 버리는 것은 흔치 않은 일입니다. 그러니 자연 여불위가 손을 썼을 것이라는 후세 사람들의 의심도 생깁니다.

이런 파란곡절을 겪으며 BC 246년 13세의 진시황은 왕으로 등극하고 여불위는 어린 임금을 업고 승상 겸 섭정이 됩니다. 낙양의 10만호를 식읍으로 받기도 하고 〈여씨춘추〉라는 지금의 백과사전 같은 책을 만들어 "이 책에서 한 자라도 고칠 사람이 있다면 천금을 주겠다"고 호언장담을 하기도

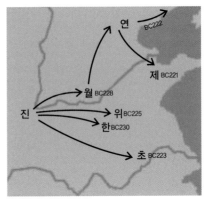

진시황 6국 통일도

합니다. 진시황은 이런 여불위를 중부仲父라고 불러 공경합니다. 태후가 된 조희와 여불위가 음란한 관계를 갖는 것을 진시왕은 아직 어려 눈치 채지 못합니다. 여불위는 가짜 내시 노애를 조희의 남첩으로 들이기도 합니다. 그러나 십년 권세는 없다는 말이 진리인 듯 진시황 9년 성인식을 마치고 친정을 시작하면서 진시황은 이런 여불위를 추궁합니다. "당신은 무슨 공로가 있어 낙양 10만호를 식읍으로 받았는가?" 이에 여불위는 스스로 자결할 수밖에 없었습니다.


기원전 221년진시황 26년, 39세의 진시황은 한, 조, 위, 연, 초, 제 6국을 차례로 평정하고 천하를 통일합니다. 진시황은 800년 전통의 주나라 봉건제도를 고쳐서 전국을 36개 군으로 나누어 군현제도를 확립하고 중앙집권제를 실시합니다. 천하의 무기를 녹여 12개의 동인상을 제작했는데 이 한 개의 무계가 30톤에 달했다 합니다.

한비자, 이사 등 모두 법가사상에 충일한 신하들에 의하여 통일의 초석은 다져졌고 제도는 새롭게 수립되었습니다. 진시황은 오덕五德(五行)이 순환하는 이치에 따라 화덕에 의해 다스려진 주나라를 대신하여 수덕水德을 따랐습니다. 물이 불을 이기는 이치이기 때문입니다. '수'는 방위로는 북이고 색으로는 흑입니다. 계절로는 겨울입니다. 이에 따라 의복 부절 깃발을 검은색으로 하고 겨울이 시작되는 10월

을 한 해의 시작으로 삼았습니다. 함양에서 각처로 뻗어나는 도로를 정비하고, 가마의 너비는 6자, 한 대의 수레는 말 여섯 필이 끌게 하는 등 모든 제도를 표준화했습니다.

사상을 통일시킨다고 유가서적을 불사르고 선비를 생매장하는 등 폭정도 마지않았지만 화폐, 문자, 도량형의 통일 같은 순기능도 진시황 대에 이르러 완성됐습니다.

상<sup>商</sup>나라의 문자는 갑골문, 주나라는 대전이었는데 진시황 대에 와서 이를 간략화한 것이 소전입니다. 이사가 썼다는 태산각석이나 낭야각석에는 아직 이 문자가 남아 있습니다. 1척은 23cm, 1근은 256g입니다. 진시황은 하루에 죽간 한 섬<sup>30kg</sup> 분량의 문서를 결재했다는 부지런한 황제이기도 합니다. 그는 황제로 재위하는 11년 동안 5차례의 순무길을 떠났는데 한 차례에 반년 이상 걸렸으니 길 위에서 염천과 혹한을 견딜 줄 아는 인내의 황제이기도 했습니다.

## 길 위의 황제

진시황은 13세에 진나라 왕이 되어 39세에 6국을 통일하고 시황제<sup>始皇帝</sup>가 됩니다. 진시황 26년<sup>BC 221</sup>의 일입니다.

그 이듬해서부터 다섯 차례나 전국을 순무<sup>巡撫</sup>합니다. 그 여정은 진나라의 발원지인 감숙성 농서지방에서, 동쪽 만리장성이 시작하는 하북성 갈석산<sup>진황도시</sup>까지가 됩니다. 남쪽으로는 호남성 남부 영원시<sup>구의산</sup>, 남동으로는 절강성 강소성 지방을 관통했으니 중국 방방곡곡 그의 족적이 다 남아 있는 셈입니다.

황제가 된 다음 해인 진시황 27년에 당시 수도인 함양<sup>현재 서안</sup>의 북쪽인 농서 지방을 다녀옵니다. 진시황 당시에 축조했던 만리장성의 서쪽 끝 임조가 바로 이곳입니다. 사람의 끝없는 욕심을 말할 때 '득롱망촉<sup>得隴望蜀</sup>'이란 말을 씁니다. 농을 얻고 나니 촉 지방을 또 얻고 싶다는 뜻의 농이 바로 농서 지방으로, 현재의 감숙성 서북 일대이고 촉 지방은 사천성입니다.

그 다음 해인 진시황 28년 그의 오랜 소망이었던 태산 봉선封禪이 이루어집니다. 봉은 태산에 올라 하늘에 제사하는 것이고, 선은 태산 아래 양보산에서 땅에 제사지내는 것입니다. 진시황은 이 봉선을 끝내고 산동성 해가 솟아오르는 바닷가로 순무의 길을 잡습니다.

과거 춘추전국시절 제나라에서 제사하던 8주천(天), 지(地), 음(陰), 양(陽), 일(日), 월(月), 병(兵), 사시(四時)를 찾아 임치, 연대, 위해, 낭야대 등지에서 제사지내고 순수비를 세웁니다. 연대烟臺는 내가 학생을 가르치던 곳인데, 2011년 현재, 연대에서 서안까지 기차로 25시간 거리였습니다.

그런데 2200년 전 진시황은 이 1400km길을 3차례나 다녀갔으니 실로 대단한 정력입니다. 진시황은 귀경 길에 호남성 형산을 거쳐 호북성 동정호까지 둘러보았습니다. 형산은 중국 오악五嶽 중 남쪽에 있는 산으로 천하의 정기를 머금고 있는 곳입니다. 조선 시대 소설《구운몽》에도 등장합니다. 동정호는 서울의 5배나 되는 바다 같은 호수로 시인 묵객이 모여드는 악양루를 끼고 있습니다.

29년 또 한 번의 동순東巡이 있고, 31년에는 하북성 갈석산에 오릅니다. 중국의 북쪽 국경이 되는 곳. 동쪽 만리장성이 시작되는 산해관 근처, 이곳에 난하灤河가 흐르는데 고대 중국에서는 먼 곳에 있는 강이라 해서 요하遼河라고 불렀던 강이 이곳이란 말도 있습니다.

이 무렵 진시황은 또 한 명의 술사를 만납니다. 연나라 출신 노생입니다. 그는 '망진자亡秦者는 호야胡也'란 도참서 한 구절을 올립니다. '진나라를 망하게 하는 자는 오랑캐胡奴'란 뜻입니다. 그러나 그것은 2대 황제에 오른 호해胡亥의 이름이기도 합니다.

진시황은 명장 몽염에게 30만 군사를 주어 북쪽 오랑캐를 정벌하고 기존의 성을 일사불란하게 연결하는 방어기지를 축조케 합니다. 이름하여 만리장성입니다. '하룻밤을 자도 만리장성을 쌓는다.' '맹강녀 설화' 같은 무수한 이야깃거리를 제공하는, 상상을 초월하는 토목공사입니다. 사진으로 볼 때 그 웅장함에 놀라지만 직접 걸어보면 주변의 험난함에 압도당하게 됩니다. 관광의 대열이 끊이지 않는 팔달 령 중간에는 '만리장성에 올라보지 못한 이는 사나이가 아니다'라는 뜻의 '不到長城非好漢<sup>부도장성비호한</sup>'이라는 모택동이 쓴 휘호가 만리장성 의 위용을 더욱 돋보이게 합니다.

진시황 때 시작된 만리장성은 명나라 때 감숙성 가욕관까지 연장 되어 오늘에 이릅니다. 그가 죽던 해인 BC 210년, 50세가 된 진시황 <sup>(진시황 39년)</sup>의 마지막 순무 행차는 남쪽으로 향합니다. 호남성 구의산 에 가서 순 임금께 제사를 올리고, 절강성 항주를 거쳐 회계에 이르 러 하나라 우왕의 제사를 받듭니다. 그리고는 강소성 소주를 경유하 여 다시 산동성 낭야로 갑니다.

진시황이 순무차 들렸던 소주, 항주는 특히 세인들이 그 아름다 움을 극찬한 곳입니다. '하늘에는 천당이 있고 땅에는 소주와 항주가 있다<sup>天有天堂(천유천당) 地有蘇杭(지유소항)</sup>'고 했으니 그 호사로움이 지극합니다. 소주에는 졸정원<sup>拙政園</sup>을 비롯한 정원 문화가 발달돼 있고 항주에는 유명한 호수 서호와 용정차가 특히 유명합니다.

진시황은 다시 북상하여 낭야에 가서 9년 전 불로초를 찾아 떠났 던 서복을 불러 경과보고를 듣습니다. 그리고 서복의 뱃길을 방해했 다는 물고기를 퇴치하려고 위해를 거쳐 연대로 갑니다. 거기서 물고 기를 활로 쏘아 죽인 진시황은 귀경 길에 오르는데 선동성 북쪽 평원 이란 곳에서 병이 납니다. 마침내 하북성 서쪽 사구평대<sup>沙丘平臺</sup>란 곳 에서 운명합니다.

얼핏 따져 진시황이 5차례 왕복한 거리는 1만 km가 넘습니다. 그 가 축조한 만리장성은 어림잡아 6천km가 넘으니 중국 이수<sup>(중국은 5km가 10리)</sup>로 따져도 만 리가 더 됩니다. 서울에서 영국 런던까지 거리가 9천 km입니다. 알렉산더나 칭기즈칸의 정벌 거리보다도 진시황의 순무 길은 더 깁니다.

# 장강대하❻ —— 관우소전關羽小傳

## 삼국지三國誌와 삼국연의三國演義

　　관우와 조조는 《삼국연의三國演義》에서 네 번 만납니다. 첫 번은 소설 도입부인 사수관하남성 정주 영양시 전투에서 만납니다. 사수관은 일명 호뢰관이라고 하는데 주나라 목왕이 사냥하다 호랑이를 잡아 우리에 가두어 둔 곳이라는 데서 붙은 이름입니다.

　　어린 황제를 끼고 정권을 전횡하던 동탁에 맞서 전국의 영웅들이 연합하여 동탁을 제거하려 한바탕 전투를 벌였던 곳이 이 사수관인데 소설에서는 사수관, 호뢰관으로 각각 다르게 나옵니다.

　　동탁의 수하 장수 화웅이 연합군 장군을 넷이나 죽이자 원소, 조조 등 18개로 연합군 수뇌들은 내심 당황합니다. 이때 대춧빛 얼굴에 두 자 수염을 한 관우가 화웅의 목을 베어 오겠노라 나섭니다. 당시 그의 신분은 마궁수馬弓手(하사관)인 것을 원소가 비웃지만 조조는 뜨거운 술을 한 잔 따라주며 격려합니다. 그 술을 잠시 사양하고 말을 달려 나간 관우는 화웅의 목을 베어 들고 오는데 술이 아직 식지 않았습니다. 이때부터 조조는 인간적으로 관우에게 반하게 됩니다.

　　사수관 전투 후 아무도 감당 못하던 여포에게 장비가 장팔사모丈八蛇矛를 휘두르며 싸우나 승부가 가려지지 않자 관우가 청룡언월도靑龍偃月刀로 협공하고 유비가 쌍고검雙股劍으로 도와 천하의 여포를 물리친 전투가 바로 호뢰관 전투로 불립니다. 물론 이 사수관 전투 이야기는 나관중羅貫中이 지은 《삼국연의三國演義》라는 소설의 한 장면입니다. 우리나라에서 보통 '삼국지'라 통용되는 소설입니다. 진수陳壽가 엮은 역

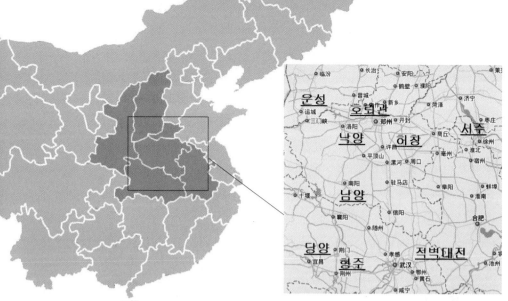

운성역 앞의 관우 기마상

사책인 《삼국지三國志》에는 오 나라 손견이 화웅의 목을 벤 것으로 나옵니다.

나는 지금 이상한 여행을 하고 있는 셈입니다. 역사의 사실을 찾아 나선 것이 아니 라 세월이 흐르면서 사람들에 의해 만들어진 가공의 진실 같은 것, 내게는 그것이 정사正史보다 더 재미있습니다. 소설 《삼국지》에는, '있 는 것'이라기보다는 '있어야할 것'이 많이 쓰여져 있기 때문입니다.

나관중羅貫中이 《삼국연의》를 쓴 시기는 조선 건국 연대1392년와 비슷 합니다. 이때부터 관우는 역사에서 내려와 민간 신앙의 무신武神이 되 고 무신巫神이 되고 재신財神이 되기도 합니다. 명나라, 청나라를 걸치 며 16명의 임금들이 23차례 관우의 관직을 추서합니다. 사람들은 공 자의 인仁에 목마르고 관우의 의義에 감동하여 곳곳에 두 사람의 사당 을 짓기에 바빴습니다. "군자는 처음과 끝이 같아야 한다. 마음을 저 버리지 않는 것이 의다. 죽음을 돌보지 않는 것이 충이다." 관우가 친구인 조조 휘하의 장수 장요에게 한 말입니다.

우리나라에서는 임진왜란 무렵부터 관우사당이 세워졌습니다. 1598년은 임진왜란이 끝나던 해인데 명나라 장수 진린이 숭례문 밖에 사당을 세웠다는 기록이 있습니다. 남관왕묘南關王廟입니다. 지금의 서울역 앞 힐튼호텔 근처인데 1979년 그 일대가 정비되면서 사당동으로 옮겼습니다. 그 사당은 동작동 국립묘지와 충신대 사이에 아직도 남아 있습니다. 1602년에는 명나라 신종이 4000금을 보내 관우사당을 짓게 했는데, 이것이 동대문 밖 지금의 동묘東廟입니다. 후에 북쪽과 서쪽에도 사당을 세웠는데 일제 때 그들은 헐어지고 동묘로 합사合祀되었습니다. 이것은 나라에서 주도한 사당이고, 민간 신앙의 발로로 많은 관우 사당이 서울과 지방에 세워졌습니다. 중구 방산동, 장충동에 아직도 관우사당의 옛 자취가 남아 있습니다.

9척 장신의 관우가 82근의 청룡언월도를 들었다는 것은 소설적인 과장이 아닙니다. 시대마다 척관법尺貫法이 달랐을 뿐입니다. 지금 우리나라에서는 고기 한 근은 600g이고 야채 한 근은 375g인데 중국은 모택동 정권 이후 모두 500g으로 통일했습니다.

현재 우리나라의 10리는 4km인데 중국은 5km입니다. 한나라 때의 1척은 23cm이고 한 근은 223g이었다고 합니다. 이런 계산이라면 잘 익은 대춧빛 얼굴에 연지를 바른 듯한 입술, 봉의 눈, 누에의 눈썹을 한 관우의 키는 190cm, 수염은 50cm, 청룡언월도는 18kg이 됩니다. 청룡언월도의 '언월偃月'은 '반달'의 뜻입니다.

## 허창 관성전關聖殿

관우와 조조의 두 번째 만남은 허도河南省 허창에서 이루어집니다. 서주 전투에서 조조에게 패한 유비 관우 장비 삼 형제는 뿔뿔이 흩어지는데, 유비의 두 부인을 보호해야 하는 관우는 피치 못하고 조조에게 항복을 택하게 됩니다. 목숨은 초개 같고 대의는 천근千斤이지만 때로는 구차히 살아야 하는 이유도 있습니다. 관우가 형수 두 부인을 모

춘추를 읽는 관우(오른쪽)와 파릉교에서 조조와 이별하는 관우(왼쪽)

시고 조조에게 항복하지만, 《삼국지》에서 이 부분만큼 관운장의 인품이 돋보이는 장면도 없습니다.

조조에게가 아니라 황제에게 항복하는 것, 유비의 소식을 알면 언제 건 떠나겠다는 것. 그리고 유비의 두 부인 감부인, 미부인의 안전을 보장하라는 것이 항복의 조건입니다. 관우를 휘하에 두고 싶은 조조는 이 조건을 흔쾌히 허락합니다.

허도는 지금 하남성 허창시, 하남성의 성도省都인 정주에서 남행 기차를 타면 두 시간 거리입니다. 내가 이곳을 찾은 때는 2007년 여름. 호북성의 적벽, 당양, 형주, 융중고리 등지를 터덜터덜 혼자 찾아다닌 '삼국지 여행'의 한부분이었습니다.

동탁의 만행으로 폐허가 된 낙양을 버리고 조조가 황제를 모시고 정권을 휘두르던 곳이 바로 이곳 허도입니다. 황제인 헌제는 허울이고 이미 모든 권력은 조조에 의해 좌지우지되는 이곳에서 관우는 포로의 신분이 아니라 귀빈의 극진한 대우를 받습니다. 삼일소연三日小宴 오일대연五日大宴에 여포가 탔던 천하의 명마 적토마를 하사하고 한수정후의 벼슬도 내립니다. 말에 오를 때는 황금을, 말에서 내리면 은

화를 정표로 바치게 합니다. 생사를 함께 하기로 한 주군 유비도 베풀지 못한 후의를 조조는 아낌없이 베풉니다.

이 허도에서 7개월을 머물던 관우의 유적은 허창공원 옆에 가면 찾을 수 있습니다. 거기에 춘추루春秋樓, 문묘유지文廟遺址라 하여 중국의 관우사당 중 가장 크고 화려한 모습으로 자리 잡고 있습니다.

산문山門이라 하여 정문 역할을 하는 첫 번째 건물에는 '關宅관택'이란 현판이 걸려 있습니다. 마치 보통 사람의 여염집 같은 평범한 분위기입니다. 그러나 경내로 들어서 통도를 걷다보면 춘추루라는 무장의 집답지 않게 곡선미가 넘치는 아름다운 건물과 만나게 됩니다. 관우가 한평생 애독했던 책,《춘추좌전》에서 그 이름을 땄습니다.

전각에는 왼손에 춘추를 들고 오른손으로 수염을 쓰다듬는 관우상이 넉넉하게 자리 잡고 있습니다. 그 뒤로 긴 정원을 내려다보며 주 건물인 관성전이 자리하고 있습니다. 그 앞에는 82근 청룡언월도를 모신 도루刀樓, 한수정후의 인장印章이 보관된 인루印樓가 마치 고찰의 종루 고루인양 서 있는 특수한 규모입니다.

삼층 건물의 1,2층을 터놓고 조성한 15m 높이의 관우 좌상은 중국 최대 규모입니다. 관평, 주창 등 기라성 같은 젊은 장수들이 금방 튀어나올 듯 생동감 있게 관우 좌우에 시립侍立하고 있습니다.

그 좌편에 있는 건물이 대성전, 즉 공자사당인데 관성전에 비하여 규모가 많이 미약합니다. 만인의 사표라는 공자가 어느 누구보다 작게 묘사된 곳은 세상에 오직 여기 한 곳 뿐일 겁니다. 곡부에 공자를 모신 대성전은 북경 자금성의 태화전과 맞먹는 규모일 만큼 대단한 공자도 이곳에서는 그 웅장함이 관우에 미치지 못합니다.

관성전의 오른쪽 건물은 유비의 두 부인이 머물던 곳입니다. 그 앞에는 매일 아침 관우가 인사 드렸다는 문안루가 있습니다. 두 부인이 물러가라는 말이 내리기 전에는 그 앞에서 미동도 하지 않았다는 관우의 의협심을 보는 듯 모든 건물의 배치가 소설 속의 장면을 연상하기에 모자람이 없게 합니다.

그 문안루 앞에는 관우가 허도를 떠나며 조조에게서 받은 모든 것을 고스란히 남겨 놓은 창고라 할 수 있는 괘인봉금당掛印封金堂이 있습니다. 아직도 중국에는 곳곳에 재신財神을 모시는 사당이 많이 남아 있는데 그곳에 모시는 네 분의 재신 중 한 분이 관우입니다. 얼핏 재물하고는 관계없을 것 같은 관우이지만 허도에서 조조에게서 받은 모든 것을 하나도 손대지 않고 재물 목록까지 만들어 떠남에 앞서 봉인 보관했던 데 기인해 후대 사람들이 관우를 재신으로 모시기 시작했다고 합니다.

이 '춘추루'에서 두어 불럭을 더 가면 조조의 유적을 조성한 '승상부'가 있고 거기서 서쪽으로 길을 건너면 파릉교와, 유비의 소식을 알자마자 허도를 떠나는 관우가 조조에게 떠남을 알렸던 관공사조처關公辭曹處가 나옵니다.

내가 읽은 소설《삼국지》에서 손에 꼽히는 아름다운 장면입니다. 관우는 유비의 소식을 알자마자 바로 두 부인을 모시고 허도를 떠나는데 이 소식을 들은 조조가 부랴부랴 쫓아와 이별을 아쉬워했던 장소가 이곳 파릉교입니다.

조조는 먼 길 가는데 쓰라고 황금과 전포戰袍를 건넸으나 관우는 황금은 사양하고 말에서 내리지 않은 채 전포 한 벌만 청룡언월도로 집어 올립니다. 부하들은 분개합니다. 대승상이 내리는 선물을 말에서 내려 공손히 받아도 시원치 않은데 말 위에서 칼로 들어올리다니 무엄하기 이를 데 없다는 것입니다.

그러나 조조는 관우는 혼자인데 적진 한가운데서 말에서 내릴 수는 없지 않겠느냐며 부하들을 만류합니다. 이 장면을 나는 조조의 진심으로 해석합니다. 권모술수가 끝이 없고 간교하기 이를 데 없는 조조지만 이상하리만큼 관우에게는 관대하고 인간적이었습니다.

이런 이별은 훗날 적벽대전에서 패하고 화용도에서 조조가 자신의 생명을 구할 수 있는 실마리가 되었겠지요. 파릉교 위로 새겨진 두 영웅의 이별 장면은 조각으로서도 예술적인 영감을 전해 줍니다.

### 적벽대전 장강長江

관우와 조조의 세 번째 만남은 너무 유명한 적벽대전의 끝 부분입니다. 적벽赤壁이란 명칭은 장강이 붉은 절벽을 끼고 흐르기 때문에 붙여진 이름입니다. 조조를 물리치고 주유가 호기롭게 썼다는 '적벽' 두 글자는 유유히 흐르는 장강을 내려다보고 있었습니다.

화용도에서 조우하는 관우와 조조

이곳의 위치는 호북성 함녕시에 속한 적벽시 주랑취진입니다. 양자강을 중국에서는 장강長江이라 부릅니다. 엄밀히 따지면 남경 근처 양주揚州 앞을 흐르는 구간이 양자강입니다. 이 적벽이 바라다보이는 장강 위에서 조조는 제갈량의 계책에 넘어가

적벽

모든 전함을 다 불태우고 겨우 300명의 군사를 이끌고 육로로 도망칩니다. 오림호북성 형주 홍호시 오림진에 이르러 한 번 웃다가 조자룡에게 혼비백산하고 두 번째 웃다가 다시 장비를 만나 목숨만을 지탱한 채 겨우 화용도호남성 악양시 화용현에 이릅니다. 조조는 이곳에서 깔깔대고 세 번째 웃음을 멈출 줄 모릅니다.

"참으로 제갈량이란 자는 보잘 것 없다. 이곳에 군사 약간만 매복시키면 우리는 죽은 목숨인데"라며 공명을 비웃을 때 관우가 청룡언월도를 빗기 들고 나타납니다. 군사軍師(공명)의 명을 받고 여기서 승

상조<sup>相助</sup>을 기다린 지 오래 되었다고 인사를 대신합니다. 사지에 몰린 조조는 상대가 관우인 것을 알자 길게 읍하고 지나온 인연을 들어 퇴로를 구걸합니다.

"장군은 '춘추<sup>(역사)</sup>'에 밝으시니 아름다운 고사를 많이 아시리이다. 이 세상에 신도 없고 의도 없고 정도 없다면 사람 사는 것이란 실로 하잘 것 없을 것이오."

이런 조조의 하소연을 들으며 관우는 파릉교에서의 이별을 생각했을 겁니다. 관우가 잠시 외면하는 틈에 조조의 패잔병은 겨우 화용도를 빠져 나갑니다. 이때 말을 타고 조조를 호위한 병사는 겨우 27명, 80만 대군을 호기롭게 몰고 달려왔던 적벽대전의 종결편입니다.

이 장면은 얼마나 유명한지 우리나라 판소리 여섯 마당 중 한마당이 '적벽가'로 불릴 정도입니다. 그 여섯 마당이란 춘향가, 심청가, 흥보가 등 쟁쟁한 작품들인데 이와 어깨를 나란히 하여 관우의 의리에 감탄하는 노래가 '적벽가<sup>일명 화용도</sup>'입니다.

이때가 서기 208년. 명맥이나마 한나라는 아직 존속하던 헌제 건안 13년 11월 20일 동짓날로 책에는 기록되어 있습니다. 음기와 양기가 차열하게 싸우다 이 동지를 기점으로 서서히 음기가 쇠퇴하기 시작한다고 합니다. 이 무렵 며칠은 겨울에는 절대 불지 않는 동남풍이 불 수도 있다는 것이 과학적인 해석이지만, 제갈공명이 남병산 배풍대에 칠성단을 쌓고 머리를 산발하여 동남풍을 비는 장면은 압권입니다. 이 동남풍에 의하여 조조의 80만 병선은 무참히 화마<sup>火魔</sup>에 짓밟힙니다.

이 무렵은 짙은 안개가 낀다는 것을 알고 있던 제갈공명은 빈 배로 북을 쳐서 조조의 10만 화살을 탈취하기도 합니다. 참으로 절묘한 구성입니다. 조조와 주유가 싸우는데 주인공은 제갈공명이 되고 조조는 관운장에게 목숨을 구걸합니다. 유비에게 형주를 빼앗긴 주유는 피 한 말을 쏟고 죽으면서 마지막 한탄을 합니다.

"하늘이 이미 주유를 냈거늘 또 어찌 제갈량을 냈단 말인가!"

　나는 이 적벽을 구경하기 위하여 학생들을 가르치던 산동성 연대에서 침대버스로 23시간, 1276km를 달려 호북성 무한까지 와서 다시 300여 리 길을 고생하며 적벽대전 유적지를 구경할 수 있었습니다. 싸움에 이긴 오나라 장수 주유가 호기롭게 장강 기슭 절벽에 썼다는 '赤壁적벽'이란 글자는 아직도 전설처럼 붉게 남아 있고, 제갈량이 동남풍을 빌었다는 배풍대拜風臺도 예전처럼 바람에 시원하게 깃발을 날리고 있었습니다.

　적벽대전 기념관이 있는 적벽시와 조조가 도망치던 오림烏林은 장강을 사이에 두고 지호지간에 있습니다. 그 오림에서 서남쪽으로 100여 리 더 가면 화용현이 나옵니다. 조조는 이곳을 거쳐 형주 본채에 이르러 세 번 웃던 웃음을 거두고 길게 통곡합니다.

　적벽은 《삼국지》의 전쟁터 말고도 또 한 곳에 있으니 그것이 바로 황강시에 있는 동파적벽東坡赤壁입니다. 소동파가 이곳으로 유배되었을 때 그 유명한 〈적벽부赤壁賦〉를 지은 곳입니다. 무한을 기준으로 《삼국지》에 나오는 적벽은 남서쪽 상류에 있고, 동파적벽은 동쪽 하류에 해당하는 곳에 있습니다. 《삼국지》의 적벽을 '무적벽武赤壁', 동파적벽을 '문적벽文赤壁'이라고도 하는데, 〈적벽부〉 중 다음 구절이 특히 유명합니다.

　그대는 저 물과 달을 아는가? 가는 것(흐르는 물은)은 이와 같지만 영원히 없어지는 것은 아니오. 둥글고 이지러지는 것은 저(달)와 같다지만, 형상이 변하는 것은 아니다.
　변하는 입장에서는 만물이 한순간도 변하지 않을 수 없는 것이요, 변하지 않는다는 입장에서 본다면, 이 세상 만물과 내가 무한하여 다함이 없는데 또한 무엇을 부러워하겠는가?
　무릇 이 천지 세상에 사물은 각기 주인이 있으니, 만약에 나의 소유가 아니라면, 털끝 하나라도 취해서는 안 될 일이오. 강 위의 맑은 바람은 귀로 들으면 음악이 되고, 산 속의 밝은 달은 눈으로 보면 그림이 되나니, 취해도 금할 자

없으며, 사용해도 다함이 없을 것이다. 이는 조물주의 한없는 보물이므로 나와 그대가 함께 즐길 수 있는 것들이다.

## 호북성 당양 관릉關陵

관우를 대표하는 사당은 세 곳에 있습니다. 능의 서열 순서대로 열거하면 오나라 손권과 싸우다 죽은 호북성 의창시 당양에는 목 없는 무덤인 관릉이 있습니다. 그의 고향인 산서성 운성시에 관제묘가 있고, 낙양에는 그의 머리를 묻은 관림이 있습니다. 그래서 머리는 낙양을 베개 삼고, 몸은 당양에 누워 있으며 혼은 산서성 운성으로 갔다는 말도 있습니다.

관릉의 능陵은 '임금의 무덤'이란 뜻입니다. 관제묘란 '관우황제의 사당'이란 뜻입니다. 관림의 림林은 '성인의 무덤'을 뜻합니다. 공자는 문성文聖이고, 관우는 무성武聖이라 하여 각각 '공림', '관림'이라 부릅니다.

관우는 형주호북성 형주시를 지키다 손권에게 패하여 참수당합니다. 싸움이 있기 전 손권은 관우의 딸과 자신의 아들을 혼인시키자는 결혼동맹을 제의했으나 부러질지언정 휠 줄 모르는 관우가 손권의 자존심에 생채기를 냅니다.

"호랑이 자식을 어찌 개의 새끼에게 시집보내겠는가!"

이 말 한마디에 관우는 손권의 적이 되고 결국은 목숨까지 잃게 됩니다. 후세 사람들이 관우를 우러르는 이유의 하나는 바로 이 관우의 자부심일지도 모르겠습니다. 남의 처마 밑에 살면서 허리 굽히지 않을 수 없는 아랫것들에게 조조나 손권 같은 '삼한갑족'을 초개같이 보았던 관우의 자부심은 충분한 대리 만족을 주었을 겁니다. 그러나 외교를 모르는 편협한 자부심이란 비판도 없는 것은 아닙니다.

덜컥 목을 벤 손권은 유비의 복수가 두려워 관우의 목을 조조에게 보냅니다. 관우와 조조 두 사람의 네 번째 만남은 이렇게 관우가

당양 관우사당(위)과
관우릉(아래)

죽어서 이루어집니다.

　나는 죄가 없다. 모두 조조가 시킨 일이다. ― 이런 손권의 이간책입니다. 그러나 처세의 달인이고 난세의 간웅을 자처한 조조는 관우를 위하여 성대한 장례식을 치룹니다. 천년 묵은 침향목沈香木으로 몸통을 만들어 관우의 몸을 온전케 하고 형왕형주의 왕으로 추존하여 성대한 의식을 치룹니다. 이것이 오늘날 낙양 남쪽에 있는 관림關林의 시작입니다.

　낙양은 용문석굴, 소림사 말고도 '북망산北邙山'으로도 낯익은 이름입니다. 우리 민요 성주풀이에 "낙양성 십리허에 높고 낮은 저 무덤은 영웅호걸이 몇 명이며 절세가인이 그 누구냐"로 불리는 북망산은 낙양 북쪽에 있는 귀족들의 공동묘지입니다.

　운이 다하면 영웅도 얕은 계책에 비명횡사할 수밖에 없지만, 관우는 죽어서도 진화를 멈추지 않습니다. 북송 때 휘종은 무안왕으로, 명나라 신종은 관우를 무신武神으로 선포하고 일 년에 두 번씩 제사를 지냅니다. 청나라 선종은 '관성대제關聖大帝' 즉 황제로 추서하는 등, 16명의 임금이 23차례 직호를 추서합니다.

앞에서 말했듯 민중들 사이에서는 재신으로도 모셔졌으니 관우는 황제에서 또 신의 경지까지 오른 셈입니다. 이 모두 관릉 벽에 새겨진 '충의인용忠義仁勇'이라는 관우 평생 화두의 결과일 것입니다. 서태후는 위세가 온 세상에 떨친다는 '威陽六合함양육합'이란 친필 현판을 이곳에 내렸습니다.


관우의 목 없는 무덤이 있는 호북성 의창시는 2007년 5월 내가 장강의 적벽, 무한의 황학루를 구경하고 형주를 거쳐 찾아간 세 번째 목적지였습니다. 당양은 《삼국지》에서 조자룡과 장비의 활약이 눈부셨던 격전장 장판파長板坡가 있는 곳입니다. 조자룡은 유비의 아들 아두유선를 품에 품은 채 조조 군사들을 풀 베듯 헤쳐 나갔고, 장비는 장판교 앞에서 호통을 쳐 조조의 부장을 기절시킨 곳입니다.

형주에서 시외버스를 타고 두 시간여를 달리던 버스는 어떤 다리 옆에 멈추자 운전기사가 뭐라 소리칩니다. 승객들이 주섬주섬 짐을 들고 버스에서 내리는데 한마디도 알아듣지 못하는 나는 참으로 난처하기만 합니다. 여러 모로 보아 분명 이곳이 아직 당양시는 아닌데 왜 사람들은 다 내리는가?

마지막 남은 나를 향해 버스 기사가 내리라고 손짓을 합니다. 할 수 없이 서둘러 앞서 내린 승객을 쫓아가니 꽤 긴 다리가 나오는데 가운데가 아직 수리 중이었습니다. 그제야 상황이 이해되었습니다. 버스는 다리를 건널 수 없으니 당양 쪽에서 다른 버스가 우리를 태우려고 다리 저편에서 기다리고 있었던 것입니다. 비로소 여유가 생긴 나는 혼자 중얼거렸습니다.

"뭐야, 1800년 전 장비가 부순 장판교가 아직도 수리가 안 됐단

거야?"

　지도를 보니 당양 시가지에서 관릉까지는 꽤 거리가 되는 듯해서 왕복하기로 하고 60원이나 주고 택시를 탔습니다만 도착해 보니 약 10리 거리밖에 되지 않았습니다. 조용한 시골 마을에 어울리지 않을 광장이 펼쳐져 있었습니다. 정문인 삼원문을 들어서니 적토마를 세워 놓은 마전馬殿이 먼저 나타납니다. 맥성 전투에서 주인을 잃은 적토마는 며칠 후 식음을 전폐한 채 시름시름 앓다가 죽은 영물답게, 이제는 누각까지 얻어 안식하고 있습니다. 하루에 천리를 달려도 피로한 기색이 없었다는 적토마이지만 신세는 기구하여 주인이 여러 번 바뀝니다.

　처음 주인인 동탁이 여포에게 주었는데 여포가 조조에게 잡혀 죽자 그 주인은 조조가 되고, 관우가 허도에 잡혀 있을 때 조조는 그의 마음을 사기 위해서 관우에게 넘깁니다. 적토마를 받고난 관우가 길게 읍하자 천금을 주어도 감정을 보이지 않던 관우인지라 조조는 그 까닭을 묻습니다. "이 말이라면 형님 소식을 아는 대로 곧바로 달려갈 수 있기 때문입니다."라는 관우의 직선적인 정직함에 조조는 아연실색합니다.

　관우사당의 신도를 따라 더 나가니 제사를 모시는 배전拜殿이 있는데 기둥에는 德덕 자가 5개 쓰인 대련구가 있습니다. '현덕을 형님으로, 익덕을 아우로, 방덕의 목을 베고 맹덕曹操을 놓아 주었으니 관공의 덕은 천추에 빛나리' 관우의 행적을 간추린 명문입니다. 배전을 지나면 관우를 모신 정전正殿이 나옵니다. 정전 위에 '위세가 천하에 진동한다'라는 뜻의 '위진화하威震華夏'라는 현액이 걸려있는데, 청나라 동치제同治帝가 젊어서 쓴 힘찬 필체였습니다. 순서대로 배전, 정전, 다음은 침전이고 그 뒤편에 능묘가 있습니다.

　침전을 지나 능묘로 가다보니 침전 뒤편에 작은 틈새를 만들어 놓았는데 설명을 대충 읽으니 그곳에 손을 넣고 소원을 빌면 이루어진다는 내용이었습니다. 서울에 있는 어린 손주의 복을 빌었습니다.

연대대학 나와 같은 교수 아파트에 거하는 조 교수의 아들, 엄마 따라 중국에 온 손자 연배의 어린이도 생각이 났습니다. 능묘 앞에는 '漢壽亭侯之墓<sub>한수정후지묘</sub>'라는 비각이 서 있고. 무덤 위에는 몇 백 년 묵은 측백나무가 관우의 충절을 대변하듯 촘촘히 서 있었습니다. 그의 혼령이 나타났다는 옥천사는 예서 멀지 않은데, 호북성 양번시 융중고리로 제갈공명을 찾아갈 길이 바빠 발길을 돌려야 했습니다.

## 관우의 고향

도원결의할 때 관우는 자신을 하동 해량 사람이라고 소개했습니다. 하동은 황하의 동쪽이란 뜻으로 오늘의 산서성입니다. 크게 보면 황하는 서에서 동으로 흐르지만 황하가 중류에 이르면 북으로 갔다가 다시 남으로 흐르면서 섬서성과 산서성의 경계를 이루기도 합니다. 해량은 선서성의 남쪽 끝 운성시입니다. 한국에서 떠난다면 비행기로 하남성 정주에 내려 먼저 허창시의 관성전을 보고 낙양으로 가 관림에 들렀다가 낙양에서 한 네 시간 버스를 타고 운성시에 가면 되겠습니다.

나는 산동성 연대시에서 2010년 4월 30일 오후 3시 30분 서안<sup>西安</sup>가는 기차를 타고 5월 1일 11시에 하남성 낙양에서 내렸으니 20시간 기차를 탄 셈입니다. 낙양에서 버스로 갈아타고 산서성에 도착하니 오후 3시, 만 하루를 걸려 운성에 왔습니다. 거리로는 1288km입니다. 1800년 전 관운장과 4천여 년 전 순 임금과 요 임금을 만나러 왔으니 중국 땅의 넓이와 그 오랜 역사를 새삼 실감하게 됩니다. 늘 하는 대로 운성 시외버스 터미널에 도착해서 지도를 한 장 삽니다. 그리고 택시 기사를 찾아 행선지를 표시한 지도와 종이 한 장을 내밉니다.

"나는 중국어를 못합니다. 해주 관제묘와 상평 관공가묘<sup>關公家廟</sup>를 보고 싶습니다. 가는 길에 염호<sup>鹽湖</sup>도 보고 싶습니다. 그리고 다시 이곳에 데려다 주세요."

관우의 고향 운성의 춘추루

　이런 한문 쪽지를 기사에게 건넵니다. 기사는 외국인 손님을 태운 것이 신기한 눈치입니다. 뭐라고 묻습니다. 십중팔구는 어느 나라 사람이냐?는 순서겠지요. "한궈런韓國人(한국인)." 이 한마디는 할 줄 압니다. 그리고는 미안하다는 뜻의 "부하오이스不好意思(불호의사), 팅부동 알아듣지 못해요"이라 합니다. 미터기를 꺾고 택시는 출발합니다, 나의 긴장감도 조금 누그러듭니다.

　운성시 동쪽에는 염지鹽池라는 커다란 소금호수가 있습니다. 중국이란 넓은 땅덩어리에 어디 간들 무엇은 없겠습니까? 어떤 책에는 중국 소금의 70%가 생산된다고 했는데 이는 사실과 다른 듯. 장보고가 활약하던 강소성 양주시만 해도 소금산지로 유명한 곳이고, 또 청해성에 있는 청해호는 제주도 크기의 세배인 염호이니 소금 생산도 대단할 것입니다.

　이런 생각을 하는 동안 택시는 끝없이 펼쳐진 그 염호 한가운데를 가로질러 관운장을 찾아 나섭니다. 주변 관광 안내판에는 호수에 둥둥 떠 수영복 차림으로 책을 읽는 그림도 나오고……. 그러나 보고 싶은 것을 다 보려다가는 정작 봐야 될 것을 노칠 수 있습니다. 용단을 내려 오로지 관운장을 찾아 나섭니다. 멀리 산 위에 작은 봉우리처럼 우뚝한 관우의 입상이 보입니다. 오른손에 청룡언월도를 들고 수호신처럼 도시를 굽어보고 있습니다.

운성 기차역 앞에 적토마 위에서 포효하는 승마상乘馬像과 함께 동쪽 서쪽에서 운성시를 수호하고 있습니다. 바람이 불면 짠 모래 바람에 눈이 시리기도 할 텐데……. 그래도 관운장에게는 청룡언월도 하나면 세상에 무서울 것이 없겠지요.

상평산서성 운성시 관제가묘關帝家廟는 관우와 부친, 조부 증조부 삼대를 모신 집안 묘입니다. 관우가 제왕帝王으로 추증되었으니 그의 조상도 찾아 모시는 것이 당연하겠습니다.

관제가묘는 중국적인 웅장함보다는 간결한 운치를 풍기는 건물과 배치가 안정감이 있었습니다. 정문을 지나면 '關王故里관왕고리'라 쓴 이끼 낀 석패방石牌坊이 있고 이어서 산문山門과 의문儀門을 지나면 헌전獻殿과 정전正殿이 나옵니다. 45도 위로 눈고리가 째진 미염공 관우의 위용과 풍채가 대단합니다.

그 다음은 낭낭전, 한평생 고향에서 수절한 오씨 부인의 공간이고, 제일 뒤가 성조전聖祖殿, 증조부, 조부, 부 삼대가 모셔진 사당입니다. 곳곳에 측백나무가 빽빽한데, 특히 '용백龍柏' '호백虎柏'이라 이름 붙여진 나무는 수령이 1800년이라 합니다. 정말로 역사는 아득하고 천지는 광활합니다. 이 마을은 관씨의 집성촌인지도 모르겠습니다. 관우의 62세손이 산다고도 들었습니다.

관우는 운성에서 내로라하는 비리 소금도매업자를 한 칼에 응징하고 쫓기는 몸이 되어 각처로 떠돌다가 하북성 탁현에서 유비를 만나게 됩니다. 그들이 결의형제를 맺은 탁현의 비문에는 '관우가 7명의 관리를 의롭게 죽이고 몸을 피했다義殺七貴亡走(의살칠귀망주)'는 비문이 있습니다. 상평 집에 남은 오부인은 수절하며 남편을 기다렸다고 합니다. 자신의 배로 난 자식은 아니지만 천하의 명장 관흥과 관평이 그런 어머니를 모시고 시립해 있습니다. 낭랑전 앞에는 수령을 알 수 없는 뽕나무가 한 그루 있는데 안내판에는 '한 해에 다섯 번 꽃피고 열매 맺는다'라는 뜻을 지닌 '五世同堂桑오세동당상'이라 쓰여 있었습니다. 문이 닫혀 있으면 그 안이 더 궁금해집니다. 상평 관제조사의 성조전 뒷문은 굳게 잠겨 있었습니다. 문득 이 뒤편이 관우의 의관총이 아닌가 하는 추측을 하기도 했습니다.

관우고리에서 나와 염호를 오른쪽으로 끼고 달려 관우사당 중 가장 오래 됐다는 해주 관제묘로 갔습니다. 산서성 운성시 염호구 해주진, 염호의 남쪽 끄트머리에 관제묘가 자리 잡고 있었습니다. 낙양의 관림은 명나라 때, 당양의 관릉은 송나라 때 세워진 것에 비하여 이곳 운성의 해주 관제묘는 수나라 때 건립되고 청나라에 와서 확장 개건되었다고 합니다. 그래서 그런지 사당의 패방에도 세월의 연륜이 배어 고색창연합니다.

사당 남쪽에 자리 잡은 결의원結義園에는 유비 관우 장비 3형제가 처음 만나던 복숭아밭이 그대로 재현되어 펼쳐졌고, 북쪽의 전원前院에 자리 잡은 정전正殿에는 청나라 휘종 황제가 쓴 '崇寧殿숭녕전'이라는 휘호가 사당의 격을 더해 주었습니다. 이 휘호는 관우를 숭녕진군崇寧眞君에 봉한 데서 따온 것인데 2층 3층 처마 밑에는 강희제, 건륭제, 함풍제의 휘호가 함께 관우의 충의를 기리고 있었습니다.

숭녕전에 모셔진 관우 소상은 색깔도 화려한 황제의 의상입니다. 그래서 이곳 해주의 사당을 '관제묘'라 부릅니다. '氣肅千秋기숙천추'라 쓰인 아름다운 목패방木牌坊을 지나면 후원의 영역으로 춘추루가 자리 잡고 있습니다. 숭녕전에 종루鐘樓·고루鼓樓가 있는 것처럼 춘추루 양쪽에는 청룡언월도를 모신 도루刀樓와 한수정후의 인장을 전시한 인루印樓가 배치되었습니다. 춘추루는 기교의 극치라 할 만큼 조형물의 조각 솜씨가 뛰어났습니다.

그러나 5시에 사당 문이 닫히니 언제까지 마냥 넋 놓고 감탄할 수도 없었습니다. 인생이란 모든 것을 지나치면서 받아들일 수밖에 없는 단명한 존재일지도 모르겠습니다. 첫눈에 못 알아본다면 수 십 번 마주친들 그게 어이 익숙해지겠습니까? 인생이란 자기 손에 든 등불을 따라 길을 더듬어 가는 외로운 존재일 뿐이라고 앙드레 지드는 충고합니다. 아, 오늘 본 이 많은 것들을 언제까지 내가 기억할 수 있을까? 갑자기 인생이 두려워집니다. 나도 청룡언월도 하나 지니고 살고 싶어집니다.

운성시에는 관우사당 말고도 순 임금 능이 있습니다. 내일 아침 찾아뵈면 그 '남풍가' 한가락 타 주시려나? 내가 공자는 못되지만 석 달 동안 고기 맛을 모르면 어쩌나? 여행처럼 영혼을 자유롭게 하는 낭만은 없을 겁니다.

내가 운성에서 찍은 사진은 딱 한 장입니다. 사연은 이렇습니다. 운성 시외버스 터미널에 내려 배낭을 열어보니 카메라가 없는 겁니다. 옌타이 대학 내 숙소 책상 위에 꺼내놓은 채 가방만 메고 오다니, 내가 바로 치매 노인이로구나 생각하며 사진을 포기했습니다. 그런데 더 가관인 것은 그날 밤 숙소에 들어와 가방 정리를 하다보니 배낭 밑에서 카메라가 나온 것입니다. 그래도 내일은 순 임금을 찍을 수 있으니 그나마 다행일까요?

아침에 호텔 창밖으로 보이는 관우의 기마상騎馬像 한 장을 겨우 찍었을 뿐입니다. 오른손에 쥐어진 청룡언월도, 단기천리單騎千里 그 어려운 길을 지켜준 청룡언월도가 내게도 하나 있으면 내 인생에 그리 팍팍하지 않으리라는 생각을 했습니다.

# 양귀비와 장한가<sup>長恨歌</sup>

56세 장년의 당 현종은 어느 날 문득 삶에 식상한 자신을 돌아봅니다. 난마 같은 정국을 헤치고 개원의 치<sup>開元之治</sup>를 이룩하기 25년, 풍물은 넘쳐 나고 백성들의 얼굴에는 윤기가 돌고 있지만, 그것이 자신에게 덧없다는 생각이 엄습합니다. 이제 더 이상 정복할 땅도 없고 추구할 명예도 없거늘 가슴은 텅 비어 있었습니다.

신하들이 가득한데도 대전<sup>大殿</sup>은 아무도 없는 듯 쓸쓸합니다. 극진히 사랑하던 아내 무혜비<sup>武惠妃</sup>가 죽은 지도 삼 년, 여전히 춤이 있고 노래가 흘러나오건만 내전<sup>內殿</sup>이 적막하기는 대전과 다르지 않습니다. 하늘에 다다를 수 없는 노래의 단명함이여. 바다를 관통할 수 없는 말굽의 한계성이여. 문득 파우스트의 독백을 생각했습니다.

"나는 철학, 법학, 의학, 신학, 통달하지 않은 것이 없다. 그렇다고 나는 얼마나 똑똑해졌는가? 결국 우리는 아무 것도 알 수 없다는 것만을 알게 된 것은 아닌가? 저 박사다, 석사다, 목사다 하는 바보들보다는 내가 더 영리하겠지마는 — 삶의 활력은 내게서 멀리 가 버렸구나. 이제 비로소 현자의 말씀을 알겠도다. 영혼의 세계가 폐쇄된 것이 아니라 내 오관이 닫히고 심장이 멈추면 그만이란 것을……."

덧없이 늙음을 한탄하는 현종 앞에 간신 이임보가 메피스토펠레스처럼 아룁니다.

"황상 폐하, 한 미녀가 있사온데 미모와 교태가 비인간<sup>非人間</sup>의 경지옵니다. 한 번 보기만 해도 성이 기울고 두 번 보면 나라가 기운다던 이가인<sup>李佳人</sup>보다 더 빼어난 미색<sup>美色</sup>이오니 한 번 불러 울적하신 회

화청지 양귀비상

포를 푸시옵소서."

이리하여 호젓하게 숨은 보석 양옥환楊玉環을 보게 된 현종은 첫눈에 혹하여 너무 늦게 만난 것을 한탄합니다. 그러나 그것은 정말 꾀꼬리처럼 기차게 울지도 못할 남모를 사랑이었습니다.

양옥환, 그녀는 과연 어떤 여인인가? 자신의 아들, 그것도 한때 태자로 세워 후계자로 삼을 것도 고려해 본 아들 수왕壽王 이모李瑁(현종의 8번째 아들)의 아내, 자신의 며느리가 아닌가? 아무리 오랑캐의 습속과 유교적인 미풍이 섞여 있었던 1,300년 전 당나라 시절이라고는 하지만 쉽게 해결할 문제는 못되었습니다.

수염 없는 얼굴에 몸집이 집채만 한 환관 고력사髙力士가 간특하게 부추깁니다.

"천하에 왕의 땅이 아님이 없고, 폐하의 신하가 아닌 백성이 없사온데 황상께서 부르신다면 누군들 기꺼이 모시지 않겠나이까? 천자에게는 원래 허물이 없어 모든 일이 떳떳한 것이 온 바, 증조부되시는 태종께서는 제수弟嫂(태종 이세민은 아우 원길의 처를 아내로 맞았다)를 취하셨고, 할

아버지 고종께서는 태종의 시중을 든 바 있던 후궁<sup>後에 측천무후가 됨</sup>을 취하여 황후로 삼으시고서도 베개를 높이 하여 인생을 즐기되 한 점 부끄럽지 않으셨나이다. 양옥환을 잠시 도관<sup>道觀(도교 사원)</sup>에 머물게 하여 며느리되는 세상의 인연을 끊게 하소서. 태진궁을 짓고 여도사<sup>女道士</sup>로 양옥환을 맞아들이고, 수왕 이모에게는 달리 아리따운 여인을 간택해 내리소서. 그런 다음, 좋은 날을 가리어 양옥환을 궁중에 거두소서. 결코 주저하여 장중보옥<sup>掌中寶玉</sup>을 잃는 일이 없도록 하옵소서."

이리하여 양옥환은 도사 양태진으로 되었다가 천보 4년, 드디어 현종에게 시집와서 양귀비가 됩니다. 17세에 왕자비가 됐던 그녀는 다시 황제의 여자가 된 것입니다.

당나라 편제에 황제는 황후 하나에 비<sup>妃</sup> 넷, 빈<sup>嬪</sup> 아홉, 부<sup>婦</sup> 스물 일곱, 어처<sup>御妻</sup> 여든 하나를 두게 되었으니 그녀는 일약 두 번째 서열에 오른 셈입니다. 그러나 황후 무혜비는 이미 저승 사람이니 일인지하 만인지상의 영예를 황제의 극진한 사랑과 더불어 차지한 것입니다.

사랑의 전야제는 여산 별장 화청지 온천에서 이루어졌습니다. 그곳은 포사<sup>褒姒</sup>라는 여인을 위하여 거짓 봉화를 올리는 장난 끝에 주나라 유왕<sup>幽王</sup>이 죽고 평왕이 낙양으로 천도하므로써 동주<sup>東周</sup> 시대가 열린 곳이기도 한 장안, 현재의 섬서성 서안시입니다. 22세의 농익은 양귀비는 매화탕에 그 고운 몸을 적시어 56세의 시아버지 현종을 남편으로 맞을 몸단장을 꾸미어 환골탈태합니다.

성당<sup>盛唐</sup> 시인 백낙천<sup>백거이</sup>은 이들의 사랑을 읊은 〈장한가<sup>長恨歌</sup>〉를 다음과 같이 읊습니다.

천생의 미모는 그대로 버려진 채 있을 리 없어
어느 날 갑자기 뽑혀 천자를 모시게 되었다
눈동자를 돌려서 한 번 웃으면 온갖 교태가 생겨나
궁녀의 분이나 연지로 화장한 모습은 빛을 잃었다

봄 추위 안 가셔진 이른 봄날 그녀를 화청궁에 불렀으니
화청지의 부드러운 물은 윤기 있는 그녀의 몸을 감쌌다

탕 속에서 시중드는 아이가 부축해 일으키려 해도 온 몸에 힘이 없는 듯 교태를 부리며 그녀는 현종의 사랑을 흠뻑 들이켰습니다. 삼일 밤낮을 임금은 정사를 폐하고 조회에 나오지 않았습니다. 양옥환은 빗질하지 않은 머릿결로 현종을 묶었고 흑진주 같은 동자 속에 임금을 헤어나지 못하게 했습니다.

17세에 수왕에게 시집온 지 6년, 그녀는 이미 구석구석 무르익은 여인이 되어 있었고, 56세의 현종은 노익장에 이르기도 아직 이른, 절륜한 정력의 사나이였으니 봄날 밤이 짧음을 한하며 천자는 해가 높이 뜬 뒤에야 일어났고, 그 뒤로 천자는 아침의 정사를 집무하지 못하게 될 수밖에 없었습니다.

이들은 사랑 이상의 사랑으로 사랑했고, 하늘의 날개 돋친 천사들이 부러워할 사랑으로 사랑하며<sub>에드거 앨런 포우 〈애너벨 리〉</sub> 사랑의 부피를 넓혔습니다. 늦은 봄 긴 사랑 끝에 정원의 모란을 감상하던 현종은 당시 한림학사이던 이백을 부릅니다. 사랑의 증언이 필요했을 겁니다.

술이 곤드레가 되어 침향정에 업혀 온 이백에게 양귀비의 미모를 시로 적게 하자, 고력사는 신을 벗기고 양귀비는 먹을 갑니다. 몸은 가누지 못하지만 붓대를 든 손이야 춤을 추는 것, 그는 단숨에 〈청평조사淸平調詞〉 세 수를 지어 던지고 다시 코를 곱니다.

구름 보면 열두 폭 치마인 양하고
꽃을 보면 당신의 얼굴인 듯…
어느 것이 사람이고 어느 것이 모란인지
침향정엔 지금 봄이 무르익는데

양귀비라 일컬어지는 여인은 719년 사천에서 태어날 때 옥팔지가 왼쪽 팔에 끼워져 있었다 하여 옥환玉環이라 명명 받습니다. 알 수 없는 향기를 몸에 띠고 겉눈썹은 짙고 속눈썹은 길어 어려서부터 미모가 뛰어났었습니다.

정사의 기록에도 그녀의 미모는 자질풍염資質豊艶이라 적고 있습니다. 불세출의 미모에다가 가무에도 뛰어났고 총명을 겸비했습니다. 촉 지방 조원담의 딸로 태어났으나양현담의 딸이라는 기록도 있음 조실부모합니다. 양씨 집에 양녀로 갔으니 양국충이 그의 6촌 오라비요, 세 자매와 함께 자라니 이들의 미모 역시 출중하여 훗날 현종으로부터 '한부인' 곽부인' '진부인'의 칭호를 얻고 흠뻑 사랑을 받습니다.

현종의 양귀비에 대한 사랑은 나날이 깊어져서 곁에서 모시는 시녀만 700명이 넘었다고합니다. 그렇지만 사랑도 다투어야 더 간절해지는 법이던가? 다른 여인을 본다고 방자하게 왕에게 대들던 양귀비는 두 번씩이나 내침을 받기도 합니다. 그러나 며칠을 참지 못하고 임금은 다시 수레 가득 비단과 음식을 내려 귀비를 위로합니다. 그녀는 삼단 같은 머리를 잘라 서신과 함께 임금께 올립니다.

"첩의 죄는 죽어 마땅 하온데, 이렇게 진귀한 패물을 내리시니 제가 무엇으로 보답하리까? 지닌 것을 둘러보니 제 자신의 것은 하나도 없이 모두 상감께서 내리신 것이옵니다. 다만 이 머리털만큼은 부모로부터 받은 유일한 제 것이라 마음과 함께 바치오니 부디 가납해 주옵소서."

글을 읽던 현종은 와락 그리움을 주체할 수 없어 다시 그녀를 궁중으로 급히 불러들였음은 물론입니다. 다시는 변하지 않으리라, 사랑을 다짐합니다. 이런 사정을 〈장한가〉는 다음과 같이 적고 있습니다.

칠월이라 칠석날에 장생전에서 두 손을 잡고
밤 깊어 서로 속삭인 말이 있었다
하늘에서는 두 사람이 비익조比翼鳥가 되어 날고 지고

땅 위에서는 두 사람이 연리連理 나무 가지가 되고 지고

비익조는 암수 한 몸으로 같은 눈, 같은 날개를 사용하는 새이고, 연리지는 밑동은 둘인데 줄기는 하나로 되어 있는 나무입니다.

이렇게 오랫동안 임금이 사랑에 눈이 멀어 정사에 손을 놓자 아래 것들은 탐욕에 불이 붙어 정치는 수라장이 되었습니다. 균전제均田制가 무너져 국가의 재정은 파산지경에 이르렀고, 병부제兵府制가 흐지부지해지자 국방력은 풍전등화가 되었습니다.

사방 절도사들은 제 세상을 만나 힘자랑하기에 분주했으니, 동북면이 먼저 흔들렸습니다. 한때 수양아들이라 하여 색동옷 입고 양귀비 앞에서 아양 떨던 200kg의 거구 안록산의 침입군 앞에 매관매직에만 능했던 양국충은 정승의 임무는 반분도 못한 채 임금을 험난한 파촉으로 피난길을 걷게 했습니다. 이에 난군들은 양귀비를 죽이라 아우성이었습니다.

서울을 빠져 겨우 백여 리 마외역에 이르러
근위병들은 더 이상 움직이지 않으니 어쩔 수 없네
아름다운 양귀비는 천자의 말 앞에서 죽었다
천자는 얼굴을 감춘 채 도울 수도 없었다
뒤돌아보며 흐르는 눈물이 양귀비의 피와 섞여 흐른다

흰 비단 천으로 고역사가 목을 죄었다는 이야기도 있고, 양귀비 스스로 자살했다는 말도 전해집니다. 애드가 앨런 포우의 시대로, 그들이 누린 사랑의 절반도 행복하지 못한, 날개 달린 하늘의 천사들이 그들의 사랑을 시기하여 하늘에 먹구름 안개를 드리웠는지도 모를 일입니다. 키이츠였던가? '아름다움은 영원한 기쁨'이라고 했는데, 현종으로서는 아름다운 귀비를 잃었으니 모든 것을 잃은 것과 다르지 않았을 겁니다.

제위도 태자<sup>고종</sup>에게 물리고 혼이라도 양귀비와 만나고 싶어 했습니다. 제왕의 영광인들 함께 누릴 사람이 없다면 그에게 무슨 의미가 있었겠습니까?

그녀가 누린 나이 38세, 그러나 천년이 지난 오늘날에도 그녀의 이름은 인구에 회자되지만, 유방백세流芳百世야 되겠습니까? 유취만년遺臭萬年이라면 너무 박한가요?

이백은 취했어도 경국傾國이라 첫눈에 간파했지만 현종에게는 그녀만이 이 세상의 전부였는지도 모를 일입니다. 무능한 지도자는 역사에 돌이킬 수 없는 죄를 짓는다고 했던가? 사실 현종은 '개원의 치'라 해서 당 태종 때보다 더 화려한 정치를 했으니 사람의 공과를 어떻게 따져야 하는지 모르겠습니다.

'천지는 영원하나 어느 땐가 끝남이 있겠지만, 이 슬픈 사랑의 한이야 어찌 다할 날이 있겠는가天長地久有時盡(천장지구유시진) 此恨綿綿無絶期(차한면면무절기)'라고 〈장한가〉는 끝을 맺습니다.

그대 부드러운 섬섬옥수로
내게 황등주를 부어 주었지
성 안에 넘친 봄빛 실버들로 늘어질 때
동풍이 사나워 우리 인연이 깨졌으니
그리움과 한에 사무친 가슴
외로운 나날로 몇 해를 보냈던가?
모두가 나의 잘못이여! 잘못이여! 잘못이로세

봄은 예나 다름없건만
사람은 보람 없이 여위어만 가니
연지 묻은 손수건 눈물에 젖는구나
복숭아꽃 스러져 화원마저 쓸쓸하니
사랑의 맹세 변함이 없어도
정을 담은 편지 그 누가 전해 주랴
잊어야지, 잊어야지, 차라리 잊어야지

─육유 〈채두봉〉

심원<sup>절강성 소흥시</sup>을 거닐던 당완<sup>唐琬</sup>은 첫눈에 육유<sup>陸游</sup>를 알아보고 창백한 얼굴에 눈물이 맺힙니다. 함께 걷던 남편 조사정이 의아해 사정을 묻자 당완은 10년 전에 이혼한 전 남편임을 속이지 않습니다. 대범한 조사정은 육유를 청해 합석을 합니다.

10년 전에 헤어진 아내를 본 육유도 할 말을 잊습니다. 당완이 건네는 술 한 잔을 마시고 육유는 황망히 자리를 뜹니다. 세상에는 잊지 못할 사랑도 있고, 잊어야 하는 사랑도 있습니다.

괴로이 공원을 거닐던 육유는 담장에 피맺힌 사연을 절규하듯 적었습니다. 이것이 사랑의 명시 〈채두봉釵頭鳳〉의 탄생 과정입니다. 채두봉은 여인의 머리 장식, 비녀의 노래입니다. '외롭고 가엽구나, 비녀 끝에 새겨진 봉황 한 마리처럼' 이런 의미를 내포하고 있습니다.

'동풍이 사나워 우리 인연이 깨졌다'는 것은 단순히 봄바람이 불어 꽃잎이 졌다는 뜻은 아닙니다.

원래 당완은 육유 어머니의 조카딸, 둘은 이종사촌간입니다. 12세기 송나라 당시에는 친상가친親上加親이라 하여 근친간의 결혼이 오히려 권장되기도 했던 것 같습니다. 어려서 손잡고 함께 자란 오누이는 부부로 맺어지면서 사랑이 더욱 깊어졌습니다. 목적이 없어질 때가 사랑이라 했던가요.

이들은 사랑하고 사랑받는 것 이외의 다른 것을 모르는 그런 행복한 사랑을 했습니다. 그런데 문제는 어머니였습니다. 언제부터인가 예쁜 조카딸이던 당완이 며느리가 되면서부터 못마땅해지기 시작했습니다. 금슬만 좋으면 무엇을 하느냐, 대를 이을 자식을 생산해야 하지 않느냐, 저리 둘이 손잡고 밖으로만 나도니 내 아들 언제 과거 공부할 시간이 있겠는가?

어머니는 이혼을 명령합니다. 청천벽력입니다. 이야말로 '사나운 동풍'입니다. 효성이 극진했던 육유는 어머니 명을 어기지 못합니다. 사랑 이상의 사랑으로 사랑했던 그들은 그들의 반만큼도 행복하지 못했던 하늘에 있는 천사들의 방해〈애너벨 리〉의 한 구절를 받은 것입니다. 이렇게 생이별을 한 두 사람이 10년이 지나서 심씨 성을 가진 부자가 꾸며 놓은 아름다운 심원 공원에서 만나게 된 것입니다.

육유는 남송 시절의 애국 시인입니다. 당시 송을 압박하던 금나라와 끊임없이 항전을 주장하던 애국자이기도 했습니다. 〈채두봉〉

이라는 시에서 묻어나는 짙은 감수성이나, 어머니 말씀을 어기지 못한 나약한 효자의 이미지와는 달리 그의 다른 시에는 남성미가 넘쳐나기도 합니다.

황금 칠한 칼을 백옥으로 장식하니
밤에도 창문 뚫고 빛을 내는구나
사나이 나이 오십에 아직 공을 못 세워
칼 뽑아 홀로 서서 사방을 둘러본다

는 구절이나

삼만리 황하는 동쪽 바다로 흐르고
오천 길 화산은 하늘에 맞닿아 있네

라는 시에는 호연지기가 넘쳐흐릅니다. 〈채두봉〉은 이런 시를 쓴 육유의 작품이 아닌 듯 애절한 내용인데, 그만큼 그의 사랑의 상처가 심하다는 의미가 되겠습니다.

육유는 다작多作으로도 유명합니다. 이백의 시가 1200여 편, 두보의 시가 1500여 편 남아 전하는 데에 비하면 육유의 시는 9천 편이 전해지며, 2만 편을 썼다는 기록도 보입니다. 그 중에서 유독 〈채두봉〉이 회자되는 것은, 그 시가 사랑이라는 우리의 보편적인 감정에 호소하기 때문인 것 같습니다.

다시 당완의 이야기로 돌아갑니다. 그녀는 꿈 같이 육유를 이별하고는 며칠을 못 견디다가 그날의 여운을 더듬어 다시 심씨의 정원沈園을 찾습니다. 그리고는 담벼락에 휘갈겨 쓴 육유의 〈채두봉〉을 읽습니다. 버리고 떠난 기억도 잊을 수 없겠거늘 하물며 차마 옷소매 놓지 못할 사랑을 지니고 헤어진 이의 애절한 시를 보는 여인의 가슴이 어땠겠습니까? 그녀<sup>당완</sup>는 주룩주룩 눈물을 흘리며 육유의 시 옆에 한 편의 자신의 시를 보탭니다.

> 세상이 야박하고 인정도 사나워서
> 황혼에 뿌린 빗방울 꽃잎을 떨어뜨렸지
> 밤새 흘린 눈물 흔적 새벽바람에 말라버려
> 내 마음 호소하려 난간에 기대었지
> 어려워라, 어려워라, 너무너무 어렵구나
>
> 우리는 헤어져 그 옛날은 멀어졌으나
> 그리워하는 이 마음 그네 줄처럼 오락가락
> 수졸<sup>戍卒</sup>들의 호각소리에 밤은 깊어 가는데
> 내 마음 들킬까봐 눈물을 삼키네
> 감춰야지, 감춰야지, 내 마음 감춰야지
>
> (당완의 답시)

내가 절강성 소흥을 찾은 시기도 이 두 남녀가 만났음직했던 시절과 같은, 버드나무 녹음을 머금고 가지를 늘어뜨린 4월 말이어서 사방은 춘색이 만연했는데, 이 두 남녀의 시를 적은 담장은 우중충한 흑백 화면처럼 불행한 사랑의 전말을 침묵으로 전해주고 있었습니다.

웃음 속에는 기고만장한 허풍이 있을지 몰라도 사람이 눈물을 흘리는 순간은 진정한 자아로 돌아와 있는 시간입니다.

> 세상 인정 야박하고 인정은 모질기만 하여라
> 사람마다 제각각이니 오늘은 어제가 아니로다

아무리 보아도 사무침이 올올이 배어 있는 아름다운 대구<sup>對句</sup>입니

다. 이런 슬픔으로 어찌 생명을 오래 지탱할 수 있었겠습니까? 꿈이
런듯 스쳐 보낸 전 남편 육유를 만난 지 한 해가 지나서 시름시름하
던 그녀의 명줄은 끊깁니다. 왜, 같은 사랑인데도 여인의 호소는 더
욱 심금을 울리는 것일까요? 그건 여인들의 영혼이 남자보다 더 맑
아서인지도 모르겠습니다. 깨지기 쉬운 와인 잔 같이 투명한 영혼이
어서인지도 모르겠습니다.

　여인들의 사랑은 다 가슴 저미는 것인지 이 당완 같이 슬프면서
도 아름다운 시를 쓴 다른 여류 시인 한 사람을 찾아보겠습니다.

당완과 육유(위). 심원에 조성되어 있는 〈채두봉〉 시비

꽃이 흐드러지게 핀 날은 어찌 견디랴

왈칵 님이 그리운 걸

아침 거울엔 두 줄기 눈물

봄바람 제가 어찌 알랴


이 시는 당나라 여류 시인 설도의 〈춘망사春望詞〉의 한 구절입니다. 그녀는 두보보다 약간 늦은 만당晚唐 시절에 사천성 성도에서 태어났습니다. 이 〈춘망사〉 셋째 수를 김안서가 번안하고 김성태가 곡을 붙여 가곡 〈동심초〉가 되었습니다.


꽃잎은 하염없이 바람에 지고

만날 날은 아득타 기약이 없네

무어라 맘과 맘을 맺지 못하고

한갓되이 풀잎만 맺으려는고


이 시의 원작자가 설도입니다. 성도 망강루공원에 가면 아직도 '설도전薛濤箋'이라 하여 예쁜 색종이를 팔고 있습니다. 설도는 손수 그 종이를 만들어 거기에 시도 쓰고 사랑의 편지도 보냈습니다. 꽃이 흐드러지게 피어 있어 더욱 임의 부재를 견딜 수 없어 마음 아파하는 시입니다.

어찌 봄바람뿐이겠습니까? 사랑하기 때문에 밀려오는 서러움은 오로지 당하는 사람의 몫일뿐입니다.

다시 육유 이야기를 해야 하겠습니다. 육유의 벼슬길은 평탄치 못했습니다. 고토를 회복해야 한다는 그의 주전론은 자주, 당시의 대세였던 주화파와 부딪혀 그의 이상은 실현되지 못했습니다. 늙어서는 고향 소흥에 은거하며 주로 당시풍唐詩風의 아름다운 시를 쓰다가 85세의 천수를 누렸습니다.

남긴 시는 2만 수가 넘는다고 하는데 문집에는 9천여 수의 시가 전합니다.

육유에게 심원은 양지바른 고향의 정원이듯 따뜻한 정이 담긴 곳이기 때문인지, 그는 만년까지 자주 와서 젊은 날 아낌없이 사랑했던 당완을 추억하는 많은 시를 남겼습니다.

흙벽의 비뚤한 글씨는 진흙에 허물어지고
끊어진 말과 흐릿한 꿈은 먼 일이 되었구나
몇 년 지나면 그리운 생각 다 지워지리
물가의 감실 쪽에 돌아가 한 줄기 향을 피우네

이것은 68세 때 쓴 완당에 대한 사랑입니다. 이때쯤이면 담장에 썼던 〈채두봉〉 두 수의 흔적이 희미해졌을지도 모를 일입니다. 다시 75세에도 〈심원〉이란 시 두 수를 남기는데, 그 첫 수는 다음과 같습니다.

꿈이 끊어지고 향이 꺼진지 사십 년
심원의 버들도 늙어 비단을 날리지 못하네
이 몸은 계산의 흙으로 늙어가니
오히려 남은 자를 슬퍼하여 한 바탕 눈물이구나

계산은 회계산입니다. 즉 심원이 있는 소흥 땅입니다. 사랑은 잊혀지지 않는 영물인지 82세된 육유는 그리움에 겨워 또 붓을 듭니다.

성 남쪽 작은 길에서 또 봄을 만나네
매화만 보이고 사람은 보이지 않네
아름다운 사람은 오래 전 흙이 되었지만
먹 자국은 아직도 흙먼지 속에서 벽을 지키네

역시 〈채두봉〉의 사연입니다. 남아 있는 자는 떠난 사람 몫의 사
랑까지 간직해야 하기 때문에 사랑의 추억이란 세월과 무관하게 항
상 생생한 것일까요? 죽기 한해 전 84세의 노인은 아직도 당완을 놓
아 보내지 못합니다.

믿노니, 아름다운 사람도 끝내 흙이 되는 것
너무나 짧디 짧게 가버렸기에
그리운 마음을 견디기 어려웠노라

소흥은 하나라 우왕이 전국의 제후를 소집했다하여 '회계'란 명칭
이 붙은 곳입니다. 춘추 시대는 월나라의 서울로 와신상담의 현장이
기도 합니다. 월왕 구천이 와신상담의 성공을 위해서는 절세의 미녀
서시西施가 있어야 했는데, 이곳이 바로 비련의 여인 서시의 고향이기
도 합니다. 이곳에서 왕희지가 술 취해 흘려 쓴 〈난정서〉가 탄생하
기도 했고, 노신이《아큐정전阿Q正傳》을 쓰기도 했습니다.
영어 알파베트의 'Q'는 청나라 때 유행하던 변발辮髮머리에 대한
풍자란 해석도 있습니다.
이 모든 것들이 다 지나가 버린 과거의 이야기 같은데, 유독 당완
과 육유의 사랑의 이야기가 생생하게 뇌리에 남는 이유는 사랑이나
혁명은 모두 미완으로 끝난다는 그 비극성에 연유하는지도 모르겠습
니다.

## 시솽반나 다이족 자치주 발수절潑水節

다이족傣族 달력으로는 4월 14일이 새해의 첫날입니다. 우리식으로 하면 청명, 한식 절기에 준하지만 현지의 날씨는 한여름에 해당합니다.

이날이 되면 운남성 남부 시솽반나西雙版納에서는 남녀노소 할 것 없이, 상점이나 식당 어디에서도 하루 종일 물을 뿌려대며 즐깁니다. 평소에는 얌전하고 친절하게 관광객을 맞이하던 가이드 아가씨들도 이날은 전사로 변하여 물통을 들고 다니며 손님들에게 신나게 물을 끼얹었습니다. 그러면 몸에 묻은 불행의 티끌들이 다 씻겨 없어진다고 합니다. 그러니 너 나 할 것 없이 다 물에 빠진 생쥐가 되어야 더 즐거운 날입니다. 이 물폭탄을 많이 받을수록 인기가 있는 사람이 된다니 마냥 피할 일도 아닙니다. 주은래 중국 총리도 1960년대 이곳에 와서 물폭탄의 환영을 받았다는 일화도 전해질 만큼 발수절은 따이족의 축제로 확실히 자리 잡고 있습니다.

지금은 민속 축제의 성격을 넘어서 하나의 관광 상품으로도 굳어진 것 같습니다. 이 날이 되면 수천 명의 외지인들이 물놀이를 즐기려 이곳을 찾는다고 합니다. 마을 소녀들과 손을 잡고 호수를 돌면서 일 년의 복을 기원한 후에는 물 끼얹기 전쟁이 벌어집니다. 한 대야 가득 축복을 담아 서로에게 끼얹으며 하루를 즐깁니다. '람보'가 쓰는 총 모양의 물총도 등장하고, 군부대에서는 아예 소방 호수로 물을 뿌려 댄다니 가히 디오니소스적인 축제의 모습입니다.

축제가 벌어지는 곳은 중국의 서남단 운남성, 또 이 운남성의 서

따다이족의 발수절 축제

남단 시상반나 −다이족 자치구입니다. 마치 두만강 북쪽에 연변 조
선족 자치주가 있는 것과 같이 55개 소수민족의 자치주는 곳곳에 많
이 산재해 있습니다.

　조선족 인구는 약 200만이고, 이곳에 주로 사는 다이족은 100만
을 조금 넘습니다. 소수민족 인구 대비로는 조선족이 56개 민족 중
13번째 다이족은 18번째입니다. 이 다이족이 사는 시상반나의 행정
수도가 징홍입니다. '공작의 도시'란 뜻인데 그 이름대로, 이곳에는
아름다운 공작새와 야생 코끼리가 특히 많이 서식하고 있습니다. 공
작은 길조로 행운을 가져다주는 새라고 그들은 믿고 있습니다.

　운남성의 성도인 곤명에서 남행 기차로 10시간 거리, 중국인들이
자랑하는 보이차 주 생산지이자 차마고도를 따라 티베트 인도 지역
으로 퍼져 나가는 출발점이기도 합니다. 이곳의 위도는 북위 23도,
북회귀선이 지나갑니다. 대개 적도를 기준으로 남북회귀선이 지나는

위도를 열대라고 부릅니다.

열대의 태양 아래서 벌어지는 물놀이 행사의 이름이 발수절입니다. 나그네 생각으로 일 년이 시작되는 첫날 더위를 식히며 하루 물놀이를 즐기는 자생적인 놀이 문화거니 했는데, 여기에도 가슴 찡한 사연이 전설로 전해집니다.

옛날 이 마을에는 '날씨를 주관하는 펑마텐다라신'이 있는데, 성격이 난폭하기 이를 데 없어 사람들은 폭염에 시달려야 했습니다. 또 탐욕이 많아 마을 처녀 7명을 강제로 아내로 삼는 등 갖은 악행을 저질렀습니다. 견디다 못한 7명의 아내들이 '정의의 신'에게 기도하여 포악한 신을 물리칠 방법을 물었습니다. 그랬더니 그의 머리털로 목을 조르면 죽는다고 일러주었습니다. 7인의 아내는 악한 신이 자는 밤마다 몰래 머리털을 모아서 묶어 두었다가 드디어 악신을 목 졸라 죽였습니다.

그런데 악신을 죽인 머리털이 땅에 떨어지자 불길이 일어 사방으로 흩어져 불바다가 되었습니다. 당황한 아내들은 불이 이글이글 피어나는 머리털 위에 자신의 몸을 던져 불을 끄려 했습니다.

여인들이 불에 타는 것을 보고 마을 사람들이 동이로 물을 퍼다 끼얹었지만 착한 7명의 여인은 살아나지 못했습니다. 그러나 악신이 죽었으니 마을은 다시 평온해졌습니다.

이 공로가 죽은 7인에 있다고 생각한 마을 사람들은 그녀들이 죽은 날을 기념하여 그날을 설날로 정했습니다. 그리고 이날이 되면 서로 물을 뿌려 몸에 붙어 있는 잡스러운 귀신을 몰아내고 그 여인들을 추모하는 '발수제'가 시작되었다는 전설입니다.

이렇게 역사나 문명의 전환점에는 누군가의 희생이 꼭 존재하기 마련입니다.

다른 이야기도 전해 내려옵니다. 발수절의 시작은 원래 인도 지방으로 '부처님 목욕시키기'에서 연원했다고도 합니다. 그래서 욕불절浴佛節이라고도 합니다. 이 행사가 태국을 거쳐 시상반나까지 들어

왔다는 것입니다. 실제로 이곳 기록에 의하면 석가 부처님이 이곳까지 설법하러 다녀갔다는 이야기도 있습니다.

발수절 행사와 비슷한 것을 태국에서는 '송크란'이라 하여 큰 명절 행사로 치러지는데 시상반나에서 300km밖에 떨어지지 않은 태국 치앙마이에서는 아직도 며칠씩 물의 축제가 대대적으로 벌어지기도 합니다.

발수절의 하루는 온종일 떠들썩하지만, 새벽녘 일찍 란찬강에서 성수를 떠 오는 조용한 행렬에서 축제는 시작됩니다. 그 물로 집에 모셔 놓은 부처님을 정갈하게 씻겨 드리고 나서, 거리로 나오면 코끼리들의 재롱이 시작되고 나서 가장 인간적인 물 뿌리기 대열에 합류합니다.

모든 축제의 내면에는 이렇게 동적인 것과 정적인 것이 항상 공존하고 있습니다. 이 날은 물 뿌리기 말고도 란찬강<sup>메콩강 상류</sup>에서 용주<sup>龍舟</sup> 경기, 폭죽 높이 쏘아 올리기, 공작 춤추기 등의 행사가 벌어집니다.

또 이날 미혼 남녀들이 '꽃주머니 던지기'를 통해 서로의 배우자를 고르기도 합니다. 축제가 벌어지는 징훙은 중국의 최남단이자 운남성의 최남단, 남쪽으로 베트남과 라오스, 서쪽으로는 미얀마가 접해있습니다.

란찬강이 유유히 흐르면서 만든 분지에 울창한 열대 우림의 수목들이 자라고 있어 남국의 정취를 흠뻑 맛볼 수 있는 곳, 이곳 여인들이 추는 '공작무'는 중국에서도 가장 아름다운 춤사위로 유명합니다.

다이족들의 남녀가 만나는 의식으로 '구운 닭고기 팔기'라는 것이 있습니다. 다이족 처녀가 노랗게 구운 닭을 들고 시장에 가면 총각들이 몰려듭니다. 그들 중에 마음에 드는 총각이 있다면 처녀는 작은 걸상을 총각에게 내주어서 옆에 앉게 합니다. 이야기를 나누다가 서로 마음에 들면 닭고기를 받쳐 들고 아예 주위의 수림 속에 가서 닭고기를 함께 먹으며 사랑을 속삭입니다. 반대로 총각이 마음에 들지 않으면 처녀는 구운 닭고기 값을 엄청 비싸게 부릅니다.

약혼식날에 나오는 안주가 특이합니다. 처음은 더운 안주, 두 번째는 짠 안주, 세 번째는 달콤한 안주가 나옵니다. 이는 인생이란 열정과 순박함과 달콤함이 갖춰져야 한다는 뜻입니다. 결혼식 때 주례는 새하얀 끈으로 신혼부부의 어깨를 둘러서 끄트머리를 신랑과 신부의 손목에 매어줍니다. 순결을 뜻하는 것이라 합니다.

아름다운 이족 여인

### 초웅 이족彝族자치주 막내절摸奶節

음력 7월 14일, 15일, 16일 3일은 운남성 곤명시 쌍백현 사람들이 귀절鬼節 또는 혼절魂節이라고 해서 죽은 자를 애도하는 날입니다. 그러나 언제부터인가, 이 애도의 기간은 모든 주민들이 모여서 즐기는 축제 행사가 되어 버렸습니다. 이 3일 간 온 마을 사람들은 폭죽을 터뜨리고 전통악기를 연주하며 음악과 춤으로 활기가 넘쳐납니다.

막내절 축제일에 이족 처녀들은 이렇게 한쪽 가슴을 노출시킨다.

그런데 이 축제의 주인공인 젊은 미혼 여성들의 복장이 이날의 하이라이트입니다. 젊은 여인들은 한껏 화려한 전통 복장을 했는데 모두 한쪽 가슴을 노출시킵니다. 브래지어 없이 한쪽 유방을 노출한 채 거리를 활보하는 것입니다. 그러면 지나는 남자들은 자연스럽게 그 유방을 쓰다듬습니다. 알고 모르고, 마을 사람이건 관광객이든 상관없이 모든 사람에게 허용된다고 합니다.

이 축제를 막내절摸奶節이라 하는데 摸은 '본뜨다'의 뜻으로 읽을 때는 모가, '만지다'라는 뜻으로 읽을 때는 막이 됩니다. 내奶는 젖 또는 유방의 뜻입니다. '여인의 가슴을 만져주어 액땜을 하는 날' 이런 뜻이겠지요. 남자는 물론 여자도 그것을 즐기는 카니발입니다 그러나 이날 여인들이 허락하는 것은 노출된 한쪽 가슴만입니다. 나머지 한쪽 가슴은 고이 싸매 감춰 두었다가 결혼할 남편에게 바치는 순결이라 합니다.

앞의 가슴을 내놓은 사진이 좀 선정적인가요? 그러나 여인의 표정을 보면 그냥 잔잔한 일상일 뿐입니다. 자칫 욕망의 눈으로 볼 때 우리는 진정한 아름다움을 놓치기도 합니다. 뒤에서 이야기 하겠지만 그녀의 유방을 만져주는 것이 결과적으로 여인을 보호해주는 행위이니 여자도 즐겁게 응하는 것입니다.

물론 21세기 대명천지 우리의 잣대로는 말이 안 되겠지만요. 서화담 선생이 여름 비 맞아 온몸이 알알이 들어난 황진이의 손을 그렇게 무덤덤하게 잡았다는 이야기가 없는 것은 아니지만, 그게 예사 쉬운 일은 아니지 않습니까? 이렇게 많은 남자들이 많은 여자들의 가슴을 만짐으로써 일 년 동안의 액을 물리치고 상서로운 일을 기대한다는 믿음의 카니발이 벌어지는 것에 대해 마을 의견이 두 편으로 나뉜다고 합니다.

마을 관광 수입을 위해 더욱 활성화해야 한다는 쪽과 이족彝族 고유의 전통을 훼손시키지 않기 위해서 외부인의 유입을 적극 막아야 한다는 의견이 서로 팽팽하다고 합니다. 그러나 사회주의 국가인 중국도 모든 것이 경제 원리로 이야기되니 막내절 카니발은 상품으로 매력 있는 관광 자원인 듯합니다. 외지인인 우리가 관심이야 가질 수 있지만 그 문화 자체에 대해서 폄하할 일은 없어야 하겠습니다..

루벤스의 그림이었던가? 젊은 딸의 유방에 아버지가 게걸스럽게 입을 대고 있는 그림이 있습니다. 옥에 갇혀 탈진한 아버지에게 자신의 젖을 먹이고 있는 그림이 있는데, 이 슬프고도 아름다운 이야기처럼 막내절의 유래담도 가슴 짠한 이야기로 전해 내려옵니다.

역사 이래 수많은 전쟁을 치루면서 많은 사람들이 죽고 몇몇 사람은 살아남곤 하였는데, 어느 때부터인가 죽은 영혼이 저승엘 못 가고 이 땅에 떠돌다 결혼하지 않은 처녀를 잡아다 자신의 성적 욕망을 채운다는 말이 이족 마을에 떠돌게 됩니다. 이런 소문이 무서운 아녀자들은 한쪽 가슴을 다른 남자에게 허락함으로써 스스로 부정한 여인이 되어 죽은 영혼의 성적 욕망에서 벗어나려 했다는 좀 슬픈 이야기가 그 배경 설화입니다.

다른 전설로서는 이 마을에서는 해마다 순결한 처녀를 하느님의 제물로 바쳤기 때문에 스스로 한쪽 가슴을 남자들에게 허락해 자격 없는 여인이 되었다는 아이러니컬한 이야기도 있습니다.

세칭 이 막내절은 곤명시 서쪽의 이족 자치주 쌍백현 악가진 마을에서 행해지는 이족들의 풍습입니다.

이족의 인구는 800만 명으로 소수민족 중 7번째로 인구가 많습니다. 이족의 彝이는 떳떳한 도리를 뜻하는데 '술잔'의 뜻도 있습니다. 이족의 속담에 "한족은 차를 귀하게 여기고 이족은 술을 귀하게 여긴다"는 말이 있을 만큼 그들의 술사랑은 지극합니다. 술을 사랑한다는 것은 그들의 삶이 열정적이란 뜻입니다. 주인이 권하는 술을 객이 사양하면 무시당했다고 해서 크게 성을 냅니다.

이들의 결혼 풍습도 독특합니다. '교차 사촌'이라 하여 아버지의 여자 형제와 어머니의 남자 형제는 결혼을 권장하나 '평행 사촌'이라

하여 아버지의 남자 형제와 어머니의 여자 형제는 절대 결혼을 못한 다는 점입니다. 둘 다 근친혼인데, 아마도 남자의 DNA만 유전된다 는 소박한 믿음(?)의 결과가 아닐까 하는 추측도 있습니다.

이족의 명승지로는 곤명에서 약 한 시간 거리에 있는 관광지 석 림을 빼놓을 수 없습니다. 그리고 '훠바지에火把節'라는 화파절火把節 축 제가 유명합니다. 화파절은 일종의 마을 불놀이입니다. 광장에 태양 을 상징하는 불에 참가자 전원이 자신이 가지고 온 막대에 불을 붙 여 광장에 만들어 놓은 승천하는 용의 형상에 점화하면서 축제는 시 작됩니다. 이들은 이 축제의 불을 집에 가져가 새로운 불씨로 사용하 고, 논과 밭을 돌며 풍작을 기원하고 가축들의 번성을 축원합니다. 음력 6월 24일경에 이루어집니다.

## 리장시麗江市 – 루구호

음력 7월 25일이면 모수오족 마을에서는 호수의 여신 거무格姆를 위로하는 선남선녀의 잔치가 시작됩니다. 남녀는 손을 잡고 둥그렇 게 모여서 춤을 추며 노래를 부릅니다.

당신이 어디서 오셨든지
이곳에 왔으니 우린 친구랍니다
우린 친구랍니다. 마다미(나는 당신을 사랑합니다)!
뜨거운 온돌 위에 당신의 자리를 만들겠습니다
당신이 어디서 오셨든지 이곳에 오셨으니
떠나지 마세요
떠나지 마세요
마다미……

남자는 발을 구르고 여자는 손뼉을 치며 노래합니다. 손을 잡고 원무를 추다가 소년이 가만히 소녀의 손바닥을 세 번 누릅니다. 그 소년이 마음에 들면 소녀도 세 번 눌러 줍니다. 그러면 사랑이 확인된 것입니다. 간절한 기도라면 구태여 길게 할 필요는 없겠지요. 그날 밤 여

석림에서 옌타이대학교 교수들과

자는 자기 방 창문을 열어 놓습니다. 당신을 환영한다는 표식입니다.

　같이 춤추던 소년은 저녁을 기다려 소녀방의 창문이 열려 있는 것을 확인합니다. 그러나 정정당당하게 대문을 통과하지는 못합니다. 아름다운 것을 얻기 위하여는 그에 상응하는 대가를 치러야 하는 거겠지요.　소년은 사랑의 날개에 의지해 수직의 벽을 타고 소녀의 방이 있는 3층으로 올라가야 합니다. 왜냐 하면 그들의 가옥 구조가 그렇기 때문입니다.

　1층에는 닭이나 양, 돼지 같은 가축을 키우고, 2층에는 거실이 있는데, 이곳에서는 남자들이 공동으로 기거합니다. 아가씨는 3층에 기거합니다. 꽃으로 예쁘게 꾸며 놓았다고 하여 화방花房 또는 화루花樓라고 합니다. 창문이 열려 있다는 것은 남자의 방문을 환영한다는 뜻입니다. 닫혀 있거나 빗자루가 걸려 있으면 거절의 표시입니다.

　소년은 준비해 온 고기 한 덩이를 집 지키는 사나운 개에게 던져 주의를 분산시킵니다. 수직의 담을 타고 3층의 정복이 끝나면 쓰고 간 챙 넓은 모자를 소녀의 창문 앞에 걸어놓습니다. 일종의 영역 표시를 하는 셈입니다. 창문에 모자가 걸려 있다는 것은 지금 사랑이 진행 중이라는 은밀한 표식입니다. 용감한 왕자가 자신이 정복한 영토에 승리를 표시하는 깃발을 꽂는 것과도 같을 것입니다. 이렇게 은밀하게 만나는 사이를 '아샤阿夏'라 부릅니다. 애인이라는 뜻입니다.

남자만을 가리킬 때는 '아쭈阿注, 阿都'라 부
르기도 한답니다.

그러나 이들의 사랑은 해 뜨기 전까
지입니다. 새벽이 되면 남자는 제 집으로
돌아가서 아침을 먹고 자기 집에서 일을
해야 합니다. 게으른 남자가 해 뜨기 전
에 집으로 돌아가는 것을 잊은 바람에 돌
로 변해버렸다는 전설도 있습니다.

'…… 새벽은 급히 나타나 밤을 쫓는
다.'는 짧은 밤을 아쉬워하는 노래도 있
습니다. 서로가 허락하면 다음날 저녁에
그 벽 타기는 다시 재연되구요.

'남자는 장가들지 않고, 여자는 시집가
지 않는다'는 남불취男不娶 여불가女不嫁는 운
남성 동북쪽, 사천성과 맞닿은 곳에 사는

사랑을 구하기 위해 여인의 집
벽을 타는 청년

모수어족의 사랑 이야기입니다. 한마디로 이들의 결혼 생활은 다부
다처多夫多妻에 가깝습니다. 남자는 수많은 여자를 찾아다니고, 여자는
그 남자가 특이한 결격 사유가 없는 한 거부하지 않는 남녀 관계입니
다. 그러니 가정 형태는 자연 모계 중심입니다. 농사를 짓거나, 경제
권은 여자들에게 있고 남자들은 호수에서 고기를 잡거나 가축을 치
는 일을 합니다. 집안의 어른은 연장의 할머니입니다. 할머니 방에는
일년 내 불이 꺼지지 않아야 하는 화로가 있습니다. '불의 신'을 모시
는 가장 신성한 장소입니다. 성인식 같은 중요한 행사가 이루어지는
공간이기도 합니다.

운남성의 성도 곤명에서 민속 공연을 보았는데 이런 남녀의 만남
이 주제가 된 코믹한 연극을 재미있게 보았습니다. 주고받는 대사를

이해 못해도 그들의 몸짓 하나하나에서 자유로운 영혼을 느낄 수 있었습니다. 이렇게 한 밤중에 남자가 여인을 찾는 사랑의 형태를 주혼走婚이라 합니다. 날이 밝으면 본가로 달려가야 하기 때문에 붙여진 이름인지도 모르겠습니다. 그래서 '주거주래走去走來'란 말도 생겼습니다. 혹은 신랑 신부가 늘 바뀌기 때문에 붙여진 이름인지는 모르겠습니다. 이들의 사랑은 같은 마을의 남녀끼리는 피해서 좀 떨어진 마을에 사는 남녀 간에 이루어진다고 합니다.

남자나 여자나 서로의 선택은 자유롭고 한 번 맺어졌다고 하여 서로 간에 정절(?)을 지킬 의무는 없습니다. 임신하여 아기가 생길 경우 그 자식은 전적으로 여자의 관할입니다. 물론 미혼모라 수군거리는 사람도 없어 식구들에게 부끄러울 것도 없습니다.

자식에 대해 남자는 어떤 권리도 행사할 수 없고, 육아나 교육에 대한 아무 의무도 없습니다. 원칙적으로 그 아이가 누구의 자식인지 모르는 셈이니까요. 더러는 아기 돌 때 음식을 해서 마을 사람들을 초대하는데 그릇에 담은 음식을 제일 먼저 권하여 넌지시 아이의 아버지임을 암시하는 경우도 있다고는 합니다.

남자에게 주어진 의무는 자신의 아들이 아닌, 집안 누이들의 아들, 즉 외삼촌으로서 조카들을 돌보는 것이 아주 중요한 소임입니다. 루구호에 나가서 고기 잡는 법, 성인식이 끝난 뒤 여인의 방벽을 오르는 예비 연습을 가르치는 것, 이런 것이 남자들의 몫입니다. 사회 관습이란 것이 살면서 길들여지기 나름이니, 우리의 잣대로 굳이 그것을 폄하하거나 미화할 필요는 없겠지요. 아직도 이런 사랑의 형태가 남아 있는 것을 보면 중국이란 나라가 지대물박地大物博한 것은 틀림없습니다. 땅이 넓으니 별 희한한 일이 많은 것 같습니다.

사랑이 영원하다면 더 좋은 것이지만 사실 불꽃 튀는 사랑은 그 찰나에 존재하는 것이 아니겠습니까? 마치 우리들이 누구를 처음 사랑할 때는 굽이치는 물줄기가 비켜선 산자락을 따라 천리 만리 흐를 듯 영원하리라 생각하지만, 결국은 사소한 이유 하나로 엇갈려 지나치면서, 안타깝지만 세월과 함께 잊혀지는 것이 또 다른 사랑의 얼굴인 것처럼.

이렇게 환상적인 사랑이 존재하는 거기가 어디쯤이냐고요? 운남성 곤명시 북쪽으로 버스나 기차를 타고 10여 시간 달리면 물의 도시 여강시麗江가 나옵니다.

나시족의 풍류가 깃든 여강 고성古城의 풍광을 며칠 즐기다 실증이 날 때쯤 동북쪽을 향해 버스로 6시간쯤 가면 '찬디엔'라는 안내판이 나오는데, 그곳이 바로 모수어족 마을입니다. 행정구역은 여강시 영랑이족 자치현 영녕향입니다.


모수오족은 55개 소수민족으로 분류되지는 않고 진사강양자강 란찬강메콩강 일대 여강시를 중심으로 펼쳐져 사는 나시족의 한 분파에 편입되어 있습니다. 그곳에는 해발 2700m의 산정호수가 있어 풍광이 더욱 유려합니다. 물 밑으로 12m까지 내려다보이는 투명한 호수이자 이들의 생활터전입니다.

그들은 이 호수를 어머니의 바다세나미라 부릅니다. 여강 시내에서도 그들 특유의 복장을 하고 가계에서 수놓는 모수어족 여인을 많이 볼 수 있었습니다. 꿈의 마을이라는 샹그리라, 그리고 아름다운 옥룡설산, 양자강 상류로 유명한 금사강의 호도협이란 유명세를 타는 곳이 여강시에서 그리 멀지 않은 곳에 있습니다.

1500년을 이어온 이곳 모수어 마을의 모계중심사회도 1960년대 문화혁명 당시 홍위병들이 못된 구습을 타파한다고 하여 주혼이란 것이 잠시 흔들린 적이 있지만, 등소평 이후 다시 모계사회의 전통이 확립되어 평화로운 가정이 오늘에 이어집니다.

여자아이는 13세가 되면 성인식을 치릅니다. 이때는 라마승도 참석하여 경전을 읽어주고  마을을 지키는 무당도 악귀를 쫓기 위해 모셔옵니다. 길일을 택하여 성인식이 치러질 때면 우선 호두나무를 태워 그 연기로 소녀를 정화시키고, 모셔 두었던 조상<sup>증조모</sup>의 모자와 의상을 소녀에게 입혀줍니다.

이런 성인식의 의식은 할머니의의 환생이라는 의미도 갖게 됩니다. 할머니의의 이름도 물려받습니다. 이 성인식의 주된 음식은 차와 돼지고기를 염장한 주파러우입니다. 내장을 빼고 소금과 양념으로 속을 채워 숙성시켜서는 몇 년이고 맛있게 먹는 전통적인 음식입니다. 성인식을 마친 소녀는 비로소 여인으로 대접받고 자신의 방을 갖게 됩니다. 이 방을 화방이라고도 합니다. 아름다운 꽃으로 꾸민 방입니다. 반대로 남자들은 제 방이 없습니다. 함께 공동방에서 기거합니다.

이들의 어휘에는 '남편 아버지 할아버지 이혼'이란 단어가 없습니다. 태어나면 어머니의 성을 따르고, 남자 아이는 자신이 해야 할 일을 아버지가 아닌 외삼촌에게서 배웁니다. 정작 아버지가 되는 사람에게는 자녀를 돌볼 의무도 없고 또 책임도 없습니다. 그냥 이웃집 아저씨일 뿐입니다.

이곳 여인들은 남자의 역할을 '씨앗에 물을 주는 정도'로 이해하고 있습니다. 비가 내리지 않으면 풀이 자라지 못하듯 남성은 아이를 얻기 위한 수단에 불과하다고 여인들은 말합니다. 남자들은 또 그대로 그 자유로움이 넉넉하여 자신이 불행하다고 생각하는 사람은 아무도 없다하니 이곳이 아직까지 오염되지 않은 마지막 낙원은 아닐까 모르겠습니다.


루리스 헨리 모건<sup>1818-1881</sup>의 《고대사회》에 의하면 하와이 군도에 '푸날루아 혼'이라는 것이 있었다고 합니다. 현재 일부일처제로의 확립되기 전에 있었던 부족사회의 결혼 형태였던 것 같습니다.

A씨족에게 일남, 이남, 삼남이 있고 B씨족에게는 일녀, 이녀, 삼녀가 있습니다. 일남과 일녀가 혼일할 때 나머지 형제자매들도 함께 모여 사는 것입니다. 주된 결혼자는 1남과 1녀지만, 이 6명은 서로

자유롭게 성관계를 할 수 있는 가정이 형성됩니다.

아기가 탄생되면 누가 아버지인지 모릅니다. 모두가 아버지이고 그 아기는 모두의 자식입니다. 삼촌 조카 같은 명칭은 있을 수 없습니다. 다음 이남이 C란 씨족의 여자와 정식 결혼을 해도 같은 상황이 전개됩니다. 처남 매부 동서 제부 복잡한 관계로 어울리게 되지만, 그들은 서로를 그냥 푸날루아Pounalua라 부릅니다. '친밀한 친구'라는 뜻입니다.

중국 역대 미녀 중에 왕소군이 있습니다. 한나라 왕실의 후궁이었다가 흉노 선우에게 시집가야 했던 비련의 여인입니다. 남편 선우와의 사이에서 아들이 하나 있었는데 그가 죽자 흉노 풍습에 따라, 그녀는 왕이 된 전실 자식의 후궁이 되어 또 딸 둘을 낳게 됩니다. 21세기 우리의 눈으로 볼 때는 있을 수 없는 불행이지만, 당시 흉노의 풍속으로는 지극히 정상적인 일이기도 했습니다.

## 홍하 하니족 이족자치주

피리를 불고 싶지만 나무 끝에 올라가기 무섭네
물소를 타고 싶지만 뿔이 무서워 도망치네
어여쁜 그녀 얼굴 한 번 보고 싶어도
흙덩이 날라 올까 겁이 난다
나뭇잎 피리를 불려면 나무 위에 오르면 되고
물소를 타려면 물소 뿔을 무서워하지 않으면 되는 것을
그대여 보고 싶으면 산기슭 앵두나무 숲에서 나를 찾으세요

해발 1500m의 고지대에서 다랭이논계단식논을 경작하고 살아야 하니, 젊은 남녀라고 한들 만나기 쉽지 않습니다. 우리 옛 어르신들이 논을 매며 흥얼거렸듯 이곳 젊은이들도 논일을 하며 미지의 여성을

향하여 위와 같은 노래로 자신의 연정戀情을 알립니다. 젊은이들에게는 고된 농사일은 현실이지만, 그래도 사랑이란 언제나 무지갯빛의 꿈이니까요.

여름 아침 이슬에 야생화가 함초롬히 젖어들 듯 이런 노래를 인연으로 해서 소녀에게도 그리워하는 남자가 생기게 됩니다. 소네트는 소녀의 창가에서 불러야 격에 어울리죠? 소녀가 노래 부르는 소년을 허락하면 두 남녀의 밀회는 이루어집니다. 소녀의 집 뜨락도 좋고 그녀의 방도 좋겠지요.

그러나 어른들의 눈에 띄지 않을 수 없습니다. 이 광경을 목도한 부모들은 큰 소리로 자기의 딸을 꾸짖습니다. 그러나 두 남녀는 막무가내입니다. 더 큰 소리로 온 동네가 다 듣도록 욕설을 퍼붓습니다. 그러나 그것은 하나의 통과제의입니다. 목소리가 클수록, 그 야단치는 강도가 높을수록 그 집안의 권위가 서고 여자의 가치가 올라갑니다. 그렇게 하여야 딸의 명망이 자자해지고 부모가 딸을 얼마나 사랑하는지 증명된다는 믿음입니다. 그러니 이런 부모님의 호통을 데이트하는 남녀는 모르는 체, 못 들은 체 그들의 사랑을 계속하면 됩니다.

두 사람의 사랑이 무르익으면 남자 집에서 세 번에 걸쳐 정중하게 청혼을 합니다. 세 번째도 거절을 당하면 남자에게 무슨 문제가 있는 것으로 인식되어 집안의 위신이 크게 손상됩니다. 부모들의 반대로 결혼이 성사되지 않을 듯하면, 이번에는 남자가 강제로 여자를 보쌈해 갑니다. 보쌈을 당하는 여자는 큰 소리를 쳐 사방에 자신이 보쌈당한다는 것을 알립니다. 보쌈해 온 여자를 친구나 친척집에 숨겨 두고, 남자 집에서는 다시 청혼을 합니다. 그러면 이번에는 여자 집이 수세에 몰려 마지못해 결혼을 승낙합니다.

부모가 자식을 이기지 못하는 만고불변의 진리는 역시 이곳의 진리이기도 한 것 같습니다. 우수·경칩 때맞추어 비 내리고 사방 호수에 봄 물 그득하듯, 다락 논 위에서 노래 부르던 소년의 꿈은 드디어 결혼식으로 이어집니다.

하늘에 달은 둥글어가고
산의 꽃들은 물들어 가며
날개 달린 비둘기는 날아가고
철이 든 딸은 시집을 간다
부모 형제와 정들었다고 해도
어찌 이집에서 같이 늙어 가겠나?
이 초가집도 이젠 너를 남겨 두려 하지 않는구나

하니족 여인들은 시집을 갈 때 아주 서럽게 소리를 내서 크게 울어야 이후에 행복할 수가 있다고 여깁니다. 결혼식 날 여자 집 어른들은 신부를 위하여 '시집가는 노래'라는 슬픈 노래를 불러줍니다. 신부는 이 노래를 듣고는 더욱더 슬피 대성통곡합니다.

식이 끝나고 신부가 시댁 부모에게 절을 올리고 나면 신랑이 신부에게 '설익은 밥'을 먹입니다. 이것은 사랑이 변치 않을 것을 약속하는 맹세의 의식이라 합니다. 그런데 그게 왜 꼭 '설익은 밥'이어야 할까요? 잘 지어진 밥이 젊은 신부와는 어울리지 않는다는 것일지도 모르겠습니다. 신선한 야생의 열매는 쓴 법이니까요.

피로연 때 신랑은 하객 모두에게 담배를 권하고 불을 붙여 줍니다. 사랑이 불꽃처럼 왕성하게 피어오르라는 일종의 주술입니다. 신혼 첫날밤에는 동침을 하지 않는다고 합니다. 그래야 불길한 일 없이 가정이 순탄해진다고 하니 이런 형태의 초야는 한족에 비해 개방적인 소수민족의 성 풍습답지 않은 것도 같습니다.

다음날 새벽 첫닭이 울면 신부는 손에 쌀을 한 움큼 쥐고 마을 우물로 갑니다. 물을 긷고 나서는 가지고 온 쌀을 우물에 던집니다. 자신이 제일 먼저 다녀갔다는 표시입니다. 가족은 신부가 떠온 물을 마시며 신부에게 축복을 내립니다.

자식을 낳으면 본인의 이름 끝 자를 아들 이름의 첫 자가 되도록 지어줍니다. 내 이름이 김붕래이면 아들은 김내성, 손자는 김성권 이런 식이겠지요.

소수민족마다 독특한 사랑의 표현은 많이 있습니다. 야오족은 손등을 깨물어 프러포즈를 합니다. 고통이 여인의 심장까지 전해지도록 깨물어야 진정한 사랑의 표시가 된답니다. 그러니 너무 심하게 물어 상처가 나도 안 되고, 너무 약하게 살짝 깨물어도 용감하지 못한 남자가 된다고 하니 사랑의 표현은 역시 어려운 것입니다.

바이족은 결혼식을 끝내고 첫날밤 신방에 들면 베개를 먼저 차지하기 위한 쟁탈전을 벌입니다. 첫날밤 베개를 뺏기면 한평생 상대방에게 쥐어 살게 된다는 속설 때문에 방에 들자마자 서로 다투어 베개를 먼저 챙긴다고 합니다.

하니족은 해발 1,500m 이상의 고지대에 사는 고산족입니다. 이들은 약 1,300여 년에 걸쳐 다랭이 논을 만들어 경작해왔다고 합니다. 원양 뚜어이수촌의 계단식 논에는 17만개의 작은 논이 겹겹이 쌓여 있는데 아래에서 위까지 3,000개의 논이 겹쳐 있기도 합니다. 2013년에 세계문화유산으로 등재될 만큼 세계적으로 유명한 곳입니다. 행정구역 명칭은 운남성 홍하 하니족 이족자치주 원양현입니다. 사진을 찍는데 내공이 있다고 자처하는 세계의 작가들이 일출, 일몰 사진을 찍기 위해 꼭 찾아야 하는 명소의 한 곳이 바로 이곳입니다. 운남성 성도인 곤명에서 300km 남쪽에 있습니다. 지도를 펴놓고 보면 원양과 베트남의 하노이海內 또한 상당히 가깝게 있다는 것을 알게 됩니다.

## 세 번의 결혼식

부랑족은 세 번의 결혼식을 통해 백년해로를 다짐합니다. 미혼의 젊은 남녀는 15세가 되면 '뽀거'라고 하는 성인식을 거행하는데, 남자

는 몸에 문신을 새기며 여자는 빈
랑나무<sup>야자수의 일종</sup>의 열매를 씹어 이
를 까맣게 물들여 치장을 합니다.
여자들은 유달리 꽃을 좋아 해서
머리에 늘 꽂고 다니거나 귀걸이
를 하고 다닙니다.

운남성 원양마을의 계단식 논

귀걸이가 클수록 여인의 미감
은 빛납니다. 사랑하는 연인이 생
기면 청년은 꽃으로 자신의 마음
을 전합니다. 꽃을 받은 아가씨가
그 꽃을 머리에 꽂으면 사랑을 받
아들인다는 표시입니다. 그 꽃을
한쪽으로 밀어 놓으면 조용한 거
절입니다. 적극적인 청년은 이에
기죽지 않고 더 화려한 꽃으로 자

전통복을 입은 하니족

신의 열정을 증명하기도 한답니다. 이렇게 사랑이 시작되고 밀회를
즐기게 되면 남자 집에서 중매인을 통해 여자 집에 쌀, 돼지, 술을
보내는 것으로 집안끼리 결혼 준비는 끝납니다.

이들이 맺어지는 첫 번째 결혼식은 '깐보<sup>뼈</sup>'라 합니다. 부부의 관
계를 맺는다는 약속입니다. 신랑 친구들은 닭, 담배, 차, 술 등을 준
비해 꽃으로 단장한 신부를 환영하고, 신부 측 친구들과 어울려 춤과
노래로 결혼을 축하합니다. 예식을 마치는 순서로는 양가의 부모가
흰 실로 신랑 신부의 팔목을 묶어 주는 것인데, 이것은 둘이 일심동
체가 되고 백년해로하라는 의미랍니다. 혹은 신부가 신랑에게 빨강
실을 매준다고도 합니다.

두 번째 결혼식은 '깐나이무'라고 하는데 첫 아이가 태어난 날을
축하하는 의식입니다. 닭과 돼지를 잡아 결혼을 축하하고 손님을 대
접합니다. 첫 번째 결혼식보다는 간략한, 일종의 돌잔치 같은 성격

입니다.

　세 번째 결혼식을 '깐자오터'라고 하는데 이것이 진짜 결혼식입니다. 두 차례의 결혼식을 치렀더라도 부부 사이의 금슬이 좋지 않으면 세 번째 의식을 치루지 않고 헤어집니다. 진정한 사랑이 확인되어야, 세 번째 결혼식을 치르는데, 대개 동거 후 3년 정도의 기간이 흘러서 아기도 낳고 서로간의 믿음이 강해질 때 이 결혼식을 행한다고 합니다. 아기가 생기지 않으면 세 번째 결혼은 있을 수 없습니다. 이번 결혼식에는 음식을 풍부하게 장만해서 친척뿐 아니라 마을 사람들을 모두 초대해 성대한 축하연을 베풉니다. 결혼의 완결판입니다.

　신부는 이제 정식으로 남편 가정의 일원이 되기 때문에 친정어머니께 작별 인사를 드립니다. 이때는 매우 슬피 울어 어머니를 위로해 드려야 합니다. 큰 소리로 오래 울수록 효녀가 된다하여 결혼 전에 우는 연습도 많이 해 두어야 한다고 합니다. 이렇게 세 번의 결혼식을 치룬 다음에야 신랑 집으로 가는 경우가 많습니다. 세 번째의 결혼 이전에는 주로 신부 집에서 사는 듯합니다.

　이 풍습은 어딘가 우리나라, 고구려 시대의 데릴사위인 예서제像壻制와 닮은 것 같습니다. 고구려까지 갈 필요 없이 조선 중기 때까지만 해도 여자들의 친정살이가 그렇게 흠은 아니었던 것 같기도 합니다. 조선 500년 동안 가장 현숙한 여인으로 꼽히는 신사임당은, 19세에 혼인해서 친정인 강릉에 살다가 오죽헌에서 율곡을 낳고 38세가 되어서야 시댁이 있는 서울로 왔습니다. 강릉 대관령 고개를 넘으면서 '고개 돌려어머니 계시는 북촌 마을을 바라보니, 흰 구름 아래 저물어 가는 산이 푸르기만 하고나回首北村時一望(회수북촌시일망) 白雲飛下暮山靑(백운비하모산청)'란 명구도 남겼습니다.

## 쓰마오 – 보이차普洱茶
　부랑족은 운남성 서남부의 시솽반나, 린창, 쓰마오 일대에 분포

하는 인구 약 8만 명의 소수 민족입니다. 이 소수민족은 불심이 돈독하여 승려 생활을 하는 이도 많은데, 그들의 머리를 만지는 것은 금기입니다. 평생 쌓은 공덕이 속세의 때가 묻은 예사 사람이 만지면 다 사라진다는 믿음이 있습니다.

이들이 많이 모여 사는 쓰마오는 보이차의 주산지입니다. 1949년 중국 정부가 들어서고 보이차의 명망이 높아지자, 쓰마오란 지명을 보이로 바꿀 만큼 보이차의 명망은 대단합니다. 부랑족의 대표적 수입원이 바로 이 보이차의 재배로 오랜 전통과 기술을 지니고 있습니다.

특히 부랑족은 대나무를 즐겨 다루어 2층집도 대나무로 짓고 가재도구나 그릇도 대나무로 만들고 있습니다. 시솽반나에서 가까운 멍하이현 부랑족 마을에는 1700년 묵은 차나무가 있습니다. 마을에 귀한 손님이 오면 '차수왕'이라 불리는 이 나무 아래로 직접 안내합니다. 현장에서 대나무를 잘라 거기에 샘물을 부어 차를 끓입니다. 그리고 대나무로 만든 잔에 따라 차를 대접합니다. 이 차의 이름이 청죽차靑竹茶라 하는데 그 맛이 일품이라 합니다.

## 다이족傣族 자치주 삼도차三道茶

운남성을 여행하면서 본 소수민족의 애환을 노래한 '가무쇼'는 중국말을 알아듣지 못하는 내게도 가슴속에 살아있는 추억으로 오래오래 남아 있습니다.

장예모 감독이 연출한 〈인상 여강〉이나 양리핑의 공작춤은 소수민족의 낙원인 운남성만이 보여줄 수 있는 환상적인 무대였습니다. 가무쇼 틈틈이 젊은이들의 애정 행각도 웃음기를 얹어 화려한 의상으로 보여줍니다. 무대에 오른 따이족 젊은이들이 사랑하는 모습 또한 일품이었습니다.

다이족 소녀들은 봄이 찾아오면 곱게 화장하고 머리 치장에도 정성을 쏟습니다. 저녁이면 폭 넓은 치마를 입고 대나무 의자를 두 개

들고 삼삼오오 짝을 지어 광장으로 나옵니다. 그들은 의자에 앉아, 나머지 한 개는 치마 속에 감춰 놓은 채 모닥불을 밝히고 물레질을 하며 무명실을 뽑습니다. 이것을 일명 '강태공 낚시'라고도 부릅니다. 남자들을 낚아챌 낚시질물레질이기 때문입니다.

이때 '예라이샹 향기' 가득한 소녀들의 광장에 젊은 사내들이 나비 같이 춤추며 모여듭니다. 그들은 두터운 모포를 어깨에 걸친 채 피리나 비파를 연주하며 아가씨들에게 접근하는데 이를 다이어로 '루콩'이라 부릅니다.

분위기가 무르익으면 청년은 지니고 온 등불로 소녀들의 얼굴을 비춰 자신의 짝을 고릅니다. 아가씨가 마음에 들면 인사를 하고 말을 겁니다. 이때 소녀들 또한 그 남자가 마음에 있으면 넓은 치마 밑에 감추어 두었던 의자를 꺼내 남자에게 권하는 것으로 이들의 미팅은 시작됩니다. 물론 마음에 없어 소녀가 잠자코 물레만 저으면 남자는 물러나야 합니다.

또 다른 장면에서는 물레가 아니고 노랗게 구운 닭고기를 가지고 나오기도 합니다. 마음이 맞으면 의자를 권하고, 싫은 사람에게는 닭 값을 비싸게 받는다고도 합니다.

서로 호감을 가진 남녀가 한 쌍이 되어 은밀한 이야기를 나누다 보면 밤이 깊어지고 날씨가 차가워집니다. 남자는 자신이 걸치고 있던 긴 모포를 소녀와 함께 두른 채 새벽이 될 때까지 비밀스런 사랑은 계속된다고 합니다.


설날에는 또 다른 짝 찾기 유희가 연출됩니다. 소녀들은 정성스럽게 꽃 주머니를 만들어 그 속을 솜으로 채웁니다. 설날, 모래사장이나 풀밭에 이쪽은 여자 편, 저쪽은 남자 편이 모여 서로 마주 보고 두 줄로 섭니다. 먼저 소녀들이 준비해온 꽃 주머니를 남자 쪽에 던집니다. 그 주머니를 잡은 사내들은 즐거움의 환성을 지르고, 놓친 총각들은 아쉬움의 한숨을 쉽니다. 주머니를 놓친 남자는 소녀에게

벌칙으로 선물을 주어야 하고, 잡은 소년은 다시 그 꽃 주머니를 소녀에게 던집니다. 이때 소녀가 주머니를 받지 못하면 이번에는 소녀가 소년에게 꽃을 선물로 주어야 합니다. 이렇게 꽃 주머니와 선물이 오가면서 서로 마음에 맞는 상대를 고르고, 서로의 거리는 좁혀집니다. 놀이가 끝난 뒤 마음이 통한 남녀는 그들만의 비밀스런 장소를 찾아 사랑을 속삭입니다.

이런저런 인연으로 소녀를 알게 된 소년은 저녁이면 소녀의 집 앞에 와 피리를 불어 자신의 사랑을 전합니다. 여자는 뜻이 있으면 예쁘게 치장하고 나와 남자와 만나서, 부모님이 잠든 후 남자를 자기 방으로 불러들입니다.

쉽게 생각하면 사랑이란 어느 순간 갑작스레 찾아오는 소낙비 같기도 한 거겠지요. 우산도 우비도 없는 허허 벌판에서 내리는 그 소나기를 온 몸으로 다 견뎌야 하는 것이 젊은 날의 열정입니다. 우리가 젊었을 때 애태우던 사랑의 몸부림 또한 누구에게서 배워 그리했던 것은 아닙니다. 흠뻑 몸을 적시고 나면, 하늘은 또 그렇게 청량했던 것을. 두려움 없는 사랑, 망설이지 않는 태고적 애정의 흔적이 이들에게는 아직 남아 있는 것입니다. 인구에 회자된 로미오와 줄리엣의 사랑은 딱 5일간의 이야기입니다. 그동안 두 남녀는 사랑하고 결혼하고 그리고 죽었던 것입니다.


다이족은 북회귀선이 지나는 운남 남부 시솽반나<sup>중심도시 징훙</sup>에 주로 거주합니다. 이들의 한 분파는 원나라의 정복을 피해 동남아로 나가 태국, 미얀마, 라오스 등지에서 살기도 합니다.

사내들은 5, 6세 어려서 절에 들어가 승려 생활을 하며 공부도 하고 신앙심을 익히다가 적령기가 되면 환속하여 결혼을 준비합니다. 신랑감으로 가장 촉망 받는 부류가 승려 생활을 한 젊은이들입니다.

이들의 결혼 음식은 세 가지가 차례로 나옵니다. 첫 번째는 열정을 뜻하는 뜨거운 음식입니다. 두 번째는 짠 음식인데 순박한 삶을 의미한다고 합니다. 세 번째는 단 음식이 나오는데 모름지기 인생은 달콤해야 한다는 뜻이랍니다.

이와 비슷한 차문화가 바이족白族에게도 있습니다. 바이족의 주거지는 따리인데, 우리가 대리석이라 부르는 돌의 주산지입니다. 앞에서 공작춤의 명인으로 소개한 양리핑이 바로 백족 무용수입니다. 그들은 손님에게 싼다오차라 하여 차를 세 차례 내옵니다. 첫 잔은 쓴맛입니다. 소년기의 고난을 상징합니다. 두 번째 잔은 녹차에 치즈 호두 설탕을 넣어 단맛을 냅니다. 중년기의 중후한 안락을 뜻합니다. 세 번째 잔은 생강, 계피와 함께 벌꿀이 들어가 쓰기도 하고 달기도 합니다. 지난날을 돌이켜보는 노년기의 추억의 차입니다.

이렇게 차 한 잔 마시는데도 소수민족의 전통이 아직까지 잘 보존되어 있는 곳이 운남입니다. 그곳에는 문명이란 것에 때 묻어 가식화되기 이전의, 우리의 피가 시키고 가슴이 느끼는 인간의 순수한 열정이 남아 있습니다.

운남성은 26개 소수민족이 살고 있는, 소수민족의 전시장이라 할 수 있습니다. 넓이는 남한의 4배, 인구는 우리나라와 비슷한데 운남성 주민의 32%가 소수민족이라 합니다. 2010년 현재 북경에서 기차로 36시간, 운임은 6인용 침대차의 경우 578원입니다. 인천에서 운남성의 성도인 곤명까지는 비행기로 5시간 남짓 걸립니다.

*이 '운남연가' 부분은 운남성 쿤밍, 따리, 리장 등지를 여행하면서 소수민족에 대해 현지인들에게 들은 이야기를 바탕으로 했음. 쿤밍에서 몇 차례 본 소수민족의 연극이나, 옥룡설산에서 본 장예모 감독의 〈인상여강印象麗江〉 같은 기획물도 참고 자료로 활용했음 또 〈윈난에 가봐야 하는 20가지 이유〉(탕하이정黨海政 지음, 박승미 옮김, 터치아트)에서 많은 자료를 인용했음.

# 제4장

# 산동대한 山東大漢

## 궐리 호텔<sup>闕里賓舍</sup>

산동성 곡부시에 도착하니 밤 아홉
시가 넘었습니다. 제나라 수도였던 치
박시 임치에서 강태공 사당과 고차박
물관을 보느라고 지체했지만 위해시에
서 이곳까지 10시간 이상 버스를 타고
공자님을 뵈려 달려온 셈입니다. 하긴
부처님 뵙는 데는 3천 배를 해야 한다
고 하니 10시간쯤 대수로울 일도 아닐
것 같기도 합니다.

**공자상**

우리는 궐리빈사라는 호텔에서 여
장을 풀었는데, 그 이름을 보니 무척 반가웠습니다. 공자가 니구산
자락 창평향 추읍 어디쯤에 살다가 7, 8세에 노나라 서울인 곡부에
와서 살던 마을 이름이 '궐리'였기 때문입니다. '궐리빈사'라는 이름
의 숙소에 묵게 된 것 하나만으로도 벌써 공자님을 만난 듯 반갑기
그지없었습니다.

이곳의 공부채<sup>孔府菜</sup>를 먹어보지 않으면 곡부에 오지 않은 것과 같
다는 말이 있을 만큼 중국에서도 손꼽히는 전통 요리를 자랑하는 호
텔이 궐리빈사입니다.

2005년 1월 5일, 새벽 날씨는 차지만 태양은 빛났습니다. 가벼운
흥분으로 일행이 일어나기 전에 살짝 호텔 주변을 산책하다 보니 우

리가 묵은 숙소는 1급 호텔인데도 3층 건물밖에 되지 않아 약간 의아했습니다. 땅이 넓으니까 높이 지을 필요가 없는가? 그러다가 '곡부시 4대문 안에서는 공자를 모신 대성전보다 높은 건물을 지을 수 없다'는 안내서의 내용이 얼핏 머리에 떠올랐습니다.

나중에 확인할 수 있었지만 대성전 주변의 측백나무들도 세월의 흐름과 관계없이 대성전 높이만큼 자라서는 스스로 그 성장을 멈춤인지 전각 추녀 위로 자란 나무는 하나도 없었습니다. 역대 황제가 공자를 예찬하는 내용을 적은 어비정御碑亭 13기의 지붕 또한 대성전의 높이 아래에 세워졌습니다.

소동파가 "곡부에는 옛 풍속이 남아 있어 10만 가호 모두 글을 읽는다"던 말대로 어디선가 구성진 학생들의 노랫소리가 들려오고 있었습니다.

> 덕업은 천지와 나란하고, 도는 예나 지금이나 으뜸일세
> 6경을 정리하여 지어내니, 가르침을 만세에 드리웠네
> 德侔天地덕모천지 道冠古今도관고금 刪述六經산술육경 垂憲萬世수헌만세

공자 행교상行敎像을 그린 당나라 오도자吳道子의 시 한 구절입니다. 이렇게 존경을 한몸에 받는 공자님과 담을 하나 사이에 둔 호텔에서 하룻밤을 유숙했으니, 을유년 연초의 행운은 대단한 셈입니다.

## 빈차천貧且賤

공자는 BC 551년 9월 28일에 태어났으니, 예수보다는 500년 이상 연상이고, 석가보다는 조금 늦습니다. 희랍의 피타고라스가 BC 580년생이니 두 분은 비슷한 연배입니다. BC 477년에 태어난 소크라테스보다는 꽤 연상입니다.

노나라에서 출생한 공자의 조상은 송나라 임금이었고, 그 선대는 은나라를 거쳐 황제 헌원씨까지 거슬러 올라가는 대단한 혈통으로

소개됩니다. 공자의 7대조 때는 송나라에서 공孔씨 성을 하사받을 만큼 가세가 번창하였으나, 그 후 모함을 받아 그 아들이 노나라로 망명합니다.

부친 숙량흘叔梁紇은 소설《열국지列國志》에도 나오는 노나라의 장수인데 전투 때 적군이 닫는 성문(갑문闡門)을 손으로 들어 올려 위기를 타개한 괴력의 소유자였습니다. 그런 대장부의 혈통을 이어서인지 지금 전해지는 공자님 상에서는 선비보다 무인의 기상이 넘쳐 보이기도 합니다. 노년에 추읍의 대부를 지내던 70세의 숙량흘은 16세의 안징재를 만납니다. 이 사실을 사마천은 '숙량흘은 안씨의 딸과 야합하여 공자를 낳았다'고《사기》에 적어 놓았습니다. 이 '야합野合'이란 점잖지 못한 단어에는 두고두고 재미난 해석이 다양합니다.

남자는 8개월 만에 이齒가 나서 8세가 되면 이를 간다. 2×8, 16세에 양도陽道가 통하고, 8×8, 64세에 양도가 닫힌다. 여자는 7개월 만에 이가 나서 7세에 간다. 2×7, 14세에 음도陰道가 열리고 7×7, 49세에 닫힌다. 이 나이(남 64세, 여 49세)를 지난 남녀가 맺어지는 것을 '야합'이라 한다'-당. 장수절《사기정의》

숙량흘이 늙었고 안징재가 어려서 적령기에 혼인하는 예절, 즉 비녀 꽂는 예를 올릴 수 가 없기 때문에 '야합'이라고 했다'-당. 사마정.《사기색은》

'공자의 부친인 추읍의 숙량흘이 안씨의 딸 징재와 '야합'해서 공자를 낳았다. 징재는 그 일을 부끄러워하여 아들에게 남편의 무덤을 가르쳐주지 않았다'-후한. 정현

이러한 풀이는 모두 70세의 숙량흘과 16세의 안징재 사이에서 공자가 비정상적으로 태어났다는 뜻입니다. 숙량흘은 첫 번째 부인 시씨에게서는 딸 아홉을 두었고, 두 번째 부인에게서는 아들 하나를 낳았습니다. 이 아들은 논어에도 공자의 형으로 나오는 맹피孟皮인데 다리를 절었던 것으로 소개됩니다. 큰 아들 맹피의 자는 백니伯尼이고 둘째인 공자의 자는 중니仲尼입니다. 아들이 태어나면 백중숙계伯仲叔季의 순서로 적었던 관례를 따른 것입니다. 지금도 큰아버지는 백부,

작은 아버지는 숙부라 하는 것도 이의 전통에 기인한 것입니다. 안징 재는 세 번째 아내인 셈인데, 남편과 떨어져 공자를 키웠습니다.

공자의 성명은 공구孔丘입니다. 성이 공孔 이름 구丘는 그가 태어난 니구산尼丘山에 기도하여 얻은 아들이기 때문에 붙였다고도 하고, 정수리가 움푹 파인 두상을 하고 태어나서 언덕 丘구 자를 썼다고 《사기》에는 적혀 있습니다. 자는 중니인데 두 번째 아들이란 뜻이고, '니尼'는 역시 니구산에서 따온 듯합니다. 그가 태어나자 말라 있던 동굴 앞의 샘에서 물이 솟아 공자를 씻길 수 있었고, 황하의 흙탕물이 처음으로 맑아졌다는 신화 같은 이야기도 전해옵니다

공자가 태어난 후 부친에 대한 기록은 별로 없습니다. 숙량흘은 공자가 태어나고 바로 죽었거나《공자세가》 공자가 세 살 때 죽었다《공자가어》는 정도입니다. 이것은 어린 공자가 아버지의 신분을 이어받지 못했다는 뜻도 됩니다. 여기서 '가난하고 천했다貧且賤(빈차천)'는 말이 나왔을 겁니다. 하기는 2500년 전의 일이니 그 전해져 내려오는 이야기의 패턴이 가히 신화적인 면모를 어쩔 수 없을 것입니다. 대부분의 영웅 탄생에 있어서 부계 혈통이란 희미한 것이 신화시대 기술의 특징인 것은 부정하기 어렵습니다. 예수님이 그렇고, 우리나라만 해도 주몽, 백제 무왕 등 아버지에 대해 의심 가는 부분이 많습니다. 공자의 탄생도 영웅 신화 패턴의 하나인 기이한 탄생과 가깝다는 인상을 줍니다.

공자는 7,8세쯤에 당시 노나라 수도인 곡부로 이사해서. 궐리 마을 어디쯤에서 외할아버지와 함께 살았던 것으로 알려졌습니다. 그는 경을 읽던 판수板首였다고도 하고, 거문고에 능통했다고도 하니 당시 사회에서는 학자적인 풍모를 지닌 인물이었던 것 같습니다. 그 당시의 무巫는 하늘의 뜻을 인간에 전하는 높은 신분입니다. 이런 어머니 쪽 이야기만 있고 친가쪽 이야기는 없는 것으로 보아 공자의 첫

번째 벽은 '아비 없는 자식'이라는 콤플렉스였을 것입니다.

공자 스스로 자신은 '젊었을 때 천한 사람吾少也賤(오소야천)'이라고 했고, 사마천도 '가난하고 천했다孔子貧且賤(공자빈차천)'라고 기록했던 점으로 보아 공자의 젊은 시절은 불우했지만 학문의 탐구를 통해 많은 난관을 극복했던 것으로 보입니다.

〈공자〉라는 드라마에서는 오나라 계찰季札이 공자에게 관례를 올려준 것으로 나오고 있는데 공자 같은 분의 학문적 스승이 만인의 존경을 받았던, 임금 자리도 사양한 계찰이라면 다소 수긍이 가지만 다른 책에서는 그것을 확인할 수 없었습니다. 확실한 것은 공자의 롤모델은 주나라의 모든 문물제도를 확립한, 무왕의 아우 주공입니다. 곡부에 가면 이 주공의 사당도 볼 수 있습니다.

## 공묘孔廟 – 공자 사당

아침 9시 우리를 태운 관광버스는 공묘孔廟로 향했습니다. 공묘는 공자께 제사 지내는 제례의 공간입니다. 廟묘는 사당의 의미이고 墓묘는 무덤을 뜻합니다. 뒤에서 말씀드릴 공자의 무덤은 '공림孔林'이라 높여 부르고 있습니다.

공자가 죽은 다음 해BC 480 노나라 애공이 공자를 높여 '니부尼父'라 부르고, 그가 거처하던 세 칸 집을 개축하여 유품을 보관하고 제사지낸 것이 공자 사당, 공묘의 시초입니다.

공묘는 확장과 중수를 거듭하여 현재는 466개의 방에 유품과 자료가 빼곡합니다. 9월 29일양력 이곳에서 석전례釋奠禮를 올리고 10월 10일까지 여러 행사가 진행됩니다. 한국에서는 석전대제라 하여 2월, 8월 상정일上丁日에 서울 명륜동 성균관에서 제사를 지냅니다.

우리를 태운 버스는 궐리 호텔을 떠난 지 5분도 안되어 곡부시의 남문격인 앙성문仰聖門에 멎었습니다. 서울로 치면 남대문입니다. 우리나라의 숭례문은 예절을 숭상한다는 뜻이고 이곳의 앙성문은 성인

만인궁장(위)
영성문(가운데)
공자묘(아래)

인 공자를 우러른다는 뜻입니다. 그 앞으로 해자垓子가 있고 좌우로는 성벽이 우뚝한데 그 담에는 '만인궁장萬仞宮牆'이라는 청나라 황제 건륭제의 친필이 새겨 있습니다. 이는 공자의 제자 자로가 스승의 인격적 높이는 만길 담장보다 높다고 말한 데서 연유했습니다.

구중궁궐이라는 말처럼 사당 곳곳에 문루가 있는데 우리의 홍살문 역할을 하는 석패방도 많습니다. 첫 번째 석문이 금성옥진방金聲玉振坊입니다. 음악을 연주할 때 쇠 종을 쳐서 시작을 알리고 옥경玉磬으로 마감하는데서 이 말이 나왔습니다. 이는 공자가 모든 학문의 시작이요, 끝이라는 뜻입니다.

이 문을 지나면 본전, 대성전에 이르는 첫 문 영성문欞星門이 나타납니다. 영성은 별 이름인데 천제天際를 지낼 때 제일 먼저 술잔을 올리는, 지상의 경사를 주관하는 별입니다. 만인이 제일 먼저 제사를 받들어 모실 수 있는 분이 공자님이란 뜻입니다.

여기서 여섯 개의 문을 지나야 비로소 대성전이 나옵니다. 공자가 모든 학문을 집대성했다는 맹자의 말을 따서 '대성大成'이라 했고 그 분이 계시는 전각이어서 '대성전'입니다.

임금은 항시 남면南面하고 있는 것처럼, 공자도 대성전 중앙에 앉아 멀리 앙성문仰聖 남문을 바라보고 있습니다. 안회, 증자, 자사, 맹자를 일컬어 사성四聖이라 하는데, 이들이 스승 곁에 시립하고 있으며, 공문십철孔門十哲을 위시한 12명의 큰 유학자가 함께 모셔진 대성전의 분위기는 세속의 때를 묻히지 않은 채 고적하기 이를 데 없습니다.

그 앞의 넓은 광장이 생전에 3천 제자를 가르쳤다는 행단杏壇입니다. 지금도 공자님은 제자들과 함께 '책을 읽으며學而時習(학이시습) 선비의 최고 경지不亦悅乎(불역열호)'를 누리고 있는 듯했고, 멀리 한국에서 온 우리를有朋自遠訪來(유붕자원방래) 공자님도 반가워하시는 듯不亦樂乎(불역낙호)했습니다.

생전의 삶이 적막했던 분이지만 사후에 이리 추앙을 받으니 정말로 남이 알아주지 않는다 하여 성내지 않은 군자人不知而不慍(인부지이불온) 不亦君子乎(불역군자호)가 바로 공자님임이 분명합니다.

아마 이 광장에서 아버지 공자가 아들 백어伯魚에게 '학시이언學詩以言 학예이립學禮以立'을 이야기했을 것입니다. 어느 날 아들 백어가 읍하고 자나가자 시詩(시경)를 공부했느냐고 묻습니다. 아들이 아직 배우지 못했다고 하자 "시를 배우지 않으면 참된 말을 할 수 없다"고 말합니다. 또 다른 날 공자가 혼자 있을 때 아들이 조심조심 마당을 지나가자, 공자가 예禮(예기)를 배웠느냐고 물으면서 "예를 배우지 않으면 남의 앞에 설 수 없다"고 합니다.

여기서 진항陳亢의 유명한 '문일득삼問一得三'라는 말이 생겨났습니다.

"한 가지를 물었는데 세 가지를 알게 되었구나. 시를 들었고, 예를 들었으며, 또 군자는 아들이라 특별히 가르치지도 않는다는 사실도 알았도다!"

이런 아름다운 이야기들이 비 온 뒤 죽순 솟아나듯 꽃 피어난 곳이 바로 행단杏壇이었을 것입니다. 아마도 여기서 공자님은 제자들에게 삶의 묘미도 가르쳤을 겁니다.

'아는 것은 좋아하는 것만 못하고 좋아하는 것은 즐기느니만 못하다知之者不如好之者(지지자불여호지자) 好之者不如樂之者(호지자불여낙지자)'는 말씀이 가장 가슴에 와 닿습니다. 공자님 자신도 소韶라는 음악에 취해 석 달 동안 고기 맛을 몰랐을 정도로 음악에 심취한 적이 있던 분입니다.

공묘 바로 옆동편에 공부孔俯가 있습니다. 큰 대문을 지날 때마다 넓고도 웅장한 대당, 이당, 삼당이 자리 잡고 있는데 손님을 맞는다든지 학문을 연구하는 사적인 공간으로 공자님의 직계 장손연성공이 거처하고 있는 곳입니다.

삼당 뒤로 내택문을 지나면 내택內宅이 있는데, 이곳은 부녀자들의 공간으로 2500년 동안의 가풍이 서슬 퍼렇게 보존된 곳입니다. 그러나 1939년 일본과의 전쟁을 피해 공자의 직계 후손은 대만으로 망명하였다고 가이드가 설명해 주고는 다시 서둘러 버스를 타라고 재촉합니다.

### 공림孔林

공묘를 떠나 북쪽을 향해 달리던 관광버스는 잠시 후 만고장춘방을 지나 공자님의 묘역인 공림에 도착했습니다. 공묘가 제향의 공간이라면 북쪽의 공림은 공자를 모신 무덤이자, 공씨 성을 가진 이면 누구나 묻힐 수 있는 공씨 집안 가족묘입니다. 한국의 공씨도 3천 불인가 얼마를 내면 묻힐 수 있다고 가이드가 설명합니다. 공림 앞으로는 수수하洙水河가 흐르는데 이 경우 강물이란 생자와 사자의 영역을 가르는 상징적인 의미가 있습니다.

마치 나일강 동쪽, 해 뜨는 쪽에는 신전을 짓고 해지는 서쪽에는 피라미드 등을 만들었던 것과 같은 이치입니다. 수수하를 지나는 다리 문진교를 지나자 뒤덮인 측백나무를 뒤로 하고 공림의 정문인 지

공림 만고장춘방

성림이 나옵니다.

林림은 무덤의 최고 경칭입니다. 공림과 낙양에 있는 관우의 무덤을 관림'關林이라 하는 외에 林림 자가 붙은 무덤은 거의 없습니다.

기원전 479년 음력 2월 11일 72세의 공자님은 위대한 생애를 마감합니다. 노나라 애공 14년 봄, "황하에서는 용이 도판을 메고 나오지도 않고, 낙수에서는 다시 거북이 서판을 지고 나오지도 않는다. 아! 주공이 꿈에 보이지 않음이여, 나의 희망도 끝났도다." 공자는 이런 마지막 탄식을 남겼습니다.

주공은 주나라의 기틀을 세운, 공자가 가장 존경했던 스승이었습니다. 무왕이 천하를 통일하고 주공에게 노나라를 영지로 주자, 제후의 인을 받아 떠나는 그 아들 백금에게 당부합니다.

"나는 문왕의 아들이고, 무왕의 동생이며 지금 왕의 숙부이다. 그런데도 식사 중 사람이 찾아오면 먹던 밥을 세 번 뱉어 그들을 맞이했고, 머리감는데 사람이 찾아오면 감던 머리를 세 번 움켜쥐고 그들을 영접했으면서도 오히려 천하의 현인을 잃을까 두려워 했다."

이 말은 '삼토포三吐捕 삼악발三握髮'이란 고사로 유명합니다.

한평생 천하위공天下爲公의 포부로 살았던 큰 별은 떨어져 노성魯城 북쪽 사수泗水 가에 묻힙니다. 태어나면서부터 마시던 사수의 물이고, 그 물줄기를 따라 산책하던, 공자의 체취가 올올이 남아 있는 곳입니다.

제자들은 이곳에 여막을 치고 3년의 심상心喪을 치렀습니다. 유세가로도 명망이 높던 자공은 3년을 더해 6년을 시묘侍墓했습니다. 공자의 덕을 기려 모여든 사람들도 100여 가구가 넘었습니다.

제자들이 각자 고향의 고유 수종을 한 그루씩 옮겨 심어 스승에 대한 존경의 마음을 담았는데, 지금은 7만㎡ 넓이에 10만 그루의 나무가 자라는 넓은 숲이 되었습니다.

묘역 중앙에 공자의 무덤이 자리하고, 그 앞에 '大成至聖文宣王墓대성지성문성왕묘'라 쓴 전서체 묘비가 서 있습니다. 주변에 아들 공리, 손자 공급(자사)의 묘 또한 성역화되어 있고, 공자의 무덤 곁에는 제자 자공의 비석이 만세사표萬歲師表인 스승을 영원토록 모시고 있습니다. 그로부터 현재까지 공씨 집안 80여대를 흘러오면서 생긴 무덤이 10만여 기, 세상에서 가장 오래되고 가장 넓은 씨족의 묘역이 공림입니다. 현재 60만 곡부 시민 중 20%가 공씨 성이라고 합니다.

이 공묘에서 한 고조 유방이 천하를 통일하고 크게 제사를 올린 것을 비롯하여 청나라 강희제는 세 번 무릎 꿇고 아홉 번 조아리는 대례를 치렀고, 건륭제는 9회나 오체투지의 예를 올렸을 만큼 그는 후세의 사표가 되었습니다. 역대 제왕이 올린 시호도 다양합니다. 노 애공은 이부尼父라 높였고, 한나라 평제는 포성니선공襃成尼宣公이라 추존했고, 당 현종은 한 단계 높여 문성왕文宣王으로 불렀고, 송대에 와서는 지성문성왕至聖文宣王으로 불리다가 원나라 성종 때에 와서 대성지성문성왕大成至聖文宣王으로 불려 오늘에 전합니다. 그러나 천하위공天下爲公이라는 그의 화두는 아직 끝난 것은 아닙니다. 결코 포기하지 않았던 공자님의 한평생 울력이야말로 우리가 배울 최대의 교훈입니다.

## 육예지성六藝之城

곡부에는 세칭 삼공三孔이라 불리는 공묘, 공부, 공림 말고도 볼 곳이 많습니다. 주공과 안회 사당도 볼만 하지만, 공자의 한평생 발자취나 사생활을 엿보기에는 공자육예지성孔子六藝之城이 참으로 제격입니다. 시내 남동쪽 외곽지대에 있는데, 이곳을 찾는 길에 논어비원論語碑苑에 들려 갖가지 필체로 쓴 논어의 주옥편을 감상하는 것도 별미입니다.

영웅 신화의 패턴은 기이한 탄생과 고귀한 혈통, 그리고 예고 없는 시련의 맥락으로 이어집니다. 마지막에는 난관을 극복한 승리입니다. 육예지성에는 이러한 공자의 일생을 쉽게 풀어서 보여줍니다.

원래 육례六藝라 하면 예禮, 악樂, 서書, 수數, 어御, 사射의 여섯 가지 기능이고, 이것은 선비가 익혀야 할 덕목입니다. 조선 시대 선비라 하면 시시콜콜 예절이나 따지고 글이나 읽는다는 생각을 먼저 하는데 그보다 외연이 훨씬 넓은 분야가 육예입니다.

공자님은 활도 잘 쏘았고, 말 타기, 수레 몰기에도 능했습니다. 육예지성 넓은 광장에는 군대 사열 장면부터 모든 작전의 요체까지 한눈에 확인할 수 있도록 장면 장면이 잘 꾸며져 있습니다. 수레를 모는 공자는 활력이 넘치고 제자 앞에 우뚝 선 공자는 한없이 자애가 넘치는 모습입니다.

**열국을 주유하는 공자와 제자들**

더불어 공자가 살던 당시의 모습과 일생도 이해하기 쉽게 파트별로 설치해 놓았습니다.

공자는 20세 전후에 아들을 낳습니다. 노나라 제후 소공이 잉어를 보내 치하하는 장면도 보입니다. 이런 연유로 아들의 이름은 이鯉로 하고 자는 백어伯魚로 하였습니다. 그래서 지금도 공씨 가문에서는 잉어를 먹지 않는다고 합니다. 임금이 예물을 내렸다는 것은 이미 공자가 중앙 무대에서 적지 않은 존경을 받고 있다는 것으로 이해됩니다.

그 반대의 이야기도 전해집니다. 공자가 재상집 잔치에 갔다가 "우리 주인은 선비를 대접하려는 것이니 당신 같은 사람은 들일 수 없다"라고 문전박대 당하는 장면이 있습니다.

그러나 이런 영榮과 욕辱은 공자에게 중요한 것이 아니었습니다. "십호十戸 정도의 작은 마을에도 반드시 충성되고 용기 있기가 나 같은 사람은 많이 있을 것이나, 배우기를 좋아하는 것은 나만 못할 것이다"라고 스스로를 평했던 만큼 그는 젊은 날 학문의 완성을 통하여 자신을 확립하려 노력했던 십오이입十五而立 모습을 육예지성에서 확인할 수 있습니다.

《논어》에서 공자는 "스스로 학문에 발분하면 식사를 잊고, 학문을 즐김에 걱정을 잊으며 늙어가는 것조차 알지 못한다."고도 했고, "(자신은)태어날 때부터 저절로 아는 사람이 아니고, 옛것을 좋아하여 부지런히 찾아 알게 된 사람"이라고 했을 만큼 한평생을 배움으로 일관한 사람입니다.


공자는 처음에 가축을 돌보는 일이나 세리稅吏같은 미관말직尾官末職에 있었는데, 이때 틈틈이 익힌 예藝를 통해 존재감을 넓혀가고 제자들에게 인仁을 가르쳤습니다. 연대는 기록마다 다릅니다만 그는 30대에 주나라의 수도 낙양에 가서 노자에게 예를 묻기도 하고 전통 음악에 심취하기도 했습니다. 또 제나라에 가서는 순 임금의 '소韶'라는 음악을 듣고는 너무 감동을 받아 석 달 동안 고기 맛을 몰랐다는 일화도 있습니다. 산동성 임치 제국역사박물관 근처에는 〈공자 문소처〉라 하여 이를 사적으로 남기고 있습니다. 이렇게 공자에 있어서 예禮와 악樂은 치국이념이고 인仁은 생활철학이었습니다.

공자의 정치적 역량은 50대 초에 보입니다. 중도라는 마을의 읍재邑宰가 되어 그곳을 다스리자 1년이 안되어 100리 밖 사방에서 공자의 덕치를 본받았고, 제나라와는 정치적 담판을 통하여 잃었던 국토를 회복하기도 합니다.

이런 연유로 대사구大司寇(오늘날의 법무부장관, 대법원장)의 벼슬에 오릅니다. 그러나 당시 노나라의 정치를 좌지우지하던 삼환三桓의 압력으로 공자는 노나라를 떠나야 합니다.

54세부터 68세까지 14년간 복양위 하택조, 상구송, 신정정, 회양진, 상채채 등지를 철환轍環합니다. 공자는 만나는 제후에게 인仁을 강조하나, 제후들은 공자에게 오로지 부국강병의 묘책을 구할 뿐이었습니다. 이 모든 것이 공자가 안팎으로 겪어야 했던 두터운 현실의 벽이었습니다.

이러한 공자의 일생이 책으로 읽는 것보다 이 육예지성에서 전동차를 타고 혹은 밀납 인형을 통해서 더욱 쉽게 이해되었습니다. 기원전 479년 음력 2월 11일 72세로 위대한 생애를 마감할 때까지의 과정을 고색창연하게 그려놓고 연출해주는 곳이 바로 육예지성입니다.

## 유방백세流芳百世

공자는 68세 늙은 몸으로 14년의 외유를 끝내고 다시 노나라에 돌아옵니다. 그렇지만 그의 말년 역시 적막하기는 니구산 자락에 태어났던 유년 시절이나 다를 바 없었습니다.

아내기관씨를 잃었고, 외아들 이鯉를 앞서 보내는 비통을 감내해야 했습니다. 사랑하는 제자들도 비참하게 죽어갔으니, 학문을 이어 받을 인재로 깊이 사랑했던 안회는 폐결핵으로 죽고, 덕행이 뛰어났던 염경은 문둥병으로 죽습니다. 가르침을 받으면 한 달음에 뛰어나가 실천했던 자로는 싸움터에서 죽습니다. 그는 죽으면서도 '군자는 죽을 때도 의관을 정제한다君子死冠不免(군자사관불면)'는 배움대로 갓끈을 고쳐 맸습니다. 이토록 사방이 벽으로 둘러싸인 역경 속에서도 좌절하지 않은 것이 공자의 위대함입니다.

쓴 것을 약으로 삼아, 겨울에 소나무의 푸름이 더 빛나듯 공자는 역경 속에서 3천 제자를 길러내고 시경, 서경, 역경, 예기, 춘추의 오경五經을 편찬했습니다. 71세에 춘추를 저술하고는 "후세에 나를 알아주는 사람이 있다면 이 춘추에 의해서일 것"이라는 말도 남깁니다. 지금까지 그가 주역을 공부할 때 '위편삼절韋編三絕(죽간의 끈이 세 번 끊어짐)'과 함께 '춘추필법春秋筆法'이란 말이 전해올 만큼 노나라의 역사서《춘추》는 대단히 중요한 책입니다.

공자님을 모신 곳을 '대성전大成殿'이라 하는데 이는 당시까지의 학문을 집대성하여 후대에 물려줌으로써 문文, 사史, 철哲의 기반을 확립한 성인이 거처하는 전각이라는 뜻입니다. 시서예악詩書禮樂을 익힌 제자가 3천, 그 중 육례에 통달한 제자만 72인, 그리고 공문십철이라하여 뛰어난 제자로 안연, 민자건, 염백우, 중궁, 재아, 자공, 염유, 계로, 자유, 자하 등이 공자의 학문을 이어받았습니다. 영웅 신화의 종결편, 위대한 성공이 바로 이것입니다.

공자, 맹자, 노자 할 때의 '자子'는 학문의 일가견을 확립한 사람에게 붙이는 최고의 경칭입니다. 일본 여자 이름에 英子에이코, 秀子히데코 등의 이름이 많은 탓에 우리나라에서도 일제 36년을 겪으며 여자 이름에 이 자子 자를 많이 썼는데, 이는 아픈 우리 역사의 한 단면일 뿐입니다.

하루 동안 공자님과의 만남을 뒤로하고, 버스는 태산으로 향했습니다. 주마간산이고, 손가락에 바닷물 묻혀보기였습니다. 그러나 백문이 불여일견이라는 말은 맞는 것 같습니다. 집에서 공자 자료를 읽으며 의심스러웠던 부분들이 곡부에 오자 하나 둘 이해가 되니 신기한 일입니다.

공자는 "30세에 스스로를 확립할 수 있었다三十而立(삼십이립)"고 했는데, 이 30이라는 나이는 낙양에 가서 주나라 문물제도를 보고, 노자라는 스승을 만났던 그 시절이었습니다.

공자 같은 큰 스승도 현장 확인을 통하여 새로운 우주를 발견하였다는 말입니다. 공자님의 행적을 어찌 내 여행담에 비유할 수 있으랴만 여행이야말로 신천지를 발견하고, 메마른 정서를 살찌우는 요체임에 틀림없습니다. 젊어서 여행하지 아니하면 늙어서 추억할 것이 없다고 했던가요?

버스 안에서 가이드는 태산에 대해 설명하기 시작했습니다. 그러나 나는 아직도 공자를 떠나지 못합니다. 아니 태산과 공자가 혼연일체로 뇌리에 떠오릅니다.

공자는 "동산에 오르니 노나라가 적게 보이고, 태산에 오르니 천하가 적게 보인다"고 했는데 그 동산이 바로 추읍에 있는 니구산인 것도 이번 여행을 통해 확인하게 되었습니다. 공자님의 말씀은 이른바 호연지기인 셈입니다. 과연 태산은 얼마나 높으며, 공자의 경지는 얼마나 심오할까요? 안회는 스승을 예찬해 "우러르면 우러를수록 높다仰之彌高(앙지미고)"고 했는데 그 높이는 또 얼마 만큼이겠습니까? 자로의 말대로 만인궁장萬仞宮墻(만 길 높이)인지도 모르겠습니다.

'노국 좁은 줄도 우리는 모르거든 넓거나 넓은 천하 어이하여 적다고 하였는가.'-〈관동별곡〉라고 읊은 송강 정철의 표현이 우리의 의표를 찌르고 있는 것은 아닐까요?

공자는 뜻 있는 젊은이들이 꼭 넘어야 할 거봉임에 틀림없습니다. 시성 두보도 높은 "정상에 올라 모든 산이 발밑에 꿇어 엎드려 있는 것을 한 번 보겠다會當凌絶頂(회당릉절정) 一覽衆山小(일람중산소)"고 했는데 삶의 절정에 섰던 분이 바로 공자님일 것입니다.

이미 늙어빠진 나도 늦었지만 태산에 올라 진정한 공자의 경지를 확인하기로 하며, 흔들리는 버스 속에서 공부가주孔府家酒 한 잔씩을 여러 선생님들과 나누었습니다. 산동성을 달리는 모든 차는 공자님이 자랑스러워서인지 모두 그가 살던 나라 노魯 자 번호판을 달고 있었습니다. 산동성의 약칭이 노입니다.

## 임치 가는 길

주나라 무왕을 도와 천하를 통일한 공로로 강태공은 제나라를 영지로 하사받습니다. 현재 산동성 치박시 임치구가 그곳입니다. 임치라는 이름은 지금은 낯설지만 춘추전국시대<sup>BC 770-BC221</sup>에는 물산이 풍부하고 내로라 하는 학자들이 구름 같이 모여들던 중국 제일의 문화 도시였습니다.

**강태공**

춘추오패<sup>春秋五覇</sup>의 제일 패자<sup>覇者</sup>로 군림했던 제 환공<sup>桓公</sup>이 머물던 곳이고, 관포지교의 고사로 유명한 관중과 포숙이 정사를 돌보던 곳이었습니다. 지금 산동성 성도인 제남의 동남쪽에 위치합니다. 《열국지<sup>列國誌</sup>》 같은 역사소설에도 자주 등장하는 유명한 도읍지였는데, 이제는 주변을 흐르는 강물<sup>치수(淄水)</sup>도 말라버린 것처럼 마을 이름도 치박시에 속한 한 개의 구<sup>임치구</sup>가 되어 버렸습니다.

상전벽해라는 말 그대로 2500년 전에는 화려했던 한 나라의 도읍지가 세월이 흘러 소읍으로 전설처럼 남아 있으니 역사는 무상한 것이 틀림없습니다. 그래도 역사의 복원이라면 타의 추종을 불허하는 중국 사람들인지라 이야깃거리를 많이 복원(?)해 놓았으니, 다시금 치박과 임치는 볼거리가 많은 매력적인 고장이 된 것은 그나마 고마운 일입니다.

임치는 내가 중국 학생들을 가르치던 산동성의 연대시에서 비교적 가까운 거리에 있지만 직접 갈 수는 없습니다. 먼저 치박시까지 가서 거기서 다시 그 지역 교통수단을 이용해야 합니다. 치박까지는 버스로 가는 것이 시간상으로는 빠르나, 금요일 퇴근 후 출발하는 밤버스는 없으니 금요일 밤기차를 이용하면 시간과 경비가 절약됩니다. 좁은 버스 속에서 시달리는 것보다는 열차의 침대칸이 더 편하기도 합니다.

연대 기차역에서 강소성 서주행 K764편이나, 북경행 K286편 기차를 타고 밤 11시쯤 연대시를 떠나면 다음날 새벽 5시쯤 치박시에 도착합니다. 내리면 매캐한 석탄 냄새가 그곳이 중공업의 도시임을 실감케 합니다. 역사를 빠져 나와 걷다 보면 24시간 문을 여는 캔터키 치킨이나 맥도날드의 간판이 보입니다.

쇠고기 죽 한 그릇이나 햄버거 한쪽으로 요기를 하고 화장실에서 세수도 하며 조금 쉬다보면 날이 훤히 밝아옵니다. 여기서 아무리 서둘러도 8시는 되어야 우리가 찾는 〈강태공 사당〉이 문을 여니까, 이국의 아침 풍경을 두리번거리며 시내 구경도 하면서 시외버스 터미널까지 걸어봅니다. 터미널에서 치박시 관광지도 한 장을 사서 다시 한 번 세부 일정을 조정합니다.

치박에 오면 제1목적지 임치 말고도 가고 싶은 곳은 많습니다. 서쪽으로는 주촌고상성이 있습니다. 고색창연한 주나라 저잣거리를 그저 지나치기는 아깝습니다. 남쪽 치천구 홍산진에는 포송령蒲松齡 기념관이 있습니다.

청나라 초기 귀신이 나오는 소설 《요재지이聊齋志異》의 작가 포송령을 모르는 사람은 있어도, 꽤 오래 전에 유행했던 〈천년유혼千年幽魂〉이라는 영화 제목은 기억하실 겁니다. 셰익스피어와 비슷한 연대를 살았던 중국 불멸의 단편 작가입니다. 이곳도 놓칠 수 없습니다.

북쪽으로는 빈주시의 손자병법성이 있습니다. 낯익은 36계 줄행랑의 어원도 찾아볼 수 있는 곳입니다. 중국 사람들은 축구의 시원이 이곳 치박이라 주장하며 축구박물관도 세워놓았습니다. 지나는 길에 한 번 들려볼 수도 있을 겁니다. 그러나 우선은 강태공을 찾아뵙고 제나라 입국 신고를 해야 하는 것이 순서입니다. 연후에 관중기념관에 들르고, 춘추전국시대 이야기에 관심 있는 분이라면 제국齊國역사박물관도 놓칠 수는 없겠습니다. 그 여정 사이사이 고차박물관이나 동주순마갱東周殉葬坑도 볼 만합니다.

## 강태공 사당

강태공 사당은 임치 시외버스 터미널에서 5 불럭 정도 떨어져 있습니다. 아직 사당의 문을 열 시간오전 8시이 되지 않았으니 천천히 걸으면서 길가 간이식당 같은데서 중국 사람들이 아침을 먹는 모습을 보는 것도 즐거움의 하나입니다. 한 번은 여 교수님과 동행했는데 그들의 매식문화를 퍽이나 부러워했습니다. 여행의 즐거움의 하나가 밥하고 설거지 하지 않는 해방감이라면서요.

웃고 떠들다보니 대로변에 강태공 사당이 보입니다. '天齊至尊천제지존(지극히 존귀한 제나라)'이란 휘호가 쓰인 나무 패방牌坊(일주문)이 화려함의 극치를 보여줍니다. 넓은 광장을 가로질러 사당 입구에 있는 '丘穆公祠구목공사(강태공의 셋째아들)'라 쓰인 석패방石牌坊을 지나면 매표소입니다. 입장료는 15원, 다른 곳보다 싼 편입니다.

매표소를 지나 첫 번째 방에 강태공의 영정이 모셔져 있습니다. 머리와 수염이 하얀 노인이 누런 가운을 입고 앉아 있습니다. 벽에는 그의 일생을 소개하는 그림이 걸렸습니다.

그 중 눈에 뜨이는 것이 〈위빈좌조도渭濱坐釣圖〉입니다. 위수황하의 지류가에 앉아 낚시하는 그림입니다. 지금도 섬서성 보계시 남쪽 반계 골짜기, 위수 상류에 가면 이 강태공의 낚시터가 보존되어 있습니다.

흔히 강태공의 생애를 '궁팔십窮八十 달팔십達八十'이라 하는데, 72세에 이 낚시터에서 문왕을 만나기까지 곤궁하게 살면서 곧은 낚시로 세월을 낚던 시절이 궁窮이라면, 그 이후 천하를 통일하고 제나라 제후에 오른 139세까지가 달達이라 할 수 있습니다.

〈빈곤생애도貧困生涯圖〉도 눈에 뜨입니다. 아내가 밭일을 나가며 남편에게 마당에 널어놓은 곡식을 챙기라고 일렀는데, 독서에 정신이 팔린 강태공은 소낙비가 내려 그 곡식이 다 떠내려가는 것도 모르고 있습니다. 이에 남편을 버리고 떠났다가 성공한 강태공 앞에 나타난 아내에게 한 말 "쏟아진 물은 다시 담을 수 없고覆水不返盆(복수불반분) 깨진 거울로는 다시 얼굴을 볼 수 없다破鏡再不照(파경재부조)"는 말이 생기기도 했습니다.

벽화 중 백미는 〈목야전투牧野戰鬪〉에서 총사령관이 되어 은商의 주왕紂王을 무찌르는 통쾌한 장면입니다. 강태공을 중앙에 모시고, 큰아들 제정공과 제나라의 위상을 크게 떨쳐 오패지수五覇之首라 칭함을 받는 제환공이 좌우에 시립해 있습니다. 사찰 대웅전의 삼존불과 같은 배치입니다.

사당 좌우에는 협실이 있습니다. 좌측은 오현전이라 하여, 제나라 다섯 분의 훌륭한 신하의 입상이 있습니다. 관중, 손무, 손빈, 사마양저, 전단. 모두 당대를 주름잡던 기라성 같은 인재들입니다. 우측은 오조전五祖殿이라 하여 여동빈 왕중양 같은 도가의 신선을 모셔 놓았습니다. 이런 인물들이 800년 제나라의 영광을 이룩해 냈다는 사당 배치입니다. 이들만 다 이해해도 제나라 역사 문화는 통달할 수 있겠다는 생각이 듭니다.

사당의 뒷문을 지나면 묘역을 알리는 석패방이 또 하나 나옵니다. 이 석패방에 쓰인 전서체 글씨들이 읽어내기가 쉽지 않지만 강태공의 입지立志를 간결하게 압축하고 있습니다.

기둥 위를 가로 지른 글씨는 오른쪽에서 왼쪽으로 읽어 '주사제조周師齊祖'입니다. 강태공은 주나라문왕의 스승이고, 제나라의 역사를 연 사람'이란 뜻입니다. 오른쪽 기둥의 세로 글자는 '장의관영회태공덕葬

전서체로 '周師齊祖<sup>주사제조</sup>'라
새긴 강태공묘 석패방

衣冠永懷太公'이라고 읽습니다. '의관을 묻어 태공의 덕을 영원히 기린다'
라고 해석됩니다.

　그러니까 이곳에 있는 무덤은 의관총<sup>衣冠塚</sup>이란 뜻입니다. 왼쪽의
것은 건사우재현무성광<sup>建祠宇再見武成光</sup>인데 '사당을 지어 무성왕<sup>(강태공)</sup>의
광휘를 다시 본다'는 뜻입니다. 강태공은 그의 저서 《육도<sup>六韜</sup>》에서
'부유하지 않으면 인의를 베풀 수 없고<sup>不富無以爲仁(불부무이위인)</sup> 베풀지 않으
면 천하의 인재를 모을 수 없다<sup>不施無以合親(불시무이합친)</sup>'는 유명한 말을 남
겼습니다.

　석패방을 지나면 두 길이 넘는 오석비<sup>烏石碑</sup>가 우뚝합니다. '무성왕
강태공의관묘<sup>武成王姜太公衣冠墓</sup>'라 적혀 있습니다. 주나라 전군을 호령하
고 《육도》라는 최초의 병법책을 저술했으니 '무성<sup>武成</sup>'이란 칭호는 당
연합니다. 당나라 숙종 때부터 문성왕 공자의 대칭으로 무성왕으로
불리기 시작했습니다. 태산을 경계로 동북은 강태공의 제나라, 서남
은 공자가 태어난 노나라입니다. 산동성에는 오악의 으뜸인 태산이
있고, 문무를 아우르는 공자와 강태공이 있는 셈입니다.

　강태공은 《사기》에는 그냥 동해 근처 사람이라고 기록되어 있습
니다. 산동 바닷가가 그의 고향이란 뜻이 됩니다. 하남성 신향시 지

도를 펴보면 신향의 위휘시에 강태공 고리<sup>故里</sup>와 비간묘<sup>比干廟</sup>가 나란히 나오는데, 이곳은 내륙의 한 중간입니다. 산동성 일조시에도 강태공 유적이 있다고 합니다. 일조는 청도시 근처 바닷가 마을로 진시황의 랑야대<sup>琅琊台</sup>를 찾아가면서 지나친 아름다운 도시입니다.

그의 본명은 강상<sup>姜尙</sup>, 또는 여상<sup>呂尙</sup>이라 하기도 합니다. 강씨 성의 연원은 삼황의 한 분인 신농씨로부터 시작합니다. 산서성 진성시의 신농씨 사당에 있는 강씨 세대표에는 강태공이 신농의 54세손으로 기록되어 있습니다.

한편 강태공의 선조는 순 임금 때 치수로 공을 세워 여<sup>呂</sup> 지방<sup>하남성 남양</sup>을 봉지로 받았기 때문에 '여상'으로 불리기도 하고 또 '성강씨여<sup>姓姜氏呂(성은 강이고 씨는 여)</sup>'라고도 합니다.

강태공이란 별칭은 그가 문왕을 만날 때까지 위수에서 낚시질을 하며 세월을 기다렸던 데서 기인합니다. 문왕은 강태공을 만나자마자, 바로 자신의 아버지인 태공이 '바라고 기다리던 사람'이란 것을 알아차리고 '태공망<sup>太公望</sup>'이라 부르며 스승으로 대접했습니다. 이 때문에 이렇게 불리게 된 것입니다.

문왕의 아들 무왕은 강태공을 '사상보<sup>師尙父</sup>'라 높여 불렀습니다. 아버지로 모실만한 스승이란 뜻입니다. 문왕과 강태공이 처음 만났을 때 아래와 같은 문답을 주고 받았다고 합니다.

"천하를 어떻게 하면 얻을 수 있습니까?"

"왕도정치를 하는 나라는 백성들이 부유합니다. 패도정치<sup>覇道政治</sup>를 하면 관리들만 부유합니다. 겨우 명맥을 유지하는 나라는 사대부만 부유합니다. 도가 없는 나라는 국고만 부유합니다. 자고로 위가 새면 아래도 새는 법입니다."

예를 간소화하고 상공업을 장려하고 어염<sup>魚鹽</sup>으로 민생을 도모하던 강태공 다운 발상입니다.

〈어부사<sup>漁父辭</sup>〉로 유명한 초나라 굴원은 강태공의 이야기를 조금 달리 말하기도 합니다. 백정백丁이었던 강태공이 문왕이 지나가자 칼을 두드려 소리를 냅니다. 문왕이 그 연유를 묻자 어리석은 백정은 소를 잡지만 뛰어난 백정은 나라를 잡는다고 말합니다. 이에 그가 인재임을 알아차리고 스승으로 삼았다는 것이 굴원의 설명입니다.

문왕이 죽고 무왕이 아버지 위패를 모시고 은나라를 정복하려 할 때 고죽군의 두 왕자 백이 숙제가 나타나 무왕의 말고삐를 잡고 말립니다.

"아버지 3년 상이 끝나지 않았는데 전쟁을 일으키는 것은 불효입니다. 신하의 나라로서 임금의 나라은나라를 치는 것은 어진 일이 아닙니다."

천하를 도탄에서 구하려는 무왕은 이 두 사람을 죽이려 하자, "이들은 의로운 사람"이라며 말린 사람이 강태공입니다. 수양산에 들어가 고사리를 캐먹다 죽었다는 백이숙제의 〈채미가采薇歌〉도 이때 생겨난 말입니다.

목야 전투에서 은나라의 종묘사직은 끝납니다. 목야는 정확하지는 않지만 현재 하남성 학벽시, 신향시 일대인 듯합니다.

이 전투로 승패가 결정되자 포락지형炮烙之刑을 보고 깔깔대던 천하의 요녀 달기는 목매어 죽고, 주지육림에서 즐기던 주왕은 보석 상자를 품고 녹대의 불길 속으로 뛰어들어 포악한 일생을 마감합니다.

천하를 평정한 무왕은 스승이자 장인이기도 한 강태공의 수레를 직접 끌고 800보를 걷습니다. 이것은 주나라의 역사가 800년간 지속된 것의 상징이라 합니다. 8백년 주나라의 역사는 그대로 제나라의 역사이기도 합니다. 기원전 1046년, 3천여 년 전 일입니다. 제나라가 망하면서 춘추전국 시대는 끝납니다.

다시 강태공 사당으로 돌아옵니다. 능침으로 들어서면 커다란 무덤 —무덤이라기보다는 나무와 잡초가 우거진 둘레 50m, 높이 28m 되는 야산— 이 나타납니다.

우리나라 경주의 신라 시대 임금의 무덤은 아름다운 곡선미를 자랑하는데 반해 고대 중국의 무덤은 거대한 산처럼 만들어 놓고 나무가 자라든 풀이 우거지든 손을 대지 않는 것 같습니다.

무덤을 한 바퀴 돌 수 있는 회랑을 만들어 놓고 그 주변에는 강태공을 연원으로 100여 개의 성씨로 분파된 종친회에서 세운 시조 강태공을 기리는 비석들이 여러 기 있었습니다.

거기에서 진주 강씨, 평해 구씨 같은 한국의 종친회에서 세운 비를 발견하고, 이것이 여행이 주는 보너스인가보다 생각하기도 했습니다. 강태공의 시신이 묻힌 무덤은 당시 주나라의 수도였던 호경(장안)의 무왕릉 곁에 있는데, 이곳은 그가 입던 옷이나 모자를 묻어놓은 의관총입니다.

강태공 사당의 좌측에는 구조전丘祖殿이라 하여 강태공의 셋째 아들인 구목공을 모신 사당도 볼 만합니다. 이 분이 받은 영지가 이곳 영구營丘에 있기 때문에 구丘라는 성씨가 붙었습니다.

영구는 임치의 옛 이름입니다. 이 사당은 1995년 대만에 있는 구씨 종친회에서 세운 것이라는데 회장은 구목공의 100세 손이라 합니다. 최근 세워진 건축물답게 이것저것 볼거리도 많이 전시해 놓았습니다. 우리나라의 평해 구씨 종친회에서도 이곳에 '세계구씨대시조 구목공世界丘氏大始祖丘穆公' 추모비를 세웠습니다.

당나라 때 일본으로 사신 가던 구대림丘大林이란 장군이 풍랑을 만나 경북 울진군 평해 월송정 근처에 표류한 뒤 정착하여 우리나라 평해 구씨의 시조가 되었다고 합니다.

### 세계강씨世界姜氏 종친회

사당이 끝나가는 구석진 곳에 작은 연못이 하나 있습니다. 위수에서 낚시하던 강태공의 추억을 재현해 놓은 것이겠습니다. 실한 버들이 하늘거리고 호수 위로는 몇 개의 태호석이 놓여 있었습니다.

태호석은 중국 정원에 많이 소요되는 특이한 형태의 장식돌입니다. 그 앞 건물에는 '세계강씨', '중화구씨' 종친회 간판이 걸려 있습니다. 강씨의 후손이 세계적으로 퍼져 나갔다는 자랑스런 이야기겠습니다.

원래 4만여 개이던 중국의 성씨가 최근 통계에는 4,100여 개로 정리되었습니다. 장삼이사張三李四라는 말이 있을 만큼 중국에서 많은 성씨가 장씨, 이씨이고 거기에 왕씨가 보태져 3대 성씨가 되지만, 오래된 성은 풍風씨, 희姬씨, 강姜씨입니다.

연대로 따져 가장 오래된 풍씨는 복희의 성인데 번창하지 못합니다. 희씨는 황제 헌원씨의 성이기도 하고 '주'왕실의 성이기도 하지만 역시 현재 그 성씨는 저조합니다.

우리나라도 고구려의 고씨나 백제의 부여씨가 연륜에 비해 적은 것을 보면 역사란 것은 종잡을 수 없는 시대의 흐름인 것 같습니다.

강씨는 염제 신농씨로부터 시작됩니다. 그로부터 54세가 흘러 강태공이 탄생했습니다. 춘추오패의 한 사람인 제 환공은 강태공의 12세손입니다. 희씨나 강씨 모두 '계집 女여' 자가 있습니다. 연구에 의하면 이것은 아직 모계사회의 테두리를 벗어나지 못한 흔적입니다. '姓성'이라는 글자 역시 어머니로부터 연원했다는 모계사회의 영향이라고 합니다.

강태공의 강씨 성에서 여씨, 강씨, 노씨, 고씨, 허씨 등 무려 90여 개의 성혹은 103개이 분화됩니다. 강태공의 큰 아들되는 분이 정공으로 정씨 성을 이루었고, 셋째 아들이 구씨 성을 이룩한 구목공丘穆公입니다. 고씨는 강태공의 10세손이 고읍을 영지로 받은 데서 기인했습니다. 사당 기념관에는 노태우 대통령의 방문 사진도 있었습니다. 강태공의 증손되는 분이 노읍을 영지로 받은 데서 노씨 성이 만들어졌기 때문입니다. 진주 강씨는 전씨에게 나라를 뺏긴 제나라 강씨들이 한반도로 이주하여 생긴 성이라 하여 한국의 종친회에서도 이곳을 찾아 제사를 지낸다고 합니다.

우리나라는 3대 성인 김, 이, 박씨 중 김씨가 월등히 많고, 중국의 경우는 이씨가 약 1억명으로 가장 많은 것으로 통계가 잡혀 있습니다. 우리나라 박씨는 중국 100개 성씨에 포함되지 않은 것을 보면 가장 토종 성씨가 아닐까 하는 생각을 해 봅니다. 하긴 우리나라 토종 성씨는 신라 건국 이야기에 나오는 6촌장의 성씨에서 찾는 것도 한 방편일 듯합니다.

이, 최, 설, 정, 배, 손 씨 등 여섯 촌장의 자손과, 박, 석, 김 왕족의 성은 고유한 우리 한민족의 혈통일 것입니다. 그러나 역사가 흐르면서 대륙 쪽의 성씨 유입되었던 것 또한 어쩔 수 없었겠지요.

### 세계로 퍼져나간 이름 요한과 존

영미권에 흔한 이름의 하나인 존John은 구약성경 요한요하난에서 나왔습니다. 이것이 로마로 전해지며 요하네스조하네스로, 영국에서는 존, 프랑스에서는 장Jean이 되었습니다. 장 폴 사르트르, 장 꼭도 이런 이름이 나타납니다. 독일은 요하네스로 음악가 요하네스 브람스, 천문학자 요하네스 케플러 등이 있습니다. 케플러 우주망원경은 그의 성을 딴 것입니다. 아일랜드에서는 숀Sean, 영화배우 숀 코네리가 있습니다. 스페인은 후안입니다. 후안 카를로스 대통령. 러시아에서는 이반Ivan으로 굴절됩니다. 톨스토이의 유명한 단편소설에 〈바보 이반〉이 있습니다. 존슨Johnson은 '존의 아들'이란 뜻의 Son of John이 변해서 된 것입니다.

## 관중사당

강태공 사당은 산동성 치박시 임치 지구 한복판에 우뚝하게 자리 잡아 찾기가 쉽지만 관중사당은 같은 임치라도 첩첩 산중에 숨어있 어 택시를 이용할 수밖에 없습니다. 이곳이 지도에는 '우산牛山'이라는 산 이름으로 표시돼 있는데, 《맹자》 〈고자孤雌〉 편에 나오는 '우산지목 牛山之木'의 우산이 바로 이곳이라는 설도 있습니다. 가다보면 길이 끊 기기 일쑤이고 수확 철이면 차가 지나다니는 길 위에 밀짚을 말린다 고 깔아 놓아 자동 탈곡을 하기도 합니다. 찾아오는 택시도 없으니 타고 갔던 택시를 대기시키는 수밖에 없습니다.

택시 기사에게 지도를 펴 놓고 다음 코스도 일러줍니다. 제나라 때의 말과 마차가 묻혀 있는 고차박물관, 이곳은 진시황의 병마용보 다 연대가 앞서는 기원전 400년 전의 유물입니다. 공자님이 제나라 에 왔을 때 순 임금의 소韶라는 음악을 듣고 석 달간 고기 맛을 잊었 다는 공자문소처孔子聞韶處를 거쳐 제국齊國박물관을 찾아간다고 지도 위 로 손짓을 합니다. 제국박물관은 고고학에 문외한인 저에게도 볼거 리가 참 많습니다. 《열국지》를 읽으며 상상하던 장면들을 생생하게 볼 수 있으니 치박이나 임치 가는 길이면 꼭 들르는 곳입니다. 오늘 하루의 수입이 보장되니 택시기사는 기다리는 시간이 지루하지는 않 을 겁니다. 혹시 몰라 차번호를 메모하고 우리는 관중사당으로 향합 니다.

궁벽한 산중인데도 관중사당 경내에 들어서자 그 큰 규모에 입이

관중기념관 (위)
管鮑之交관포지교 현액(아래)

다물어지지 않습니다. 일개 재상의 묘역인데 무덤은 물론 부속 건물의 전시 품목들이 박물관을 하나 차려도 좋을만합니다.

광장 한복판에 산 같이 우뚝한 관중 동상이 우리를 반깁니다. 정문을 들어서면 왼편에는 중국 역대 유명한 재상들의 모형관이 있고, 오른쪽으로 길게 장랑長廊을 따라 관중기념관이 꾸며졌습니다. 이곳에는 관중의 젊은 시절 포숙과의 우정을 소재로 한 조각품과, 제 환공을 도와 나라를 다스리는 내용이 장면 장면 친절하게 소개되어 있습니다. 만화 보듯 기념관의 전시물을 보기만 해도 막연했던 관중의 한평생이 조금은 이해됩니다.

관이오(BC 725년?~645년)는 춘추 시대 제나라의 정치가이자 사상가입니다. 자를 '중仲'이라 한 것을 보면 아마 둘째 아들로 태어났는가 봅니다. 보통 성과 자를 합쳐 관중管仲으로 불리며 이름은 이오夷吾로 공자보다 100년쯤 전에 안휘성 부양시 영상현에서 태어나 제나라의 재상이 됐습니다.

전시관은 주로 《사기》〈열전〉의 '관안열전管晏列傳(관중과 안영)'을 토대로 해서 꾸며진 것 같습니다. 관중의 출생에 이어 포숙과의 사귐 즉 관포지교로 이어집니다. 장사를 하다가 이익을 관중이 많이 취하지만 포숙은 관중의 집이 가난하여 많은 돈이 필요할 거라고 관중을 두둔합니다. 관중이 사업을 하다가 실패하지만 사람에게는 시운時運이 있는 법이라며 관중을 위로합니다. 전쟁에서 도망친 관중을 두둔하여 집에 봉양할 노모가 있기 때문에 관중은 목숨을 부지해야 한다고 변명해 줍니다.

이런 장면들은 관중이 사소한 일에 얽매이지 않는 대범한 사람이라는 것과, 포숙의 관중에 대한 신뢰, 통 큰 이해심을 잘 보여줍니다. 포숙은 사람에게는 때가 있는 법인데, 관이오가 그때를 만난다면 백 가지 중 단 한 가지도 실수하지 않고 모두 다 이룰 것이란 확신을 했던 것입니다. 이런 한평생 친구의 도타운 우정을 추억하며 관중은 "나를 낳은 이는 부모지만, 나를 알아준 이는 포숙이다生我者父母(생아자부모) 知我者鮑叔(지아자포숙)"라는 유명한 말을 남깁니다.


동쪽 주랑으로 이런 내용이 그림과 밀납 인형으로 전시된 기념관이 끝나는 곳에 관중사당이 있습니다. 그 서편 주랑으로는 또 길게 역대 유명한 대신들이 소개된 재상관宰相館이 늘어서 있습니다. 진시황 당시의 정승 이사, 그는 통일 진나라의 모든 제도를 기초한 법가 사상가였습니다. 거의 마멸돼 가는 태산각석의 소전체小篆體 글씨가 그의 필적이라 합니다. 한나라 소하, 당 태종 시절의 위징, 송나라 범중엄의 초상도 보였습니다. '백성이 근심하기 전에 먼저 근심하고 백성이 다 즐긴 뒤에 즐기겠다先憂後樂(선우후락)'는 범중엄의 〈악양루기〉는 아직도 회자됩니다.

칭기즈칸을 도와 몽골에 불교를 심고 선정을 펼친 불승佛僧 야율초촌도 있었습니다. 관중보다 100년 후에 태어나 다시 한 번 제나라의 중흥을 이끈 안영의 초상도 있었던 것으로 기억됩니다. 그의 '귤화위지橘化爲枳'란 말은 유명합니다. 회수 남쪽의 귤은 회수 북쪽에 심으면 탱자가 된다는 말입니다. 모두가 한 시대를 새롭게 한 명재상이었습니다.

**관이오의 묘 앞에서**

이렇게 좌우로 긴 장랑을 거느린 사당 뒤편으로는, 보통 카메라로는 앵글을 잡기 힘들 만큼 높고 육중한 관중묘가 있습니다. 두 길 높이의 오석烏石(검은색 돌)에 '齊相管夷吾之墓제상관이오지묘'라는 글자가 새겨져 있습니다. 제나라를 전국에서 가장 부강한 나라로 만들었으니 그 영광이 이리 대단한 것입니다. 관중의 이름이 오늘까지 회자되는 것은 제 환공을 잘 받들어 춘추오패의 으뜸이 되게 한 능력과 '관포지교'로 이름 지어진 포숙과의 한평생 맺은 아름다운 우정의 결과일 것입니다.

## 관중과 제 환공

관중과 포숙은 입신하여 제나라 왕자의 사부師傅가 됩니다. 관중은 큰 왕자 규糾를, 포숙은 둘째 왕자 소백小白(훗날의 환공)를 가르쳤습니다. 두 왕자 중 한 사람이 왕위에 오르면 서로 추천하여 임금을 도와 정치적 포부를 펼칠 것을 약속합니다. 그 후 정국이 어수선해지자 각각 왕자를 모시고 외국에 망명해 있었는데, 본국에 임금이 죽었다는 정보를 듣고 먼저 도착하여 왕좌를 차지하기 위해 서로 입국을 서두르게 됩니다. 귀국길에 관중은 자신이 모시던 왕자 규를 왕위에 올리기 위해 포숙이 모시던 소백을 활로 쏘기도 하나 실패로 끝나고, 포숙이 모시던 작은아들 소백이 제위에 오르니 이 분이 바로 제桓 환공桓公입니다.

제위에 오른 환공에게 포숙은 관중을 추천하지만 환공은 자신에게 활을 쏜 관중을 거절합니다. 그때 포숙이 "주공께서는 이미 제나라 주인이 되셨으니 소신이 더 높여 드릴 수 없습니다. 그러나 전국의 제후를 규합하여 주 왕실의 권위를 되찾고자 하신다면 그런 패업

霸業을 함께 도모할 인재는 관중 말고는 아무도 없습니다. 귀인을 잃지 마소서."라고 간곡히 권합니다.

　이 말을 듣고 환공은 구원을 잊고 예의를 갖춰 관중을 맞이합니다. 세 번 몸을 씻고, 세 번 향에 몸을 쐬었다고 합니다. 이것이 바로 삼흔삼욕三釁三浴이란 말로 유비의 삼고초려만큼이나 아름다운 의식입니다. 주나라의 기틀을 세운 문왕의 넷째아들 주공은 밥 먹을 적 선비가 찾아오면 입안의 것을 세 번 뱉고, 목욕하는데 선비가 찾아오면 감던 머리를 세 번 움켜쥐고 선비를 맞이했다는 '삼토포三吐哺 삼악발三握髮'이라는 말 또한 성공한 사람들의 인재 대접히는 덕목으로 손꼽히고 있습니다.

　첫 대면에서 환공이 묻습니다. 자신은 술과 여자와 사냥을 좋아하는데 이것이 패업을 이루는데 해가 되는가? 관중은 좋은 일은 아니나 그런 것은 크게 경계할 일도 아니라면서 정말로 임금을 해롭게

관중과 제환공

하는 4가지 조건에 대해서 말합니다.

첫째, 능력 있는 사람을 몰라보는 것, 둘째, 능력이 있는 것을 알면서도 등용하지 않는 것. 셋째, 등용하고서도 믿고 맡기지 않는 것. 넷째, 믿고 맡기고 나서도 소인의 참소에 귀를 기울이는 것을 경계해야 한다고 합니다. 이것이 바로 오늘날까지 전해지는 용인사해用人四害란 말로 제왕이 크게 경계할 요목을 지적한 것입니다.

나라를 다스릴 때 가장 신경을 써야 할 것은 무엇인가 묻자, 그것은 사당의 쥐와 맹견이라고 대답합니다. "사당에 사는 쥐는 아무나 들어와서 잡지 못하는 것을 알고 제멋대로 설치고 다닌다. 그러니 최악의 경우에 불을 지르거나 물을 뿌려서 사당을 헐어 버리는 불상사가 생길 수도 있다. 나라에 임금이 총애하는 사당에 쥐가 있어서는 안 된다. 맹견도 없어야 한다. 어떤 주막에서 좋은 술을 담아 두었으나 손님이 오지 않는다. 이유를 알아보니 그 집에 무서운 개가 으르렁거려 손님이 못 오는 것이다. 나라에도 맹견이 있다. 바로 권력을 쥔 간신이다. 유능한 인재가 능력을 발휘하려 해도 맹견이 으르렁거리며 쫓아낸다. 임금께서는 사당의 쥐와 맹견이 설치지 않도록 경계해야 한다."

이런 대화가 삼일 밤낮을 이어지고 환공은 관중을 중부仲父라 높여 불러 재상에 앉히고 자신은 술과 여자를 즐깁니다. 관중이 임금을 섬긴 지 3년, 전국을 21개 향으로 나누고 6개 향은 상공업자를 우대하여 병역을 면제해 주면서 소금을 굽고 쇠를 제련하니 나라는 부유해졌으며, 10년이 지나자 천하의 패자覇者가 됩니다.

만년에 환공은 호화로운 3층 궁전을 짓고 '三歸之臺삼귀지대'라는 현판을 붙입니다. 백성이 귀순했으니 그 하나요, 제후들이 귀순했으니 그 둘이요, 사방 오랑캐들이 귀순했으니 그 셋이란 뜻입니다. 궁전에는 술과 미인이 넘쳐나지만 관중은 말릴 생각도 없이 임금보다 더 화려한 별장을 마련합니다. 역시 삼귀三歸라 하여 집 세 채를 짓고 성씨가 다른 세 여인을 첩으로 들이기도 합니다. 의당 포숙이 관중을 꾸짖는데 변명하는 관중의 대답은 조리 정연합니다.

"상감이 우리 제나라의 태평성대를 이루고, 주나라의 위신을 높였으니 그만한 호사는 해야지 신하들에게도 너그러울 수 있고, 더 백성을 사랑할 수 있을 것 아닌가? 내가 바른 소리를 해대면 임금은 나 몰래 더 은밀한 향락거리를 찾을 걸세. 또 자네는 내가 사치를 누린다고 나무라지만 내가 탐욕스럽다고 욕을 먹을수록 우리 임금의 허물은 가려지는 것이네."

포숙은 그래도 그건 아니라고 하면서도 이런 관중의 논리에는 할 말을 잃습니다. 관중은 작은 절개를 지키지 못했음을 부끄러워하지 않고 천하의 공명을 떨치지 못함을 부끄러워한 포부 큰 사내입니다.

관중이 능수능란한 치세의 달인이라면 포숙은 한 치의 부끄러움도 없고자 하는 때 묻지 않은 선비입니다. 관중은 작은 일에 얽매이지 않는 명재상이었고, 포숙은 양심대로 움직인 최고의 지성인이었습니다. 이렇게 성품이 다른 두 사람은 서로의 장단점을 깁고 보충하여 우정을 나누고 나라에 함께 헌신하여 제나라의 부강을 이루었습니다. 그래서 '관포지교'라는 말이 3천여 년 간 아름답게 회자되고 있습니다.

훗날 관중이 병이 깊어 다시는 일어나지 못하게 되자 환공은 손수 그의 집을 찾아 후임을 맡을 인물에 대해 묻습니다. 관중은 습붕이란 신하를 추천합니다. 아랫사람에게 묻는 것을 부끄러워하지 않고 대궐을 나가서도 나랏일을 걱정하는 사람이니 감당할 수 있으리라 말하면서 불행히도 그의 명이 길지 못할 것을 걱정합니다. 환공은 절친한 우정을 나누던 포숙에 대해 묻자 관중은 그는 선비라서 정치는 못한다고 반대합니다.

"저는 임금님이 어떤 과한 행동을 하셔도 크게 어긋나는 일이 아니면 그대로 하시게 버려둡니다. 즉 강둑 같이 물이 그 둑을 넘지 않는 범위에서 임금님과 함께 즐겼지만, 포숙아는 군자라서 추호의 잘

못도 용납지 못합니다. 천승千乘의 나라라도 원칙에 어긋나면 취하지 않을 사람이 포숙입니다. 그는 선과 악이 분명하여 굽힐 줄 모르니 재상이 되어 상감을 모시게 되면 추호의 불의도 용납하지 않아 임금께서는 적적하실 수도 있습니다."

사실 제 환공의 곁에는 간특한 무리들이 임금의 입과 귀와 눈을 현혹하는 일이 많았습니다. 어느 날 임금이 입맛을 잃자 자신의 어린 아들을 죽여 그 고기로 진미를 만들어 바친 역아란 사내도 있고, 스스로 성기를 잘라 고자가 되어 환관 노릇을 하며 임금의 비위를 맞추던 수초라는 소인도 있었습니다. 이들 역아, 수초 같은 무리들이 바로 앞에서 관중이 말한 사당의 쥐나 주막의 맹견인데 실제로 관중이 죽은 다음 이들의 농간으로 제 환공은 죽어 석 달이 지나도록 장례도 치르지 못하는 불행을 맞게 됩니다.

## 춘추오패

춘추오패春秋五覇, 전국칠웅戰國七雄이란 말이 있습니다. 춘추시대란 주나라가 낙양으로 천도한 기원전 770년 동주東周 시절부터 공자가 서술한 역사책《춘추》가 끝나는 기원전 403년까지를 말하고, 전국시대란 한, 위, 조, 제, 초, 진, 오, 월 7개국이 쟁패하던 시기로 기원전 221년 진시황의 천하 통일로 끝납니다.

이 춘추시대 패권을 잡은 다섯 제후를 춘추오패라고 하는데, 그 첫 번째 임금이 관중이 모시고 제나라를 강자로 만든 환공입니다. 그래서 제 환공을 오패지수五覇之首라 부릅니다.

제 환공이 내건 행동의 준칙은 존왕양이尊王攘夷 즉, 주 왕실을 받들고 오랑캐로부터 열국을 보호해 주는 것이었습니다. 이 대의명분에 의해 그는 춘추오패의 으뜸이 될 수 있었습니다. 북쪽의 연나라가 산융山戎의 침입을 받아 구원을 청하자 그는 달려가 오백리 오랑캐 땅을 다 뺏어 연나라에게 줍니다. 연나라 장왕莊王이 너무 황송하여 제 환공을 송별하다 자국의 국경을 넘어 제나라 땅을 밟게 됩니다.

제 환공은 자국의 영토 50리를 떼어 연나라에 줍니다. 제후는 국경을 넘어 송별하지 않는다는 법을 어긴 것이 자신의 잘못이라는 논리입니다. 연 장왕은 이곳에 높은 대를 세우고 그 이름을 연류燕留라 합니다. 제 환공의 은덕이 연나라에 길이 머문다는 뜻입니다. 50리 땅을 잃은 대신 그는 열국의 신망을 얻을 수 있었던 것입니다.

당시 중원의 제나라 입장에서는 남쪽의 초나라 또한 무지몽매한 오랑캐나 다름없었습니다. 그러나 나라가 크고 국력이 강하여 스스로 왕이라 칭하고 주나라 왕에게 조공하지 않았습니다. 이에 환공은 6개국 연합군을 거느리고 초나라에 쳐들어가 예물을 바칠 약속을 받아 내어 주 왕실의 면목을 세움으로 제나라가 중원의 패자 위치를 확고히 합니다.

제 환공은 아홉 번이나 제후를 소집하여 주나라에 충성할 것을 맹세하고 약자를 도왔다 하여 구합제후九合諸侯란 말도 생겼습니다. 그 중에 특히 규구회맹葵邱會盟은 30년 제 환공의 패업을 빛나게 합니다. 규구는 당시에 위나라 땅이었고, 현재는 하남성 개봉시 난고현입니다.

제후들이 만나는 단 위에는 주양왕의 빈 용상이 놓여 있고 7개국 제후들은 실제 천자가 있는 듯 절을 올립니다. 절이 끝나자 주양왕의 칙사가 종묘 제사에 쓴 고기를 제 환공에게 내립니다. 이 종묘제사에 쓴 고기를 받는 것은 신하로서 가장 큰 영광입니다. 공자가 말년에 노나라를 떠나서 14년 간 천하를 주유한 표면적인 이유 또한 노나라 왕실에서 제사지낸 고기를 내리지 않음에 있었습니다.

"천자께서 문무에 바쁘시어 나를 보내 제후에게 전하노라. 제후는 연로하니 하배下拜는 하지 말라."는 칙사의 말에 따라 제 환공이 그 자리에서 그 제물을 받으려 하자 관중이 일깨웁니다. "주공께서는 겸손하소서. 신하가 신하답지 못하고 임금이 임금답지 못해 천하가 위태로운 것입니다." 환공이 급히 계하로 내려가 재배하고 다시 단상에 올라 고기를 받습니다. 환공이 이렇게 깍듯이 주나라를 섬기는 것을 보고 모든 제후들이 더욱 제 환공을 공경하게 됩니다. 이 규구회맹에서 이루어진 다섯 가지 약속을 '주오금법周五禁法'이라 하는데 《맹자》〈고자〉 편에도 나옵니다.

국경 사이를 흐르는 강을 막지 말고, 식량 수입을 막지 말 것, 부모에게 불효한 자식은 죽이고, 세자는 바꾸지 말고 첩을 아내로 삼지 말 것, 선비는 관직을 세습토록 하지 말고 대부는 사사로이 죽이지 말 것. 국읍을 신하에게 봉해주고는 천자에게 보고할 것 등 현재의 관점으로 보아도 매우 신선한 내용입니다.

환공은 주양왕의 칙사에게 봉선에 대해 묻습니다. 북쪽 산융을 평정하고 남쪽 초나라를 누르고 주 왕실을 바로 잡은 공로를 한 번 자랑해보고 싶었는지도 모릅니다.

"태산에 제를 올리는 것을 봉封이라 하고 태산의 가장 낮은 줄기 양보산에 제를 올리는 것을 선禪이라 합니다. 하늘은 높은 것이니 가장 높은 봉우리에 흙을 더 높여 하늘을 상징하고, 낮은 양보산을 쓸어 땅의 낮음을 더하는 것입니다. 하나라 상나라 주나라가 천명을 받고 일어났기에 봉선을 올렸던 것입니다."

이에 환공이 자신은 천하를 편안케 했고 태산은 바로 제나라 영역에 있으니 자신 또한 봉선을 올리면 어떤가 묻습니다. 관중이 당황하여 말립니다. 봉선은 천명을 받은 천자나 올리는 것이고 제후의 소관이 아니다. 봉황이 날고 비익조가 나타나는 등 조짐이 있어야 하는데, 지금은 온통 세상이 솔개와 올빼미뿐이니 봉선을 올린다면 안목 있는 사람들의 비웃음을 살 뿐이라 간합니다. 불만스레 얼굴을 찌푸리면서도 더 이상 봉선에 대해 말을 꺼내지 않은 환공이나 거침없이 임금의 일탈을 막은 관중이나 다 아름다운 사람입니다.

공자는 권모술수에 능한 관중의 평가에 대해 박했으면서도 그가 없었다면, 오랑캐로부터 주나라를 지켜내지 못했을 것이라고 관중을 칭찬하기도 했습니다. 《논어》〈헌문〉 편에 나옵니다. 제갈량이 유비를 도와 촉한蜀漢을 일으킨 것처럼  관중은 제 환공을 '춘추오패'의 으뜸이 되게 보필한 명재상입니다.

관중이 제 환공을 도와 국부를 일으킨 철학은 그의 저서라는 《관자筆子》라는 책에 잘 나와 있습니다. 물질이 풍부하기가 천하에서 제일이 아니면 정신적으로 천하를 이끌 수 없다. 나날의 생활이 즐거워지면 백성들은 자연히 예의를 지키고, 생활에 여유가 생기면 도덕의식이 저절로 높아진다는 것을 알고 제 환공의 부국강병을 도운 사람이 관중입니다. 창고가 가득 차야 예절을 알고, 의식이 넉넉해야 명예와 치욕을 안다는 말은 그의 명언입니다.

이 책에는 환공이 세상에 진귀한 보물 일곱 가지를 묻자 그 하나로 "발조선發朝鮮의 호랑이 무늬 비단文皮(문피)"이라고 관중이 대답하는 장면도 있습니다. 관중은 기원전 7세기 사람이니 그 당시 제나라의 동쪽에 조선이라는 나라가 있다는 증거가 된다고 인용하는 학자들도 많은 책입니다.

# 문경지교<sup>刎頸之交</sup>

한단지보<sup>邯鄲之步</sup>, 한단지몽<sup>邯鄲之夢</sup>이란 말을 들어보셨는지요? 문경지교<sup>刎頸之交</sup>도 흔히 듣는 말입니다. 완벽<sup>完璧</sup>이란 말은 완벽귀조<sup>完璧歸趙</sup>의 줄인 말입니다. 이런 말들이 모두 중국의 한단<sup>邯鄲</sup>이란 도시를 배경으로 생겨난 말입니다.

앞 장에서 관포지교를 이야기한 김에 산동성과는 관련이 없지만, 하북성의 〈문경지교〉 한 장을 보탭니다.

한단은 하북성 서남쪽 하남성과 경계 사이에 있는 역사도시로 춘추전국시대 조나라의 도읍지였습니다. 우리가 잘 아는 진시황도 이 한단에서 태어났습니다. 지금의 북경은 변방 연나라의 수도인 작은

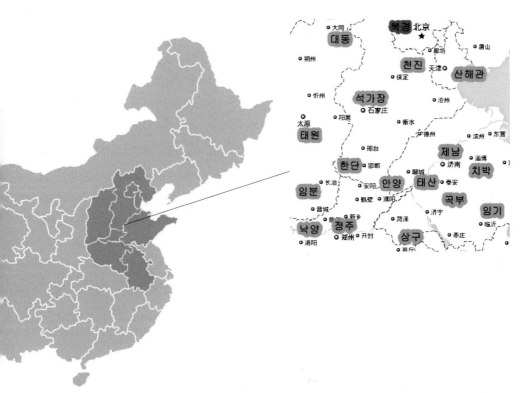

한단학보상

도시였고, 한단은 20세기의 파리처럼 춘추전국시대 당시 유행의 첨단을 걷던 중심도시였습니다.

### 한단학보邯鄲學步

지금의 하북성 한 귀퉁이쯤 되는 연나라 수릉이란 마을에 살던 청년이 어쩌다 조나라 수도 한단에 와 보니 모든 것이 놀라웠습니다. 우선 사람들의 걸음걸이가 촌마을 연나라와는 달리 멋있어 보였습니다. 그래서 '열심히 한단 사람들의 걸음걸이를 따라하다 보니 자기가 익히 걷던 연나라 걸음도 잊고, 새로 배운 한단의 걸음걸이도 제대로 익혀지지 않아 울며 땅을 기어서 연나라로 돌아갔다'는 고사에서 '한단학보邯鄲學步', '한단에서 걷기를 배운다'는 '한단지보邯鄲之步' 같은 말이 생겨나게 되었습니다.

2500여 년 전 그때나 지금이나 이 주체성의 상실이란 명제는 우리가 한 번 집고 넘어가야 할 사회 현상의 하나임이 틀림없습니다.

《장자》〈추수秋水〉 편에 나오는 '우물 안의 개구리井底之蛙(정저지와)' 이야기에 이어서 나오는 짧은 삽화입니다. 도교를 대표하는 장자는 유교를 대표하는 맹자와 함께 기원 전 300년 경에 살던 사상가입니다.

한단 기차역을 나오면 2층집보다 더 높은 기단에 오랑캐 복장에 한껏 활을 잡고 있는 조나라 무령왕 동상이 인상적입니다. 무령왕은 조나라의 영토를 확장하고 자존감을 높인 위대한 군주입니다. 당시 중국의 복장은 활동하기에 비능률적인 점을 간파한 조무령왕은 전투하기에 편리한 간편한 복장을 권장했는데, 이것이 바로 호복기사胡服騎射입니다.

역전에서 택시를 타면 기본요금 거리에 학보교學步橋 광장이 나타납니다. 거기에 이러지도 저러지도 못하는 연나라 청년의 난처한 모습을 풍자적으로 조각해 놓았습니다. 2007년에 혼자 다녀왔는데, 이것저것 고사故事가 많은 곳이라 다음 한 번은 옌타이대학 한국어과 교수님들과, 또 한 번은 서울에서 온 대학 친구들과 다녀오리만큼 내게는 잊을 수 없는 곳입니다. 접근성도 나쁘지 않습니다. 북경에서는 경광선을 타면 4시간 거리입니다. 인천공항에서는 하남성 정주 가는 비행기 편을 이용하는 것도 좋습니다. 정주 일대의 황하유람구 황제사당을 보고 버스 편으로 안양, 은허 유적지에서 갑골문 구경도 하고 북상하여 한단을 찾을 수도 있습니다.

**호복기사 조나라 무령왕 동상**

## 한단지몽邯鄲之夢

중국에는 노자만큼 유명한 도사

道士인 여동빈이 있습니다. 우리의 소원을 들어주고, 위험을 지켜주는 착한 신선입니다. 명승고적지나 유명한 정자에는 여조전呂祖殿이라 하여 여동빈을 모시고 있습니다. 특히 산동성 연대의 봉래시에는 팔선과해八仙過海라 하여 유명한 여덟 신선이 배를 타지 않고 도술을 이용하여 바다를 건너는 장면이 있는데, 이 8선의 대장이 여동빈입니다. 무武의 관우 신앙처럼 도가에서는 여동빈 숭배가 대단합니다. 신선은 나이도 없는지 여동빈은 당나라 때 사람인데, 송나라 시절 악양루에도 다녀갔다는 그런 기인입니다.

그 여동빈이 이곳 한단의 여인숙에서 노씨 성을 가진 정년과 하룻밤 함께 유숙하게 됩니다. 노생이 사람 사는 간고艱苦함을 호소하자 여옹여동빈이 보따리를 풀고 사기로 만든 베개를 내 주며 베고 자라고 합니다. 노생은 꿈속에 그 베개의 구멍 속으로 들어가 인생의 온갖 고난과 부귀영화를 누리다가 밥 타는 냄새에 놀라 잠을 깨니 한바탕 꿈이었습니다. 여동빈의 베개를 베고 꾼 꿈이라 하여 여옹침呂翁枕, 노생이 꾼 꿈이라 하여 노생지몽盧生之夢, 저녁밥을 지을 사이에 꾼 꿈이라 하여 황량지몽黃粱之夢이라고도 합니다. 황량은 기장이나 수수 같은 곡식입니다. 이 이야기는 당나라 때의 전기집 〈침중기〉에 나옵니다. 비슷한 숙어로 남가일몽南柯一夢이란 말도 있습니다. 전기소설 〈남가태수전〉에 실려 있습니다.

인생이란 참으로 덧없습니다. 중국에서 한국어과 학생들을 가르칠 때 녀석들이 나를 할아버지 선생님이라 했는데, 그러면 10년의 흐른 지금의 나는 노인 중에서도 상노인이 되어 있는 건가요? 교생 실습을 한다고 가슴 시리게 떨리던 그 기억이 엊그제인데. 인생이 참 덧없고 서글퍼집니다. 이럴 때 쓰는 말이 한단지몽 –일장춘몽인 것 같습니다.

하북성 한단 시내 북쪽, 한단시 총대구 황량몽진에 황량몽여선사黃粱夢呂仙祠가 있습니다. 오밀조밀하게 여동빈 도사와 얽힌 이야기들을 하나하나 확인하노라면 좀체로 발걸음이 옮겨지지 않았습니다. 특히 그곳에 꾸며놓은 중국명몽관에는 우리가 알고 있는 꿈 이야기들 – 장자의 호접지몽, 굴원의 등천몽, 공자가 주공을 만나는 꿈, 진시황이 해신과 결투를 하는 꿈, 홍루몽에 나오는 다양한 애정 행각 같은 것들이 다채롭게 소개되어 있었습니다.

## 화씨지벽和氏之壁

춘추전국시대, 초나라 형산에 변화란 사내가 살았습니다. 커다란 박옥璞玉(가공하지 않은 옥)을 발견하여 임금에게 바쳤으나 예사 돌덩이로 왕을 기만했다 하여 발뒤꿈치를 자르는 월형刖刑을 당했습니다. 그 후 무왕이 즉위하자 다시 이 박옥을 올렸으나 역시 임금을 기만했다고 또 오른쪽 뒤꿈치를 잘렸습니다. 다음 임금 문왕이 즉위하자 변화는 그 박옥을 끌어안고 사흘을 밤낮을 울었습니다. 임금이 불러 그 사연을 묻자 월형을 당한 것이 원통해서가 아니고, 천하의 보물을 몰라보는 세상이 원망스러워 그랬다고 대답합니다. 이에 전문가를 불러 다시 가공하자 세상에서 처음 보는 옥이 탄생하게 됩니다. 변화의 이름을 따서 화씨지벽이라 했습니다.

벽은 납작한 구슬입니다. '벽옥'이라 할 때는 둥근 고리옥을 말합니다. 과장이 심한 중국의 이야기를 그대로 전하면 이 옥을 지니고 있으면 파리 모기가 100보 안으로 범접을 못하고, 여름에는 서늘하고 겨울에는 따뜻한 천하의 보배입니다.

화씨지벽

이 보배는 어쩌다 초나라에서 조나라로 왔다가 다시 진나라로 갑니다. 진시황이 천하를 통일할 때 조나라 한단을 멸하고 제일 먼저 챙긴 것이 이 화씨지벽이라 합니다. 전해 내려오는 이야기로는 이 구슬로 진시황이 전국옥새傳國玉璽를 만들었다고도 합니다. 그런데 그림에서 보는 것처럼 화씨지벽은 둥근 고리모양인데, 옥새는 두터운 사각형 옥이니 그 타당성 여부는 단언하기 어렵습니다.

우리가 익히 아는 천자문에 '금생여수金生麗水 옥출곤강玉出崑岡'이란 구절이 있습니다. '금은 운남성 여강에서 나오고 옥은 곤륜산에서 나온다'는 말입니다. 강岡은 '언덕'이란 뜻입니다. 이 곤륜산에서 나는 옥이 중국 제1의 화전옥和田玉입니다. 변화가 옥을 얻었다는 '형산'은 호북성 양번시 남장현에 있습니다. 제갈량 사당을 찾아 양번 융중고리에 갔을 때 지도로 확인하니 멀지 않은 곳에 형산이 있는 것을 보고, 저기 어디쯤 변화가 화씨지벽을 가슴에 품고 슬피 울었으리라 생각만한 채 지나쳤습니다. 이 형산이란 이름은 하남성 삼문협 영보시에도 있습니다. 그곳은 황제가 보정寶鼎을 주조했던 곳으로 함곡관을 찾았을 때 직접 찾아 갔었는데 혹시 여기 어디쯤에도 변화의 전설이 있지 않나 찾아 봤지만 화씨지벽의 이야기는 찾을 수 없었습니다.

## 완벽完璧

앞 장에서는 화씨지벽의 유래를 이야기를 했습니다. 그런데 초나라 문왕이 지녔던 화씨지벽이 어쩌다 조나라로 가게 되었습니다. 이 사실을 안 진나라 소양왕은 15개의 성과 화씨지벽을 바꾸자고 사자를 보냅니다. 소양왕은 진시황의 증조부가 되는 임금인데, 진나라는 이때 이미 주변을 압도하는 강대국이었습니다. 조 혜문왕은 강한 진나라의 청을 안 들을 수도 없고, 보물을 바치자니 천하의 웃음거리가 될 것 같아 고민하는데 인상여가 현명하다는 말을 듣고 그를 불러 의견을 묻습니다. 인상여는 강한 진나라의 말을 어기면 조나라가 크게 핍박을 받을 것이니 우선 자신이 화씨지벽을 조나라에 가지고 가서 임기응변으로 대처하겠다고 말합니다.

그가 진나라에 가자, 과연 욕심 많은 진 소양왕은 화씨지벽을 받아놓고 비빈妃嬪 신하들과 돌려보며 감탄하면서도 성 15개의 이야기는 꺼내지도 않습니다. 인상여가 그 보석에는 눈에 잘 안 보이는 티가 있으니 일러주겠다고 해서 화씨지벽을 되받고 나서는 궁궐의 기둥에 의지해서 머리털을 곤두세우고 외칩니다.

"우리 임금은 신의를 존중해 이 보물을 진나라에 보냈는데 성 15개에 대한 이야기가 없으니 진나라 임금은 정의롭지 못합니다. 그래서 이 보물을 바칠 수 없습니다. 임금님이 강제로 빼앗고자 한다면 기둥에 화씨지벽과 함께 머리를 부딪쳐 천하의 보물을 망친 사람이 누군지 세상에 알리겠습니다."

당황한 소양왕이 15개의 성 지도를 가져오게 했으나 다시 인상여는 말합니다.

"천하의 보물인 이것을 보내면서 우리 임금은 5일 재계齋戒하였으니 임금께서도 5일 동안 근신하신 다음 구빈九賓의 예로 맞이하신다면 그때 이 보물을 바치겠습니다."

물론 그 닷새 사이에 화씨지벽은 다시 조나라로 몰래 보내졌고, 인상여는 약속을 어긴 자신을 가마솥에 삶으라 외치는 결기를 보이자 어쩔 수 없이 인상여를 조나라로 살려 보냅니다.

'안전하게 벽옥을 조나라로 돌아오게 했다完璧歸趙(완벽귀조)'를 줄인 '완벽'이라는 말은 이렇게 생겨났습니다. 사마천이 쓴 《사기》〈열전〉에 있는 이야기입니다.

이리하여 일개 서생에 불과하던 인상여는 상대부上大夫가 됩니다. 임금 밑에는 경, 대부의 벼슬이 있는데, 경 다음의 직함이 상대부이니 쉽게 말해 조선시대의 이조판서 정도의 벼슬에 해당한다고 하겠습니다.

인상여가 소양왕과 한바탕 설전을 벌인 진나라의 서울이 바로 지금의 섬서성 서안입니다. 서안의 옛 이름은 장안이고, 진나라 당시에는 함양이라 했습니다. 진시황이 온갖 영화를 다 누렸다는 아방궁도 이 근처입니다. 서안에 위수가 흐르는데 이 위수를 경계로 그 남쪽이 서안시이고 북쪽이 함양시입니다. 서안국제공항은 바로 이 함양에 있습니다. 함양에서 버스를 타고 위수를 건너 서안으로 갈 때, 위수에서 곧은 낚시로 세월을 낚았다는 강태공의 이야기가 불현듯 떠오르기도 했습니다.

## 문경지교刎頸之交

염파는 조나라를 위해 한평생을 전쟁터에서 살아온 백전노장입니다. 그의 눈에는 외교적인 수완 하나로 상경 벼슬에 오른 인상여가 못마땅하여 언제 기회가 있으면 톡톡히 망신을 주겠노라고 공언을 했습니다. 이 소리를 들은 인상여는 일부러 조회에도 참여하지 않고, 저만치 염파 장군의 수레가 오면 급히 골목으로 수레를 몰아 충돌을 피했습니다. 이에 인상여는 염파를 무서워하는 겁쟁이라는 소문이 돌았습니다.

이 소문을 전하며 불만을 토로하는 사인舍人들에게 인상여가 묻습니다. "당신은 염파 장군이 두려운가? 진나라 소양왕이 더 두려운가? 물론 진나라 임금이겠지. 나는 진나라 궁정에서도 임금을 꾸짖은 사람이오. 그런 내가 어찌 염파 장군을 겁내겠소? 다만 우리가 강

**문경지교를 묘사한 그림**

국인 진나라에게 견디는 것은 염파 장군의 용맹과 모자란 대로 나의 지혜가 있기 때문이오. 이 두 마리 호랑이가 싸운다면 나라가 위태로울 수밖에 없을 것 아니오. 사사로운 원망을 뒤로 하고 나라의 위급함을 먼저 생각하지 않을 수 없어 나는 염파 장군을 피하는 것이오."

이 말을 전해들은 염파는 심히 부끄러워 웃옷을 벗고 등에 가시나무 회초리를 매달고 인상여를 찾아갑니다. 미천한 자신이 미처 상경의 높은 뜻을 몰랐다며 용서를 빕니다. 버선발로 뛰어나온 인상여는 염파와 나라를 위해 죽음을 같이 하기로 다짐합니다. 사람들은 이 두 사람의 사귐을 문경지교라 했습니다.

문刎은 (칼로) 벤다이고 경頸은 목입니다. 목숨을 함께 한다는 뜻입니다. 기원 전 650년 경 춘추시대 관중과 포숙의 관포지교와 더불어 기원 전 270년 경 전국시대의 문경지교는 돈독한 우정의 대명사가 되어 오늘에 전합니다.

한나라 말서기 200년 무렵 유비가 제갈량을 만나고 나서 고기가 물을 만난 것 같다고 해서 수어지교라는 말도 생겨났습니다. 비슷한 뜻의 단금지교 금란지교란 말은 《주역》에 나옵니다.

'두 사람이 마음을 같이하면 그 예리함이 쇠를 자를 수 있고, 마음을 같이하여 하는 말은 그 향기가 난초와 같다二人同心(이인동심) 其利斷金(기리단금) 同心之言(동심지언) 其臭如蘭(기취여란)'


한단역에서 한 불럭을 지나면 회차항문화광장이 있습니다. 항巷은 '길거리'란 뜻입니다. 말이 광장이지 과거 종로 뒷골목 피맛골처럼 후미진 골목길이라서 물어물어 어렵게 찾아갔습니다. 저만큼 염파 장군의 수레가 오자 인상여가 서둘러 피했던 일을 기념하여 그 좁은 길에 작은 기념관도 세워놓았습니다. 생각해 보니 임진왜란 그 어려운 시국에서 오성과 한음이항복과 이덕형 두 분이 호흡을 맞춰 나라를 구하려 동분서주하며 우정을 나누던 아름다운 이야기가 우리나라에도 있었습니다.

## 손자병법성孫子兵法城

　　연대시에서 아침 7시에 버스를 타면 12시 30분쯤 빈주시에 도착합니다. 빈주는 산동성 북단 발해와 연결되어 있습니다. 버스비 125원은 된장찌개 5그릇 값입니다. 2007년에 15원 하던 장찌개가 2011년에는 25원이 되었습니다. 버스에서 내리자마자 오후에 연대로 돌아갈 차표와 빈주시 지도를 사서 손자병법성의 위치를 확인합니다. 다음 커다란 상가가 형성된 버스 터미널에서 입맛대로 점심 요기를 하고 손자병법성이 있는 혜민현으로 갑니다. 빈주시에서 혜민현은

**손자병법성**

버스로 45분쯤 거리, 차 삯은 18원, 이정표를 보니 거리가 30km로 나와 있습니다.

혜민현에 도착하니 아주 한적한 시골이어서 택시도 눈에 띄지 않아 두리번거릴 수밖에 없습니다. 이럴 때는 파오처

손빈(왼쪽)과 손무(오른쪽)

기사가 아는 척 해주는 것이 그렇게 고마울 수 없습니다. 중국에 있는 한국인들이 모두 '빵차'라고 하는 이 차는 허가 받지 않은 영업용 승용차인데 손자병법성까지 15원을 달라고 합니다. 한적한 시골길을 10여분 달리니 무성원武聖園이라는 큰 간판이 보이고 그 대각선쯤 되는 맞은편에 손자병법성이 웅장하게 버티고 서 있습니다. 입장료 50원인데 경로 할인을 받아 25원에 입장합니다.

## 손무孫武

손자는 손무孫武의 경칭이기도 하고 손무가 지은 병법책이기도 합니다. 기원 전 544-496년에 제나라, 현재의 산동성 빈주시 혜민현의 병법 전략가 집안에서 태어났습니다. 춘추 시대 말기, 공자보다 10년쯤 늦게 태어나 20년쯤 먼저 죽었습니다. 당시 제나라의 복잡한 세력 다툼으로 오나라로 망명한 손무는, 오나라 임금 합려를 도와 초나라와 월나라를 치고 그를 춘추오패의 한 사람으로 만드는데 큰 공을 세웁니다. 이때 손자와 같이 합려를 도운 재상이 유명한 오자서伍子胥입니다.

흔히 손무와 손빈이 혼동되는데 뿌리는 모두 제나라 출신이지만, 손무가 춘추 시대 사람임에 비해, 손빈은 전국시대 맹자와 비슷한 시기의 사람으로 제나라를 위해 위나라의 방연을 물리친 장군입니다.

두 사람의 생존 연대는 100여 년의 시간차가 있는 것으로 연구되고 있습니다. 손빈은 손무의 손자라는 설도 있고 한 집안의 후손이라는 이야기도 있는데, 손빈의 무덤은 빈주시에서는 좀 떨어진 산동성 하택시 견성현 기산진에 있습니다.

2011년 하택시 모란축제에 갔다가 잠깐 둘러본 곳이기도 합니다. 1972년 산동성 임기에서 시청 건물을 짓다가 우연히 발견된 전한前漢 시대의 무덤에서, 그간 풍설로만 떠돌던 《손자병법》과 《손빈병법》이 쓰인 죽간이 따로따로 발견되어 두 사람이 별개의 인물임이 확인되었습니다.

손무와 오왕 합려와의 첫 만남을 《사기》〈열전〉에서는 다음과 같이 소개합니다.

"그대의 병서를 잘 읽었습니다. 실제로 보여줄 수 있습니까?"

"쉽습니다. 대왕의 궁녀들로 시험해 보이겠습니다."

손무는 궁녀 180명을 두 편으로 나누어 합려가 가장 총애하는 후궁 둘을 대장으로 삼아 훈련시켰지만 궁녀들은 시종 킬킬거리고 명령에 잘 따르지 않았습니다.

"군령이 잘 서지 않는 것은 대장이 무능하기 때문이다."

손무는 단칼에 그 두 후궁을 베고 그 다음 궁녀 둘을 대장으로 삼아 다시 훈련을 시킵니다. 그러자 궁녀들은 자로 잰 듯, 먹물로 튕긴 듯 대오가 정확하고 행동이 민첩해졌습니다.


## 손자고리孫子故里

손자병법성 정문을 들어서면 끝도 없이 길게 늘어서 있는 3열 종대 건물이 보입니다. 중앙 건물이 본전本殿이고 좌우에 곁채가 있는 형식입니다. 본전격인 중앙 건물에는 손자병법 13편을 전시하고 있습니다. 첫 전시실은 서청序廳이라 하여 손자를 소개하고 있는데 그 옆에는 한글로 된 안내판도 비치되어 있었습니다. 중국을 다니다 보면 곳곳의 주요처에서 한글 안내서를 만나는 것도 여행의 적지 않은

오나라 왕 합려와 병법에 대해 논하는 손무

기쁨의 하나입니다. 서청을 나서면 전서체로 쓴 '孫子故里<sup>손자고리</sup>'란 석패방이 나옵니다. 고향을 중국에서는 '고리'라 합니다. 계속 걸으면 두 번째 강원<sup>전시실</sup>에《손자병법》13편 중 제1편〈시계<sup>始計</sup>〉편이 나옵니다. 다음이 제2편〈작전〉… 이렇게 일편일전<sup>一篇一殿</sup> 방식으로 제 13편〈용간〉까지 나오고 15번째 마지막 전시실이 이들을 종합한 택세전<sup>澤世殿</sup>입니다. '택세전'은 손자병법의 후세에 대한 영향력이 설명되어 있으며 13편의 병법을 정리하여 놓았습니다.

　위의 사진은《손자병법》제1편〈계편<sup>計篇</sup>〉입니다. '손자가 말하기를 전쟁(싸움)은 나라의 큰일이요, 생사의 갈림길이요, 존속과 멸망의 길이니 살피지 않을 수 없다<sup>孫子曰(손자왈) 兵者國之大事(병자국지대사) 死生之地(사생지지) 存亡之道(존망지도) 不可不察也(불가불찰야)</sup>'는 내용입니다. 좌측 사람이 오왕 합려, 그 앞에 앉은 사람이 손무. 손무의 뒤에 있는 사람이 오자서가 아닐까 추측해봅니다.《손자병법》은 원래 82편의 방대한 분량이었는데 그 원본은 없어지고 삼국 시절 조조가 간추려 간직하고 다녔던 것이 남아 지금 13편만 전해지는 것 같습니다.

백전백승百戰百勝이란 말은 《손자병법》에는 없습니다. 제3편 〈모공편謀攻篇〉에 '지피지기知彼知己 백전불태百戰不殆'라는 말이 있을 뿐입니다. '백 번을 싸워서 백 번을 다 이기는 것이 최선의 방법이 아니요, 싸우지 않고 적군을 굴복시키는 것이 최선의 방법이다. 적을 알고 나를 알면 백 번 싸워도 위태롭지 않다. 적을 알지 못하고 나를 알면 일승일패하고, 적도 모르고 나도 모르면 싸울 때마다 패배한다.' —이런 내용을 토대로 백전백승이란 말이 생긴 것 같습니다. 손자병법의 진수는 싸우지 않고 이기는데 있는 것 같습니다.

전쟁을 뜻하는 武무 자는 원래 그칠 止지와 창 戈과의 합성자입니다. 이 《손자병법》은 나폴레옹도 애독했다고 합니다. 우리나라 선비들이 주로 공자, 맹자, 주자의 책을 많이 읽을 때, 무사의 나라 일본에서는 7세기에 벌써 대단한 열기로 이 책이 읽혀졌던 것 같습니다. 도요토미 히데요시도 무서워했던 다케다 신겐의 깃발 '풍림화산風林火山'도 《손자병법》 제7편 〈군쟁편軍爭篇〉에 나오는 말입니다. '바람처럼 빠르게, 숲처럼 고요하게, 불길처럼 맹렬하게, 산처럼 묵직하게' 이 말은 일본 전술사에 종종 나타납니다.

손자병법 13편을 중앙으로 하고 그 좌우의 부속 건물에는 그 이름이 우리에게도 익숙한 〈삼심육계 전시실〉이 있는데 왼쪽으로 가면, 반간계, 고육계, 오른쪽으로 가면 연환계와 주위상계走爲上計 등의 전술 모형이 상세하게 전시되어 있습니다. 소설 《삼국지》를 통하여 많이 익숙해진 전술입니다만, 《삼심육계》의 저자는 분명하지 않습니다.

마지막 36번째 계략이 주위상계走爲上計 바로 그 유명한 '삼십육계 줄행랑— 힘이 달릴 때는 달아난다'로 알려진 최후의 전술입니다. 비굴한 도망이 아니라 형세가 불리하면 잠시 소나기를 피했다가 재기를 노린다는 뜻입니다. 당연히 삼십육계는 손무의 병법과 관계가 없습니다. 《삼십육계》라는 책은 출처와 연대가 분명치 않습니다. 연구하신 분들에 의하면 위진 남북조 혼란기에 씌어진 실용병서라고 합니다.

그 36계 중 제1계가 하늘을 속이고 바다를 건넌다는 만천과해瞞天過海입니다. 당태종이 고구려 침략 시 바다를 겁내 선뜻 응하지 않자 장수 설인귀가 큰 배를 주점으로 위장하여 당 태종을 싣고 바다를 건넜다고 해서 유명해진 계책입니다. 36계 중 31계에서 36계까지를 패전계敗戰計라 하는데 여기에는 미인계美人計, 공성계空城計, 반간계反間計, 고육계苦肉計, 연환계連環計, 주위상계走爲上計 등 우리에게 낯익은 단어들이 등장하기도 합니다. 각 청마다 관광객들이 실제 게임을 통해 36가지 전술을 실제로 체험할 수 있는 놀이공간도 있어서 즐거움을 더해 줍니다.

우리나라에서도 여러 번 방영된 드라마 《손자병법》은 손무가 아닌 손빈의 이야기를 36계의 각 편에 맞추어 36편으로 제작한 것입니다. 귀곡선생, 종리춘 같은 인물이 등장하고 '위위구조圍魏救趙' '성동격서聲東擊西' '암도진창暗渡陳倉' '가도멸괵假途滅虢' 같은, 많이 들어본 고사성어가 치열한 전투 장면으로 생동감 있게 묘사되어 있습니다.

사이사이에 있는 오락물도 재미있습니다. 활쏘기도 하고 북도 쳐 봅니다. 장기판도 있습니다. 우리는 유방의 한나라와 항우의 초나라가 싸우는 형국인데 중국 장기는 좀 다릅니다. 붉은 편의 대장은 수帥이고, 파란 편은 장將입니다. 임금이라 하여 크지 않고 졸이라 해서 작지 않습니다. 이런 것을 즐기면서 손자병법 13편, 삼십육계 36편을 어찌 몇 시간 내에 섭렵하겠습니까?

빈주시 동쪽 동영시의 중국 3대 유전의 하나라는 '승리유전'을 찾아보기 위해서는 다시 행장을 수습해야 했습니다. 우리나라 전쟁기념관이 주는 감격과는 또 다른 고전미 같은 것을 뒤로 하고 손자병법성을 나섰습니다.

여행은 식은 가슴을 덥혀줍니다. 다리는 아파서 떨리지만 가슴은 감동으로 떨립니다. 따분한 일상이 거기서는 잠시 보석으로 빛나기도 합니다. 내가 있는 이곳에서 벗어나 보아야 그동안 내가 지녔던 '저곳'에 대한 편견은 사라집니다.

### 공북석拱北石

태산은 하나의 상징이었습니다. 거기에는 산은 비켜서 있고 역사가 자리 잡고 있었습니다. 진시황의 전설이 남아 있고 한무제의 요란했던 '봉선의 이야기'는 끝없이 이어지는 계단을 통하여 과거에서 현재로 전해지고 있는 듯했습니다.

태산 정상에서 바라보는 공북석은 동쪽을 향하여 성난 남성의 심벌이듯 융기하고 있었습니다. 동해에서는 신성한 태양이 솟아오릅니다. 그 태양과 함께 태산은 모든 남성의 상징으로 군림합니다.

태산의 산신령 벽하선군이 옥황상제의 따님인 여성인 것은 남성적인 이 공북석과 묘한 대칭을 이루고 있습니다. 태산에 오르는 계단은 옥황정에서 끝나는 것이 아니라 남성처럼 융기한 공북석을 통하여 하늘로 연결되어 있었습니다. 공북석을 일명 천제天梯라고도 합니다. 하늘로 통하는 사다리란 뜻입니다. 공북석은 잘생긴 남근석男根石

**태산 정상에서 동북쪽을 향해
솟은 공북석**

입니다

## 옥황정에 오르는 계단

태산 등정의 시발점에 해당하는 대종방에서부터, 해발 1545m 정상인 옥황정<sup>진시황, 한무제 등이 봉선 의식을 거행하던 장소</sup>에 이르기까지 9km의 길, 오랜 세월 무수한 제왕들의 행차를 견뎠을 돌계단이 온갖 역사를 지닌 채 견고하게 버티고 있었습니다. 그 계단은 남천문에 이르기까지는 거의 일직선으로 뻗쳐 있는데, 폭은 자그마치 5m가 되었습니다. 택시도 쉽게 달릴 수 있는 넉넉한 공간이어서 산중에 난 옹색한 길이라는 분위기는 어디에도 찾아볼 수 없습니다. 황제의 어가를 모시고 올랐을 길이니 그만큼 호사스러운 것이 오히려 당연한 것인지도 모를 일입니다.

옥황정 정상까지의 계단의 수는 6,293개부터 7,412개까지 책마다 다양합니다. 1936년을 현재로 하여 쓴 기행문<sup>《중국역사기행》(김춘성. 남도출판사. 1994)</sup>에는 필자가 등정하는 날 마침 계단의 정확한 숫자 알아맞히기 등반대회가 있었는데, 1등 상을 받은 팀은 없었노라는 기록이 있습니다. 그만큼 태산에 오르는 계단은 얽히고설켜 사방으로 뻗었다는 이야기가 되겠습니다. 그리고 교자를 타고 호강(?)을 하며 산에 오르는 양반의 이야기도 나옵니다.

"태안역에서 하차하여 대묘<sup>(垈廟)</sup> 앞에 이르니, 2인 1조의 등산용 교자 수백 채가 손님을 기다리며 광장을 메우고 있었다."고 여행담을 적고 있습니다. 그러나 그 교자는 곧 없어질 운명(?)을 만납니다. 대종방 서쪽 천외촌 광장에서 중천문까지는 버스길이 생겨났고, 거기서 다시 남천문까지는 케이블카가 이어져 있으니(1983년 완공) 그 불편한 교자에서 6시간이나 고생하지 않아도 좋게 되었기 때문입니다. 가히 문명의 이기인 셈입니다. 그러나 그 문명의 이기를 즐기다 보면 얻는 것 대신 잃는 것도 많게 됩니다.

북경 자금성의 태화전, 곡부, 공묘의 대성전과 함께 중국 3대 궁궐 양식이라는 이곳 대묘岱廟(天貺殿천황전)에서 중천문에 이르기까지의 역사적 유물이나 태산의 절경을 못 보고 지나쳐야 하기 때문입니다. 태산 입장료를 받는 홍문 근처의 공자 등임처登臨處는, 정상의 '공자 첨노대瞻魯臺'와 대칭을 이루는데 케이블카로 지나치면 비교해 볼 수 없고공자는 이 첨노대에서 '등태산소천하(登泰山小天下)'를 읊었을 것으로 추정됨, 중천문, 남천문과 대칭을 이루는 일천문의 장관도 보지 못합니다. 만 명의 신선이 살다가 우화등선羽化登仙하였다는 만선루萬仙樓, 진시황으로부터 벼슬을 하사 받았다는 오대부송五大夫松 등, 산의 역사와 전설을 머금고 있는 성지를 놓쳐야만 문명의 이기를 즐길 수 있는 아이러니가 생깁니다. 더구나 우리처럼 방향을 잘못 잡아 도화원 쪽에서 케이블카를 타고 훌쩍 남천문까지 날아가면 아래로 내려다보이는 풍경은 덜 자란 소나무 몇 그루와 북한산보다 더 앙상한 바위 덩어리 뿐이어서 태산에 실망하게 됩니다.

## 봉선封禪

역대 제왕이 봉선 의식을 거행했다는 대묘를 보고 나서는 천외천으로 이동해 버스와 케이블카로 오르는 것이 요즈음은 정상 루트가 되었습니다. 대신 시간과 체력이 허락한다면 내려올 때는 걸어서 오는 것이 좋습니다. 프랑스 미테랑 대통령은 대묘에서부터 6시간을 걸어 정상에 올랐다니 그야말로 사나이 중의 사나이입니다. 북경 인근에서 만리장성에 오르는 길목에 모택동 주석의 글씨로 '不到長城非好漢부도장성비호한'이라는 휘호가 쓰여 있는 것을 본 기억이 있는데, 태산의 산신령이자 옥황상제의 귀여운 따님인 벽하선녀는 이 미테랑 대통령이야말로 '진정으로 산에 오르는 법을 아는 남자'라고 반겼음직합니다. 여신을 모신 사당답지 않게 정상에 있는 벽하사碧霞祠는 남성미가 넘쳐흐르는 위용을 자랑하는 것도 특이했습니다.

초여름 4월 태산에 오르니

산길은 천자를 위하여 넓게 열렸다
임금을 태운 여섯 용이 만학을 뛰어넘고
그 바람에 언덕의 돌들은 영화를 두르게 되었다


이백의 시 〈유태遊泰〉의 한 구절입니다. 이 시에 등장하는 임금이 아마도 당 현종이었을 것 같습니다. 멀리 페르시아에서 왜구까지, 온 천하에서 사신을 불러 모아 대동하고 호사스럽게 태산에 오른 현종양귀비의 남편은 벽하사 지나는 길목에 그 유명한 당마애비唐磨/崖碑를 남겼습니다. '천하대관기태산天下大觀紀泰山'이라 제題한 마애비 996자는 금박을 입혀 누런 용이 승천하는 듯 문자향文字香을 내뿜고 있었습니다.

태산에 오르는 모든 길은 계단으로 덮혀 있는 것처럼 길 좌우로는 가로수처럼 각양각색의 글자가 새겨진 마애석들이 시립侍立해 있었습니다. 오악독존五嶽獨尊, 등태관해登泰觀海, 치신소한置身霄漢을 읽노라면 정말 몸이 하늘 위 은하수 속에 있는 듯, 대충 읽을 수 있는 문장을 만나면 저절로 발걸음이 멈춰지고 황홀해집니다. 기록에 이런 석비가 1800여 기基나 된다고 하니 산이라는 하드웨어보다 역사라는 소프트웨어 때문에 태산은 제왕서부터 서민에게 이르기까지 두루두루 매력의 대상이었던 것 같습니다.


하, 은, 주 그 전설에 가까운 시절부터, 태산에 봉선封禪해야 하는 것은 내로라하는 군주들에게는 통과제의 같은 것이었습니다. 순 임금은 태산에 먼저 제사하고 나머지 4악을 순례하였습니다. 지금 오악은 낙양에 있는 숭산을 중앙으로, 서안 근처의 화산을 서악, 산서성 북쪽의 항산을 북악, 호남성 남쪽의 형산을 남악으로 했는데, 순 임금 당시에는 조금 다른 것 같습니다. 역대 제왕이 봉선의 장소로 태산을 제일로 친 것은 높이가 아니라 그 형세일 것입니다. 입체 지도를 보면 사방이 평평한 평지 위에 유방처럼 돌출한 것이 태산입니다. 진시황은 아방궁을 짓고 분서갱유를 하는 와중에 조정 대신을

태산 정상의 옥황전(위)
태산 정상의 오악독존석(오른쪽)
남천문에 오르는 계단(왼쪽)

대동하고 태산에 올랐습니다. 7일간 목욕재계하고 천상제, 지령제地
靈祭를 지냈다 하니 그 정성 또한 규모만큼 대단했던 것 같습니다.

태산에 오른 제왕은 모두 강력한 통치력을 지닌 임금이었습니다.
한무제, 당고종, 북송 진종 황제 등등… 청 건륭제는 6회, 한무제는
7회 등정의 기록이 있으니 그만큼 그들은 내치에 자신이 있었던 성
공한 군주였던 것입니다. 그러나 이 봉선은 아무나 하는 것은 아닙니
다. 춘추오패春秋五覇의 으뜸인 제 환공이 태산에 봉선하려 하자 관중
이 만류합니다.

"태산에서 봉封의 제례를 지내고, 양보산태산남쪽 50km에서 선禪의 제
례를 한 왕은 72가家입니다. 무릇 봉선 의식은 제왕만이 할 수 있는
것입니다. 폐하는 주 왕실을 받드는 신하일 뿐입니다. 더욱 삼가고

근신하며 신하의 도리를 다하소서."

　성내지 않고 신하의 간언을 따른 환공이 아름답고, 신하의 도리를 다한 관중이 가상합니다. 봉은 옥판에 나라의 소원을 적어 돌 상자에 봉하여 산 정상에서 천신에 제사하는 제사 의식이고, 선은 지상에 토단을 쌓고 지신에게 소원을 비는 제왕의 행위입니다.

　옥황정 뜰 앞에 서있는 무자비無字碑의 말없는 절규도 설득력이 대단합니다. 진시황이 세웠느니 한 무제가 세웠느니 이론이 분분하지만, 그 누군들 태산에 올라 만천하를 굽어보는 감회, 만난을 극복하고 제왕이 된 그 장한 뜻을 표함에 어떤 웅변으로 그 속내를 흡족하게 전할 수 있겠습니까? 산이 침묵하고 있는 것처럼 무자비도 말없음으로 가장 크게 말하고 있는 것이겠습니다.

　태산에 한 번 오르면 10년이 젊어진다는 전설 같은 말도 있고, 봉선 의식에 참여한 관리들은 모두 2등급 승진시켰다는 기록도 있습니다. 그만큼 오르기 험난한 산이라는 뜻이겠습니다. 《사기史記》로 유명한 사마천의 부친 사마담은, 태산에 오르는 한무제를 수행하지 못한 것을 부끄럽게 여겨 울화병으로 죽었다는 야담 같은 이야기도 전해집니다. 한무제는 늙은 그의 건강을 염려해 수행을 허락하지 않았다지만.

## 정상주頂上酒

　2005년 1월 6일 11시. 우리가 태산에 오르는 셔틀버스를 갈아타기 위해 태안에 도착했을 때 날씨는 쾌청, 겨울 날씨 치고는 포근했습니다. 서울서 확인한 기상예보에는 영하 16도 정도의 혹한이 된다고 했는데 태산의 주인 벽하 낭랑이 우리를 반기는 듯 주변의 눈까지 질척질척 녹고 있었습니다.

　30분을 달려 도화원 케이블카 타는 곳에 도착하니 생각보다 적막했고 풍광도 기대에 못 미쳤습니다. 한겨울이기 때문이거니 생각했지만 나중에 확인해 보니 도화원 코스는 그저 정상에 빨리 오르는 샛

길 같은 코스였습니다. 임금이 오르던 중도(中道(東道))의 길을 택해야 했는데 사전 공부가 부족했던 것입니다.

대묘에 들려 동악대제 산신령께 입산 신고를 하면서 중국 3대 궁궐의 하나라는 천황전 위용도 확인해 보고, 왕모지를 걸으며 그 장한 숲길도 감상하지 못한 것이 아쉬웠습니다.<sup>이 아쉬움은 2008년 아내와 다시 태산을 오르면서 많이 풀렸음</sup> 최소한 환산공로를 통과하는 셔틀버스라도 타고 중천문에서는 내렸어야 태산의 제 모습을 볼 수 있었는데 우리가 길을 잘못 선택했던 것입니다. 다만 날씨가 축복해 주는 것만도 고마운 일이라고 위로하며 천가(天街)라 쓴 돌패방을 통과하니 정말 하늘 위의 마을처럼 모든 것이 신기한 태산의 속살이 드러났습니다.


12시 20분, 정상에서 서울서 준비해간 안동소주로 정상주를 마셨습니다. 서문여고 국어과 만세입니다. '제27회 서문여고 국어과 교과서의 현장 답사' 만세입니다. 현역에서 퇴직한 적막한 늙은이를 불러 여행에 합류시켜준 15명의 국어 선생님들의 다정함과 끈끈한 정이 그저 고마울 뿐입니다.

우리가 정상주를 마시며 굽어보는 저 제, 노 땅 어디쯤에서 이백과 두보도 만났을 것입니다. 두보는 29세에 과거 낙방의 실의를 안고 연주 도독이었던 부친을 찾아왔다가 이 태산 정상에 올라 그 유명한 〈망악(望岳)〉을 지었습니다. 11세 연상의 선배 이백을 만나 둘은 의기가 투합하여 산동과 하남에서 가을 한철을 보내기도 했습니다. 우리야 그만큼 호탕한 영웅이 못되는, 그저 고등학교 국어선생일 뿐인 보통 사람들이지만, 27차례나 함께 국내외의 명산대천을 찾아 뜻을 모으고 마음을 합했으니 이백 두보에 버금가는 지우(知友)쯤은 될 법합니다.

그날 밤 우리는 매년 세계 연박람회가 열린다는 연의 고장 산동성 유방이라는 아름다운 도시에서 발마사지로 피로를 풀었습니다. 미녀에게 발을 맡긴 채 다음 날 위해시 성산두에서 만나게 될 서불,

동정남녀 3천을 이끌고 불로초를 구하러 동해 삼신산을 찾아 떠났다가 돌아오지 않았다는 술사 서불徐市(徐福)의 항해에 대해 꿈같은 이야기를 나누었습니다. 하긴 제주도 정방폭포에도 서불과차徐市過此라는 흔적이 있기도 합니다만.

## 양산박 108영웅을 찾아서

　나의 중국 여행은 혼자일 때가 많았는데 그때마다 긴장의 연속이었습니다. 6년 동안 형제처럼 막역하게 지내던 코이카KOICA(해외봉사단)의 이 교수님과 동행할 때는 그분의 중국어 덕분에 모든 것이 순조로워 참 편했습니다. 그런데 이번 수박양산水泊梁山, 수호전의 무대를 찾는 여행은 연대대학 이상구 교수님을 비롯해 개다리춤을 잘 추는 김덕원 어린이까지 동행한 5인의 행진이니 나로서는 소풍가는 듯 즐거운 여정이었습니다. 그러나 산동성 연대시에서 제녕시 양산현까지 버스 안에서 9시간을 견디는 것은 그렇게 유쾌한 일이 못됩니다. 차창 밖에 꾸려지는 이국 풍경도 한 두 시간이면 지루해집니다. 의자 쿠션은 엉망이고 차내 공기는 이상하게 후줄근하고. 조는 것도 2,30분이지 눈 붙이기도 마땅치 않습니다. 이럴 때는 챙겨온 자료를 대충 정리하는 것이 제격입니다. 흔들리는 차 칸에서 뭐가 보이느냐고 이 교수님이 걱정을 하지만, 아직 눈 하나가 성한 것은 내 복입니다

　북송 말기, 수도인 개봉하남성 개봉시에는 고구라는 건달이 있었습니다. 공차기 하나를 잘해 태자의 눈에 들었는데, 이 태자가 임금으로 즉위하자 고구는 나라를 어지럽히는 간신이 되어 많은 비리를 저지릅니다. 이때가 휘종 연간1119~1125입니다. 휘종은 시, 서예, 그림, 음악 등 문사철文史哲에 다양한 솜씨를 보였지만 문약文弱하여 나라의 종말을 불러온 불행한 군주였습니다.

　이런 시대상을 배경으로 여러 사연을 품고 각각 양산박梁山泊으로 모여드는 108명의 호걸 이야기가 《수호전》의 주류를 이룹니다. 이 108명은 원래 강서성 용호산龍虎山의 한 절에 봉인된 마성魔星이었는데,

어떤 관리가 술이 취해 봉인을 뜯자 각각 흩어져 사람으로 환생했다는 설이 있을 만큼 생태적으로 야성이 강한 인물들입니다. 복마전<sup>伏魔</sup><sup>殿</sup>이란 말이 이에서 생겨났습니다.

양산박의 박<sup>泊</sup>과 수호전의 호<sup>滸</sup> 모두 '물가'라는 뜻입니다. 청나라 초 문예비평가 김성탄은 《시경<sup>詩經</sup>》을 인용하여 수호전이라는 제목과 내용의 관계를 명쾌히 설파했습니다. 시경에 '왕토의 끝에 물이 있고 그 물 밖을 호라한다王土之濱則有水(왕토지빈즉유수) 又在水外則滸(우재수외즉호)'란 구절이 있습니다. 그러니 '이 세상 모든 땅은 임금의 영토이고 모든 백성은 임금의 신하普天之下莫非王土(보천지하막비왕토) 奉土之濱莫非王臣(솔토지빈막비왕신)"라는 개념에서 양산박과 108 호한들은 임금님의 은총에서 벗어난 버려진 영토의 백성이라는 의미입니다.

당나라 말부터, 송나라 때는 지금 우리가 찾아가는 양산현은 황하가 범람하여 800리 호수를 이루었던 습지여서 '양산박'이란 명칭이 생겼습니다. 우리가 실제 현장에 도착하여 보니 사방은 모두 구릉처럼 움푹하게 꺼져 있고 108명이 웅거하였다는 '양산채'만 우뚝하였습니다. 움푹 파인 사방이 물로 채워졌다면 정말로 난공불락의 요새였음이 틀림없음을 한눈에 알 수 있었습니다. 지금도 양산에서 조금 떨어진 동평호는 바다처럼 넓게 물결이 출렁이고 있는데, 이곳에 송나라 당시의 양산박을 재현할 예정이라고 합니다.

아침 8시 30분에 연대시를 출발한 버스는 오후 5시가 넘어서야 목적지 양산현에 도착했습니다. 일행에 어린이도 있고 여교수님도 있다고 이 교수님이 최고의 호텔을 찾았는데 이름이 '중한대주점'이었습니다. 이런 오지에 한국인이 그리 많이 찾을 이는 없겠는데 그 이유는 알 수 없었지만, 한나라 韓<sup>한</sup> 자 하나만 보고도 일행 모두는 반가워했습니다.

저 혼자 여행할 때는 허름한 여관에 깡통죽 한 그릇으로 끼니를 때우는 것이 편했지만, 이번 여행은 먹는 것 자는 것 다 풍년입니다.

수호전의 저자 시내암의 동상(왼쪽)
무송이 호랑이를 때려잡은 경양강(오른쪽)

기름 잘잘 흐르는 고급 요리에 마오타이주
까지 곁들인 식사로 모두들 9시간 동안의
피로를 씻어냈습니다. 간단히 길거리 양꼬
치 집에서 2차도 곁들이고 호텔에 와서 뜨
거운 물에 몸을 담그니 부러울 게 없는 호
강이었습니다. 새삼 빨리 가고자 하면 혼자 가고, 멀리 가려면 함께
가라는 평범한 말이, 더불어 살아간다는 것이 얼마나 큰 위안인지 실
감케 했습니다.

## 수박양산 水泊梁山

《수호전》은 시내암이 썼다고 합니다. 함께 거들었다는 설도 있는
나관중은 시내암의 제자였다는 이야기도 있습니다. 시내암은 명 태
조 주원장과도 절친이란 말도 전합니다. 두 사람은 모두 원말 명초의
작가입니다. 특히 시내암은 양산박에서 쌍벽을 이루는 송강, 조개
같은 최고 두령의 고향인 산동성 하택시 운성현에서 훈도訓導의 벼슬
을 하면서 수호전의 자료를 충실하게 수집했던 것으로 연구됩니다.

《수호전》이나 《삼국지》는 같은 무협소설이고 의리를 중시하는 이
야기지만 《삼국지》보다 《수호전》은 좀 더 개인적인 의리를 형상화
했고, 원초적인 직감의 세계를 꾸려가고 있습니다. 또한 《삼국지》가
실제 역사에 많이 의존한 반면, 《수호전》은 시내암이 독창적으로 꾸
민 인물들의 개성이 돋보인다는 평도 받고 있습니다.

회장체回章体 소설인 《수호전》의 70회까지는 108 영웅이 양산박으로 집결하는 과정입니다. 부패한 사회에서 자기 과장적인 성격을 지닌 108 영웅은 이런 세상에 적응할 수 없어 자신의 기준에 의한 복수를 하고 양산박으로 모여들게 됩니다.

도덕적인 배려가 철저히 배제된 본능의 세계인만큼 참혹하기도 하지만 솔직하고 순진한 면까지 있는 살아 있는 캐릭터입니다. 이들의 뇌리에는 복수하지 못하면 사나이가 아니라는 자의식이 강하게 작용하고 있습니다. 71회부터 120회까지는 이들이 황제로부터 은사恩赦를 받고 관군의 입장에서 요나라를 치고 전호, 방랍 등의 역적과 대결하는 영웅들의 대서사시입니다.


개인 사당이나 능묘는 모두 남향한 것이 원칙이겠으나 이곳 양산채는 북문이 정문입니다. 사방이 물로 채워진 천연의 요새지가 북쪽으로만 육로에 연결되어 있었던 듯합니다. 양산박 산채 입구 광장에 들어서니 잘 생긴 사내의 조각상이 하나 서 있었습니다. 꼬불꼬불한 전서로 '시내암'이라 써 놓았습니다. 1296년부터 1370년까지 살았으니 우리나라로 치면 조선이 건국하기 20여 년 전에 타계했습니다. 광해군 때 허균이 쓴 《홍길동전》이 《수호전》의 영향이었다거나, 《수호전》을 읽으면 벙어리 자식을 낳는다는 부정적인 견해가 무성했던 것을 보면 그만큼 우리나라에서 수호전이 많이 읽혔다는 역설적인 증명이 되겠습니다.


양산채 정문을 들어서자 앞으로 마주치는 바위 언덕에 '水泊梁山수박양산' 네 글자가 대문짝만하게 쓰여 있고 '호연지기가 산악을 머금는다'는 뜻의 '浩氣械山岳호기함산악' 다섯 글자가 그 대구對句를 이루는 듯 커다랗게 새겨져 있었습니다. 중국을 다니면서 새삼 느낀 것인데 한자는 표기 수단이기도 하지만 시각적 효과를 높이는 훌륭한 회화의 구실도 합니다. '梁山好漢水泊英雄양산호한수박영웅'이란 휘호도 이곳이

108 두령이 모였던 취의청(위)
바위에 새긴 '水泊梁山<sup>수박양산</sup>'(가운데)
양산박 입구 양산채(아래)

108 호걸들의 영지임을 확인해 주었습니다.

정문을 지나 첫 번째 보이는 건물이 단금정입니다. '두 사람이 마음을 합치면 단단한 쇠라도 끊을 수 있다'는 뜻을 지닌 단금정斷金亭은 108인의 굳은 의리를 상징합니다. 《삼국지》도 그렇지만 《수호전》은 순진하리만큼 단순한 의리로 똘똘 뭉친 사나이들의 가슴 넓은 이야기입니다. 이 단금정을 지나 나오는 산길이 송강마도松江馬道입니다. 당시 무예를 단련하던 송강채松江寨로 난 길인데, 지금은 관광객이 말을 타고 즐기는 곳이 됐습니다. 우리 일행도 10여 분, 잘 생긴 말을 타고 비탈길을 오르면서 한국에서도 못해본 호강이라고 모두들 좋이 했습니다.

말에서 내릴 때쯤 이규李逵 석상이 나옵니다. 쌍도끼로 무차별 공격을 해대는 흑선풍 이규만큼 독특한 캐릭터도 없습니다. 오직 큰형님 송강의 말만 듣는 이규는 진정한 산채의 수호신인지도 모르겠습니다. 이규는 《삼국지》의 장비보다 몇 배 강한 공포의 대상이 되는 특별한 인물입니다. 흑풍정에서 시원한 바람을 쐬고 비탈길을 지나 정상인 호두봉에 오르면 반듯한 건물이 나타납니다.

바로 취의청聚義廳입니다. 108 영웅이 모여 의리로서 일을 논했는데 그 중앙에 충의당이 있고 한가운데는 송강이, 그 좌우로 노준의와 오용의 좌석이 있습니다. 남쪽으로 광장 한복판에 체천행도替天行道의 깃발이 바람에 마음껏 휘날립니다. '하늘의 뜻을 받들어 도를 행한다'는 뜻입니다.

108 영웅은 사리사욕을 떠나 의롭게 관물官物을 탈취하고 약자를 도와준다는 상징적인 깃발입니다. 108 영웅의 총두령 송강을 사람들은 급시우 송강이라 부릅니다. 급시우及時雨란 '때맞추어 가뭄에 비를 내리 듯 사람들의 아픈 곳을 어루만져 준다'는 뜻입니다. 체천행도의 다른 이름이기도 합니다.

취의청 뒤편으로는 송강정이란 우물이 있고 그 옆으로는 활터가 있습니다. 10원을 내니 화살 10개를 줍니다. 목표는《수호전》속에 등장하는 간신 고구나 채경의 인형입니다. 그야말로 유취만년遺臭萬年입니다.

## 천하호걸 무송

앞에서 잠깐 이야기했듯이 소설의 전반부가 108 영웅이 양산박으로 집결하게 되는 우여곡절을 그린 것이라면 후반부는 108영웅이 관군이 되어 요나라와 싸우고 하북의 전호, 강남의 방랍을 퇴치하는 등 혁혁한 무공을 세운다는 이야기입니다.

내 개인적인 느낌으로는 생생한 개성이 빚어내는 전반부가 훨씬 소설의 재미가 있는 것 같습니다. 후반부에서는 관군이 되어 싸우다가 108 영웅이 하나하나 죽어가고 끝내는 송강까지 모함을 받아 독주를 마십니다. 그리고 보면《삼국연의》의 유비나《수호전》의 송강은 모두 비극의 주인공이 되니 자연 흥이 반감될 수밖에 없습니다.

그에 반해 오대산의 5대 사찰의 하나인 문수암에서 술 마시던 노지심의 이야기나 경양강에서 맨손으로 호랑이를 때려잡는 무송의《수호전》전반부의 이야기는 악동들의 천진난만한 반항 같기도 해서 흥미를 더합니다. 그래서 무송이 호랑이를 때려잡았다는 경양강을 꼭 가보고 싶었는데 일행의 일정이 빠듯해 거기까지 가지 못했다가 몇 년이 흐른 2011년에 중국 옌타이대학 제자들과 다시 그곳을 찾아나섰습니다.

경양강이 있는 산동성 요성시는 경항운하가 지나가는 역사 깊은 수향입니다. 도심 한복판의 동창호는 사방 십리의 거대한 인공호로 유유히 떠다니는 유람선이 과거의 영화를 이야기하는 듯했습니다.

이 요성시에서 버스로 두 시간 여를 달리면 양곡현입니다. 사자루가 있는 곳입니다. 서문경과 반금련의 사련邪戀이 불타던 곳.《수호전》뿐 아니라《금병매金甁梅》의 무대가 되는 곳입니다. 물론 이곳의 주인공은 늠름한 무장武將인 무송이지만, 양념 같은 많은 이야깃거리가 재현되어 있습니다.

서문경과 반금련이 처음 만나는 왕파네 찻집에서는 지금도 보이차가 보글보글 끓고 있고, 호기롭던 서문경의 약포에서는 잘만하면 지금도 보약 한 제 지을 것 같은 약방 영감들이 옹기종기 모여 있기도 했습니다.

반금련이 넋을 잃고 서 있었을 비단가게도 있고, 난쟁이 무대랑은 오늘도 만두 수레를 끌고 있었습니다. 《수호전》에서는 무송이 이곳에서 서문경을 죽이지만, 《금병매》에서는 최음제 과다 복용으로 죽을 때까지 서문경은 더 많은 나쁜 짓을 해댑니다. 반금련이 책보만 한 2층 창문으로 서문경을 내려다보고 유혹하던 '사자루' 거리는 중국답게 약간 유치한 듯하면서도 빠짐없는 사실성을 확보하고 있었습니다.

사자루를 보고나서 택시를 타고 경양강을 찾았는데, 아직도 중국 택시 운전기사는 전문성이 많이 부족합니다. 비포장 도로를 몇 번이나 반복하고 헤맸는지 모릅니다. 5시는 너머 경양강에 도착했습니다. 아마 무송도 이 시간쯤 이곳에 도착하여, "10인 이상이 모여서 지나갈 것. 해질녘에는 다니지 말 것, 술 석잔 이상 마시면 지날 수 없음" 이런 주의 사항을 읽었을 것 같습니다. 세 사발을 마시면 비틀거려 걸을 수 없다는 독주, 그 술 이름이 향기가 병을 뚫고 나온다고 해서 투병향透瓶香, 혹은 문을 나서자마자 쓰러진다고 해서 출문도出門到라고 하는 그 독주를 무송은 18잔이나 마시고 호랑이를 주먹으로 쳐죽였으니 가히 괴력이고 취권이라 할 만합니다.

소설로 읽을 때 경양강景陽岡은 꽤 깊은 산인 줄 알았는데 막상 도착해 보니 그곳은 넓게 펼쳐진 구릉이었습니다. 강岡은 언덕이란 뜻입니다. 호랑이가 살았음직한 형세는 아니지만 요소요소에 그럴듯한 조형물을 설치하고, 곳곳에서는 포효하는 호랑이 울음소리도 녹음으로 들려주었습니다. 무송이 마셨음직한 술을 파는 주막도 있고, 맨 손으로 호랑이를 잡는 무송타호처武未打虎處도 지나는 이의 호기심을 유발시켰습니다. 작은 동물원도 있었는데 거기에는 암수 한 쌍의 호랑이도 있어서 현장감을 더 했습니다. 중국을 다녀보면 곳곳 어디나 신화 전설이나 소설 속의 허구까지도 사실처럼 현실로 재현시켜 놓은 것을 많이 접할 수 있었습니다. 선우휘 선생은 햇빛에 바래면 역사가 되고 달빛에 물들면 신화가 된다고 했던가요? 모든 신화 전설들이 중국에서는 분명한 역사로 재현됩니다. 중국식 사실주의입니다.

《수호전》의 독특한 캐릭터인 노지심과 무송은 죽음도 남다릅니다. 모든 영웅들이 반란군을 진압하다 싸움터에서 죽고 살아남은 영웅들은 또 음모에 휩싸여 비명횡사하는데 비해 이 두 사내는 절강성 항주에서 방랍과의 싸움을 끝내고 불문에 귀의하여 전당강 가 육화사의 스님이 됩니다. 노지심은 포효하는 전당강의 파도소리를 들으며 앉은 채 영면하고 무송은 80세 천수를 누리고 그 유명한 항주 서호 호숫가에 묻혔습니다.

다시 본론으로 돌아가 이야기를 마무리하자면 《수호전》의 중심 무대는 제녕시의 양산박이고 그 동북쪽 요성시 양곡현에 행자行者 무송을 기억시키는 사자루와 경양강이 있습니다.

그리고 107 영웅의 맏형 겪인 급시우 송강의 고향 하택시 운성현에는 《수호전》 1인자의 고향답게 40여 개의 무술학교가 있는데 시내에서 멀지 않은 송강무술학교를 찾으면 다시 한 번 《수호전》의 세계를 체험할 수 있었습니다.

## 산동성 임기시臨沂市

왕희지307-365는 동진東晉시대 사람입니다. 도연명과 비슷한 연배입니다. 이 사람들은 우리나라 역사로 치면 고구려 광개토내왕375-413보다 50여 년 전에 태어났습니다. 유비 조조가 등장하는 삼국시대를 통일한 왕조가 진晉입니다. 이 왕조가 망하고 남경으로 망명하여 다시 세운 왕조가 동진입니다.

왕희지의 고향 임기는 산동성 남부에 있습니다. 공자가 태어난 곡부의 동남쪽, 한국인이 가장 많이 사는 청도시의 서남쪽입니다. 내가 학생들을 가르치던 산동성의 동북단인 연대시에서 남서쪽으로 대각선의 위치에 있는 임기까지는 버스로 7시간 여, 거리로는 천리460km입니다. 천 리면 서울서 부산까지의 거리입니다. 척관법이 5단위로 통일된 중국 이수로는 500km가 천 리이고 쇠고기 1근이 500g입니다.

임기시를 관통하는 강이 기수입니다. 《논어》에 공자가 제자들에게 소원을 묻습니다. 이에 "봄옷을 입고 뜻 맞는 이들과 함께 기수에서 목욕하고 노래를 읊조리며 하루를 즐기고 싶다"고 대답하던 증삼이 소원하던 그 기수입니다. 임기는 춘추시대의 노나라 땅이었고, 그 이후에는 낭야로 더 많이 알려졌던 곳입니다. 현재는 전 중국의 공산품 내수 시장을 석권하는 상업지역으로 이름을 날리기도 합니다.

1972년 임기 시청사를 건축하다가 우연히 서한前漢 시절 묘군墓群을 발견했는데 거기에서 많은 죽간이 출토되었습니다. 그 중에는 놀

랍게도 《손자병법》과 《손빈병법》이 나란히 발견되어 1700년간 베일
에 싸인 《손빈병법》의 실체를 확인하게 됐고, '손자'라고 불리는 손무
와 전국 시대의 손빈은 별개의 인물이란 사실이 만천하에 밝혀지게
되었습니다. 임기시 은작산에는 서한묘군에서 발굴된 죽간을 전시한
박물관도 있습니다.

## 왕희지고거王羲之故居

아무리 지루하던 여행이라도 종점에 도착해 버스에서 내리는 순
간, 묘한 영감 같은 것이 짜릿하게 스쳐갑니다. 책에서 뒤진 자료는
머리로 생각하는 것입니다. 그러나 역사의 현장에 발을 내 딛는 순간
가슴이 느끼는 감격은 또 다른 기쁨입니다. 그 마을 사람들에게는 일
상이지만 나그네에게는 매사가 놓치기 싫은 빛나는 순간순간입니다.

터미널 매점에서 임기시 지도 한 장을 삽니다.

왕희지 고거故居가 멀지 않은 시내 한복판에 있는 것을 확인합니
다. 지도 한복판을 굵직하게 기수가 흐르고 있습니다. 공자 전기를
읽다보면 많이 나오는 강 이름이기도합니다. 택시 기사에게 지도를
손가락질합니다.

"쯔 따오知道(알겠습니다)"

왕희지 고리 정문

택시 기사는 신나게 액셀러레이터를 밟으면서 중국 사람과 어딘가 다른 내 행색을 다시 한 번 살핍니다.

우리나라 향교가 그렇고 광화문이 그렇듯 왕희지 고거도 남향을 하고 오후의 햇살을 따사롭게 받고 있었습니다. 남문을 들어서니 버들가지 늘어선 연못이 먼저 보입니다. 왕희지가 붓을 빨고 벼루를 씻었다는 세연지洗硯池입니다. 연못이 꽤 넓은데 온통 검은 빛입니다. 얼마나 벼루를 씻어내고 붓을 빨았으면 온통 연못물이 다 검게 돼 버렸을까요?

"여보세요, 2천 년 전에 검었던 물이 아직까지 검게 남아 있을 수 있나요?" 이 물음은 머리의 일입니다. 나는 그냥 가슴으로 믿습니다. 역사책《삼국지》보다 소설책《삼국연의》의 이야기들이 오히려 더 있을 법한 이야기입니다. 나는 이 나이가 되어서도 머리보다는 가슴을 믿는 것이 행복하다고 생각하는 사람입니다.

세연지를 가로지르면 우군사右軍祠가 나옵니다. 왕희지는 우군장군右軍將軍과 회계내사會稽內史의 벼슬을 해 그를 '왕우군'이라 부른데서 그를 모신 사당을 우군사라 합니다. 여기에는 세 분의 명필이 모셔져 있습니다. 가운데 왕희지 그 좌편에 지영화상知永和尙, 그리고 우편에는 왕헌지가 배향되었습니다. 왕헌지는 왕희지의 막내아들인데 그도 아버지 못지않은 필명을 날렸습니다. 어려서 '큰 大대' 자를 쓴 것이 마음에 들어 아버지에게 자랑삼아 보여주었더니 왕휘지가 아무 말 없이 그 밑에 점을 찍어 '클 太태 자'를 만들어 주었습니다. 이것을 어머니께 자신이 쓴 것인데 어떠냐고 물었더니 점 하나만 제대로 찍었다는 평을 했다고 합니다. 이에 왕헌지는 더욱 분발하여 후세에 아버지와 같이 명필의 반열에 올랐다는 일화도 전해집니다.

### 환아경換鵝經과 24효孝

세연지를 돌아가니 또 하나의 작은 호수가 나타납니다. 호수 이

왕희지와 거위(위)
난간에 24효가 그려져 있는 다리(아래)

름이 거위 鵝ㅇ 자가 들어간 아지鵝池입니다. 그 옆에 '아지'라는 비석이 있는데 鵝ㅇ는 아버지의 글씨이고, 池지는 아들의 글씨라고 합니다. 글씨를 볼 줄 아는 사람이라면 이 두 글자의 필력이 확실히 다르다는 것을 안다고 합니다.

왕희지는 병적으로 거위를 좋아했다고 합니다. 거위의 머릿짓을 보고 자신의 고유 필법을 만들어 냈다는 이야기도 있습니다. 지금도 왕희지 당시처럼 호수에는 10여 마리의 거위들이 유유히 물살을 가르고 있었습니다.

왕희지가 어느 도사의 집에 거위가 많다는 말을 듣고 찾아가 거위를 얻고 싶다고 하자 그의 글씨를 소장하고 싶어 하던 도사는 《도덕경道德經》을 써 주면 거위를 주겠다고 하였습니다. 왕희지는 즉석에서 도덕경 5천자를 써주고 의기양양하게 거위를 몰고 집으로 왔다고 하는데, 그래서 지금도 도덕경을 거위와 바꾼 글씨라 하여 '환아경換鵝經'이라고도 합니다.

호숫가에는 몇 마리 거위 틈에서 책을 읽고 있는 왕희지 좌상이 동상으로 놓여 있었습니다.

거위 연못 옆으로 도랑 같은 물줄기가 있는데 그 위로 아치형 곡선의 단아한 다리가 놓여 있었습니다. 다리는 늘어진 버들가지와 거의 맞닿아 한 폭의 동양화 같았는데 지나다 보니 난간에 임기가 낳은

7명의 효자 이야기가 그림과 함께 새겨져 있었습니다. 이것이 여행이 주는 우연성이고 이런 뜻하지 않은 해후에 또 다른 여행을 꿈꾸게 됩니다. 거기서 효자의 대명사로 일컬어지는 왕상을 만났습니다.

이 분이 왕희지의 증조할아버지가 된다는 사실도 처음 알게 되었습니다. '왕상의 어머니<sup>계모</sup>가 병이 위중한데 잉어를 먹고 싶어 했다. 한 겨울 그것을 구할 수 없어 왕상은 얼음 위에서 통곡을 하자 감동한 잉어가 얼음을 뚫고 뛰쳐나와 계모를 살리게 했다.' 이런 이야기를 우리의 삼강행실도<sup>오륜행실도</sup>어디에선가 읽은 기억이 납니다. 중국에서는 이런 출천지효<sup>出天至孝</sup>를 행한 24인의 이야기를 엮어 24효라, 하는데 여기에는 요순시절의 순 임금을 비롯해, 늙어서도 색동옷을 입고 노모 앞에서 춤을 췄다는 노래자<sup>老萊子</sup> 이야기 등 감동적인 이야기가 많습니다.

내가 찍어 온 사진을 확인해 보니 위친부미<sup>爲親負米</sup>, 위모매아<sup>爲母埋兒</sup>, 곡죽생순<sup>哭竹生筍</sup>, 기관심모<sup>棄官尋母</sup>, 매신장부<sup>賣身葬父</sup> 등의 사연이 글과 그림으로 난간에 빼곡히 새겨져 있었습니다.

## 난정서<sup>蘭亭序</sup>

왕희지 고거의 중심에 낭야서원이 있었습니다. 명나라 때의 건축인데 몇 차례 중수를 했다고 합니다. 낭야는 임기의 옛 이름입니다. 이 서원에는 각종 왕희지의 필체가 다양하게 전시되어 있었습니다. 그 중에 빼어난 것이 〈난정서<sup>蘭亭序</sup>〉와 〈낭야첩<sup>琅琊帖</sup>〉인데, 물론 진품은 아닙니다. 난정서는, 왕희지의 글씨를 유난히 좋아하던 당태종과 함께 그의 무덤 소능<sup>昭陵</sup>에 묻혀 있다고 합니다.

난정은, 월왕 구천 당시 월나라 수도였던 절강성 소흥의 동남방에 위치한 화원입니다. 임금 구천이 이곳에 난을 심어서 난정이라 불렸습니다. 영화 9년 3월 3일 삼짇날 풍류객 42인이 이곳에 모여 액운을 면하는 계제사<sup>禊祭祀</sup>를 지내고 흐르는 물에 잔을 띄워 술을 마셨는데 잔이 물을 따라 흘러 앞에 올 때까지 시를 완성하지 못한 사람

절강성 소흥의 난정

은 벌주를 마셨다고 합니다. 이렇게 하여 완성된 시 26편을 책으로 엮고, 그 서문을 왕희지가 쓴 데서 난정서는 태어났습니다. 서문 324자 중에서, 갈 之<sup>지</sup> 자가 24번 나오는데 행서의 일인자답게 그 24자는 모두 모양이 다릅니다. 그가 술에서 깨어 다시 써 보았으나 그런 글씨가 다시는 나오지 않았다는 신품으로 500여 본의 모본模本과 임서臨書가 전해집니다.

왕희지의 명필만큼이나 〈난정서〉의 내용도 심금을 울립니다.

"삶과 죽음이 하나라는 장자의 말이 얼마나 헛된 것이며, 팽조의 장수長壽와 어린아이의 요절夭折이 똑 같다는 말이 망령된 말임을 알겠도다. 후세 사람들이 오늘 우리가 쓴 글을 읽고 감회를 일으키는 것이, 역시 지금의 우리가 옛사람이 남긴 글을 읽고 감회를 불러일으키는 것과 다를 것이 없으니 슬프지 아니한가. 그런고로 오늘 모인 사람들의 이름을 차례로 적고 그 지은 바를 수록하나니 우리가 가고 없는 뒤 비록 시대가 다르고 일이 달라져도 정회가 일어나는 까닭은 그 이치가 한 가지인 때문이다. 뒤에 누구든 이 글을 읽게 되는 사람은 이 시집에 또한 감회가 없을 수 없을 것이다."

〈난정서〉는 이렇게 끝납니다.

북문 근처였던가? 나오는 길에 '五賢祠<sup>오현사</sup>'란 현판이 눈길을 끌었습니다. 임기가 배출한 왕상, 제갈공명, 안진경 같이 유명한 분을 모신 사당입니다. 안진경은 왕휘지에 버금가는 당나라 시절의 명필이고, 앞에서 말했듯 왕상은 효의 대명사입니다. 왕희지와 나란히 임기가 자랑하는 인물이 제갈량입니다.

이 둘은 어려서 다 고향을 떠난 공통점도 있습니다. 왕희지는 고향을 떠난 뒤 주로 절강성 소흥에서 살았고 제갈량은 숙부와 함께 고향을 떠나 하남성의 남양, 호북성의 융중隆中에서 공부하다 유비를 만나게 됩니다. 제갈량의 고택은 임기에서 택시로 한 시간 이상을 가야 하는 기남현에 있었습니다. 택시 기사가 부르는 대로 200원을 주었더니 하루 장사가 만족스러웠는지 고추잡채 잘하는 요리집을 안내해 주기도 했습니다.

'오현사'란 명칭은 청나라 건륭제가 님순南巡하면서 치룬 과거 시제에서 기인합니다. '효는 능히 왕상과 왕람王覽 형제와 같이 힘을 다 할 것이며, 충은 안진경, 안고경 형제와 같이 몸을 받칠 것, 제갈량은 충과 효를 다 겸한 전인全人'이란 시제로 과거가 시행되고 나서 임기의 오현이 탄생한 것입니다. 임기가 낸 다섯 분이란 제갈량, 왕상 형제, 안진경 형제를 뜻합니다.

# 삼황오제

장강대하 따라 7대 고도를 찾아서

초판 인쇄  2021년 12월 10일
초판 발행  2021년 12월 15일

김봉래  지음
홍철부  펴냄

펴낸곳  문지사
등록 제25100-2002-000038호
주소 서울특별시 은평구 갈현로 312
전화 02)386~8451/2
팩스 02)386~8453

ISBN  978-89-8308-568-9  (03860)

값 22,000원